巨轮

The Wheel

In

Simplified Chinese

李国泽

Raymond K. Li

巨轮

The Wheel In Simplified Chinese

申请许可：请联系 rayli3312@gmail.com

ISBN: 979-8-987-4503-9-0

目录

序

本书描述一连串相互交织的短编故事。故事穿梭一百三十年历史，从公元前约 210 年的中国秦朝到公元前约 81 年的汉朝早期。本书故事深入探讨了人生经验、道德、生命意义、喜悦与悲伤、命运、爱与恨、浪漫、野心、忠心与背叛、战争与和平、贪腐、政治思想、经济理论以及哲学等问题。每一则短编故事都蕴藏著激发读者思考的强烈含意。

虽然这部虚构作品中的主要事件与《史记》、《汉书》、《资治通鉴》等史书所记载的史实大致吻合，但它并非记录历史事件的编年史书。反之，本作品创造了人物的行动、对话、思想、情感、性格、心灵、以及场景、布置、布局和附带故事，使人物与事件栩栩如生。内容虽虚构，但不脱离历史背景，同时也将每个角色描写为活生生的人而不仅是历史人物，并把每个事件呈现得仿佛正在当下发生。

书名《巨轮》经深思熟虑而选定。正如人生之旅程，书中每个故事都隐藏著同一命题，即「轮」字的含意。读完整本书后，读者便会深刻体会这个命题。

李国泽

前言

第一回：秦始皇驾崩

本回人物介绍

嬴政, 秦始皇帝	秦朝始创人
李斯	秦朝首位丞相
赵高	秦朝太监
嬴胡亥	秦始皇次子
嬴扶苏	秦始皇长子
蒙恬	大将军秦朝始創人

本回地点介绍

沙丘	河北省

公元前 221 年，中国战国时期，秦国嬴政统一了诸侯国，并自封为「秦始皇帝」，象征著他成为统一中国的第一位皇帝。此后十年，在丞相李斯的协助下，他废除了封建制度，并将国家重组为一个系统性行政架构。这一体系包括数十个大郡（郡）、郡下有众多县份（县）、县内有城（市）、乡镇（乡）内有村落（村）以及城、城和村落内有许多邻里单位（亭），最后是邻里单位内的细分区域（里）。

嬴政也推行了一系列标准化改革，他统一了各地不同的度量衡，发行了半盎司铜币，取代了各国的各种货币。更为重要的是，他统一了汉字，为中国创造了一种通用文字。

然而，在这个变革的时代，思想自由受到了压制。嬴政取缔了战国时期盛行的百家学说，仅推崇法家为唯一的官方意识形态。面对北方匈奴的威胁，他下令修筑长城，动员了数十万劳役民众和奴隶参与工程。

尽管嬴政取得了诸多成就并推行了广泛的改革，但他的统治方式却让人民感到压迫。在他的统治下，民间不满情绪日渐高涨，抗议活动也日益增加。为了巩固权力，嬴政实行铁腕政策，制定了苛刻的法律，并残酷镇压成千上万异己。因此，国家虽然表面上看似安定有序，但实际上却因缺乏民意支持而处于崩溃的边缘。

公元前210年，秦始皇嬴政巡游全国，领略辽阔大地的壮丽山河。不幸的是，此行中他突然病倒。在他面临死亡时，他下令迅速返京，并加紧修建自己的陵墓。然而，这个命令却被他的心腹太监赵高秘密截获。

七月中旬，皇帝在旅途中驾崩，这一消息仅为赵高、丞相李斯和与秦始皇同行的次子胡亥所知。

李斯担心，若在距离京城数百里的沙丘宣布皇帝驾崩，可能会引发子嗣争夺皇位的血腥斗争。于是，他将皇帝的遗体藏于一辆特制的大型马车内，作为移动房间，并垂下窗帘，对外宣称皇帝重病，不愿见人。

随著队伍向京城进发，移动房间内开始散发出腐烂尸体的恶臭。为了掩盖气味，李斯巧妙地将装满鱼和鲍鱼的盒子放在房间内，并向众人解释刺鼻的气味来自鱼和鲍鱼。

赵高抓住这次事件，视为夺取权力、报复敌人的绝佳机会。他对皇帝长子，皇太子嬴扶苏，怀有深仇仇恨，并且与知名将军蒙恬为敌。蒙恬也是皇太子的守护者。嬴扶苏和蒙恬被派往边疆与匈奴作战，却节节败退。

赵高与嬴胡亥密谋，伪造了一份皇帝遗嘱和一道圣旨，并由此剥夺了皇太子的继承权，将嬴胡亥立为新皇帝。诏书以嬴扶苏和蒙恬未能有效防守边疆为由，下令将二人处死。由于赵高在旅途中代管皇帝的玉玺，他立即在伪造文件上盖上了玉玺，以使其显得更加真实。赵高后来找到李斯，威胁要揭露他是阴谋的共犯，迫使李斯无奈答应，并誓言保守秘密。

待队伍终于抵达京城，李斯和赵高宣布了嬴政皇帝驾崩以及他留下的遗嘱和遗诏。嬴胡亥登基，成为秦朝第二位皇帝，李斯继续留任丞相，而赵高则成为嬴胡亥的导师兼密友。嬴扶苏和蒙恬被迫自杀。由于是赵高通过阴谋把嬴胡亥推上皇位，因此嬴胡亥实际上成了赵高的傀儡。

次年夏天，胡亥对赵高说：「现在我是国里最有权势的人。我要尽情享受生活，做我喜欢的事。在时间流逝前，我要听最美的乐曲，欣赏最佳的景色，拥有美丽的妻妾，还有无尽的财富。这不是很美妙吗？」

赵高回答道：「陛下，您的理想还未到时候，有些不切实际。您还记得我们在沙丘中的秘密计划吗？尽管我们严守秘密，但其他王公大臣却开始怀疑废除皇太子，把王位传给了您这个次子的因由。大部分大臣都是您的父皇任命的，他们中仍有许多人忠于前太子。显然，他们并不忠于您。如果他们叛变，说不定就会将您处决。」赵语气中充满了阴谋和恐吓。

胡亥急切地问：「那我们该怎么办？」

赵高建议说：「我建议您实行恐怖统治，镇压反对者，实施极其严厉的法律和残酷的惩罚。通过迫使囚犯揭露他的所有同谋和盟友，您便可以像剥洋葱一样，层层逮捕并处决更多叛乱分子。若任何官员被判定有叛国罪，您可以将其整个家族（三代人）全部处决。您还可以杀死他的所有老师、学生和同僚，即使他们是无辜的，也要将他们定调为共犯。这样，旧政权的任何官员都不敢反抗您。另一方面，您应该提拔自己的亲信，并向平民宣布大赦，以赢得民众支持。这样，您的地位将稳如磐石。」

第二回：胡亥暴政

本回人物介绍

嬴胡亥	秦始皇次子，秦朝第二位皇帝
赵高	秦朝太监

本回地点介绍

沙丘	河北省

随后，国家展开了一场恐怖统治。在法律的伪装下，屠杀浪潮席卷全国，其中京城遭受的打击尤为严重。数百名官员、王子、公主及其家属因轻微罪行而受到迫害。被捕的人惨遭非人折磨，直到他们屈服。所有酷刑中最为残忍的处决方式之一是五马分尸。与其相比，在公共广场上被斩首的人则似乎是一死了之，逃过非人折磨。每月数千名无辜者被处死。许多无辜疑犯因害怕残酷审讯和酷刑而自杀，更有甚者在被捕前就将自己的孩子杀死，以免他们在死前还要受皮肉之苦。

在这种恐怖环境下，政府官员斩的疑犯越多，就表示他们对胡亥越忠诚。结果，京城街道到处都是无头尸体，引起民众恐慌，大批民众逃离京城和主要城镇。

在朝廷中，赵高虽然没有任何官职，却是最有权力的人。许多官员都被迫在胡亥面前效法他阿谀奉承的做法。

在一次朝会上，赵高带著一头鹿走进议事厅，献给胡亥，并大声宣布：「陛下，臣将这匹稀有名贵的马献给您。」

胡亥显然很困惑，回答说：「赵高，您弄错了。这是一头鹿，不是马。」

「不，这的确是一匹马。」赵高反驳道，翻了个白眼，睫毛飞快地颤抖著，暗中向胡亥发出狡猾的信号。

胡亥识破了赵高的阴谋后，惊呼道：「哦，是的，这的确是一匹马。」

赵高接著转向在场的群臣问道：「皇帝说这是一匹马。你们同意这是一匹马吗？如果您认为这是一匹马，请站到右边。否则，请站到左边。」

大部分官员出于对赵高的畏惧和谄媚，站在了右边，其余的则站在了左边。赵高随后记下了左边官员的名字。几天后，所有站在左边的人连同他们的三代家眷都被残酷处决了。

第三回：陈胜、吴广起义

本回人物介绍

陈胜	首位起义领袖
吴广	陈胜的副将
张耳	陈胜的谋士
陈余	陈胜的谋士

本回地点介绍

阳城	河南省
阳夏	河南省
陈丘	河南省

同年秋天，秦朝派遣一支由奴隶和强迫劳役组成的部队到黄河以北抵御匈奴部落。来自阳城的陈胜和阳夏的吴广是这支部队的队长。在途中，一场严重的暴雷雨摧毁了桥梁，并导致河流泛滥。结果，部队的行程比原定计划延迟了。根据法律，军队迟到目的地将被处以死刑。陈胜和吴广认为他们别无选择，只能起义。

陈胜召集了数百名奴隶，宣称：「我们已经错过了最后期限，将面临死刑。与其无谓地死去，不如为人民而战，反对残暴政府。我们要起义，掌握自己的命运。如果我们成功了，我们将成为侯王。如果我们失败，我们仍然是英雄。」

众人报以雷鸣般的欢呼声，并推举陈胜为领袖兼统帅，吴广为副将。

起义军随后攻占了多个县和城。由于这些城的官员腐败、懒散且无能，他们几乎没有遇到任何阻力。革命党像滚雪球般迅速壮大，很快就成为一支拥有数万步兵、数百骑兵和数百辆战车的正规军队。基于起义军所征服的领土是战国时期旧楚国的一部分，因此陈胜在陈丘城自称「楚王」。

陈胜在陈丘安顿下来后不久，有幸认识了两位贤人兼谋士，张耳和陈余。在战国时期，这两位贤人在魏国非常有名。秦始皇灭魏后，张耳和陈余均沦为逃亡者。他们听闻陈胜崛起，便逃往陈丘。陈胜非常器重二人，并任命他们为谋士和将军。

当陈胜发动革命的消息不胫而走时，许多州郡的官员都对朝廷的暴政感到恐惧和不满，也纷纷起来反抗，加入了陈胜领导的革命党。

第一章：刘邦之崛起

第一回：「鸿运居」敍会

本回人物介绍

刘邦	本回主角
卢绾	刘邦旧友
周勃	刘邦旧友
陈胜	起义抗秦领袖
武臣	陈胜部下将领
周文	陈胜部下将领
赵王	武臣封号
张耳	陈胜的谋士
项梁	另一位起义领袖
项羽	项梁之姪
赵高	秦朝太监
李斯	秦朝丞相
吕文	富绅
樊哙	刘邦旧友
曹娟	刘邦的情妇

本回地点介绍

沛县	江苏省
泗水郡	江苏省
陈丘	河南省
函谷关	河南省
魏国	战国时代的一个诸侯国

楚国	战国时代的一个诸侯国
咸阳	陕西省, 秦朝京城
泗水郡	江苏省
会稽郡	江苏省

位于泗水郡内的沛县，有一家名叫「鸿运居」的别致小食店。小食店设于一间舒适小屋内，山脊草屋顶设计，小屋入口两侧各有两扇窗户，实木框架，并安装了木制百叶窗。窗户内侧挂有白色布幔，以减少风吹并保持私隐。店名写在一面幡帜上，飘扬在店外的高杆上。屋内有一小厅，里面设了几张矮桌，地上铺著簾子。几盏油灯挂在梁上或放在铜檠上,照亮了房间。厅后方摆放著装满各式酒水的陶瓮。虽然房间装饰简朴，但气氛却十分温馨舒适。从餐馆穿过一条短走廊，便是一个小厨房，里面有炉灶和一些简单的炊具。厨房的尽头挂著一幅帷幕，后面就是餐馆老板的私人房间和起居区。

一个凉爽的深秋夜晚，五位宾客来到餐馆用餐。领头的是位常客，他步伐威严，自在地坐在中央桌下的簾子上，仿佛这里就是他的家。其余四人亦随后迅速入座。

领头的是一位三十多岁的男子。他五官非凡：额头宽而圆润，颧骨和下巴微微突出，下颚宽阔，鼻梁高挺，目光锐利而透彻，似乎能洞悉他人心思，眉毛末端向上弯曲，长长的睫毛，紧实丰厚的大嘴唇，还有一双耳垂厚实的大耳朵。他的脸上留著两撮长鬓角，两条长胡子垂自上唇，下巴上也留著一条长胡子。因长时间在户外活动，他的肤色已自然地晒成古铜色。他的头发梳理整齐，巧妙地在头顶扎成一个发髻。

「刘兄，我们敬爱的大哥。感谢您邀请我们共进晚饭。请问有何特别的事情吗？」其中一位跟随者卢绾问道。

这位领袖名叫刘邦，他低沉洪亮地回答道：「你们都是跨越大江南北刚刚归来。我很想听听你们的经历，以及旅途中收集到的见闻。最新的消息是什么？今晚饭馆只有我们，请放心畅谈吧。」

「让我先说吧，」其中一位追随者周勃开口：「我去了陈丘，那里现在已被陈胜领导的革命军占领了。我的联络人告诉了我那边的情况。陈胜野心太大、缺乏耐心，不听劝诫。他想在军队准备好之前就征服大片领地。他的军队缺乏人才，而他只信任他的两位将军：武臣和周文。武臣是他的旧友，而周文则缺乏作战经验。幸运的是，武臣有两位出色的谋士，张耳和陈余。由于周文的狂妄，他在函谷关之战中被秦军击败。军队撤回陈丘后，陈胜将他处死。当武臣听到周文被处决的消息，顿时惊慌失措，意识到自己的上司喜欢听信谗言，胡乱惩罚部下。在谋士建议下，武臣决定离开陈胜，自立为赵王。结果，陈胜阵营无才俊可用。」

听到张耳的名字，刘邦插话道：「我很了解张耳。在魏国时，在他的封地里培养了一群有才华的门客,有谋士，有武士。我曾是他的门下之一，并与他旅行数月。秦灭魏后，我就离开了。」

会议中的第三位追随者说：「我刚从会稽郡回来，听说那里又出现了一支叛军。为首的是楚国一位大将的儿子，名叫项梁。他在东南地区很有名气，与许多勇士有联系。他有一个二十四岁侄子，名叫项羽，身形魁梧，战斗力强悍。相传他曾徒手分解一头牛，并能举起几百石重的鼎。这对叔侄刺杀了会稽太守，控制了当地的政府和军队。随后，他们宣布反抗秦朝。邻近县城的年轻人也纷纷加入。现在，他们已经组建了一支约八千人的精锐部队。」

第四位追随者，一副文弱书生的模样，说道：「我来自京城咸阳，是个占卜师，知道很多各阶层人士的私事，其中有王公贵族、大臣等。他们说咸阳已经变成地狱了，皇帝疯狂失控，只是一个傀儡，而幕后操控大局的正是赵高。我预测赵高不久将杀害丞相李斯。每天都有无数官员被处决，市集上满是尸体，景象令人无法忍受。由于我知道太多上层人士的私事，总有一天会惹上麻烦。因此，我决定离开京城，另谋出路。」

他接著说道：「在离开的路上，我遇到了一位名叫吕文的商人，他也是位占卜高手，经常替人看面相，能够准确预测未来，因此很有名气，而且积累了大量的财富。他告诉我，他和这个县的县令是好朋友，所以才搬到这里。他向我透露，他有两个儿子和三个女儿。两个儿子都是武艺高手，两个小女儿尚未婚配。」

「既然您是占卜师，我想问您一个好奇的问题，」刘邦插话说：「我想让您看看我的左腿上有七十二个痣。一些年长的邻居告诉我，这是吉祥之征兆。是真的吗？」他接著卷起外衣，露出了自己的腿。

「哇，太神奇了！！我从未见过这么多的吉兆。我没有能力给您任何准确的预测或评论，」占卜师回答说：「但我有个建议。几天后，吕文将会举办一个寿宴。您可以去那里作客，问问他这些痣的含义。」

餐馆门突然被推开，一位二十多岁的高个子青年踏著沉重的脚步闯了进来，带动木地板一阵震动。他有著战士的步态，给人一种急躁雷霆般的气质。他身高超过七尺，肩膀宽阔，体格健壮，肌肉发达，脸上蓄著黑而浓密的胡须，眉毛粗短，眼神如烈焰，肤色黝黑。

刘邦自然地呼唤他：「樊哙，过来，坐下，认识一下我们的新朋友。」

樊哙以一种虎啸般的声音回答：「抱歉，我来晚了。」

刘邦回应道：「没关系。」随即转向其他与会者，继续说：「让我给你们介绍一下樊哙。他是我多年的好友，现在是我们县兵的大队长。」

刘邦接著说：「感谢您推荐我担任泗水郡内亭长(即警长)。多年前，当我刚入职时，我从未想过自己能够担任这个职位。」

「您当之无愧。郡守找不到第二个像您这样的亭长，您对村里的骗子、小偷和帮派份子了如指掌，同时又能让他们敬畏、尊重您。您能掌控社区秩序。跟您在一起，我也学到了很多，」樊哙说：「对了，我现在真的又渴又饿，咱们能先吃点东西，喝点酒水吗？」

「我们太专注于政治话题，竟然忘了点酒菜。」刘邦说著，便站起身来，走向厨房。

片刻，一位年轻女子从厨房走出，她优雅地将包子、肉和酒放在桌子上。这名女子约十几岁到二十岁左右，浑身散发著青春的活力。她身材丰满，曲线玲珑，脸上却透著一股天真烂漫的童趣，黑色的大眼睛闪烁著迷人的光芒，为她增添了青春的魅力。她的嘴唇丰满。微晒黑的肌肤显然是长期从事户外活动而留下的痕迹。

虽然她样貌平凡，却能引起人们的注意。她的一举一动，无论是臀部的轻微摆动，还是轻柔的手势，似乎都自然而然地吸睛。她叫曹娟，是这家小店的唯一老板兼主管。自从两年前父亲不幸去世后，她就接管了这家餐馆。从那时起，她就成为了餐馆的核心和灵魂，独自一人经营著。

她的客户主要是男性，因此也塑造了她的行为举止。与村里许多更为保守的处女不同，曹娟在男性面前既不害羞也不矜持。她掌握了友善和热情待人接物的艺术，她的微笑和手势友好，但又小心翼翼地保持克制，以免散放勾引的讯息。

她为周勃斟酒时，周勃不正当地触摸了她的手。樊哙坐在周勃身旁，见状立刻推开周勃的手，温和地警告说：「请别骚扰我们兄长的女人。」随即转向刘邦，刘邦笑著回应：「别担心，我们都是兄弟。」

晚饭结束，众人饮了很多瓶酒后，除刘邦外，其他人都相继离开了餐馆。他走进厨房，看著曹娟清洗碗盘。突然，他从后面搂住了她的腰，亲了亲她的脸颊，说：「今晚我们一起共度良宵吧。」

「不，今晚不行。我有件重要的事要告诉您，我怀孕了。我很担心。」她大声说，试图把他推开。

「恭喜！妳为什么担心？是谁的孩子？」刘邦开玩笑地问。

「除了您的，还能是谁的？!」

「我只是开个玩笑，对不起。妳放心，我一定会照顾好您和孩子的。今晚妳不让我留下吗？」

「不，我累了，走开。」

「别说谎了。我知道妳需要我。我是公猪，妳快成母猪了。我们都是喜欢在泥巴里玩耍的猪。」

他随后把她抱了起来，放到了床上。

第二回： 寿宴

本回人物介绍

刘邦	本回主角
吕文	富绅
萧何	沛县政务官
李斯	秦朝丞相
赵高	秦朝的太监
陈胜	起义抗秦领袖
周文	陈胜部下将领
张耳	陈胜的谋士
陈余	陈胜的谋士
项梁	另一位起义领袖
项羽	项梁之侄
吕雉	吕文二女
吕媭	吕文三女

两天后，刘邦来到著名富绅、占卜师吕文的宅邸，参加他的寿宴。宅邸是一座大四合院，四周高墙围绕，呈长方形，周围有房间，中央是一个宽敞的庭院。朝南的红色大门高十尺，宽六尺。进门后，宅邸内部景观被一座二十丈高、面向大门的人造假山挡住。这种建筑设计保护了宅内居民的私隐。想要进入宅邸内部，必须绕过这座假山。大门对面，北面是一个大餐厅，位置居中，右侧依次是客厅、正房和书房，左侧是厨房。宅邸的东西两侧各有几间供家人使用的厢房。仆人则住在南侧的几间小房间里。

庭院内有池塘、树木、花卉和蜿蜒小径，足以容纳几百名客人。餐厅面积宽敞，可容纳数百人用餐。这栋宏伟宅邸的主人一定是位百万富翁。

当刘邦抵达大门时，接待员告诉他，他并未在邀请名单上。

「我是这个村子邻里的亭长，县令不能来，我就代表他前来参加寿宴。」刘邦边说边出示自己的身份证件。

接待员听完这番介绍，就让刘邦进入，并将他引导到低等宾客座位。

刘邦问：「我可以坐贵宾席吗？」

「不行，这些座位是留给送上千钱礼物的客人的。」接待员回答。

刘邦谎称：「我的礼物超过一万钱，你们很快就会收到的。」

「我不相信您。」

「您只需带我见您的主人，我会向他解释的，」刘邦提高了嗓音。

当两个人激烈的争论传进大厅时，吕文走了过来。他五十多岁，身材苗条、高大且健康。他的眼睛如同鹰眼般锐利。他举止温文尔雅，学问渊博而和蔼。他看到了刘邦威严的样子。再仔细一看，立即对刘邦的面相感到惊讶。他替人占卜几十年，但从未遇到过如此独特而吉祥的面相。他立刻迎接刘邦，并将他安排到靠近主桌的座位。

沮丧的接待员想起县政府的行政主任萧何刚刚参加宴会。接待员走向萧何，问他是否认识刘邦，以及刘邦是否代表县令。

萧何道：「是的，我认识他。他就是个骗子。」

席间，吕文对待刘邦如贵宾，常与他聊天。

宴会结束后，吕文邀请刘邦留下来，并在书房里继续与他交谈。

吕文说：「能遇见您我很幸运。如果您不介意，我想更进一步地了解您。」

刘邦回答：「哦，这是我的荣幸。您想知道些什么？」

「我知道您是这个村庄的亭长。您为什么要接这份工作？是您想要，还是别无选择？」吕文礼貌地问，担心这个问题可能太过于冒昧。

刘邦回答说：「要回答您的问题，我需要告诉您我的背景和这几十年的经历。

家父是一名农民，拥有二十几亩土地，并雇了两名农工。他现在年事已高，无法亲自下田耕作，于是我的哥哥接手了他的工作。这些多年来，我家的农田已经缩小了许多。以前有数十亩地，还雇用了许多工人。农民的生活非常艰难。春天，他们需要在黎明前起床，牵著牛去犁地、播种、洒水。夏天，他们会被太阳晒伤。秋天，税后的收成十分微薄。遇到洪水、旱灾或蝗灾时，他们无能为力。然后政府官员来了，征召他的年轻儿子去参加毫无意义的战争，或者去挖矿、掘壕，直到筋疲力尽。有时，敌兵或强盗也会掠夺村庄，焚烧土地。

家父常劝我继承他的事业，但我一再拒绝。于是他让我上了几年学，希望我有朝一日能做官。我在学校裡学了一些基本的经典，但我感到沮丧至极。这些学者只是空谈濶论哲学和伦理，而不知道它们是否有效，也不知道如何在现实世界中实践。千百万人民饱受饥饿、天灾、流行病、政局动荡之苦，精英学者和官员们则无休止地争论、互相诽谤，为权力而斗争，将国家推向崩溃边缘。他们从书中学到了什么？他们拯救了天下吗？没有，历史的现实恰恰相反。

后来，家父劝我学一门手艺。于是我在各处学了一些技术，却发现光靠手艺挣钱只能勉强维持自己和家庭的生计。那么，外面那数百万人呢？我想做一些更大的事业。

在当前的环境下，靠著攀登官僚阶梯、一路卑躬屈膝，希望最终获得足够的权力来推动根本性的变革，是不可能消除暴政、根除腐败、让民众摆脱苦难的。我们已经看到了当今最聪明的官僚李斯的例子，他仍受制于赵高的奸诈。要推翻腐败制度，根除所有不良因素，必须进行武装革命。

年轻时，我希望有朝一日能参与一场伟大的革命。然后我想学习武术，为从军铺路。后来我意识到，仅仅成为一名无敌的战士是不够的。武林高手在战斗中最多只能杀死几百敌人，或者几千名士兵。他无法打败拥有百万士兵的敌人。即使他能运用蛮力压倒强大的敌人，但如果没有良好的领导、战略和政治手腕，最终也会失败。

但这些能力不能单靠阅读书籍或向专家学习来掌握，要深入生活，亲身体会人民的生活状况、愿望、诉求、困难，了解他们解决问题的方法。只有通过亲身经历，才能获得更深层次的洞察力和更正确的视角。

因此，过去二十年我走了万里路，游历无数国家。一方面，我结交了许多智者和贤能之士，并向他们学习；另一方面，我还与基层社会各界人士建立了深厚的连结。有些亲戚批评我浪费青春，认为我虽博学却无专长。我对此看法不同。我深信古语所言：读万卷书，不如行万里路。如今，我自信能成为一名出色的领袖，赢得人心，并具备挑选合适人才的能力。这才是最重要的。我无需成为任何特定领域的专家。我可以找到适合的人才，赢得他们的信任与忠诚，并在需要时领导他们。

一年前，我认为自己需要一份入门工作，以施展我所学的技能。我选择做一个小村庄的亭长，因为这个岗位能让我接触到形形色色的罪犯、恶棍、黑帮和土匪，并能引导他们改邪归正。此外，这份工作也让我亲眼目睹了当前政府的腐败及它造成的毁灭性后果，这为我提供了宝贵的教训，避免今后重蹈覆辙。」

吕文询问:「但是以您目前的职位，您是否担忧自己必须效忠现任政府？而这可能与您的宏大目标相抵触？」

刘邦回答道:「忠心这词本身就充满了谜惑。首先，伪忠在当今政府和历史上屡见不鲜。官员们在君王面前戴上忠心的假面具，却暗中规划篡权。一旦时机成熟，他们便会毫不犹豫地推翻政府。再者是盲目忠心。有些道德家将其视为一种崇高的品德，我却认为这种忠心不是罕见就是可笑。如果政府行为残暴，盲目忠心就会使人违背天道。以我目前的处境，我不支持政府的暴行。我有自己的底线。幸运的是，斧头尚未落在我的脖子上。然而，我知道终有一天我会被迫反抗或起义。到那时，您会支持我吗？」

吕文惊讶地回应:「谢谢您这么坦诚地与我分享您的想法。」他接著说:「我当然会支持您。您可能已经知道，我最近从京城搬迁至此，皆因我无法忍受朝廷的暴行。曾有卜文告诉我，这政府将很快垮台。即使没有卜文，从它失去民心和各地起义的情况来看，我也能预见秦朝的终结。」

刘邦深有感触地说：「我们再谈谈忠心这个话题。领导者必须提防假忠心。他不能让阿谀奉承者、伪君子、巧言令色者和伪装忠诚的人围绕在自己身旁。否则，他就如同站在浮沙上。他也不能依靠盲目忠心者。如果他确实拥有这样的忠心，那无疑是极为幸运的。但实际上，当部下面临重大抉择时，他们很可能会抛弃忠心。此外，忠心不是强求的，而赢得的。胡亥和他的心腹赵高试图通过处死所有怀疑不忠的人来索取忠心。但当所有人都厌恶您、只是被迫或被威胁臣服于您时，您就不可能靠杀人来维持权力。明智的领导者会确保他的使命应和天道，他的价值观和目标应与追随者产生共鸣，他值得信赖，决策坚定，他关心并忠诚于他的追随者，从而赢得追随者的忠心。」

「关于起义，您是否担心陈胜的军队不久将攻打我们县城？我们的郡守是否已经做好了应对这种袭击的准备？」吕文询问。

「对我们来说，陈胜根本不是威胁。我听说，由于他不信任贤才，其阵营缺乏实力。一旦在战场上遭受小失败，或对将领有所不满，他便会毫不犹豫地处决他们，他最近就处决了周文。他原本有两位顶尖策士，张耳和陈余。由于他不听忠告，两人都已离他而去。我预测，在他们抵达本郡之前，秦军很快就能粉碎他的革命。」刘邦回答道。他接著说：「还有一支更强大的叛军，由楚国大将项梁领导。他在东南地区有著广泛的人脉和威望，麾下有不少武将。他有一个二十四岁的姪子，名叫项羽，是一位勇猛无敌的战士。目前，很难预测他们的战役能否能成功。一场革命的成功，不仅取决于强勇的战士、聪明的策士或军备精良的大军，更重要的是人民的支持和运气。我不想显得迷信，但历史告诉我们，政权更迭往往与命运之轮有关。它可能压垮您，也可能会带您走向遥远的未来。」刘邦说道。

「我是一位占卜师，我非常赞同您的观点！」吕文惊讶地表示，点头附和。

「说到占卜，我想请您帮我解读一个长期困扰我的征兆。实际上，这也是我参加您寿宴的原因。」刘邦说著，拉起外衣露出左腿，继续说道：「您能告诉我这些痣代表什么征兆吗？」

吕文看到那七十二个痣后，惊讶得张大了嘴巴。

「这些痣意味著什么？」刘邦问道。

「哇，我以前从未见过这样的情况。根据占卜书籍，腿上的每一个痣都可能代表一支军队、一个领土、一个州、一个重要目标、一群人、一代人等等，都在您的指挥、控制或影响之下。您竟然有七十二个！实在是惊人。一般来说，我不喜欢奉承我的客户，您也不例外。但我敢说，您将来会是一位非常显赫的人物，或许会成为一位皇帝，甚至是一个朝代的开创者。您所带来的改变，将会影响很多子孙后代。」吕文说完，向刘邦行礼，表达了深深的敬意。

吕文立即叫来一名婢女，吩咐道：「请夫人和小姐们来这里，为我们尊贵的客人奉茶。」

不久，两位年轻女子走进书房。年长的女孩约十八岁，身高中等，身材苗条健康。她脸型像梨，略长于常人，肤色白皙，目光如鹰般锐利深邃。小嘴巴，薄唇紧闭，眉毛弯如新月，沉思时常常皱起眉头。她的头发梳得整整齐齐，在头顶盘成髻，发髻上插著一根系有珍珠坠子的发簪。她身穿粉红色缝边长袍，走路敏捷、坚定而优雅。她的面部表情给人一种善于分析、精明、情绪冷静的印象。她的名字是吕雉（雉字意指「鸡」）。

跟在她身后的是她的妹妹，吕媭，十六岁左右。她比吕雉稍矮，看起来较为纤弱。她的脸也是梨形，但更圆润一些。肤色同样白皙，略显苍白。眼睛黑而亮，但没有姐姐那般锐利。小嘴巴，嘴唇稍厚，眉毛较粗，也呈新月形。乌黑亮丽的头发也盘成髻，发髻上同样插著一根系有珍珠坠子的发簪。她穿著浅蓝色长袍，走路带有孩童般的轻盈滑行感。从其举止可以看出，她的性格与姐姐截然相反。

「家母因腿脚不便，无法前来与贵宾见面。她让我代为向您表达歉意，」吕雉以柔和且高亢的声音说道，声音宛如悦耳的鸟鸣。

两位女孩恭敬地捧著一个放著茶杯和茶壶的托盘。她们小心翼翼地为宾客刘邦斟茶，遵循著与陌生人交往的传统礼仪，她们一直低著头，不敢与他对视。茶水奉完后，她们便迅速退到旁边的房间。

「我可以问您一个私人问题吗？」吕文提出。

「当然可以，请问。」

「您成家了吗？有家室了吗？」

「不，我尚未娶妻，」刘邦答道。

「您觉得我的女儿们怎么样？」吕文突然问道。

「当然，她们非常美丽、优雅、可人，」刘邦迅速回答。

「您介意我把她们许配给您作妻室吗？」吕文出人意料地问道。

「我一介平民怎有资格成为您的女婿，娶您这两位漂亮的女儿？」刘邦惊喜又疑惑地回答。

「有一个卜文曾经告诉我，我的女儿们注定会成为皇后。为了寻找未来的王或皇帝，我已经等待多时，拒绝了无数前来提亲的权贵富商，只为等待合适的人选。而您正是我寻找已久的人，」吕文坦诚地说。

「能得到您这样的提议，我感到无比荣幸和激动，无言感激。但您是否需要先与您的夫人和女儿们商量一下呢？」刘邦问。

两位姑娘在隔壁房间偷听到这番谈话，她们感到极度震惊。

吕雉站在那儿，一动不动，面无表情，一言不发。她深深皱起眉头，心里思索著：「父亲怎么可以这样鲁莽、冲动？这个男人只是个陌生人，我们的未来可能就此被葬送。但是，父亲的判断和预测向来极其准确。他一定有他的道理。现在我还看不透这一切。那就先不要急著下结论，明天再论吧。」

吕嬃则被情绪冲击所笼罩，顿时泪流满面，身体不由自主地颤抖起来，带著孩子般的委屈，焦急地跺著脚。她在心里思忖：「这个男人至少比我大二十岁。我怎么可能和他一起生活，并得到幸福呢？父亲背叛了我和姐姐，把我们许配给了一个微不足道的人。」她被无法控制的悲痛和天塌下来般的烦恼淹没，急忙跑进自己的房间内，用枕头蒙住头，抽泣不已，情绪极其激动。

第三回： 赌博游戏

本回人物介绍

吕夫人	吕文的妻子
吕雉	吕文的二女
吕媭	吕文的小女
吕文	富绅
刘邦	本回主角

隔天一早，吕夫人怒气冲冲地质问吕文：「您这是在害您的女儿们啊！吕媭把自己反锁在房间里，连早饭都不出来吃。吕雉已经离家出走，我担心她可能私奔了。」

吕夫人接著说：「您这想法太荒谬了。那么多名门望族向您的女儿提亲，您却统统婉言拒绝。她们很快就成老姑娘了。现在，您竟然想把她们嫁给一个穷光蛋，简直荒谬！」

「冷静点。我这是为她们好，她们迟早会明白的。现在最重要的是盯紧吕媭，别让她做傻事。我们还得派人去找吕雉，她或许只是出去透透气而已。」吕文平静地回应。

其实，吕雉并非打算私奔。她想调查刘邦到底是谁。她需要收集关于这个陌生人的更多客观消息。父亲对他的判断可能仅是一种直觉。

于是，她天不亮就起床了，换上男装，把头发绑成髻，用一块黑布盖住，再用一枚简单的发钗固定。她还在脸上化了棕色的妆，让自己看起来更加男性化。

她悄悄地离家，开始在城里的繁忙地段闲逛，希望能碰到刘邦或者认识他的人。她惊讶地发现，村里许多人都认识并尊敬刘邦。最后，在一个市集上，有人告诉她，刘邦经常在鸿运居餐馆吃午饭，并为她指路。

当她到达「鸿运居」时，她不敢进去，担心被识破身份。所以，她从小屋右侧的百叶窗缝隙向内偷看。

她看到四个男人在白天围著一张桌子赌博。面对她的那个人确实是刘邦。其他三人分别坐在方桌的其它三边，吕雉看不清他们的脸。

他们正玩一种流行的骰子赌博。每颗骰子六面，上面标有一至六的数字。将三颗骰子放入罐内，并盖上盖子。玩家摇动罐子几次，待骰子停下后，便计算出骰子上面的数字之和，从三到十八不等。获得比其他玩家高点数的玩家会赢得该局。

四人游戏的规则如下：每一局分一名庄家和三名闲家。每位参与者轮流担任庄家三局。每一局中，每位闲家可向庄家下任意金额的赌注。如果庄家的点数高于闲家的点数，则庄家赢，否则就输。如果点数相同，庄家依然赢。这样，庄家每一局对三位闲家依次赌三次，而每位闲家仅有一次机会。此外，庄家还有一个优势：若庄家在任何一轮中得到十八点，则庄家通杀，三名闲家全输。

前九局，刘邦不是庄家，且几乎每局都输。他的钱袋已空空如也。当轮到他当庄家时，他只好解下系在腰间的玉佩，并对其他三位闲家说：「现在轮到我坐庄了。这玉佩价值过万钱，你们可以加大赌注。」

见刘邦屡遭不利，其他闲家便快速加大赌注。出乎他们意料的是，刘邦坐庄连赢三局，赢走了他们所有钱。

其中一位闲家疑惑又无奈地问刘邦：「您为什么经常能在赌局中大获全胜？您有何秘诀，还是仅凭运气？」

刘邦解释道：「说实话，运气的确非常重要。但赌博实有两大赢钱策略。首先，想赢得巨额，就不能怕输。其次，如果赔率对您有利，就大胆下注；反之，则应退出或只下小注。」他继续说道：「在骰子游戏中，庄家通常占优。所以前九轮我只是输了一点儿小钱。等轮到我坐庄时，形势对我有利。我便鼓励你们下大注，自己也冒了大风险。平均而言，该策略是行之有效的。」

「我知道你们输光了钱回家肯定心情不好，妻子也可能会因为你们赌博输钱而责怪你们。因此，你们可以从这里随意拿些银两，以回家交代。我没有妻室，亦不需这么多钱。」刘邦提议道。

「您所讲认真？」其中一位听到这不可思议的提议，不禁地惊讶问道。

「当然，我赌只为寻求乐趣和刺激，钱对我来说是次要的。」刘邦轻描淡写地说。

这时，一名神情紧张的年轻人走进店内，打断了他们的对话。年轻人见到刘邦，连忙跪下磕头数个。

「我的朋友们要我来找您帮忙，」年轻人结巴巴地说。

刘邦温和地问：「兄弟，我能帮您什么忙？」

「我……我的弟弟在邻村偷了只鸡，被抓了。巡捕当场把他逮捕了。如果被判有罪，他的手可能会被……被砍掉！」年轻人语气颤抖地说。

刘邦回答道：「那我能怎么帮您？我不能干预邻村的事情。」

「那边的亭长说，如果我给他一千文钱，他就放了我弟弟。」

「什么？一千文钱可以买一百只鸡！」另一人插嘴道。

刘邦说：「他们确实是贪污腐化，但我不能把这事上报给那亭长的上司，那样做只会让您弟弟受更大的苦。不如从桌上拿些钱去给亭长如何？」说著，他指向桌上的钱并数出五百文钱，然后说：「这些，您拿去吧。」接著，他转向其他人：「你们刚从这里拿到的钱，能各出一部分吗？」

年轻人拿著了一文千钱，连连磕头谢恩，问道：「我该什么时候还您这笔钱？」

「别担心还钱的事。您弟弟的性命比一千文钱重要多了。能帮助一位兄弟，是我们的荣幸。」刘邦安慰道。

观察了几个个时辰后，吕雉暗想：「他果然是个男子汉！」

随后，她悄悄地跟著那位年轻人，在离食店几百丈远的地方，她追上了那位年轻人。

「您认识刘邦吗？」吕雉问。

「不认识，我只是从朋友那里听说他的名字，他提议让我来…来这里的。这里的人都知道刘邦喜欢尽其所能地帮助人。如果他做不到，他就会找别人来帮忙。」

「那您现在觉得自己亏欠他吗？」吕雉问。

「不止亏欠。他救了我兄弟的性命。我一贫如洗，这辈子都无法报答他的恩惠。但我会支持他的事业，我会响应他的号召。」

吕雉自言自语：「刘邦确实了不起，他将来会是一位伟人。父亲是对的。遇到这个人是您的运气或命运。哦，不。这个人喜欢赌博，他喜欢下大注。这是个严重的问题。如果他输了呢？您也会跟著垮台。但人生犹如一场赌博，不是吗？确实是。妳所做的一切都涉及赌博。妳从小就认为自己比邻里所有其他女孩都聪明、都优秀，甚至可能比全世界女孩优秀。妳想成为所有人中的佼佼者。这个男人可能是妳最好的伙伴。冷静下来，好好想想。」

在回家的路上，她不停地与自己辩论。最后，她告诉自己：「够了，现在让我下注吧。好吧，我选择他。」

在吕家上下都在焦急地等候著吕雉的消息。这时，一名仆人急忽忽地进来，语气慌张地报告：「到处都找不到吕雉的踪影。她可能已经离开村子了，甚至可能跳河了。」

这消息让屋里的所有人都陷入了悲伤之中，就在此时，吕雉宛如幽灵般出现在走廊里。所有人都不敢相信自己的眼睛，纷纷冲过去，试图确认真的是她，他们抓住她的双手。确实，这是真正的吕雉！

吕雉慢条斯理，平静地说道：「爸妈，抱歉让你们担心了。我只是在村中散步，偶然发现了一些关于刘邦的重要消息。」

随后，她转向父亲吕文说：「爸，我想嫁给刘邦。他真的是个了不起的人。」

听到这话，父亲喜悦得无言。

吕雉又说：「爸，请您放过我的妹妹吧。对刘邦而言，只需要一个妻子就够了。」

此时，吕文点了点头，表示同意，确认了这个决定。

第四回：婚礼

本回人物介绍

吕雉	吕文二女
吕文	富绅
吕夫人	吕文的妻子
吕泽	吕文的长子
吕释之	吕文的二子
吕长姁	吕文的长女
吕媭	吕文的小女
刘邦	本回主角
刘执嘉	刘邦父亲

吕雉婚礼的前一天，父亲在书房与她私话。

「今天我心情复杂。一方面，看著妳从婴儿长大成人，我对妳即将离家感到难过。另一方面，想到妳将拥有新家庭和美好未来，我又感到无比兴奋。妳的前路或许会崎岖坎坷，但我相信，妳是一个聪明坚强的女孩，妳定能克服困难，」吕文说著，眼中滑落了一滴泪水。

「我想在死后给妳留一大笔财产，尽可能地保护您。然而，按照传统，出嫁的女儿无权承继父母的遗产。妳的兄弟将会继承我的财产。为了给妳以后的生活提供一些保障，我现在只能给妳一份丰厚的嫁妆。这里有一箱金元宝和珠宝。妳带著它，并将它藏好。也不要告知刘邦。只有在危机时刻，妳才可以变卖这些财宝，以自救或支持他的革命事业。这些财宝或许足以支持和养活几千士兵数月，」吕文继续说道。

「谢谢您，爸爸！请受女儿跪拜，以谢您的养育之恩。感谢您这些年来无条件给予我的关爱和照顾。我会想念您和所有家人，」吕雉跪下，一再磕头，眼中含著泪说道。

次日清晨，婚礼的第一部分，新娘送别喜宴在新娘家中举行。吕文、吕夫人、大哥吕泽、二哥吕释之、已出嫁的大姐吕长姁、小妹吕媭，以及家族的数百位亲友，齐聚在宽敞厅里见证这一仪式。

吕雉从闺房走到大厅，一袭艳丽的凤冠霞帔，小冠上闪烁著珍珠，从头顶发髻上的三根金发簪垂下。她穿著一条鲜红色丝裙。一件外层丝质长袍从左肩和手臂绕到右侧，垂至膝下。长袍左侧与右侧在腰间用一条红色丝带绑在一起，形成一个 V 字形的领口。长袍底色为黑色，边缘饰有红色宽幅及其他彩色刺绣图案。

随著音乐奏响，歌声飘扬，聚集的亲友们朗诵了《诗经》中的两首诗句。第一首诗句是：

桃之夭夭，灼灼其华。之子于归，宜其室家。
桃之夭夭，有蕡其实。之子于归，宜其家室。
桃之夭夭，其叶蓁蓁。之子于归，宜其家人。

第二首诗句是：

维鹊有巢，维鸠居之。之子于归，百两御之。
维鹊有巢，维鸠方之。之子于归，百两将之。
维鹊有巢，维鸠盈之。之子于归，百两成之。

完毕，吕雉在父母面前跪下，低下头来。这时，母亲开始详尽训话，深情提醒女儿出嫁后应遵守的行为准则。

她温柔地对吕雉说：「妳曾是年幼女儿，对父母的责任是听话和孝顺。如今，您即将为人妻，身份亦随之变迁。首先，妳要做一名贤妻，为妻者要对丈夫忠诚、笃信且顺从。谨遵操守，无论顺境或逆境都应支持妳的夫婿，为他营造温馨家庭。其次，妳要做一名良母。为母者应抚养教育子女，待子女长大成人后，则应支持他们的事业。

此外，妳需谨遵四德。第一，端正品行。孝敬尊重公婆及夫家列祖列宗，与夫家亲戚和睦相处。不可嫉妒妾室，努力促进家庭和谐。第二，慎言。避免争吵、诽谤、唠叨、撒谎、闲话及诅咒。不得多言。对丈夫和子女说话应亲切、温和且鼓励。第三，成为家庭积极一员。身为家庭主妇，妳应承担所有家务，如烹饪、编织、缝纫、管理仆人、持家、生育、照顾和抚养子女以及记帐等，不可懒惰。当家庭财务吃紧，要积极出力支持。第四，保持仪表仪容，行为端庄。」

训话后，吕雉向父母三拜，以感谢他们的养育之恩。然后，她在所有的人欢呼中起身站立。父母随即用面纱覆盖了她的脸，并引领她上了婚车。婚车装饰著五彩绸带和花朵。上车后，一队乐手引路，送亲队伍一路敲鼓打钹，吹著喇叭和芦管去往新郎家。

新郎刘邦在家门口等待送亲队伍。队伍到达后，刘邦扶著吕雉下了车，牵著她的手，领著她进入父亲家中。数十名亲属和嘉宾出席了喜宴。父亲刘执嘉坐在厅中央，刘邦夫妻二人在父亲前跪下。先拜天地，后拜高堂，最后夫妻对拜。接著，亲戚们向这对新人赠送了一块丝布，上面写著婚姻声明，他们各自在布上按了指印，表示同意结为夫妻。在场的所有宾客欢呼雀跃，唱歌敬酒，然后新娘被领进了新房内。随后新郎主持了一顿简单的宴会。

宴会结束后，夜色已深。刘邦走进新房，与吕雉坐下，轻轻揭开她的面纱，在她的额头上亲了一下，温柔地说：「能娶到妳，我感到非常幸福。」依照传统，他们接著共饮一杯交杯酒，象征著愿意同甘共苦。然后，夫妻各剪下一缕头发，并将这两缕绑在一起，收藏于一个小盒中，以此象征他们是结髮夫妻。

完成这些仪式后，他们吹熄了房内的蜡烛，共度良宵。

第五回：家庭常饭

本回人物介绍

刘执嘉	刘邦的父亲
刘伯	刘邦长兄
刘邦	本回主角
刘喜	刘邦的二兄
刘交	刘邦的弟弟
刘宣	刘邦长姐
吕雉	刘邦的妻子

曹娟	刘邦的情妇
刘肥	刘邦和曹娟的儿子

刘邦的父亲，刘执嘉，今年已六十有余。他有四子一女：长子刘伯英年早逝，次子刘喜，三子刘邦，小儿子刘交，以及早夭的大女儿刘宣。刘执嘉的第一任妻，也是三个儿子和女儿的母亲，早年去世。他的第二任妻子，即刘交的母亲，后来也过世了。刘执嘉是个农夫，拥有二十几亩地，年轻时曾亲自下田务农。几年前，因关节炎退休。刘喜非常孝顺，接手了父亲的工作。刘邦不喜欢务农，一直飘泊不定，直到两年前参加亭长招考，成功被录取。刘交则是一位儒家学者，在外县生活、讲学。

刘执嘉拥有一小屋，内设三个屋子、一间饭厅、客厅和厨房。右侧是刘执嘉住的正房。左侧的两间厢房分别是刘喜和刘邦的房间。婚礼前一个月，刘喜在外县开设了一家小型织布厂并搬了过去。农田空置了一个月，直到吕雉嫁入刘家。自此，她便接管了刘喜的工作。那时小屋只有刘执嘉、刘邦和吕雉居住。后院有两间相邻的棚屋，住了两名雇工。棚屋旁边是一个谷仓，谷仓内饲养两头牛和一头驴，并储存了一些干草、谷物和农具。

吕雉成为刘家主妇和农田新任主管后，每天都忙著处理日常事务。天还没亮，她就起床穿好衣服，细心梳理，盘起头发，为全家人，包括雇工，准备早饭，还会为公公泡一壶茶。这些都是她每天早上千篇一律的事情。她每天忙于各式各样的家务，包括浇灌作物、喂养鸡只和家犬、田间除草以及将农产品运往市场。她还精心管理著家庭帐目，一有空闲就会坐在织布机前织布。每晚天黑之前，她就会为家人煮好晚饭。

四个月后，她发觉的身体负担逐渐变得重，肌肉疼痛，关节酸楚，手指上也磨出出了厚厚的茧子。尤其是在户外阳光暴晒下劳作，对她的皮肤造成了严重的伤害。一日，她在铜镜中瞥见自己的脸，惊讶地发现脸上布满了汗渍和雀斑。她试图用化妆品掩盖瑕疵，但无济于事。她心中掠过一丝自省，夹杂著自怜的情绪：「我是多么的愚蠢啊？在父亲家中，我过著公主般的生活。所有琐事都由仆人打理，我的手仍是那么柔嫩细腻，皮肤也像白色花瓣一样白皙无瑕。现在，我选择了平凡的农妇生活，嫁给了一个我母亲不认同，但父亲却很钦佩的人。这一切是为了什么？只因为我希望他未来能成就非凡。我真的爱他吗？我不确定，但我的确被他的品格、魅力和领导才能所吸引。

他爱我吗？我不确定。自从我们成婚以来，他仍然和朋友们出去醉酒，每天晚上夜不归宿。他在外面有情妇吗？我也不确定。如果有，我会十分在意的，但母亲教导我不得嫉妒丈夫妾室。这个社会的古老规范对女性很不公平。男人可以妻妾成群，而女人则必须从一而终。为什么男人要支配女人？我比大多数男人都聪明，却仍要顺从一个可能不值得我对其忠诚的男人。

他是好人吗？值得吗？我不太确定。不过，有两件事让我感到十分欣慰。当我在镇上走动时，每个人都认识我，向我鞠躬，并称呼我为刘夫人，因为刘邦在社区很受欢迎且受人尊敬。其次，与许多其他官员相比，即使他薪水微薄，几乎不足以养家糊口，但他从不收贿。这些都证实了我婚前对他的看法。我相信他会有一个伟大的未来，我可以将我的一生托付给他。但婚后再想，我现在不太确定了。我感觉不到他对我在情感上的依恋和奉献。他只视我为伙伴而已。」

吕雉接著自言自语道：「那么，这是妳想要的吗？妳想成为伟大的人。和他做伴侣有什么不对？是的，忘掉所有浪漫的想法吧。那些只适合没头脑的女孩子。妳希望他成功，这样妳就可以分享他的成功。所以，妳应该继续支持他。」她从白日梦中醒来，在空中挥了一拳并说道：「现在该做家务了。」这些想法让她如往常一样过著自己的日子。

做完一天家务，当太阳即将落山之时，吕雉勤恳地为家人饭。这一天是个难得的日子,刘邦提前回家吃晚饭。

围坐在餐桌旁，刘执嘉对著吕雉点头，以惯常的感激之情开始说：「我的好媳妇，谢谢您今天的辛勤工作。」

刘执嘉转向刘邦，询问道：「今天府衙里有何大事吗？」

刘邦有些漫不经心地回应：「没什么特别的，和往常一样，爹爹。」

他们的谈话突然被敲门声打断。「请进，门没锁，」刘执嘉高声回应。

一位年轻、高挑、性感的女人进入，怀里抱著一个婴儿。

刘执嘉保持著主人的礼貌，有礼地询问：「这位大姐，需要我们帮忙吗？」

那个女人叫曹娟，她直指刘邦：「您应该问他。」

刘邦惊慌失措，结结巴巴地说：「娟，您为什么来这里？」

曹娟无奈地说：「我是来提醒您的，这是您的儿子，您不应该放弃认他、照顾他的誓言。」

这突如其来的揭露让刘执嘉惊讶不已，有些措手不及。他激动且兴奋地转向刘邦，追问道：「这孩子真的是您的吗？」

刘邦被迫承认，嘴角带著苦笑：「是的，」声音小的几乎听不见。

出乎所有人意料的是，刘执嘉突然放声大笑，雀跃不已。他渴望多年的孙子终于降临了，他的梦想终于实现了。这个壮健的婴儿是他的孙子，这让他将刘邦有私生子和情妇的不当行为抛诸脑后。

此时，吕雉静静地坐著，内心的怒火爆发了。她的心跳得如此剧烈，仿佛想要从胸膛冲出来。她的脸涨得通红，流露出愤怒和内心的不安。她无言以对，眼神清楚地透露心中的愤怒。

「他几岁了？」刘执嘉兴奋地问道。

「快满一个月了。」曹娟回答。

「叫什么名字？」

「还没有名字。」曹娟回答。

刘执嘉于是站起来，把婴儿抱在怀里，亲切地吻了他的脸颊，说：「这个小胖子真可爱！」然后他转向刘邦说：「看看他。他的鼻子和眉毛都很像您。感谢上天，我们家终于有后了！」

「既然他还没有名字，那我就叫他刘肥（因为他是个胖子），」刘执嘉说。

他又转向曹娟，问道：「这个孩子您打算怎么办？您是把他交给我们照顾，还是留下来和我们一起照顾？」

曹娟回答道：「我真的不在乎你们是否允许我留在您家，只要你们能找到一位养母或其他人来照顾他就行了。我很痛心要离开我的儿子，但我别无选择，我要经营餐馆，根本没有时间照顾孩子，更别说以后抚养他成人。」

「将婴儿与母亲分开是不人道的。您何不留下来，关闭您的餐馆呢？虽然我们的房子不大，但我们容您一人还是绰绰有余的。欢迎您加入我们的家庭，」刘执嘉说。他接著转向刘邦：「说吧，您希望她留下。」

「是的，请留下，」刘邦矛盾地说，同时把目光投向仍然坐在那里的吕雉。

「太好了，您现在是我第二个媳妇了，」刘执嘉对曹娟说：「我们来办个简单婚礼，您来给我磕三个头，叫我一声爹就够了。从现在起您就是我家中一员。」

刘邦走过去牵起曹娟的手，和她一起跪在他父亲面前磕了三个头。这个简单的仪式就将他们的非婚关系正式化了。

刘执嘉接著告诉曹娟：「以后您就住在吕雉和刘邦房间旁边的那间。那间房间原本是二儿子刘喜的，自从他搬到外县后，这房间已经空了好几个月。您尽快关闭并卖掉您的餐馆。」

「是，爹爹。」曹娟回答。

众人没有心情继续吃饭。

吕雉退到屋内，再也无法压抑心中愤怒。她激动的声音在房间里回荡：「您欺骗了我。您就是个骗子！」

「嘘，小点声，咱们别吵架，别让父亲不安，」刘邦低声恳求，随后为自己辩解：「我没有欺骗您。」

「您怎么能这么说？在我父亲寿宴那晚，问您是否已成家，您说没有。」吕雉反驳道。

「我说的是实话。我与曹娟从未正式成婚。我说我未婚，是指从法律上来说我没有妻室。她只是我的女友，或者随便您怎么称呼。我跟她的关系虽然已经很久了，但从未正式确定。我承认，我在认识您之前就认识她了，并且欠她很多，」刘邦试图解释。

吕雉泪流满面地继续说：「母亲教导我不要嫉妒丈夫的妾室。这是个荒谬的传统，但我是孝女，我尊重母亲的教导。我会试著接受您的妾室、情妇或者随便您怎么称呼她。但她为您生下长子这一事实让让我很不安，将我现在肚子的孩子陷入于不利地位。这对我和孩子都不公平，」她一边说，一边本能地将手放在腹部。

「吕雉，不要担心。刘肥是非婚生子。他对我的财产或封衔没有任何法律权利。而且，真的吗？您怀孕了？这真是好消息！我深爱的妻子，我向您保证，如果他日我为王，您就是我的皇后。如果我们的孩子是男孩，他就是太子，我的继承人。如果是女孩，她就是我们心爱的公主。」

「您必须遵守这个承诺，」吕雉坚定地坚持。

「我发誓，我会的。顺便说一下，请您善待曹娟，就像对待您的妹妹一样。她是个好女人。她是无辜的，都是我的错。」

「我不理会她无辜与否。如果您真的后悔了，您就得弥补。您每月只能与她共度两晚，」吕雉为将来划出了明确的界限。

第六回： 送别

本回人物介绍

曹娟	刘邦的妾室
吕雉	刘邦的妻子
刘邦	本回主角

本回地点介绍

骊山	陕西省

曹娟很快卖掉了她的餐馆，但她并不后悔，因为客人稀少，她也无法靠餐馆维持生计。她是个穷女孩，没有亲戚，没受过多少教

育，也没有什么技能，但她明白，自己的生计将依赖于刘家。她深感刘邦不会抛弃她，因为他们不只是多年的玩伴。他们就像同一猪圈里的猪，玩闹、自由自在、有趣，甚至有时也很肮脏。十四岁那年，父亲过世后不久，她就认识了刘邦。她崇拜刘邦，被他的男子气概、幽默感和积极的人生观所吸引。她常对自己说：「我是谁？我谁也不是。我生命中唯一重要的人是刘邦。」现在她已为他生下一子，这个儿子比她自己更重要。

为了儿子、为了让刘邦安心、以及家庭的和谐氛围，她愿意在家庭中扮演一个卑微的角色，服从于吕雉。她总是避免与吕雉争吵。为了为家中做些贡献，她总是主动帮助吕雉做一些琐碎的、辛苦的事。她称呼吕雉为「大姐」。因此，她的家公很满意她的行为、顺从、勤勉、合作态度和和蔼的举止。

接下来的两个月，家里的生活平静无事，直到一场潜在的危机出现。

夏末的某一天，刘邦被召到沛县县令府衙。

县令对刘邦说：「朝廷需要很多工人参与骊山的建设和采矿工程。我已经登记了三百名工人，他们是从本县的囚犯和奴隶中选出。我现在命令您护送这群人去那座山。您可以带十名守卫。步行过去大约需要四十天，您必须在四十三天内到达。如果错过了期限，您将被解雇。更重要的是，如如果有囚犯逃跑的话，您就会被判处死刑，明白吗？」

「是，大人，」刘邦回答道。

这确实是一项艰巨的任务，因为通往骊山的道路狭窄、曲折崎岖，而且途中还有土匪。

他回家后，向家人讲述了这项任务，并表示如果一切顺利，他将离家三个月左右。

隔日一早，刘执嘉、吕雉和曹娟齐聚，向刘邦告别。父亲递给他一包吉利红包，一个小小的举动，却蕴含深厚的意义。吕雉温柔地拥抱丈夫，手轻轻挥动著依依不舍的告别。曹娟默默无声、含泪站著，眼睛跟随著刘邦的每一步。她的情绪突然涌现，她冲上前，从后面紧紧拥抱刘邦。他转过身来，给她一个深情的拥抱，并在脸颊上印下一个温暖的吻。他们的反应是那么自然、自发、且极具冲动。

吕雉看著他们，一股嫉妒的情绪刺痛了她的心。尽管她知道并接受他们的关系，她还能忍受著丈夫偶尔留宿曹娟卧室内这个事实。她不在乎眼看不见的事。然而，目睹丈夫公开、深情地拥抱另一个女人，对她来说是无法忍受的。她想著：「当刘邦拥抱我时，我感受不到他对我有如此温馨和深情。」她逐渐意识到：「他对她的感情一定更深，只是一直瞒著我。」

接下来的两天里，刘邦和曹娟相拥一幕继续困扰著她的思潮，无情地折磨著她的心。

第二天早晨吃早饭时，吕雉随口向曹娟抱怨道：「您的孩子整夜哭闹，把我吵醒了，真烦人。您能管管吗？」

「对不起，大姐，」曹娟回答说：「孩子半夜饿了就会哭，让我喂奶。我也不知道该如何是好。」

「那您住在离我远一点的另一间屋子吧？或者选个仆人房？」吕雉建议道。

刘执嘉听到这个建议，心中很不高兴。但他不想激怒吕雉，引起争吵。他温和地说：「这对孩子不好。冬天快到了。」

「没问题，我可以在仆人房住几个月，直到孩子不再夜醒。我可以多带几层棉被过去保暖，」曹娟温和地说。

第七回： 押送奴隶之旅

	本回人物介绍
刘邦	本回主角
	本回地点介绍
骊山	陕西省
沛县	江苏省
砀山	河南省和江苏省之间

刘邦的旅程艰辛异常，途经骊山时更是如此。深秋的寒气逼人，道路崎岖，穿行于深谷与陡坡之间。对于那些手镣著的囚犯来说，这段路程更加艰难，脚步难以保持平衡，从而使得进行速度大大减慢。但对刘邦来说，这还不是最糟的。

一天夜里，当他正要在帐篷里休息时，一名守卫跪进来，声音颤抖地报告道：「刚才点名时发现有几名囚犯失踪了，我不知道他们去哪了。他们很可能已经逃跑了！」

第二天早上，另一名守卫又来报告说又有囚犯逃跑了。

刘邦开始慌了。他心想：「路程还不走到一半。以这种速度，最终他们都会逃之夭夭。我怎么空手汇报？这肯定会让我面临死刑。」

「继续上路，我必将命丧黄泉。但如果我起义，至少还有一线生机。我别无选择，只能起义。」

他随即召集所有剩余的囚犯，并向他们宣布：「我现在释放你们。快跑吧！我也将逃命，加入起义军。」

听到刘邦的惊人命令后，一些囚犯立即逃之夭夭。而一些强壮的年轻人则选择留下，他们围绕在刘邦身边，士气高昂地喊著：「打倒秦朝！打倒秦朝！刘大人，请做我们的领袖，一同为自由而战！」

刘邦命令卫兵给所有人分酒，一齐分享同志间的情宜。他们聚集在一起，举杯畅饮，直到天亮。

次日清晨，这支不足百人的起义军返回沛县。在一个午后，他们在路上惊骇地发现一条白蟒横躺在路上。刘邦果断拔剑，将蛇劈成两半。夜间，在白蟒被杀的地方发生了一件神秘的事件。一名老妇人现身，哭泣悲叹：「我儿是天庭白神的后裔，白蟒是他的化身。可恶，他被红神化身所杀。」说罢，她便消失无踪。这一事件令众人心生寒意，纷纷解读为天意。认为刘邦是神明在人间的化身，注定灭亡秦朝。众人认为刘邦是国家的救世主，这个信念和谣传迅速在人们心中扎根。

起义军在沛县附近的砀山找到了一个洞穴，作为藏身之地，并在那里建了山寨。部分队员悄然回到县城，讲述白蟒之死的经历，并传播著刘邦是天神化身来拯救国家的的消息。这个故事深深感动了人们，吸引了县里无数年轻信徒。就连刘邦的一些老友也被这股热潮所感染，纷纷加入这个日益壮大的起义军。不久，这个群体迅速扩大到数百人，他们因相信领袖的神圣使命而团结一心。

第八回：山寨

本回人物介绍

刘邦	本回主角
吕雉	刘邦的妻子

本回地点介绍

骊山	陕西省

刘邦离家两个多月了，刘家仍没有任何有关他的消息。他们听说刘邦组建了一支起义军队，但心存疑虑。一天早上，一名信差出现在门口，要求见吕雉。简短介绍后，他递交一个密封盒子，声称是刘邦寄来的。

吕雉打开盒子后，看到一封写在长布上的信：

「吾妻，

这封信并不是我亲笔写的，因为我没有足够的词语来表达我目前的处境。我请一位随从代笔，我口述写下了这封信。您可以对比封末和我们成婚证书上的指纹，以验证此信真伪。

长话短说，我现在处于紧急状况。无奈之下，我决定组织一支个起义军队。在前往骊山的途中，部分囚犯逃跑了，而我也因此犯下了满门抄斩的重罪。因此，我决定冒险一搏，力求突围。我深感遗憾的是，这次不幸的事件将给您、父亲和家中其他人带来灾难。

我现在和我的军队藏匿在附近的山中。我已聚集了数百名愿意与我并肩作战的年轻追随者。然而，要向如此多的人提供食物和其他物资非常困难。此外，军队还需要制造武器和箭矢。我不想抢劫无辜家庭或过路商人。我试图从有限的支持者那里筹集资金。

因此，我希望您能帮助我和我的军队渡过这个暂时的危机。如果我们能尽快征服一些领土，我预计情况会有所改善。

我希望您能从您父亲和兄弟那里筹集一些资金，以购买粮食和其他必需品，并运送到我的基地。我迫切需要您的帮助，否则我将面临灭亡。

准备好后，您可以跟随信差来到我的藏身之处。

以我指纹签名。」

读完信后，吕雉震惊不已。她双手颤抖，额头上满是汗水。她想道：「我该抗争还是逃跑？如果我不帮他，他就会被杀，此外，他所有的亲戚，包括我、我的父母、兄弟姐妹，也会被处死。对于我和刘邦来说，只有一条无路可退的狭窄道路，那就是战斗到底，直到推翻秦朝。父亲对今天的事件有预见。当我决定嫁给刘邦时，我欣赏他的气度。我是不是太天真了？我只考虑了他的好处，忽略了他的坏处。刘邦这样的人终有一天会成为叛徒，给我和我的家庭带来灾难。我害怕吗？不，我不应该是个懦夫。我曾想过要成为伟大的人，他将是我最好的伙伴。我曾发誓要支持他，仍然相信他会成功。我现在必须帮助他。」

随后，吕雉从嫁妆箱中取出两块金砖，这是她父亲在婚礼前一天给她的。她用这些金砖买了许多袋粮食、五头猪、新鲜和腌制的蔬菜、金属工具、布卷、针线和其他必需品。然后，她将这些货物装载到五辆马车上，其中四辆是向邻居借来的，一辆是她家的。她还借来了十匹骡子拉车，每辆车绑了两匹骡子。

她原本想将货物托付给外面的保镖，但仔细一想，她改变了主意。她想：「保镖可能会侵吞货物，或者途中有强盗抢劫。最糟的是，保镖会知道刘邦藏身之处。此外，我还想亲自带两块金砖给他。但现在我怀孕了，路上会很危险，谁能保护我？」她想到了她的两个兄弟，他们都是武艺高强、剑术娴熟的人。于是她请他们担任她的护卫。

五辆骡车：哥哥在前面，接著是她雇用的一名农夫，吕雉自己和另一名农夫，弟弟则在最面。为了避免被政府发现，几人半夜便开始进山。第二天黎明前，队伍就到达了刘邦的藏身处。

山寨位于山中一个大洞穴内，入口处有石头和树干筑成的屏障。进入洞穴后，吕雉对洞内井然有序的组织惊讶不已。每一个角落都被分配得井井有条：军事训练、武术训练、熔炼铁铜、将熔化的金属铸造成武器和头盔、烹饪、用餐等等。每个人都在忙于履行自己的职责。这是吕雉第一次目睹刘邦的领导能力。

刘邦的帐篷位于洞穴深处。帐篷里面席地摆著一张简陋的干草床，刘邦正忙著指挥他的队伍。他态度认真殷勤地迎接吕雉及其兄弟。他的话语简短达意，足以看出他所承受的巨大压力。

刘邦温柔地拥抱吕雉，说道：「非常感谢您过来，并带来了我急需的物资。」看到她隆起的小腹，他轻轻摸了摸她，问道：「预产期是什么时候？」

「我不确定，可能还有两个月吧。」吕雉回答。

「这是好消息。但我可能无法看见孩子出生。如果是男孩，就给他取名为刘盈（意为丰盛）。如果是女孩，就叫她刘鲁。」刘邦说。

「我很想您。我可以在这里陪您几天吗？」吕雉问。

「当然，如果您不介意睡地上的干草，吃难以入口的食物。」

「我不介意。」吕雉回答。

「一定不要伤害到孩子。」

「我会照顾好自己的。」吕雉说。

下午时分，消息迅速在队伍中传开，刘邦的妻子吕雉来到了山寨，并为他们带来了急需的物资。当她走到洞穴的中央时一股敬意和感激之情油然而生。队员们齐刷刷地站起来，有的拍手，有的抱拳，大家一起激昂地欢呼起来：「刘夫人万岁！」吕雉被这样热烈的团结氛围所感动，眼泪涌上心头。这一刻更加坚定了她的信念，她的丈夫确实赢得了追随者的心，确实是一位伟大的领导者。

逗留期间，吕雉积极参与队伍的活动，帮忙制作铠甲。她小心翼翼地将小而薄的金属缝制在布料底上，制成了用来保护士兵躯干的防护背心。她还以类似的方式制作了肩甲和臂甲。在完成了几套盔甲后，她还花时间将自己的知识和技能传授给其他队员，教他们如何自制盔甲。

回顾在山寨的时光，吕雉感到一种深切的成就感和使命感。这次访问是如此的有益且有影响力，以至她决定在下个月分娩前再次前往山寨。

第九回：分娩

本回人物介绍

吕雉	刘邦的妻子
曹娟	刘邦的妾室
刘执嘉	刘邦的父亲

接下来的一个月，吕雉又去了山寨三趟。每次都很顺利，直到第四次返回途中。

一支由五头骡子组成的队伍，赶骡子人仍是那几位。下午返回途中开始飘雪花，不到一个时辰，就下起了大雪。天色暗了下来，路上很快就覆盖了一层厚厚的积雪。这时，吕雉感到裙子有些湿了。起初，她以为是融雪渗入了外裙，但她很快意识到外裙是干的，这些水是从她的身体流出来的。

吕雉意识到自己即将临盆，她开始恐慌，催促骡子加快步伐，但积雪、湿滑的道路阻碍了他们的进程。本应只需两个时辰路，却似乎无休无止地延伸著，裙子上的湿渍每一分钟都在扩大。

午夜时分，他们终于到了吕雉的家。原本平静的天空变成了暴风雪，狂风在夜里呼啸著。

曹娟在门口迎接吕雉，立即意识到情况紧急。她急忙将吕雉带入房中，轻轻地扶她躺在床上。曹娟的思绪急转：「她随时都可能分娩。我们需要一名接生妇，但在这暴风雪中，我要去哪里找接生妇呢？我就是这里唯一能帮助她的女性，但我对接生知识了解有限。自己分娩时，接生妇所做一切也只是模糊记忆。如果我做错了怎么办？我可能会危及她和胎儿的安全。无论如何我都得尝试一下。我必须保持冷静和专注。」

面对这艰巨的挑战，曹娟鼓起勇气，决心尽她所能帮助吕雉渡过迫在眉睫的难关。

曹娟迅速指示吕雉的哥哥赶紧准备一把剪刀、一大盆热水、许多毛巾和一个装满燃烧木炭的火炉。几分钟内，吕雉的痛苦叫声充满了整个房间，每一波痛楚都比上一波更加剧烈。当她的尖叫声达到极点，就像屠宰场的猪一样时，曹娟大声鼓励：「抬高您的腿！用力推。再用力一点。再用力……。」

当曹娟看到胎儿的头皮时，她意识到胎儿太大，不易顺利生产。她不得不采取一些非常规和紧急的措施，最终帮助吕雉顺利生下了孩子。孩子的哭声响亮而清晰，皮肤逐渐变成健康的粉红色。曹娟深深吸了一口气，小心翼翼地用温水清洗婴儿，然后用毛巾将其裹住。她松了口气，抱著婴儿走向吕雉。然而她却发现，吕雉因产痛而暂时昏迷了过去。

曹娟抱著婴儿走出房间，给房间外焦急等待的家公和伯伯们看。

「是男孩还是女孩？」刘执嘉问道。

「她是个女孩，」曹娟回答。

「嗯！」刘执嘉失望地发出声音，他本来渴望再多一个孙子。

此时，他们听到卧室内吕雉的呻吟声，吕雉已醒。曹娟立刻回到卧室内，擦拭吕雉脸上和手臂上的汗水，将婴儿放入吕雉的怀中，婴儿立刻停止哭泣。

吕雉温柔地对曹娟说：「谢谢您。今晚如果没有您的帮助，我可能早已不在人世。」

第十回： 狱室与暴动

本回人物介绍

萧何	沛县行政官
曹参	沛县监狱首长
刘邦	本回主角
陈胜	首位起义的领导人
樊哙	沛县军官兼刘邦旧友
吕雉	刘邦的妻子
曹娟	刘邦的妾室
刘执嘉	刘邦的父亲

一个月后，沛县县令衙门召开了一次重要会议。出席的有县内首席行政官萧何，以及县巡捕与监狱部门的负责人曹参。

萧何约三十五岁，目光锐利，有学者气质。他的举止总是沉著克制，话语虽少，但每一个字都意味深长。他深思熟虑、一丝不苟的工作作风赢得了上司的器重。

曹参也是三十五岁左右，不仅武艺高强，对秦朝法律也有著深刻的理解。正是这两项技能让他升至现今职位。像萧何一样，县令也认为曹参思维能力深厚，专业知识精通。

会议开始时，县令告诉他的两名部下，他已知道山中叛军领袖的身份，就是刘邦，他曾是沛县一个亭长，现已成为政府叛逆。

会议中他问部下：「我想派一个营去消灭他们。你们怎么看？」

萧何回答道：「消灭这支起义军是不明智的。您以前告诉我们，您也打算加入陈胜的革命军。因此，刘邦和您是同一阵线的。如果您消灭了他的起义军，实际上是削弱了整个革命运动的力量。您应该邀请他加入您，这样您就可以在加入陈胜之前增强您的军队力量。」

「这个想法有道理。我们可以派谁去跟刘邦谈判？」县令问道。

「我建议派我的军队的中士樊哙去，」曹参提议。

「那就按计划行事吧，」县令下令。

第二天一早，樊哙去山上执行任务前，路过县令的府衙。他偷听到县令与另一位谋士对话：「邀请刘邦加入您，犹如招狼入室，萧何和曹参可能是刘邦的同谋。他们会反叛，并且杀死您。因此，您应该先除掉萧何和曹参，接管曹参的军队，然后俘虏刘邦的家人作人质。」县令听了这些话，改变了主意，策划突袭并逮捕萧何和曹参。

听到这番对话，樊哙立刻告诉萧何和曹参，提醒他们即将到来的危机。萧何和曹参毫不犹豫地翻过县城围墙，逃离了县城。二人随后加入了刘邦的起义军。

此时，一群士兵去了刘执嘉家，逮捕了全家人，并将他们关进肮脏的监狱。吕雉和曹娟与他们的孩子被关在同一牢房中。刘执嘉被关在另一间牢房。

隔天早晨，吕雉给刚出生的孩子喂奶时，发生了一件令人不安的事。一名狱卒走过牢房，正好看到吕雉裸露的肩膀。他突然被原始冲动所驱使，失去了控制，闯入了牢房。他一手粗暴地将吕雉推倒在地，另一手试图脱掉她的衣服。正当吕雉奋力反抗时，曹娟迅速爬了过去，站起来，猛力踢向狱卒的大腿。

「别碰她！」曹娟怒吼一声，眼中喷出怒火：「您得先过我这一关！」她使出浑身的力气，连续踢了好几脚。狱卒先是一愣，随即回过神来，试图制服曹娟。她像一只野蛮的母老虎般激烈反抗，试图咬住他的手和手臂。经过一两分钟激烈的搏斗，狱卒终于从腰间拔出一把匕首，并将匕首抵在曹娟的喉咙上，要求她立即投降。

关键时刻，一道高大身影闯入了牢房。他用力击中了狱卒的头部，将他撞到了几尺外的墙上。顽强的狱卒重新爬起来，抓住巨人的腿。巨人毫不动摇，用脚踩碎了狱卒的手，大声咆哮道：「您不过是只让我随意宰杀的畜生。您认得我吗？我曾是闻名遐迩的屠夫！」他迅速拔出剑，直刺狱卒的心脏。

曹娟目瞪口呆地认出了他，惊呼道：「您是樊哙，刘邦的好友！」

樊哙宣布道：「是的，别害怕。我来救你们了。刘邦的大军马上就要到达。我们出去迎接他们。跟我来。」他迅速解开了吕雉和曹娟的枷锁，带领他们穿过昏暗的监狱走廊。

当他们经过关押刘执嘉的牢房时，樊哙用力踹开了门，将他释放。

樊哙提醒众人：「我们不能从正门出去，那里有很多守卫。我知道一条通往外面的隐蔽通道。跟我来，但要小心脚下地面很不平坦。」

他们小心翼翼地摸索著穿过黑暗的隧道。在隧道出口处，樊哙遇到了两名守卫。他迅速拔出剑，精准地将他们击倒。当他们走进邻近县衙的广场时，看到一片混乱的景象。一大群暴动的民众——农民、劳工、奴隶、男人和男孩——汇集在此，挥舞著各种武器：刀、叉、斧、锹、矛、剑和棍棒。暴动者和官兵正在激烈地战斗。

经过一个时辰的激烈战斗，暴动者终于突破了县城的城墙，让刘邦率领的装备精良的军队瞬间涌入，迅速制服了官兵，果断击败了他们。

樊哙看到刘邦，大声喊道：「刘邦，您的家人在这里！」

刘邦带著一队士兵赶来。他指示樊哙和一些士兵将他的家人护送到县城外的安全地区。

刘邦在县衙内看到县令，瞬间斩下了他的头颅，并向暴动者展示，作为他们胜利的象征。他宣布：「腐败政权的捍卫者们，投降吧！你们的时代已经结束。我们已经胜利。要么加入我们，要么面对愤怒的人民。」

战败的官兵放下武器投降。数万人欢呼雀跃，高呼：「打倒秦朝政府！」妇女和老人也加入其中，他们的声音与解放的欢呼交织在一起。

突然，有人大声喊道：「刘邦万岁！」很快，众人纷纷附和了这句话。广场上掀起了一阵赞美之声；有的甚至跪下向刘邦磕头，恳求道：「请您做我们的领袖，我们的主人。救救我们吧。」

在这股热情过后，萧何提议给刘邦一个新称号—沛公，并作为沛县的领袖和县令。刘邦自豪地接受了。

这标志著刘邦革命征程的第一次胜利。

第十一回：和解

本回人物介绍

吕雉	刘邦的妻子
曹娟	刘邦的妾室

刘邦一家离开了老宅，搬进了县令府。这座府邸的建筑风格与吕文的相似，只是略大一些。吕雉和曹娟不再需要到田间耕作，于是便把农田租了出去，微薄的租金收入贴补了刘邦做县令的丰厚俸禄。

数月分离后，刘邦终于能与家人享受平静的时光。一切都安顿好了，唯独吕雉被吓成精神病患。白天，她显得呆滞、疲惫、神志恍惚和沮丧。她经常做恶梦，梦见牢房里的可怕场景。在梦中，她时常看到怪物试图攻击并杀死她，而她挣扎并反击，她总是能用剑斩断怪物的头部，从而消灭它们。之后她就醒来，无法再入睡，怕做同样的恶梦。在另一种恶梦中，她看到一位身穿白袍的天使拯救她逃离怪物。

家公找到了一位巫婆，巫婆声称吕雉被恶魔附身，必须驱魔。于是他们便请巫婆做了几场神秘法事。然而，几天过去，恶魔并未离开。

大约一个月左右，吕雉对那场可怕事件的记忆逐渐淡忘，精神病患也逐渐康复。头脑清醒时，她常试图分析恶梦的含义，以及梦中的天使是何人。她想：「那天使一定是杀死狱卒的樊哙。不，那天使看起来像个女人。或许，曹娟就是那个天使。对了，我记得她在我分娩时也救了我的命。事实上，她已经救了我两次。」

吕雉深思熟虑后道：「她可能是我生命中注定的守护者。我以前对她态度恶劣。哦，我很抱歉。我必须找个机会向她道歉。我应该和她交好。」

一个早晨，吕雉在庭院看到曹娟正在喂鸟。吕雉走过去对她说：「我可以和您一起喂鸟吗？看著它们飞来飞去寻找食物，真有趣。」

「不仅是寻找食物，还包括寻找交配伴侣。看，那只雄鸟正在试图吸引那只雌鸟，」曹娟回答。

「鸟儿和人类一样吗？一生只有一个交配伴侣，还是有多个伴侣？」吕雉问。

「有些鸟一生只有一个伴侣。比如鸳鸯，」曹娟回答。

「如果一生只有一个对您忠诚且关爱您的伴侣，那该有多好、多浪漫啊？」吕雉问。

「嗯，鸟是鸟，人是人。我们的本性不同，」曹娟说：「男人天生是猎人，他们的本能是狩猎、征服和繁衍，以便在恶劣环境中生存。」

「所以，您不在意丈夫有或想要多位妻妾，与您竞争？」吕雉询问。

「我为什么要在意？」曹娟平静地回答。「我认为这就是大自然的规律。自然界经常淘汰那些无法追求和赢得女人的男人。我对那些过度依赖母亲或妻子的男人不削一顾。这样的男人如何能够面对逆境，保护他们的家庭？我更喜欢有激情、有能力取得伟大成就的男人，而非软弱且优柔寡断之人，」她自信地说。

「但您不担心，与其他妻子相比，您会受到不公平待遇，或者她们剥夺您应得的东西吗？」吕雉追问道。

「我对男女关系的看法并非基于给予和接受的交易平衡，」曹娟解释道。「例如，我对刘邦的爱是本能的。只要看到他，我的心就会温暖，我的日子也会变得明亮。我不向他要求任何东西。知道他正在蓬勃发展对我来说就已足够。能在他身边我就知足了；他是我的一切。这就是为什么我从未向他催婚。我为什么要对他主张所有权？为什么要跟他妻妾为一些小权利争论呢？」。

她继续说：「我认为，通过婚姻的约束来确保男人的爱与真爱的本质相悖。古代哲学家谈论真爱，然而他们又支持限制性的婚姻制度，我认为这损害了爱情的自然基础。想想鸳鸯，它们不需要仪式或誓言。此外，婚姻概念导致了压迫性规范，例如女子的顺从、复杂的继承法律，以及将无子妾室与已故丈夫一同活埋等骇人听闻的习俗。人为规则不可避免地会导致有害后果。历史充斥著妻妾、王子和兄弟之间的贪婪和权力斗争，导致战争和无数无辜者受难的故事。」

「我现在明白您为什么一直未与刘邦成婚，」吕雉说：「其实您比我更早成为他的女人，但您从未嫉妒我。这一点，我应该向您道歉，因为我误会并嫉妒您。您反而在两次危机中救了我的命。我非常感谢您。」

「您不必谢我。我只是一个简单且未受过教育的女人。我没有读多少书，对正义、忠诚等抽象概念并不太了解。我只是听从内心的声音。轮到我的时候，我会尽我所能迎接挑战。我不会权衡风险和回报，不会事先谈条件，也不会事后索取任何回报。我甚至不期望任何回报，这样我就不会失望。所以，请您不要觉得欠我什么，」曹娟说。

「您确实是一位伟大的老师。今天我在您身上学到了很多东西，」吕雉说。

「不，您比我更有教养，也更聪明。我一直把您当作姐姐，」曹娟说。

谈话过后，吕雉心里踏实了，相信曹娟会原谅她过去的不当行为。

第十二回： 攻下丰邑

本回人物介绍

曹参	刘邦部下将军
萧何	刘邦的谋士
樊哙	刘邦好友兼部下将军
雍齿	刘邦部下的叛将,向魏国投降

本回地点介绍

沛县	江苏省
泗水郡	江苏省
丰邑	江苏省

自从曹参将约两千名旧县府衙士兵调入新建立的部队后，刘邦的军队已扩大至约三千名士兵，并得到了县库和粮仓中丰富的金钱和粮食的支持。

在一次官方会议上，萧何建议将军事基地搬到距离沛县一百里的丰邑城。他说：「沛县地处平原，防守困难。相反，丰邑城位于陡峭山顶，敌人必须攀爬陡坡并克服城墙。由于我军规模较小，我们的首要任务是防守而不是进攻。我们需要在丰邑建立一个强大的基地。」

刘邦接受了萧何的建议，下令将军事基地迁至丰邑。他派樊哙带领一千名士兵驻守沛县，家人亦留在沛县，而自己则驻留于新军事基地。军队进驻丰邑后，便开始挖掘深壕、在城墙周围竖立路障，并在城内挖了一条隐蔽隧道，直通山下出口，以加固防守。

泗水郡郡守听到刘邦起义的消息后，决定要及早铲除刘邦。他派遣郡将军率领五千人营兵围攻丰邑。

官兵在山下扎营，等待攻击叛军的良机。天气凉爽、多风且干燥。刘邦、萧何和曹参在城内耐心、冷静地等待与敌人正面交锋。

强风从城中吹向官兵营地，刘邦的士兵从城墙上扔下了木桶。有些桶子装满了易燃油料，有些则装满了从酒中蒸馏出的浓酒精。士兵点燃了附在桶上的引信，然后将桶子扔下。数百个燃烧的桶子滚向官兵营地，瞬间经过的树木、干草和灌木也相继著火。不久，整个营地都燃起了火焰。此时，刘邦挥舞著武器，率领数百名骑兵和数千名步兵向敌军冲去。刚才还在睡梦中的官兵纷纷狼狈而逃。同时，曹参带领数百名士兵穿过隐蔽隧道来到官军后方，封锁了逃兵的退路。刘邦策马朝政府军的指挥中心走去，指挥官仍在急忙穿戴铠甲，在他尚未找到剑前，刘邦便已冲进帐篷，将他杀死。黎明前，官兵已被歼过半。剩余的缴械投降，被锁上铁链带入城中。

刘邦凯旋回归，他的追随者和丰邑百姓早已在城内排起长队，沿街为他欢呼。战俘们被带到城中广场，人群高喊：「杀了他们，杀了他们！」刘邦来到广场，下马，亲自给一些俘虏解开锁链和手铐，并向俘虏和围观群众大声宣布：「你们身为士兵，必须服从命令。我不会因你们对抗我们而怪罪于你们。那不是你们的错。但现在，你们应该加入我们，共同对抗腐败政府。只要加入我们，你们就会获得自由，以及相应的奖励。」于是，所有战俘纷纷举手，表示愿意加入刘邦的起义军。随后，他们受到了人道对待，为所有人提供了食物和水，伤口也得到了妥善处理。

经过此战，刘邦军中士兵人数增加了两千人，达到约五千人。官兵战败消息迅速在泗水郡传开。郡守得知此事，惊慌失措，一日之内，大军被杀，剩下的士兵也纷纷逃走。

刘邦决定乘胜追击，率领萧何、曹参等大军北上，直抵泗水郡的首府。泗水郡郡守在逃亡途中被刘邦军队杀死。刘邦命令雍齿留守丰邑，确保城池安全。自起义以来，雍齿是一直是刘邦可信赖的助手。

随后，刘邦轻松攻克了泗水郡的许多城池。在此过程中，他的军队规模和战争资金不断增长。

然而，刘邦因一连串的小胜利而得意忘形、过于自信，将丰邑城军事基地的弱点抛诸脑后。该基地由雍齿指挥的少量部队守卫。魏国对丰邑城觊觎已久，察觉到丰邑防守薄弱，便派出大军围攻。面对强敌，看似忠臣的雍齿决定投降。魏国赐予雍齿重金、丰邑太守之职，以及数千士兵。

雍齿投降之事令刘邦万分沮丧，他心想：「这都是我的疏忽，错信了雍齿，失去了军事基地。我由此得到了一个很好的教训。今后，在授与部下兵权时，一定要慎重。将军可以为我取胜，但如果他背叛了我，他也能毁灭我。魏国暗箭伤我，实不可原谅，雍齿背叛我，亦不可饶恕。此仇必报。」

第十三回： 攻略

本回人物介绍

萧何	刘邦的谋士
曹参	刘邦部下将军
刘邦	本回主角
章邯	秦朝将军
陈胜	抗秦起义首领
吴广	陈胜的副手
张耳	陈胜的谋士
陈余	陈胜的谋士
景驹	陈胜死后的楚王
武臣	陈胜部下将军，后来投奔到赵国
李良	赵国将军，后来刺杀武臣
赵歇	张耳和陈余推举的赵王
韩广	赵国将军，后来建立燕国
田儋	齐王
魏咎	魏王
项梁	另一位起义领袖
项羽	项梁之侄

在一次与萧何、曹参的战略会议中，刘邦告诉他们：「我要向报仇雍齿，夺回丰邑城，然后再进军，征服整个泗水郡。你们怎么看？」

思考周密且睿智的萧何温和地说：「在您下这个结论之前，让我们先回顾一下当前的天下形势，了解我们的长处和短处。」

他继续说：「首先，秦朝仍有一支强大的军队，有数十万士兵和一名不败将军章邯。听说他最近在多次战役中击败了楚军。楚国的革命军是最大的一支起义军，拥有二十多万士兵，为陈胜与吴广所建，分别自封为楚王和楚副王。他们的势力一开始迅速增长。然而，陈胜是个软弱的领导者，吴广无能且不得人心。吴广在内斗中被杀，导致众多功臣将领对陈胜失望至极，纷纷离开。例如，陈胜的得力将军之一武臣，已离开并建立了赵国，自称赵王。他带走了陈胜的两位优秀战略谋士张耳和陈余。由于陈胜幕僚乃无能之辈，他屡战屡败，后来被秦朝不败将军章邯击败。在他去世后，景驹继任为楚王。虽然楚国革命军依然强大，但缺乏领导，内力薄弱。景驹需要招揽更多有才华的人以增强他的军队。

赵国军队初期曾多次取得胜利。然而，军队首领李良不久就发动叛乱，刺杀了武臣。随后，武臣的两位忠臣，张耳和陈余击败李良，他于是逃亡并向秦朝政府投降。后来张耳、陈余拥立赵歇为赵王。虽然赵国属反秦阵营，但为了自己的利益，他们并非革命运动的真正支持者。

燕国是赵国的分支，由赵国将军韩广建立。他占领了战国时期旧燕国的领土。他对推翻秦朝不感兴趣，而更专注于巩固自己的燕国领土。

旧齐国王室后裔田儋，现占领了旧齐国的一部分领土。他一心希望恢复旧齐国的辉煌，脱离秦朝独立。因此，与革命运动相比，他更倾心于掠夺土地。

你应该警惕魏国，它由魏咎领导，他已经吞并了丰邑城，且坐拥大军，与他作战犹如鸡蛋撞石头。」

萧何停顿了一下，接著进入会议的主题。他很有说服力地说：「与秦朝以及所有潜在的对手或盟友相比，我们的军队规模和实力都很小。幸运的是，秦朝现在忙于诸多内部问题和叛军。我们最近的侵略行为可能已经引起了秦政府的注意。如果真是这样，章邯可以轻而易举地消灭我们。

况且，以小军攻魏，我们无法再承受大败。

因此，我建议您投靠一支可靠的革命军，以获得庇护。有两个盟友可能有兴趣收容我们。第一个是新继楚王景驹。他可能给您一些支持或将您的军队纳入他的军队，因为他迫切需要增强军队的实力。

另一个潜在盟友是项梁，他是旧楚国的忠诚将军。两年来，他建立了一支革命军队，并取得了重大进展。他不仅是一位伟大的战士，还是一位能力高超的军事领袖。他的侄子项羽也是一位令人畏惧和勇敢的战士。由于现在项梁的军队相对较小，我不确定他是否愿意收容或支持您。」

听了萧何的长篇大论后，刘邦站起来说：「我知道了。让我考虑一下。」

第十四回：张良

本回人物介绍

刘邦	本回主角
景驹	陈胜死后的楚王
张良	革命家和逃犯
张耳	初期是陈胜的谋士，后来投奔赵，成为赵国大臣
姜子牙	周朝开国元勋
萧何	刘邦的谋士
曹参	刘邦部下将军

本回地点介绍

博浪沙	河南省

几日后，刘邦决心寻求新楚王景驹的支持。

一天清晨，刘邦在去楚国的路上被护卫叫醒，告诉他有一小队逃亡者希望能见他一面。当他走出帐篷时，他看见一名三十来岁、衣衫褴褛、但不失风度的男子。这位男子相貌年轻，但带稍许女人气质，其眼神锐利，流露出非凡的智慧和视察力。他身形纤细、动作敏捷且优雅。他的举止自信、从容不迫。

刘邦好奇地走向陌生人，礼貌地问道：「有什么可以帮您的吗？」

对方回答道：「我是张良。您大名如雷贯耳，我认为我们志同道合，希望能与您结交，不知可否借一步交谈？」

刘邦被张良的沉稳和气质所吸引，热情地邀请他进入自己临时搭建的府衙。坐下后，张良开口说道：「让我正式向您介绍一下自己。我来自韩国，现在正在躲避秦朝的追捕，他们指控我企图暗杀秦始皇帝。过去两年，我一直在逃亡，不停地转移和隐匿。」

刘邦插话问道：「您能告诉我原因吗？」

张良说道：「说来话长，让我先讲一下我的背景吧。我生于韩国一个望族，祖父和父亲都曾是韩国的丞相。秦国吞并韩国后，我的家被毁，众多亲人和族人均惨遭杀害。因此，我决心报仇，策划暗杀秦始皇。我变卖了家中所有财产，并用这笔钱雇了一位壮汉，以刺杀秦皇。我们制造了一把巨型铁锤，重一百十二石，在秦始皇队伍经过博浪沙时伏击了他们。壮汉将铁锤丢向秦始皇的马车。可惜锤子误击了另一辆马车，未能击中目标。结果，我就成了秦朝追捕的头号罪犯。这两年，我一直在寻找一位可信赖，并会支持和庇护我的友人。」

刘邦回应道：「您的英雄事迹真是令人敬佩。我也是无意中加入了革命大军。既然走上了这条路，就没有回头路了，您我搭的是同一艘船。」

张良接著说：「没错，我们都渴望推翻这个残暴腐败的政府。当前民众愤怒，各地都涌现出革命军，秦朝灭亡在即。」

张良接著阐述道：「《太公兵法》强调，治理国家的关键在于君主对人民的爱。君主不得阻碍人民的生产力，不得惩罚无辜者，不得征收过重的税赋，不得强迫劳动建造华丽的宫殿，压迫人民。明君应爱护他的子民，如同爱护自己的子女、兄弟姊妹一般。秦朝却截然相反。」

刘邦听到《太公兵法》这本书名字时，他想到：「在我作张耳的食客时，他也曾提及这本书。这本书是征服国家、成为伟大帝王的关键。但秦政府将它视为威胁国家安全的禁书，没收并焚烧了此书。我要问一下这位年轻人手中是否有一本？」

于是刘邦问道：「您能详细讲一下这本书吗？」

张良回答：「此书是一千多年前辅佐周文王、周武王建立周朝的著名丞相兼将军姜子牙所著。这不仅是一本兵书，也涉及治国之道。此书共有六章。第一章论述如何使国家繁荣兴盛，提高人民的道德水平；第二章论述军事策略；第三章论述领军之术；第四章论述战争中的地理与环境因素；第五章论述战术问题；第六章论述士兵的训练、士气、奖励与惩罚。」

「您读过这本书吗？」刘邦询问。

「当然，我不仅读过，而且还深入研究多年，」张良回答。

「这么说来，您有一本，对吧？」刘邦问道：「您知道这是一本禁书吗？您是如何得到的？」

张良点了点头，回应道：「我确实有一本。多年前，我在家乡游历时，在桥边遇到一位老人。他故意地将鞋子踢进河中，然后对我大喊：『年轻人，把我的鞋子捡回来。』起初，他那粗鲁的态度让我很恼火，但他虚弱的身体激起了我的同情心，于是我便跳进河中捞他的鞋。我刚把鞋递给他，他又粗鲁地说：『现在，帮我把鞋穿上，行吗？』这个无礼的要求使我非常不快，但犹豫片刻后，我还是抑制住了自己的恼怒，跪下帮他穿鞋。他起身，一言不发，就走开了。

出于好奇，我就在后面跟著他。走了几步后，他转身说道：『年轻人，您有潜力成为我的门徒。明天早上回到这里。我将赐给您一本宝贵的书和一堂课。』他可能是位高人，我也想抓住这个拜他为师的机会。所以第二天黎明时分，我就如期来到了同一地方，却发现他不在。稍等片刻后，那位老人走过来并责备我：『您来晚了！我已经等了好几个时辰。授课时辰已过。您五天后再来，不要迟到。』

我五天后，黎明前一个时辰，我再次来到桥上，但他却不见踪影。一个时辰后，他悠然而至，并再次责备我：『您又迟到了。我今天太累了，无法授课。您五天后再来，而且要更早。我不能一直等您。』他看似反复无常的行为令我沮丧，但我决定再给他一次机会。于是我在第四天晚上就到了桥上，并在在桥上过了一晚。在第五天黎明破晓时分，我终于看到他走过来。『您证明自己配得上做我的弟子，』他说道：『拜我三拜，称我为师。』他随后交给我一本厚重的书，劝告我：『这是我送给您的礼物。认真研读，十年后，您将成为一位伟大的领袖。十三年后，我们将在谷城的黄石重逢。』我就是这样得到了《太公兵法》。我对老师的真名一无所知，只是简单地称他为黄石老师。」

张良讲话时，刘邦心想：「他是个值得结交的人，忠诚、勇敢、正直、谦逊、智慧、博学。他信任我，才向我透露了一个可能会让他掉脑袋的秘密。那本书是一颗瑰宝。我应该拿到它吗？为何？或许不必。以我的资质，我可能无法阅读并理解这样的经典。我也没有时间和耐心阅读。如果无法正确理解并应用这本书，那么它就只是一堆文字。我应该招募他加入我的阵营，让他向我解释这本书的概念，并应用它们来指导我。」

刘邦接著问道：「您想去哪里？您想加入谁的阵营？」

张良回答说：「我打算加入楚国。那是唯一值得加入的阵营。」

刘邦说：「真是巧合？我也正朝那个方向走的。不过，我建议您为我做事，这样您可以加入我的阵营，我们一齐加入楚国，好吗？」

张良脱口而出地回答：「好的，我愿意。」

刘邦想：「我应该给他什么职位呢？他体力太弱，无法在前线作战，但他可以成为一名优秀的谋士，不过在此之前，我需要更好地了解他。」

刘邦又问道：「您做我的马厩官怎么样？同时，您可以向我、萧何和曹参解释那本书的内容。」

接下来的日子里，张良每天花几个时辰讲授《太公兵法》。刘邦像海绵一样吸收这些内容和概念，并提出了许多关键性的问题。另一方面，这些概念对萧何和曹参来说太深了。张良曾私下告诉萧何：「这些概念很难理解。很少有人能参透。刘邦真是个天才。」

第十五回： 楚国景驹

本回人物介绍

刘邦	本回主角
张良	刘邦的谋士
景驹	陈胜死后的楚王
雍齿	刘邦部下叛将，后向魏国投降
项梁	另一位起义领袖

本回地点介绍

丰邑	江苏省

刘邦一行人加入楚国后，很快就发现，景驹虽为人善良，乐于助人，但实际上能力平庸。当刘邦向景驹求援，希望收复丰邑时，景驹毫不犹豫地给予刘邦足够的兵力。

当刘邦准备攻打丰邑时，张良劝阻说：「丰邑地势险要，易守难攻。您曾有击败秦军的经验，当时您是守军。现在您的角色互换了。虽然您的兵力可能比雍齿更强大，但支持雍齿的魏军会从后方攻击您，届时您就会陷入被两面夹击的困境。此外，现在不是攻打丰邑的适宜季节，天气太干燥，根据您的经验，敌人可以用火攻。我们应该等到雨季。」

于是，刘邦放弃了收复丰邑的念头，转而攻打并成功征服了丰邑附近的两座城。结果，他的军队增长到了一万名士兵。

此时，旧楚国前忠诚将领项梁，集结了一支约七万士兵的庞大革命军。他不满景驹自封为楚王，对同僚说：「景驹曾是陈胜的追随者。在陈胜失踪，死讯未明之际，景驹立即自封为陈胜的继承人，对上司不忠。此外，景驹与旧楚国皇室无血缘。因此，楚国人民不尊重，也不支持他。景驹应立即退位。」

忠于陈胜的其他将领联合项梁，发动战争反抗景驹。一番交锋后，项梁击败了景驹，景驹随后逃亡到魏国，并死在魏国。

项梁成功夺权后，成为楚国军队唯一的强者兼领袖。他接管了超过二十万士兵的大军，其中包括刘邦麾下的军队。

项梁为刘邦增兵五千。加上这些援军，刘邦的军队拥有超过一万名士兵。到了次年春天多雨之季，刘邦乘机进攻丰邑，成功夺回城池。一年前背叛刘邦的丰邑太守雍齿逃往魏国。

第十六回： 项梁阵营

本回人物介绍

刘邦	本回主角
英布	一位战士，他后来投靠了项梁
项梁	另一位起义领袖
项羽	项梁之侄
范增	项梁和项羽的首席谋士
陈胜	已经过世的革命军领袖
景驹	被项梁刺杀的楚王
章邯	秦朝的长胜将军
秦始皇帝	秦朝始创人
嬴胡亥	秦朝二世皇帝
芈心	被项梁树立的傀儡楚王
韩成	被张良树立的韩王

本回地点介绍

骊山	陕西省
襄城	河南省

刘邦在项梁营地遇见了几位非常特别的人物。其中之一就是英布，一位勇猛而残酷的将军。他臭名昭著，因犯下重罪而受到毁

面、监禁和骊山苦役之刑罚。骊山住著成千上万名劳工，其中有囚犯也有奴隶。英布后来成为这些囚犯中的一名头目，带领他们发动暴动，逃往山中，成为一伙盗贼。后来，他的伙伙成功抵抗了秦军的一个军营。由此，他也意识到自己不能永远当强盗，于是决定加入项梁的革命大军。由于他的勇猛无比，屡战屡胜，因此项梁非常敬重他。

项梁营中第二位，也是最杰出的人物是项梁的姪子项羽，一位二十多岁的年轻人。项羽身材魁梧，是一位凶猛的战士，能在一场战斗中单枪匹马击败数百敌人。相传他曾徒手分解一头牛，并能举起百石重的鼎。他的眼神让人生畏，嗓音沙哑，举止自负。由于他性情急躁，冲动，常常鲁莽行事。他性格中最糟糕的一面是热爱残暴。在襄城的战役中，他将整个城烧毁，屠杀了所有守城的士兵和平民。由于他的凶悍，敌人都惧怕他。在楚军中，除了叔父和被他视为义父的老贤人范增外，项羽对任何人都不敬。

第三位人物是范增，他加入项梁军队时已年逾七旬。在他的村庄里，范增以其古怪却又睿智著称。尽管他过著隐士般的生活，但他对政治局势却有著敏锐的洞察力。在一次军事集会上，他大声地用嘲笑和挑衅的歌声打断了项梁。他所唱的歌句直截了当：「狼吞兔，虎食狼，人猎虎。」这番狂妄的举动导致愤怒的项梁将他逮捕。

「您是一只虎，但您的厄运是不可避免的，」范增一见到项梁便大声疾呼。

被侮辱和愤怒的项梁质问：「您为什么喷出如此刻薄的话？」

范增毫不退缩地回答：「您指挥庞大的军队，但缺少民心。您正在重蹈陈胜的覆辙。他自认为是虎，实则不过是只兔。他的团队不稳定且四分五裂。由于他不是旧楚王室后裔，未能赢得楚国百姓的支持。他的得力幕僚都离他而去，他也难以在楚国招募到足够的爱国者。因此，秦国的章邯轻易就击败了他。景驹也犯了相同的错误，从而为您的崛起铺了道路。但要当心，您最近的成功让您判断模糊，让您认为自己是一只虎，准备击败章邯。但您应该更深入思考。您的政治基础非常脆弱。虽然您曾经是旧楚名将，但您无非王室正统，楚国的志士并不支持您。您庞大军队鱼龙混杂，残次不齐。更糟的是，在最近几场战役中，您的军队劫掠城镇、屠杀平民，并犯下天下人不可忍之暴行。许多国家都流传著这样的谣言，说您比秦始皇和胡亥皇帝还要残暴。哪有国家会支持您？」

听到如此尖锐而又合理的批评后，项梁想：「他说的有几分道理。我的军队是由项羽和英布这些残酷无情的将军指挥的。我无法控制他们的行为，因为将军在战场上应该拥有绝对的权力。歼灭和杀戮是他们的工作。他们残暴的行为可能已经损害了我的政治支持。但也罢，我还能做些什么来改善我的处境呢？」

「那我该怎么做呢？」项梁问。

「首先，您不应该自封为楚王。您应该找到一个旧楚王室的后裔，立他为王。然后您就自称为相国护国公。这样，您就可以赢得楚国人民的拥护。」

在上述对话之后，范增成为楚军的首席战略谋士。项梁遵循范增的建议，找到了旧楚王室的后裔。他的名字叫做芈心。秦始皇吞并楚国之前，芈心的祖父芈槐是楚国旧王的远亲。他逃到山中，以牧羊为生。项梁随后立芈心为楚怀王，自封为楚国相国。实际上，芈心是项梁的傀儡。

张良是旧韩国的爱国者，他将此事件视为复兴祖国的好机会。他对项梁建议说：「您复兴楚国的气度和仁义之举，举国皆称道。您忘记了旧韩国。如果我们支持韩国复兴，我们就又多了一个重要的盟友。」

项梁记得范增早先的建议，深信不疑。他需要一个仁慈的幌子来获得其他国家更多的支持和尊重。因此，项梁命令张良寻找旧韩王室的后裔，然后将后裔立为新的韩王。此外，项梁还给了张良一些士兵，以便复兴韩国。

张良最终找到了一位名叫韩成的旧韩王室后裔，并将他加冕为新韩王。张良随后成为韩国的丞相。由于他们没有固定的领土，他们和追随者成为了游牧民和游击队。

芈心深知自己处境岌岌可危。他心想：「一切都在项梁的掌控之中。我随时都可能被废。更让人担忧的是，项梁残暴的侄子项羽控制著大批军队。项羽随时都有可能发动政变，将我置于死地。我得找一位正直的将军支持我，来平衡项梁和项羽的势力。英布？不行，他太难以控制。也许刘邦才是合适的人选。但问题是，项羽的军力远超过刘邦。我得保护他，避免他被项羽打败。如果我能促使他们建立兄弟关系，刘邦就有更多的生存空间和成长的机会。这样的兄弟情谊对国家来说无疑是有益的。」

于是，芈心召见刘邦和项羽。他指著项羽说：「您凭著您的力量和勇气，赢得了无数胜利。刘邦的智慧和策略可以与您完美互补。」

然后他转向刘邦，说：「您以巧妙的谋略和严明的军队纪律，取得了许多胜利，项羽的势不可挡，正是您所需要的。」

接著，芈心对二人说：「结为生死兄弟，对国家、对自己来说，都是一件幸事。」

刘邦当即接受了这个提议。项羽起初有些犹豫，但为了不让芈心难堪，最终还是答应了。

于是芈心让两人跪下，发誓终生互相尊重、爱护、守护，直到生命尽头。

第十七回：先入關中者为王

本回人物介绍

项梁	楚国的强人
项羽	项梁之姪
刘邦	本回主角
宋义	前楚国丞相,芈心委任的楚军总司令
芈心	被项梁树立的傀儡楚王
范增	项梁和项羽的首席谋士楚國的強人

本回地点介绍

砀郡	河南省和江苏省交界

彭城	楚国首都在江苏省
关中	陕西省南面和四川省北面
沛县	江苏省

在项梁、项羽和刘邦的领导下，楚军在接下来的两个月里运气不错。他们连续击败秦军，攻陷了数座城池。一连串的胜利让项梁变得骄傲且轻浮,军队也因此变得懈怠，对接下来的挑战毫无准备。前楚国丞相宋义担忧项梁的松懈态度，曾劝告他军队可能遭受秦军的反击。但项梁无视他的忠告，并将宋义派往齐国。在去齐国的路上，他遇到了齐国的使者，并劝告使者不要继续前往楚国，因为项梁很快就会失败。

第二年夏天，下了一场大雨。项梁的军队扎营在低地，对大雨引发的洪水毫无防备，许多士兵因此溺水而亡。秦军的长胜将军章邯乘机出击，消灭了项梁的军队。同时，项羽和刘邦在另一个县作战，无法及时救援项梁。项梁随后在战斗中被杀。

接著，项羽和刘邦安全护送芈心到彭城，并将它定为楚国的首都。

项梁之死对芈心而言是个好消息，他因此获得了更多的权力。为了表彰宋义的智慧，并抓取更多的军事权力，芈心任命他为军队的统帅，并将项羽和范增置于宋义之下。此外，他任命刘邦为砀郡太守，封他为武安侯。他还封项羽为长安侯。

为了激励麾下将领推翻秦政府，信心十足的楚怀王芈心召集了他的将领们，宣布了一场竞赛。他告诉他们：「关中是秦朝的心脏地带，也是政治、经济中心，第一个进入并征服关中的将军，将被封关中之地，并被封为关中王。」

许多将军因为畏惧章邯的强大军队，不敢接受挑战。项羽为了报秦朝杀害他叔父的仇恨，站了出来说：「我愿意与刘邦联手征服关中。」

会后，多位高级大臣和将军私下与芈心会面。他们告诉他：项羽虽然是个猛将，但生性残暴，喜欢用蛮力。在襄城之战中，他烧毁了整座城，屠杀了城中所有的守军和平民，那是一个臭名昭著的行为。他征服的每一座城都被他烧毁和摧毁。我们会因为他的暴行而失去民心，最终像我们的前辈陈胜一样失败。另一方面，刘邦是一个更仁慈的人。他懂得如何拉拢民心。他征服了许多县，不是靠蛮力，而是因为他们投降。他在执行任务上会更成功。」

芈心随后派遣项羽北上助阵抵御赵国，又派刘邦西进关中。

第十八回：家书

本回人物介绍

樊噲	劉邦的好友和部下將軍
蕭何	劉邦的謀士
劉魯	劉邦和呂雉的長女
呂雉	劉邦的妻子
曹娟	劉邦的妾室
劉肥	劉邦和曹娟的兒子
楚懷王	即芈心
劉盈	劉邦和呂雉的兒子
審食其	劉邦部下將軍
呂嬃	呂雉的妹妹
呂澤	呂雉的長兄
呂釋之	呂雉的二哥

本回地点介绍

关中	陕西省和四川省

时至今日，沛县依然风平浪静。刘邦一家在县令府住了两年左右。刘邦已经离家约十五个月了。樊哙和他的部队继续保护这个县，他特别确保刘家的安全。吕雉的长女刘鲁和曹娟的儿子刘肥都

还是幼儿，两个孩子都非常可爱。大约九个月前，吕雉顺产了一个男婴，名刘盈，是刘邦两年前在山洞中见到吕雉时取名的。吕雉和曹娟相处融洽，就像姊妹一样。刘邦年迈的父亲因腿部关节炎的缘故，行动越来越不便，他和两位媳妇住在一起。

一天早上，一名信差送来一封密封的盒子，里面是写给吕雉的信，上面写道：

「吾妻，

很惭愧未能早些写信于您。离家十几月，每天经历生死攸关，没无余时写信。您知，我不擅长写字，此信由萧何代笔，我口述。信尾的指纹以保此信真伪。

望家中一切安好。我都没有忘记您、父亲和家中每一个人。我长时间离家，一次又一次的战斗，让我很痛苦。我乐观地认为我的革命即将结束，希望很快就能与您相聚，永远与您享受平静时光。

在过去的两年中，我的事业取得了相当的进展，对此我感到非常自豪。这两年来，我经历了起伏，但总体来说，我成功地克服了危机，现在比以往任何时候都更加强大。我现在隶属楚怀王的军队，统帅万余人。我已升任砀郡郡守，距我家以西约三百里。此外，我还被封为武安侯。

楚怀王命我进军关中，那里是秦朝的腹地。这个任务将是一个巨大的挑战。在开始这项任务之前，我写信给您，告诉您我的下一步行动。请不要为我担心。

请您回信，告知家中近况。顺便说一下，我需要重新安排樊哙。我需要他担任下一个任务。因此，他将不再保卫沛县。我已命另一位将军审食其接替他，并派遣增兵保护县城。

刘邦的指纹签名。」

吕雉阅读完信件后，心中涌起温暖的感觉。她轻轻舒了一口气，感慨刘邦并未将她遗忘。信中的温馨语句，反映出刘邦对她深切的情感。这几年的苦楚、艰难和孤单，终于有了值得的回报。她仍是刘邦心中的女人。而且有趣的是，信里对于曹娟竟然一字未提，这无疑让她整天觉得畅快。

吕雉随即迫不及待地回信，内容如下：

「吾夫，

多月来，我每天都渴望收到您的来信。知道您很安全并且取得了巨大的进步，我心中充满喜悦。您真是我心目中的好丈夫。

家中一切安好，请放心。

您一定会喜欢这个消息：我生了一个男孩，按您意愿，我将他命名为刘盈。这次分娩非常顺利，和上次大相迳庭。我们的小女儿快两岁了，现在活泼可爱，像小猫一样四处奔跑。

至于樊哙，我对他必须离开沛县感到些惋惜。他一直细心照顾著家中的每一位成员，真是个好人。另外，您可能会感到惊讶，他与我的妹妹吕媭结了婚。她现在情感上成熟了很多，不再是爱哭的小女孩了。父亲非常喜欢樊哙，当他提出婚事，父亲和吕媭都欣然接受了。

不过，我还有一些不太好的消息要告诉您。父亲、母亲去年辞世。我的两位兄长吕泽和吕释之，最近把家业出售了，并决定加入您的大军。要知道，他们都是武功高超，学识渊博，希望您能给他们找到合适的职位。

吕雉盖章签名。」

第十九回： 李斯之死

本回人物介绍

赵高	秦朝太监
嬴胡亥	秦朝二世皇帝
李斯	秦朝首位丞相秦朝太監

本回地点介绍

沙丘	河北省

在秦朝廷中，太监赵高是胡亥皇帝的密友亲信。多年来，他一直利用与皇帝的亲近关系，暗中迫害及杀害他的对手。他设计了一个狡诈的方法来掩盖他的邪恶和残暴行为。他对胡亥皇帝说：「您知道许多大臣轻视您吗？他们用琐碎而荒谬的奏章困扰您，目的是要使您疲惫或羞辱您。如果您回答得不对，他们就会在背后嘲笑您，说您无能。处理他们的最佳方式是不亲自回应任何奏章。您应该将这些琐事交给一位可信赖的代表来处理。如果您保持高傲和神秘，您就会像神一样受人崇敬。神越是隐形，人们就越是敬畏祂。因此，您应该废除与大臣的所有朝会。一切治国之事应由您的代理人处理。」愚蠢的胡亥皇帝同意了这个建议。随后取消了与大臣的所有朝会。他不再与他们的会面。一切政务都委派给了赵高。所有奏章均由赵高审阅并答复。赵高成为了实权在握的“皇帝”，而胡亥在宫中沉迷于酒色之中。

赵高意识到丞相李斯的不满，决定用设陷阱铲除李斯。赵高来到李斯面前，说：「全国充斥著叛乱和盗匪。然而，皇帝对国家的衰落漠不关心。由于我只是一个太监，无法警告他。您能否劝告一下？」

李斯回答说：「我的确有责任提示皇帝。然而，他如今不愿召见任何人，整天都待在宫殿的深处。我没有机会见到他。」

赵高说：「放心吧，如果您肯劝谕，我可以安排您去见他。」

一天下午，胡亥正与美女淫乐时，赵高告诉李斯去他的私人房间见胡亥。李斯不知胡亥在房间内做什么，就闯入房间，激怒了胡亥。

第二天早上，赵高对胡亥说：「您应该记得李斯是沙丘之变的共谋者。他可以利用那件事勒索您。他昨天的蓄意行为已经显露出他的隐藏动机。顺便说一下，我听说他的儿子与一个叛军有联系。因为没有足够的证据，所以我之前没敢告诉您。您或许应该调查他的儿子。」

当李斯得知调查时，他写了一奏章给皇帝，指控赵高诽谤他。这份奏章被赵高截获，他进而对调查员施加更大压力。当调查报告显示李斯和他的儿子是无辜时，赵高伪造了一份虚假报告，颠覆了原来的调查结果。他随后将这份伪造的报告展示给胡亥，胡亥对李斯被指控的重大叛国罪感到震惊，随即下命囚禁李斯，并任命赵高为检察官兼判官。

赵高对李斯进行了多次酷刑，直到李斯屈打成招。愚蠢的胡亥不知道自己被骗，将李斯处死，他的家族三代亦被残忍斩首。

第二章：秦朝灭亡

第一回：宋义被杀

本回人物介绍	
宋义	芈心委任的楚军总司令
项羽	楚军的猛将
芈心	被项梁树立的傀儡

楚国新任的大将军宋义，应赵国的邀请共同对抗秦军。然而，在他的远征途中，在半途停下，驻扎了四十六天。

项羽对此举动极为不满，他原本应该服从宋义的指挥，愤怒地对宋义指责：「秦军正围攻赵国，如果我们不及时援助，赵国必将陷落。我们应立即北上支援赵国，并从后方攻击秦军。那样，秦军将会被我们与赵国夹击。您现在选择原地安兵不动，实在是太荒唐了。」

宋义愤怒地回应：「我不同意您的看法。杀死血虫容易，但摧毁其卵则不然。秦军实力远超我们，我们应等待秦军在赵国的抵抗中逐渐耗弱。届时，我们再出击，定能取胜。您只擅长武力，却看不透战略。作为统帅，我有权判处任何反对者死刑。」

随后的几天里，宋义为即将出使齐国的儿子举行了一场盛大的欢送宴会。宴会上，宋义和许多将领酒酣耳热。

项羽目睹了宋义的劣迹，决定发动兵变。他对部下说：「许多地区都出现了歉收，军中粮食短缺，严冬时节，士兵饥寒交迫，而宋义和他的亲信此时却大吃大喝，宴饮作乐，不顾我们和盟友赵国正面临的重大危机。我们必须除掉他。」

次日一早，项羽闯入宋义的帐篷，将他杀死。他斩下宋义的头颅，在将领和士兵面前展示，宣布：「宋义是个叛徒，他理应受到死刑。」

其他将领都被项羽果断的举动所震惊，无人敢反抗。楚怀王软弱无能，被迫任命项羽为新的大将军，取代宋义。

第二回：巨鹿之战

本回人物介绍

章邯	秦朝的长胜将军
王离	章邯部下的将军
项羽	楚军的猛将
张耳	曾经是陈胜的谋士，后来逃到赵国做了它的丞相
陈余	曾经是陈胜的谋士，也是张耳的老友

本回地点介绍

巨鹿	河北省

同时，秦军名将章邯率兵渡过黄河支流，直奔赵国京城巨鹿而去。他下令修建一条连接河的口岸与军营的大道，便于运送粮食和军事物资。王离是秦军的前线指挥官，有充足的后勤支援和强大的军队，为长期围困巨鹿做足了准备。

赵王和他的丞相张耳在城内被困达两个月之久。城中局势极为紧迫，市民和士兵在无援之际饱受饥饿之苦。张耳向他的老友、驻守在另一城的陈余求援。但陈余畏惧秦军，对张耳的求援未予理会，反而回信道：「与秦军作战，犹如自送虎口。如果我试图救您，我们两个都会被消灭。为了赵国的利益，最好是保存我的军队，以便将来复仇。」

项羽被任命为楚军领袖后，率军直取巨鹿。他的军队渡过黄河的一条支流后，成功破坏并封锁了章邯为运送军事物资而修建的公路。结果，王离的补给线被切断。

项羽决心在敌人重建另一条补给路线之前赢得一场短暂的胜利。他的军队登陆河的对岸后，他命令部队沉船和砸锅，只带三天份的干粮。他对他们说：「不要回头。我们不能返回。我们只有三天时间来消灭敌人。我们必须战斗，否则我们都会死。」

项羽的士兵们接著像成千上万只饥饿的狼一般战斗。每一个士兵都击倒、制服并杀死了数百名秦军士兵。面对汹涌而来的凶猛敌人，残存的秦军士兵根本无法逃脱，不少人被踩死。垂死士兵的尖叫声直冲云霄。不到三天，王离麾下的军队就被彻底消灭，而王离自杀身亡。

战鼓沉寂后，陈余率领的大军及盟军将领也相继抵达。他们对项羽军队的惊人速度和凶猛深感敬畏。当他们在军营聚集，为项羽的胜利欢呼时，腿脚发抖。没有人敢抬头直视项羽的霸气姿态。他们深信他确实是他们的领袖。

赵王和张耳从城中出来，迎接并感谢他们的救援者。

张耳对陈余大喊：「人们说，患难见真情，我和赵王都快要死在城里了，您却不肯救我们，您不再是我的朋友了！」

陈余愤怒地反驳：「您要我做什么？和你们一起死在这里吗？我尽力保全赵军的生存。如果您对我的表现不满意，那就收回我的军玺吧。」他随即拿出他的将军军玺，递给张耳，后者突然一把抓过。

心怀不满的陈余立刻离开赵国，成为游击队首领。

第三回：彭越与郦食其

本回人物介绍

彭越	游击队的领袖,后来加盟刘邦
刘邦	本回主角
郦食其	年老的智者,后来加盟刘邦

秦始皇帝	秦朝始创人

本回地点介绍

高阳	河南省
昌邑	山东省
陈留	河南省

在另一个遥远的战场上，刘邦稳步向西方关中地区进军。途中，他连续攻克了四座小城。当他攻打位于西南的昌邑城时，碰上和接收了彭越率领的一千名游击队员，彭越曾是昌邑的渔民。由于昌邑城防御坚固，刘邦未能迅速攻下。于是他决定绕过昌邑，继续前行。

当刘邦路经邻近的高阳城时，幸运地遇见了当地贤者郦食其。郦食其是位学识渊博的穷书生，动乱时期难以找到一份像样的工作，只能靠当门卫维生。郦食其有位在刘邦军中担任骑士的朋友。他请求朋友介绍他给刘邦，但朋友却告诉他：「刘邦不喜欢学者。曾有位戴儒帽的学者拜访刘邦，结果刘邦不仅摘下他的帽子，还当面小便射向帽子。他经常贬低学者。」

即使如此，郦食其仍坚持请朋友引荐，并说：「如果有机会，请告诉他我是个高个子老头，有些古怪，虽然被人视为怪人，但事实并非如此。」

朋友遂将此事转告刘邦。出于好奇，刘邦召见郦食其。

郦食其进入刘邦下榻的旅店房间时，发现刘邦正被几位美艳侍女围绕，躺在地上让她们洗脚和按摩。郦食其鞠躬致意后，提高声音问道：「您是在为革命事业服务，还是在为秦朝政府效力？」

刘邦对这唐突无礼的问题感到不悦，反问：「您这话是什么意思？国内任何明智之人都想推翻这腐败政府。您怎么会问这么愚蠢的问题？」

郦食其回答说：「您若真想灭秦，不可对长辈不敬。」

刘邦意识到自己失态，立刻起身，换上正装，向郦食其道歉。

随后，郦食其向刘邦详细分析了战国时期秦始皇如何统一六国，以及为何当下的秦朝将会迅速崩溃。郦食其的政治见解给刘邦留下了深刻的印象，于是邀请郦食其共进晚饭，继续深入讨论。

郦食其接著说：「您目前只有约两万士兵，想以此对抗拥有数十万大军的秦军，无异于以卵击石。另外，如果您像项羽那样征服、劫掠、灭绝各城，市民必定拼死抵抗，每一次攻击都将越发艰难。您前往关中的进程也会因此受阻。我建议您寻求目标地区的县令投降，并向他们承诺，将来会得到封地或升迁。如此一来，既可避免血腥，又不会耽误您的行程。您可以先在陈留县试试这个策略，我愿意协助您说服当地大人。」

刘邦听信了这个计策，便派郦食其出使陈留。陈留的县令对秦朝已心灰意冷，迅速投降并加入刘邦的军队。投降的消息传遍全国，不少县令也纷纷加入了刘邦的阵营。在这过程中，刘邦未撤换这些官员，同时严禁军队劫掠和侵犯任何城县。投降城的居民纷纷出来迎接刘邦的军队。

第四回： 章邯投降

本回人物介绍

章邯	秦朝的长胜将军
赵高	秦朝当权的太监
嬴胡亥	秦始皇次子,秦朝二任皇帝
司马欣	章邯的谋士
项羽	楚军的猛将

在巨鹿之战后，秦军统帅章邯不再所向披靡。部分原因是命运轮转的结果。更重要的是，赵高的贪污亲信挪用了款项和物资，朝廷对章邯的财政支持和军事补给已经减少到了极点。在章邯的军队相继溃败后，赵高以胡亥皇帝的名义，派遣使者责备并监视章邯。

由于害怕朝廷的迫害，章邯派他的助手司马欣前往京城，报告军队的困境并寻求更多支援。当助手到达赵高的衙门前等候时，三天都未能见到赵高。他无意中听到门内有关陷害和惩罚章邯的阴谋。这位惊恐的助手悄悄逃离并向章邯报告了他听到的一切。

司马欣劝章邯说：「全国各地爆发了许多叛乱，我们不可能压制住它们。如果您失败，赵高会试图怪罪于您，置您于死地。即使您成功，他还是会杀您，因为他也会因您的功绩盖过他而将您除去。到那时，不仅您会被杀，您的妻儿和所有亲属也会被残忍地处死。您应该重新考虑对秦朝的忠诚是否值得。如果是我，我会考虑投降楚军。」

章邯犹豫了几天，在接下来的几场战斗中，继续被项羽击败。无奈之下，他派秘密特工向项羽提出休战或投降的建议。项羽最初拒绝了章邯的提议，但当项羽得知自己的军队粮食短缺后，他接受了章邯的投降。

在投降仪式上，章邯放声痛哭，重申秦政府对他的卑鄙行为。根据休战约定，项羽将保留章邯将领一职。

项羽原本想将章邯的军队与自己的军队合并。然而，楚秦军士兵之间的关系日益紧张。前者对秦军士兵因过去战斗中的残暴行为怀有怨恨。后者则因章邯的背叛和自觉地位低于楚军而感到被背叛。此外，秦军士兵不愿在未来的战斗中对抗同胞，并被秦政府视为叛徒。他们还担心，如果秦政府知道他们叛变，他们的妻子和父母会被秦政府杀害。当项羽注意到这种微妙的情况时，他咨询了他的将领。一位部下指出危险并说：「如果我们与秦军交战时，秦军叛变，我们可能会两面夹击，麻烦就大了。」另一位部下建议释放秦军，而第三位则建议杀死所有投降的秦军。项羽同意，这个建议是最安全的选择。一天夜里，在章邯和司马欣离开营地后，项羽出其不意地袭击了二十万秦军，将他们活埋。后来，这一恶行天下皆知。

第五回：胡亥和赵高之死

本回人物介绍

刘邦	本回主角
赵高	秦朝当权的太监
嬴胡亥	秦始皇次子, 秦朝二任皇帝
嬴婴	秦朝三世皇帝

此时，刘邦的军队已抵达关中边缘，准备深入秦朝的核心地区。听闻刘邦军队的进犯，赵高因惧怕胡亥的斥责和惩罚，便闭门不出，拒见胡亥。

巧合，胡亥梦见一只白虎试图咬死他马车的左侧马匹。醒后，他咨询了一位巫师，巫师说那虎是河中恶魔的化身。为了净化身心，胡亥进行了数日的禁食，然后举行了一个仪式，向恶魔献祭。他将四匹白马投入河中作为祭品。仪式结束后，他路过赵高的家，询问叛乱的情况。

赵高无法应对胡亥可能的质问，于是决定暗杀胡亥。他与自己的兄弟，京城太守(即京城长)，以及宫殿安全部门的主管共谋发动政变。太守带领一队士兵闯入宫殿内部，杀死抵抗的卫兵和太监，并寻找胡亥。胡亥逃进自己的卧室。他问在场的太监:「您为什么不事先警告我？」太监回答说:「因为我从未警告过您，我才能活到今天。如果我警告过您，您早就杀了我。」

不久太守赶到，宣布了胡亥的所有罪行:「您是一位暴君。许多无辜之人被您所杀。您毁了国家。您的罪行不可饶恕。天命我将您送入地狱。」

「能让我见一见丞相，解释一下吗？」胡亥乞求道。

「不行，」太守回答。

「那您能否给我一个郡守的职位？」

「不行，」太守再次回答。

「我不介意做一个平民。请饶了我吧，」胡亥再度乞求。

太守冷冷地回答:「不行。」然后他转向他的卫兵喊道:「别浪费时间了。让我们除掉这个恶魔。」

于是，胡亥引剑自杀身亡。

次日清晨，赵高召集所有大臣开会，宣布胡亥之死。他对他们说：「胡亥是国家一切罪恶的根源，理应被处死。我已选择了一位更仁慈的皇帝，他是秦始皇帝太子之子，名叫嬴婴。」

登基典礼当天，嬴婴假装生病，未出席仪式。心神不安的赵高等不耐烦，便前往嬴婴的卧室，查看嬴婴是否真的生病。赵高一踏入房间，嬴婴的卫兵便冲进来，关上门，围住了赵高。赵高猝不及防，瞬间，卫兵拔剑斩下了赵高的头颅。

事后，嬴婴告诉他的支持者：「我们已经消灭了一个恶魔。他理应被处死。种瓜得瓜，种豆得豆。」

皇室内顿时爆发了一场可怕的风暴。赵高的亲属、同伙和朋党或被处决或被撤职。政府职位发生了大规模重组。

第六回： 嬴婴投降

本回人物介绍

劉邦	本回主角
嬴婴	秦朝三世皇帝

本回地点介绍

咸阳	陕西省

公元前 206 年冬天，刘邦大军抵达距京城城咸阳仅二十里的霸上城。新登基的皇帝嬴婴面对他的军队和政权不可避免的崩溃，他决定投降。他乘著插著白旗的马车，随身携带著所有皇帝印玺。当刘邦接近京城门时，嬴婴下车，跪在路边，将印玺交给刘邦，求饶。

刘邦的随从中，有人主张就地处决嬴婴。刘邦告诉他们：「楚王因我慈悲为怀而选我执行此任务。处死投降者，并非吉兆。」随后，刘邦将嬴婴交由楚国的军庭监管。

第三章：楚汉相争

第一回： 咸阳宫

本回人物介绍

刘邦	回主角
嬴婴	已经投降的三世秦王
陈文	秦朝的太监
张涛	秦朝的太监

本回地点介绍

咸阳	陕西省
渭水	陕西省
泾水	陕西省

咸阳，昔日秦朝的京城（今咸阳与西安合并），地处中国中西部，地理位置优越。这里不只是政治中心，也是繁荣的商业和制造业枢纽。咸阳位于渭水与泾水的交汇处，两条河流都是黄河的支流，地理位置显著。渭水自东北向西南蜿蜒流淌，而泾水则从西北向东南流淌，两水交叉点自然形成「X」形，咸阳恰好位于这个交叉点的西北方。

刘邦骑马领军，从渭水南岸向城内进发。他们跨越一座三十尺宽的桥梁，抵达城门。这时，刘邦惊讶地发现看不到城墙（传统的主要防御设施）。河岸上熙熙攘攘，停泊著船只，满载货物的仓库沿河岸排列。起初，刘邦对这种无墙的设防方式感到困惑，心想：「这样一座没有城墙的城如何防卫呢？」

然而，当他仔细环顾四周时，他敏锐的战略眼光很快看见到城左侧的一座山以及北方一座更高的山峰。他逐渐意识到，咸阳有的是大自然天工神斧的防卫。西边和北边的山脉为咸阳形成了天然屏障，而南边和东边的渭水、泾水则为咸阳形成了护城河。刘邦明白这一点后，很欣赏秦朝祖先选择这里作为京城的远见。他感到庆幸，因为嬴婴皇帝已经投降，他心想：「这座城堪比堡垒，易守难攻，幸好嬴婴皇帝选择投降，否则，要攻下这座城，我的军队必将付出巨大代价。」

当刘邦和他的军队沿著宽阔的街道游行穿过城时，他们遇了一幕令人震撼的景象。数千市民聚集在街道两旁，欢呼声回荡在空气中，解放的气氛十分浓厚。他们齐声高呼：「刘邦，解放我们！」而且热情挥舞双手。有些市民甚至向士兵们献上水和食物，以表达他们的感激和敬意。

这条宽阔的大道从城的南门向北延伸，一直延伸城中心的壮观的宫殿建筑群。抵达咸阳宫大门后，刘邦被其雄伟的城墙所震撼。城墙高约三十尺，厚二十尺，极为壮观。城墙的中心和角落间隔地设有瞭望塔，卫兵在城墙上尽职巡逻。

刘邦下马后，一位恭敬的太监深深鞠了一躬，说道：「主人，欢迎您。我是陈文，负责大殿的礼仪事宜。请允许我为您引路。」

他们一同穿过大门，沿著一条宽阔道路的由南向北通往大殿。大殿是一座建筑奇迹，坐落在一个面积相当于两个足球场的矩形平台上。这个台分为三个层，每层高度十至十五尺不等，高台总高度达三十至四十尺。宽达两百级的宏伟楼梯从地面通往平台顶部。

刘邦随著太监逐步攀升阶级，他留意到在第一和第二层露台的边缘排列著若干小房与阳台，便好奇地询问：「这些小房间是用来做甚么的？」陈文立刻回答：「这些是侍卫的住所。」

刘邦一踏上露台顶层，就看到一座极为壮观的建筑。它高约四十尺，占地面积堪比一个足球场。大楼正门朝南。当他踏入内部，眼前的宏伟景象令他目瞪口呆：数以十计的巨大圆柱和坚固的横梁牢牢支撑著屋顶。柱子粗大到双臂无法围绕。殿北侧中央的高台上放置著皇帝的桌子和篅垫。这座高台下，整齐地摆放著数百个篅子，供出席朝会的大臣和将军们使用。刘邦被这座大殿的雄伟之姿深深惊叹，心想：「我从未见过这样宏伟的大殿！」

出了大厅，又一名太监迎了刘邦来。他自我介绍道：「本官张涛，负责皇帝寝宫。请让我为您引路。」随后，张涛引导刘邦来到了位于宫殿建筑群中心的另一座更为壮观的建筑。这座建筑比前的更高，也坐落在一个四十尺高的露台上，虽然略显小一些，但它同样有著三层结构，第一和第二层周围是房间和阳台。当刘邦登上石阶时，各层阳台上都有侍卫向他致敬。

露台上矗立著一座宏伟的建筑，它的面积广阔，足以媲美一个足球场，共有三层，高达五十五尺。刘邦进入一楼后，见到了一群身穿华丽长袍的美丽女子，她们的出现让他感到好奇。他转向张涛询问：「这些女子是谁？」张涛答道：「她们是侍奉皇帝的宫女、歌女、舞女及低位嫔妃，住在这一层的小房间内。」

当刘邦沿著楼梯登上二楼时，他来到了一个广阔的大厅，大概有半个足球场那么大。这里有一戏台，下方摆设著众多的篱子和矮桌，显然是为了宴会和歌舞等各种娱乐表演而设的。随后，张涛引领他参观了大厅两旁的房间。右侧是皇帝的寝室、书房和宾客房，而左侧则是一间宽敞的浴室。

他们继续探索三楼，里面有一个宽敞的私人客厅，皇帝每天都在这里与家人相聚。这间起居室连接一个环绕四周的阳台，从这里可以俯瞰整个宫殿群的全景。站在那里，刘邦仿佛觉得自己站在世界之顶，从宫殿中最高的建筑上俯瞰著下方。在他眼前，超过两百座宏伟的建筑错落有致地分布在花园、池塘和小径之间。刘邦好奇之下问道：「那些建筑都是做什么用的？怎么会有这么多？」张涛解释说：「我们右边的那座宏伟的建筑是皇后的宫殿。周围那些较小的则是皇帝的妃嫔、亲王和公主们的住所。远在北边的那座是供奉皇帝祖庙。其他的则包括了厨房、仓库、宝库、藏经阁和档案馆、马厩、车间，以及低位嫔妃、宫女、太监和守卫们的住所。仅这一宫殿群就拥有二百七十多座建筑。而且这还只是一角，渭水河对岸那个仍在建设中的阿房宫，它的规模是这里十倍。而且围绕咸阳有众多皇家别墅，绵延五十多里。」

刘邦凝视著这番奢华，心中自语：「一个人的生活竟然可以如此奢华！我在沛县当县吏时，一间小茅屋就够我一家人住了。要成为皇帝，享受这样的奢华……我应该吗？太奢侈了，但人生苦短。经过这么艰苦的奋斗才成为皇帝，何不好好享受呢？然而，我不能忽视那些建造这雄伟建筑的奴隶和强迫劳工所遭受的苦。他们多年的辛勤劳作，他们的汗水和血液…我非常了解他们的痛苦，因为我曾领导过这样的群体。他们所受到的待遇比禽兽不如，太不公平了。这位皇帝的过度奢侈，正是人民愤怒的原因。我曾是愤怒人群之一。所以，秦朝仅存活了十四年，就灭亡了。」

第二回：约法三章

本回人物介绍

刘邦	本回主角
樊哙	刘邦的好友和部下将军
张良	从韩国来而投靠刘邦的谋士
萧何	刘邦的谋士，行政官，和忠诚的追随者
项羽	楚军的猛将和刘邦的竞敌
楚王	芈心，被项梁树立的傀儡楚王

本回地点介绍

关中	陕西省南面和四川省北面

肉欲的诱惑往往比良心的声音更强烈，这是人性之通病，刘邦也不能幸免。接下来的几天，他沉迷于酒、色、美食。迷人的景色，优雅的舞蹈，悦耳的音乐交织著美女的嬉笑，柔软的胸脯与纤细的腰肢，脸颊上的轻柔之吻，香水酒香，美食的味道让他如此陶醉，以至于忘却了初衷。经历过无数生死存亡的刘邦觉得，自己理应享受这皇家奢华。

然而，他的战友却对刘邦的堕落感到担忧与失望。一天，樊哙愤怒地来到刘邦的宴会厅。当时刘邦已酒意朦胧。他指著刘邦怒道：「您在这里做什么？像个暴发户一样浪费生命？看看您现在的样子，一个醉酒败类，难道您忘了自己是为了成为国家的领袖、解放人民而奋斗的吗？多少战友为您牺牲，他们相信您能成为伟大的领导者、人民的救世主。秦帝的奢侈与荒淫是秦朝崩塌的根本原因。醒醒吧！起来！我们得收拾行囊，回霸上军营。」刘邦大怒，二话不说，将樊哙赶出了房间。

第二天早晨，张良找到已经清醒些的刘邦，语重心长地说：「您之所以能取得如今的成就，全因秦帝的暴虐奢侈。您难道想步他们的后尘吗？我们之所以号召天下推翻秦朝，正是因为厌恶他们的暴政与奢华。您现在被诱惑所困，日渐成为与其相同的暴君。良药苦口，忠言逆耳。您一定要听从樊哙的话，撤回霸上。否则，项羽一来，就会把您如猪般宰杀。」

刘邦终于接受了这番忠告，下令军队撤回霸上。

临行前，刘邦吩咐手下将秦帝的所有财宝锁好。同时，萧何进入了官府，花了几天时间收集、整理、并编目所有书籍、历史和政府文件、地图、人口普查记录以及秦朝建筑设计图。

刘邦临行前一天，召集全城乡绅、长老开会。他在会上说：「楚王曾宣布，第一个进入关中的将军将成为关中王。既然我是第一个，我很快就会成为你们的王。我知道你们在秦朝的暴政和严苛法律下遭受了极大的痛苦。我要让你们从这个地狱中解脱出来。我现在废除过去所有严苛的法律。我只想宣布三条简单的法律，这将是我对你们的承诺。这些法律将管辖你们所有人和我的随从。第一，杀人者必处以死刑。第二，伤害他人者将根据犯罪严重程度受到处罚。第三，抢劫和偷窃者也将根据犯罪严重程度受到处罚。所有官员和政府代理人将继续留在他们现有的职位上。我的使命是解放人民脱离暴政。我无意伤害你们。我已严令禁止我的士兵抢劫、掠夺和强奸。不要害怕。我现在离开去我的军营，但我会回来。」随后，他派使者到关中各地宣扬新律法。

出城途中，数千名咸阳市民在路边排队，有的向部队下跪、磕头、求留，有的挥手、流泪，有的向士兵们献上食物。刘邦对捐粮的民众说：「请不要浪费食物。自己留著吧。我的军队有充足的粮食供应。」

第三回： 鸿门宴

本回人物介绍

章邯	旧秦朝将军，已向项羽投降
项羽	楚军的猛将和刘邦的竞敌
刘邦	本回主角
曹无伤	刘邦部下将军
范增	项羽的首席谋士
项伯	项羽的叔父, 张良的好友
张良	从韩国来而投靠刘邦的谋士
秦始皇帝	秦朝始创人
樊哙	刘邦的好友和部下将军
项庄	项羽的另一位叔父

本回地点介绍

咸阳	陕西省
鸿门板	陕西省
霸上	陕西省
关中	陕西省南面和四川省北面

章邯投降后，项羽率军向西南进发，向咸阳进发。他在鸿门板驻扎，距霸上约四十里。当项羽听说刘邦已经进入咸阳时，他勃然大怒。刘邦的一位将军曹无伤背叛了刘邦，派遣人去见项羽，诽谤刘邦，告诉项羽：「刘邦将秦朝的财宝据为己有，他很快就准备反叛您了。」这消息令项羽火上浇油。

同时，项羽麾下最受尊敬的谋士范增也说：「刘邦贪酒色财。他能够克制自己，远离恶习，这表明他有更大的野心。我们应该现在就消灭他。否则，我们养虎为患，将来必定被虎吞噬。」

项羽的另一位叔父项伯，是张良的好友，因为多年前张良曾救过他的命。项伯无意中听到了范增与项羽的谈话，担心项羽的安危，便趁夜悄悄策马来到刘邦的营寨，会见了张良，并劝他尽快逃走。张良说：「我现在不能离开刘邦。韩王命我辅佐刘邦。身为君子，关键时刻不能离开他。」

张良将这个消息告诉了刘邦，刘邦顿时惊慌失措。

张良问道：「您能抵抗项羽的大军吗？」

刘邦沉思片刻后回答：「不行。我只有大约十万士兵，而他有四十万。」

张良建议说：「您应立刻见项伯，请他转告项羽，您不想反抗他。」

刘邦问：「您是怎么成为项伯的好朋友的？」

张良回答：「在秦始皇时期，他犯了杀人罪，被判了死刑。我把他从监狱里救了出来。」

「他多大年纪了？」刘邦问。

「他比我大很多。」

「请邀请他来见我。我会尊敬他，就像尊敬我的哥哥一样。」刘邦说。

项伯起初拒绝见刘邦，但在张良反复劝说后终于同意了。

当项伯进来时，刘邦恭敬地鞠躬，然后用营中最好的酒款待项伯。

刘邦说：「进入咸阳后，我不敢私吞秦朝的任何财宝，只是登记并安全地储存在库房。等待项羽到来，以便把这些财宝交给他。我不想反抗项羽。您能向他转达我的忠诚吗？」

隔天，项伯将刘邦的话转达给项羽，说：「如果不是刘邦打败了秦军，为您铺平道路，您怎么可能这么轻松地来到这里？他对您的战役贡献良多。惩罚一位成功的部下是不公义的。您应该奖赏他。」

于是，项羽同意邀请刘邦参加在鸿门坂他的营地举行的宴会。

第二天日落之前，刘邦就到了项羽的营队。他带了张良、樊哙、另外两名将领，以及一百名士兵作为护卫。

到了营门口，项羽礼貌地迎了上去。刘邦回礼道：「在您的指挥 下，我向关中进发。我很幸运，在途中遇到的抵抗很少。因此，我比您早几天到达咸阳。这超出了我的预期。我一直在等待您的到来，好将这片土地交给您。可惜，有人诽谤我，引起您的误解。」

项羽说：「您的副将曹无伤诽谤您。否则，我是不会怀疑您的。」

随后，刘邦和张良被引领进宴会厅，樊哙等将士则留在外面。

宴会上，范增秘密地眨了几次眼睛，示意项羽逮捕刘邦。但项羽无视这些暗示，继续投入宴会，尽情地吃喝。范增越想越急，就从腰带上取下玉佩，高高举起，伸出食指和中指，作剪刀状，示意项羽割断刘邦的喉咙。然而，项羽似乎仍然毫无察觉。沮丧的范增借故退到后面的一间房间，项羽的另一个叔父项庄就在那里。

范增低声地吐露：「项羽心肠太软，不忍杀刘邦。这重任就落在您身上了。您进入宴会厅，先敬酒，然后提议表演剑舞娱宾。舞剑之时，找机会刺向刘邦的喉咙。他的死对我们至关重要；若让他活著，他将成为我们的大威胁。」

项庄接受任务后，走进餐厅，向主宾恭敬行礼，并宣布：「我们军营缺乏好的娱乐。我想借此欢乐时刻表演一场剑舞。」

项羽欣然同意：「好主意！」

项庄以轻盈优雅的姿态开始了迷人的剑舞。他的剑如闪电般在空中舞动，好几次险些擦过刘邦的脸，看似不经意。刘邦警觉敏捷，巧妙地避开了威胁的剑刃。

项伯看出了项庄的不怀好意，插话道：「一个人表演好像有点单调，我和项庄来一场双人舞怎么样？」

项羽对这个建议非常满意，说道：「太好了！请开始吧。」

项伯随即加入舞蹈，在项庄每次将剑危险地指向刘邦时，巧妙地将自己置于剑与刘邦之间。

张良在宴会上坐在刘邦身旁，很快就察觉到项庄的诡计。他悄悄离开宴会厅，匆匆赶到营门，遇见了樊哙。

樊哙焦急地询问：「里面发生什么事了？」

「刘邦的性命危在旦夕。项庄的剑舞是暗杀的幌子，」张良急切地低语。

「不能再耽搁了。我必须进去不惜一切代价保护他，」樊哙坚决宣布。

樊哙随后迅速踏入宴会厅。他用盾牌撞倒了大厅入口的两名守卫。进入大厅后，他站在中央，火烈地瞪著项羽。

项羽大吃一惊。突然站起来，手持剑，喝道：「此人是谁？」

「他是刘邦的护卫，」张良解释。

项羽欣赏樊哙的勇气，说道：「他是真正的战士！」他转向侍者而命令：「给他一壶酒。」

樊哙感激地接过酒，迅速地喝了下去。

项羽接著建议：「现在给他一块烧猪肩如何？」

樊哙接过肉，放下盾牌，拔出剑，将肉切开，并迅速吃掉。

「英雄！能再喝几壶酒吗？」项羽问。

樊哙豪爽地答道：「我不怕死，何必怕酒呢？让我直说吧。我们齐心协力，推翻秦国暴政。楚怀王承诺，谁先进入咸阳，就封他为关中王。刘邦是第一个，但他克制自己没有夺取任何财宝，而是等著您。您应该表扬他，不应误信谣言而迫害他。我恳求您，做出公正的决定。」

项羽没有回答，只对樊哙说：「请坐。」

樊哙坐在张良旁，过了一会儿，张良侧头对刘邦小声说：「您装作去厕所，到那儿等樊哙，然后你们一起逃到营门。」

「但不告而别，会不会太失礼？」刘邦低声反问。

樊哙轻声回答：「我们都快被杀了，还管什么礼不礼仪！」

刘邦按计划悄悄前往厕所，不久樊哙也赶到。他们迅速前往营门，那里有刘邦的手下等著。

刘邦策马驰骋，樊哙等将领紧跟其后。

大约一个时辰后，张良来到项羽身边，对他说：「刘邦喝多了，身感不适，没来得及辞行，就提前离开了。他让我送您一件扇形玉佩，并送给您的亚父范增一个玉杯。」项羽看到珍贵的玉石很是高兴。他问道：「刘邦现在哪儿？」

「他现在在霸上营地。」张良回答。

范增因刘邦逃脱感到不快，他拿起玉杯，一怒之下摔到地上，拔剑劈成碎片。他叹了口气，自言自语道：「项羽真是个笨蛋，我们完了！我们要成为刘邦的俘虏了！」

刘邦安全抵达霸上后，便下令处决了曹无伤。

第四回： 西楚霸王

本回人物介绍

项羽	楚军的猛将和刘邦的竞敌
刘邦	本回主角
张良	从韩国来而投靠刘邦的谋士
芈心	被项梁树立的傀儡楚王
嬴婴	已经投降的三世秦王
西楚霸王	项羽
萧何	刘邦的谋士，行政官，忠诚的追随者
章邯	前秦朝的将军，投降了楚国
司马欣	章邯的谋士

本回地点介绍

咸阳	陕西省
关中	陕西省南面和四川省北面
彭城	楚国首都在江苏省
巴蜀	四川省
陈仓	四川省

几天后，项羽进入咸阳，劫掠、屠杀当地人民。他还处决了一个月前投降的秦朝最后一位皇帝嬴婴，放火烧毁了咸阳宫，火势延烧三个月才彻底烧毁了咸阳宫。

项羽随后要求楚怀王芈心撤销先前的宣言，声称谁先进入关中便封他为关中王。芈心拒绝后，项羽决定推翻芈心。项羽心想：

「芈心不过是我与叔父先前任命的傀儡。我才是真正的掌权者。我为什么必听从他？」项羽接著迫使芈心离开彭城南迁。一个月后，项羽雇刺客暗杀芈心。

项羽接著成为楚国之王。他自称为西楚霸王。他选择彭城作为楚国的新京城。他通过吞并魏国扩张了楚国的领土，任命魏豹为魏王。

范增建议他部分兑现封刘邦为关中王的承诺。由于巴蜀（今四川）是关中的一部分，项羽封巴蜀给刘邦，称之为汉国。因此，刘邦被封为汉王。

巴蜀位于国家西部，是一个偏远、未开化且不发达的地区。而且，由于四周高山峻岭，与国家的核心部分相隔甚远，交通不便。将刘邦分封至此，等同于将他放逐。这将确保刘邦无法回来反击。项羽想确保刘邦绝无反之力击，将巴蜀邻近的郡县陈仓封给章邯，又将另一邻近的郡县封给司马欣。由于章邯和司马欣都是已垮台的秦政府前官员，他们与刘邦关系不佳。这些郡县将成为隔绝巴蜀与国家中心的缓冲区。

当刘邦得知项羽封巴蜀给他，将被派往蛮夷之地时，他非常愤怒。他召集追随者开会，表示要立即与项羽作战。

萧何说：「当汉王总比死好。」

「您为什么这么说？」刘邦问。

「您不去巴蜀，就得面对项羽。他的军队比您的多，您会被他打败。您的死是必然的。我认为您应该先向他屈服。去巴蜀，发展那里，争取民心，建立您的军队，然后再反击。记住，旧秦地的人民支持您。到那时您准备好了，可以征服大片土地，」萧何解释道。

刘邦接受了萧何的建议，任命他为汉国丞相。

刘邦还赏给张良二千四百两黄金和一些珠宝。张良反过来将这份礼物送给项伯，以答谢他在鸿门宴事件中的帮助。

刘邦随即率领十万大军前往巴蜀。张良陪同刘邦一直到巴蜀边境。张良需要返回韩国。临行前，张良提醒刘邦：「您看到那条沿著悬崖壁建造的狭窄木板路。这是绕过山脉到巴蜀的唯一捷径。您通过后应该将它烧毁。」

刘邦问：「为什么？一旦烧毁，我就再也不能回来。烧掉它岂不愚蠢？」

张良回答：「这正是您需要向项羽展示的。您向他展示您永不回头的决心，他就会放弃攻击您的念头。况且，一旦烧毁，任何人都无法轻易攻击您。这将为你赢得时间，为将来更大的反击做准备。」

刘邦于是采纳了他的巧妙建议。

第五回：韩信

本回人物介绍

刘邦	本回主角
萧何	刘邦的谋士，行政官，忠诚的追随者
韩信	军事天才
项羽	楚国猛将，西楚霸王，刘邦的竞敌
夏侯婴	刘邦部下将军
章邯	前秦朝的将军，投降了楚国

本回地点介绍

巴蜀	四川省
关中	陕西省南面和四川省北面

刘邦进驻巴蜀后，他在萧何的协助下全力发展这块土地。他不断招兵买马，希望有一天能够打败项羽。在此之前，他一直处于弱势，但自从年轻的军事奇才韩信加入他的军队后，他的命运开始逆转。

韩信出身贫苦，少年时期无职业，只能依赖哥哥生活。他被嫂嫂赶出家门，流落街头，唯一的财产是一把剑和几本兵书。他整天只是阅读、乞讨和在河边钓鱼。他认识了一位经常在河边洗衣的老妇人，她同情他，偶尔给他午餐。一天，老妇人对他说：「年轻人，站起来吧。为了您的将来，去做一些有意义的事情，别再这里无所事事。」

一次，韩信背著剑走在街上，遇到一帮恶霸，其中一个是屠宰店的学徒。这个屠夫小子挑衅他：「拿出您的剑！如果您敢，就杀了我。不然，除非您从我腿间爬过去，否则我不会放过您。」韩信不接受挑战，强忍怒火，选择从恶霸双腿之间爬过。屠夫小子和他的同伙嘲笑他：「看吧，您就是个胆小鬼！」韩信默默地离开。

几天后，韩信加入了项梁的军队，成为一名步兵。项梁去世后，韩信被调到项羽的营地，后来被提拔为侍卫队队长。在这个职位上，韩信有机会向项羽提出建议，但项羽总是断然拒绝韩信的好建议。

韩信意识到在项羽营中无前途，便投奔到刘邦的军队。他起初担任仓库管理员。有一次，韩信犯了错误，被判斩首。当他前面的十三个囚犯相继被斩首后，韩信大声向刽子手喊道：「既然我们的主公想要征服天下，就不应该处决真正的人才。」恰好站在旁边观看的将领夏侯婴听到了这番话。他看到了聪明的韩信，便中止了处决。夏侯婴随后与韩信长谈数个时辰，对韩信的才华和能力深信不疑。夏侯婴于是向刘邦推荐了韩信，刘邦任命韩信为军队的粮仓管理员。在这个角色中，韩信有机会遇见并与刘邦的丞相兼主管萧何成为朋友。虽然萧何对韩信评价很高并多次向刘邦推荐韩信，但韩信仍旧困于自己的职位。

韩信失望而辞。萧何听说韩信走了，急忙骑马追赶韩信。萧何的仆人不知道萧何的动机，将萧何离开的事告诉了刘邦。刘邦感到非常不安。两天后萧何回来，刘邦方才松了一口气。

「您为什么逃跑？」刘邦问。

「您在开玩笑吗？成百上千的士兵和许多官员都逃走了，您却没有追。您却去追一个无名小卒韩信！您这做法讲不通啊，」刘邦抱怨道。

「我确实关心其他官员，但我更看重韩信这个天才。如果您想一辈子困在巴蜀，您可以放他走。但如果您想征服整天下，除了韩信，没有人能帮您，」萧何坚定地说。

「当然，我不想困在这里，」刘邦说。

「那您就必须给他一个有意义的职位。」

「我可以让他做将军，」刘邦回答。

「不，那还不够好，」萧何回应。

「什么？让他做总司令？」刘邦问。

「是的，您必须认真对待他。您不能随便任命他。我建议您举行一个隆重的仪式，正式任命他为军队统帅，」萧何建议。

当众将领听到任命三军统帅的消息后，纷纷猜测会选谁。典礼当天，刘邦将韩信领上台，向他三拜。所有人都震惊了。一个没有任何战绩、大多数人都不认识的小卒怎么可能成为他们的老大？

在仪式结束后，刘邦私下与韩信坐下。他打破沉默，问道：「我们的丞相萧何对您评价很高。您能告诉我们，我们该怎么做才能离开巴蜀吗？」

「项羽是您的敌人吗？」韩信问。

「是的，」刘邦回答。

「您比他强吗？」韩信问。

「我不确定。他比我更勇敢。他也是更好的战士，」刘邦说。

「我同意，但我不认为他在许多其他重要方面比您强。我曾是他的幕僚，很了解他。他可以用威吓让人们屈服，但他不信任也留不住有功勋的部下。他以蛮力作战，虽然他有时表现出女性特有的温文举止，但实际上却残忍无情。他的军队劫掠并烧毁了所有征服的地方，屠杀当地居民，强奸妇女。因此，人们憎恨他，没有民众支持他，所以他非常脆弱。他活埋了章邯军队投降的二十万俘虏。那些士兵是秦国人，所以他们的父母、兄弟姐妹和宗族都痛恨他。当您在咸阳时，您宣布了三条盟约，实质上解放了当地人民。关中的所有人都在等待您的到来。他们希望您成为他们的王。因此，您应该考虑立即离开巴蜀，重新进入关中，然后向东进发。一旦您宣布回归，关中的许多郡县和城将会投降。有些甚至会热情欢迎您。」

刘邦对韩信的分析印象深刻。他与韩信相逢恨晚。然后他开始动员军队，计划从巴蜀出发。他让萧何留下来管理巴蜀政府，征收赋税，为前线部队提供粮食和战备。

第六回： 攻下彭城

本回人物介绍

刘邦	本回主角
项羽	楚军的猛将和刘邦的竞敌
章邯	前秦朝的将军，投降了楚国
司马欣	章邯的谋士
韩信	军事天才
张耳	曾经是陈胜的谋士，后来逃到赵国做了它的丞相
陈余	曾经是张耳的老友，但后来变仇人
张良	从韩国来而投靠刘邦的谋士
魏王豹	他被项羽打败而加盟楚国，但后来却投靠刘邦
司马卬	朝歌郡守
陈平	刘邦的卓越谋士
彭越	游击队领袖，后来加盟刘邦

本回地点介绍

彭城	楚国首都在江苏省
陈仓	四川省
巴蜀	四川省
废丘	陕西省
巨鹿	河北省
朝歌	河南省
外黄	江苏省

刘邦从一条古道离开巴蜀，这条古道比一年前进入巴蜀时烧毁的栈道还要长。这条古道已荒废很久，因此被茂密的森林所覆盖。因此，刘邦的军队行动并不引人注目。当他们到达东边通往陈仓的道路尽头时，先前投降项羽并被封为陈仓君的当地守将章邯完全没有防备。章邯轻易溃败，逃往陈仓以北的废丘。

刘邦继续前进，轻松攻克了更多城池，以及司马欣管辖的郡县。司马欣投降，加入了刘邦的军队。

韩信预测精确。刘邦东征期间，几乎没有遇到任何阻力。刘邦的好名声加上运气，助他的军队取得了巨大进展。

巨鹿之战后，赵国丞相陈余成为张耳的敌人。陈余逃到山中，集结了一支游击队。后来他以这支队伍打败并驱逐张耳，张耳亦随后加入了刘邦的大军。

此时，韩王表弟叛乱篡位。时任丞相张良逃亡，投奔刘邦。刘邦派出一支营兵前往韩国，击败篡位者，恢复了韩国最后一位王的统治。最终，韩国与刘邦结盟。

一年前，刘邦军队抵达魏国附近时，魏王豹反叛楚国，投靠了刘邦，项羽顺利吞并魏国，使其成为楚国最大的一片领土。

朝歌郡郡守司马卬被刘邦军围困数日后，很快投降。

楚国卫军首领陈平是司马卬的衷心支持者，陈平担心受到项羽的惩罚，于是也反抗项羽，逃往刘邦。刘邦第一次见面就体认到了陈平的才能，并任命他为都尉和军法监察官。

刘邦到了彭城以西约三百里的外黄城时，遇见了老相熟彭越。彭越率领附近的游击队，带了三万名士兵加盟刘邦。

此时，刘邦及其盟友的军队已经发展到五十六万士兵。

同时，东北的齐国对楚国的怨恨根深蒂固。两国多年来一直有小规模冲突。项羽不顾刘邦军队的实力，决定在对付刘邦之前先平定齐国。当刘邦正在逼近彭城时，项羽正在齐国边境，距离彭城北部数百里之遥，与齐国军队交战。

项羽的疏忽，为刘邦提供了一个袭击彭城的机会。于是，刘邦及其盟友的军队很快就攻下了楚国都城彭城和项羽的大本营。

第七回：彭城之灾

本回人物介绍

刘邦	本回主角
韩信	军事天才
项羽	楚国猛将，西楚霸王，刘邦的竞敌
樊哙	刘邦的好友和部下将军
夏侯婴	刘邦部下将军
吕雉	刘邦的妻子
曹娟	刘邦的妾室
刘肥	刘邦和曹娟的儿子
审食其	刘邦部下将军, 负责驻守沛县
刘鲁	刘邦和吕雉的女儿
刘盈	刘邦和吕雉的儿子

本回地点介绍

彭城	楚国首都在江苏省
咸阳	陕西省
曲阜	山东省
胡陵	山东省
萧县	江苏省
泗水河	江苏省
沛县	江苏省
下邑	江苏省

在进入彭城之前，刘邦让韩信留在西边已经征服的领土上，以

防止可能发生的叛乱和攻击。刘邦与樊哙和其他几位盟国将领一起进入了彭城。因东征齐国，项羽的兵力比刘邦联军少，但刘邦还是低估了建立坚固防御的必要性，只留下了二十万精兵守城。然后又因项羽的军队远驻在东部而命樊哙在彭城的东部和东北部设置布防，却忽略了在城西建立坚固防御的必要性。

刘邦入京后，便进住了项羽的宏伟宫殿。虽然比不上浩瀚的咸阳宫，但它的壮观超出了刘邦的预期。刘邦进入这宏伟的建筑时，感到骄傲且自大。他自言自语地沉思著：「这座宫殿现在是我的了。命运将我提升到了难以想象的高峰。我一生都很幸运。就在几年前，我还住在父亲简陋的农村小屋内，现在，这宏伟的宫殿是我的家。我将带父亲来这里，证明我不是一个胡混的人。」

刘邦一进宫，就遇到了数百名美女跪拜在他面前。一阵狂喜涌上心头，他想：「很快，这些女人将成为我的妃嫔，我的玩伴！」

当他发现政府金库里堆满了金条和珠宝时，他的兴奋达到了顶峰。他毫不犹豫地指示手下盘点这些宝物，打算据为己有。

刘邦的功成名就、权力财富、美女无数，让他产生了纵欲享乐的欲望，就像之前在咸阳宫一样。「这次不同，」他想。「我的挣扎已经结束。现在是享乐的时候了。樊哙不会在这里责备我的。」

在接下来的日子里，刘邦沉迷于无休止的宴饮、歌唱、跳舞和与美女们肉欲享受。为了庆祝他的胜利，他甚至宣布给部队放假，让士兵们以不受限制地享用几天盛宴。

项羽征战齐国时，听到了刘邦攻陷都城彭城的可怕消息。彭城是他的根据地，自己的一切被连根拔起。他知道自己处于绝境，知道别无选择，只能为了生存而一战。有一个奸细告诉他，刘邦的军队有一个防御上的弱点：彭城的西边防守薄弱。他也知道自己必须迅速行动，确保刘邦的军队没有时间调整。于是他命令他的将军们继续在齐国作战，但他自己带领三万精锐骑兵向西疾驰到彭城。他的骑兵没有正面对抗樊哙的防线，而是自北面的曲阜绕过。然后转西南至胡陵，再向南至萧县，距彭城以西仅三十里。整个旅程花了几天时间，绕过了刘邦军队的所有防线。到达萧县后，便就地休息了一夜。

次日黎明，项羽的骑兵突然袭击西门，刘邦的士兵措手不及。许多人仍在睡梦中，其他人则因前一夜过度饮酒而头昏脑胀。此时，项羽正向宫殿进发，在那里，刘邦自己也因过度饮酒而宿醉，陷入一片慌乱之中。仓皇慌乱中，他匆忙地骑上马，带著将军夏侯婴和少数护卫，逃离了宫殿，出了彭城。

刘邦的军队措不及防，面对凶猛的骑兵入侵者毫无准备，于是纷纷溃逃。由于他们的主帅不在，无处可见，一片混乱和恐慌蔓延。许多士兵在试图逃出城，被疯狂踩踏死。其他士兵被项羽的骑兵无情追赶，如同受惊的羊群。数以万计的士兵被驱赶到泗水河，命丧其中。还有无数人在疯狂试图逃生中，如同野兽逃离肆虐的森林大火或雪崩，最终被马蹄践踏或在另一条河中溺亡。他们的惨叫声响彻天空，如雷霆般回响，营造出一幅血腥和恐怖的噩梦般场景。屠杀规模之大，尸体阻塞了睢水河的河流，河水泛滥，场面更加惨烈。

数千骑兵继续追击刘邦。每当他回头望去，都能看到数里之外马蹄扬起的尘土，冲天而起。西行途中，经过沛县，他担心家人会已被项羽抓杀，急忙赶到家人居住的郡守府邸，吩咐他们赶紧收拾行囊，并命审食其护送父亲、吕雉、曹娟及其儿子刘肥，以及夏侯婴护送女儿刘鲁和幼子刘盈。随后一行人逃往西南下邑，在那里驻扎著吕雉兄弟的军队。

天色已晚，因马匹疲惫不堪，刘邦便另换马车，带领家眷穿过泥泞、曲折并有许多交叉口的小路。夏侯婴在几百码远的地方跟随，位于中间位置，审食其则在后方。审食其无法紧随，因为载著老爷、吕雉、曹娟及其儿子刘肥的马车跑得不够快。不久后，刘邦就失去了夏侯婴和审食其的踪影，他们在某个交叉口处走入不同的道路。

刘邦随即掉头回去寻找，追击骑兵的马蹄声越来越近，他没有时间思考，凭本能选择了一条回程的路径，并幸运地找到了夏侯婴和刘鲁、刘盈。

刘邦大喊：「审食其在哪里？您知道他们走的是哪条路吗？」

「我不知道。我们已经失去了他们的踪影，」夏侯婴回答说。

「把两个孩子放到我的马车上。我的马车上还有空间，」刘邦吩咐道道。

随著追追击骑兵越来越接近，刘邦急忙猛打马匹，向前突进，夏侯婴紧随其后。

当追赶的骑兵越来越近，刘邦越来越猛烈地打马。马匹开始因疲惫拖著腿走。载著三人的马车对马来说太重了。刘邦毫不犹豫，本能地将两个孩子扔在路上。夏侯婴看到自家老大疯狂的举动，急忙冲上前去，一边捡起孩子，一边对刘邦喊道：「您疯了吗？连自己的孩子都不在乎了吗？」在余下的逃亡过程中，夏侯婴一直带著孩子，因此落后了。

逃跑是刘邦心中唯一的念头。他不在乎其他家庭成员现在去了哪里。敌人距离不到一里远，他的马正流著汗，喘著粗气，减慢了步伐。猛打它已经没有什么效果了。

唉，马儿拒绝前进，倒在地上，连车带人都翻了。刘邦从破碎的马车里爬出来，决定徒步逃跑。敌人越来越近，他能听到马蹄的隆隆声。刘邦拉著马和破碎的马车走到路边，用灌木覆盖，然后爬上崎岖的地形。

此时已是夜晚，他只能看到天空中的新月和星星。在坡底，他来到一个有几间房屋的小村庄。他不敢敲任何一家的门，生怕被识别。他想：「我能躲在哪里？」他看到一口干井，井口被层层蜘蛛网覆盖。他想：「跳进井里很危险，如果有水流进来，我可能会溺死。不过，我必须冒险。在目前的情况下，最危险的地方可能就是最安全的地方。」

于是他跳进井里，用相同的蜘蛛网覆盖井口。

审食其迷失走错了路，被项羽的军队拦截。刘邦的父亲、吕雉、曹娟和她的儿子刘肥被捕，被带到彭城的监狱。夏侯婴幸运地走对了路，安全到达下邑。由于项羽的骑兵专注于追捕刘邦，他们忽略了夏侯婴而放过了他和两个孩子。

第八回： 戚姬

本回人物介绍

刘邦	本回主角
戚里	前秦国已退休的将军，戚姬的父亲
戚姬	年青貌美少女
吕雉	刘邦的妻子

本回地点介绍

下邑	江苏省

刘邦在井底躲了一夜。井又宽又干，里面有老鼠、蟑螂和蜘蛛，几乎无法入睡，需要随时留意周围的脚步声。黎明前几个时辰，他听到有节奏的马蹄声，伴随著两名骑士下马的声音。其中一人在井边停下来，问道：「他会躲在这井里吗？」另一人看著未被破坏的蜘蛛网，回答说：「不太可能，井太深，跳下去是不可能活命的。我们应该去别处找。」刘邦听著他们的脚步声渐行渐远，他们骑上马，然后离开。刘邦松了一口气，庆幸自己未被发现。

早上，他听到一男一女的声音靠近井边。他于是大声呼救。在他们发现刘邦在井底后，他们找到一根绳子，一端绑在树上，另一端扔进井里。他们让刘邦把绳子绕在腰间，然后费力地将他拉上来。

刘邦出了井，他因为超过两天没有休息和进食，加上嘴唇因脱水而裂开，便昏倒过去。

那男子从刘邦的服装判断，猜想刘邦一定是在逃避敌人的大将军。他对那女孩说：「让我们把他藏在我们家里，好好照顾他。他是个重要的人物。」

隔天早上，刘邦被柔软的纤纤玉手轻触他赤裸的肩膀和前臂，轻轻地从睡梦中唤醒。当他张开眼睛，一位迷人的少女出现在他床边，细心地为他处理伤口。

「别动，我在处理您跌进井时擦伤的地方，」她用一种柔和且像小猫般的声音说。她继续说道：「您需要休息几天。您似乎也发烧了，可能是昨晚著凉了。」

刘邦摸了摸额头，注意到上面放著一块冰凉湿湿的毛巾。他也感到头很沉重。

他目光专注地看著女孩，女孩的脸颊上浮现出羞涩的红晕。她的脸庞宛如春天盛开的花朵，她露出了一个既害羞又含蓄的微笑。她的眼睛闪烁著年轻的活力，睫毛优雅地颤动著。

刘邦被她的纯真和仙女般的美丽深深吸引。他一生中遇见过许多美女，但她却独具魅力。

刘邦整天都躺在床上休养，女孩给他送来食物、水和药水。在将煮沸的药水送到他嘴边之前，她会先对著药水吹气让它冷却。

隔天，刘邦退烧，头痛也消失了，又能走路了。他向那位女孩询问：「救我的那位是谁？」

「他是我父亲。」女孩回答。

「我得立刻去感谢他。」刘邦说。

接著他见到了那位年过六旬的男士。刘邦深深鞠了三躬，表达他的感激。他自我介绍，讲述了这几天发生的事情，以及他是如何逃离敌人的。

男子听到刘邦的名字后，立即跪下，对著刘邦磕头，激动地说：「这一带的每个人都知道您的大名。您是我们的英雄，我们的救世主。」

男子随后自我介绍说：「我叫戚里。我的祖先是周朝开国元勋的后代。我的祖父和父亲曾在周朝中担任要职。在秦始皇登基之前，我也是秦国的一名将军。后因政府内部斗争失败，我选择了退隐，过程中我的妻子和大女儿不幸遇害。自那以后，我就一直隐居于这个偏僻无名的村庄。戚姬是我的小女儿，是我的掌上明珠。我将我所知的一切都教给了她，因为她是我的唯一希望。她精通经典、舞蹈、歌唱、绘画和武术。她现在已经十八岁了，正待字闺中。但迄今为止，我还未能为她找到理想的丈夫。」

听完戚里的背景后，刘邦觉得可以安全地与他讨论政治事务。他们在天黑之前聊了好几个时辰。刘邦离开房间，回到自己的卧室后，戚里经过戚姬身边，打趣地说：「姬，您的好机会来了，好好把握吧。」

第二天早上，刘邦醒来时听到了悦耳的音乐声，认出那是一首流行的楚乐，也是他最喜欢的。他起身，走到客厅，看到戚姬正在弹奏古筝。刘邦静静地站在那里，直到她弹奏完毕，然后鼓掌。刘邦说：「我喜欢楚乐，能唱很多楚歌，楚歌非常浪漫。」

「您会唱哪首？我可以为您伴奏。」戚姬回答。

刘邦便提高声音，唱起了一首关于垂死士兵希望回家见妻子和父母的歌。歌曲结束时，泪珠从他眼角滴落。

戚姬说：「这首歌太悲伤了。我们一起唱一首快乐的歌吧。」戚姬建议。

于是，他们一起唱起了一首活泼的歌曲，描述一位新郎急切地迎接新娘到来。

「我喜欢这首歌的节奏。它可以伴随著优雅的舞蹈。让我给您表演一下。您继续唱歌，拍手，我来跳舞。」戚姬建议。

她轻快地走到大厅中央，开始跳舞。她的动作流畅而优雅，细腰如微风中的柳条般弯曲。她的手臂优美地挥动，让人联想到微风中摇曳的狐尾草。她的舞蹈是完美艺术的展现，与歌曲节奏同步。当她在房间中跃动和滑行时，她轻盈如同一只从一个角落飞到另一个角落的蝴蝶。

不久，他们仿佛成为了音乐舞蹈团的合作伙伴。在这些时刻中，刘邦从近日的悲剧中找到了一点欢乐的喘息。

次日早晨，戚姬对刘邦说：「父亲说您有许多英勇的经历。您能给我讲一些吗？」

刘邦于是坐下来与她谈论了许久，谈及了沛县的革命、丰邑之战、巨鹿之战、征服咸阳、咸阳宫、三章之约、鸿门宴、攻下彭城，最后是在彭城的败退。

戚姬如同听童话故事的小孩一样聚精会神地听著。同时，她带著敬畏和钦佩地看著刘邦。她心想：「他确实是个英雄。他比父亲更伟大。」

在故事的最后，刘邦谈到自己的失败和最近的灾难时，低著头，声音颤抖，双手捣著脸颊。他用忧郁的声音承认：「我为我的错误感到抱歉。我没有听樊哙的话。我太淫乱、颓废和傲慢了。由于我的错误，成千上万的士兵丧生。我的军队基本上被摧毁了。我跌入了深渊，不知道该如何走出来。」

他过去不曾流泪，但这次却流泪了。

戚姬轻触他的前额，摇了摇他的头，试图安慰他。她大声而坚定地说：「让我给您唱一首楚歌，歌词是屈原的一首诗。」然后她唱起了这首歌，歌词是：

亦余心之所善兮
虽九死而犹未悔
路漫漫其修远兮
吾将上下而求索

她接著说：「振作起来！您一次都没有死过，因此，您还能够恢复。」她接著开始她的说教，说道：「老子曾说：『大树从细小的种子开始生长。九层之台，起于累土；千里之行，始于足下。』荀子也说：『不断斧斤，腐木不折；不辍锤砧，坚金可铸。』孟子也说：『天将降大任于斯人也，必先苦其心志，劳其筋骨，饿其体肤，空乏其身，行拂乱其所为，所以动心忍性，增益其所不能。』」

虽然刘邦不太熟悉经典，但她鼓励的话就像舒缓的音乐，缓解了他内心的痛苦。他真诚和感激地看著她的眼睛。后来当他触摸她的手时，她感觉仿佛有电流穿过她的身体。她随后温柔地吻了他的前额，而刘邦则紧紧握住了她的手。那天晚上，她与他共度了一宵。

一日，刘邦走过戚姬身旁，看到了她的画，便好奇地问：「“您在画什么？可以让我看看吗？」戚姬将画展示给他，问道：「这个人像不像您？」

「真的很像，」刘邦点头回答。他又问：「旁边的女人是谁？」

「那是我，」戚姬答道。她指著画中女人怀里未完成的婴儿草图，说：「这是我们未来的儿子。我希望他能成为像您一样的英勇、强壮、充满智慧。」

几天后，有人敲门，戚里不确定来者是谁，便让刘邦藏了起来。原来，敲门者是吕雉兄弟的军队的一团士兵，他们是从下邑派来，奉命寻找刘邦，并护送他到下邑。

刘邦跟戚姬度过了一段难忘的时光后，不得不与她告别。离开时，齐姬将自己完成的画作递给刘邦，紧紧地拥抱著他，泪流满面。刘邦温柔地安慰她：「待我在下邑安定下来，就会马上回来。您等我。这是我的玉佩，上面刻有我的名字，它代表我的身份。当您把它展示给我的部下时，他们就会向您鞠躬，不会伤害您。」

第九回： 吕雉被洗脑

本回人物介绍

项羽	楚国猛将，西楚霸王，刘邦的竞敌
吕雉	刘邦的妻子
曹娟	刘邦的妾室
刘肥	刘邦和曹娟的儿子
项伯	项羽的叔父, 张良的好友
范增	项羽的首席谋士
夏桀帝	夏朝最后的皇帝
有施氏	夏朝时的一个部落
妹喜	夏桀的宠后
商汤	商朝的始创人
商纣王	商朝最后的皇帝
妲己	商朝纣王的妖后
周武王	周朝的始创人
越王勾践	战国时代的越王
西施	战国时代吴王的宠后
吴王夫差	战国时代的吴王

刘邦	本回主角

本回地点介绍

彭城	楚国首都在江苏省

项羽俘虏了刘邦的父亲、吕雉、曹娟及其子刘肥，将他们囚禁在彭城。项羽原本打算将他们作为人质和谈判筹码，迫使刘邦投降。项羽写信给刘邦：「您若不投降，我就杀了您的父亲，肢解炖汤，让我的士兵折磨您的妻子，直到她气绝身亡。」

刘邦知道，即使投降，项羽仍不会放过他的家人。他认为项羽的威胁只是虚张声势。于是他回信道：「我们既然结拜是兄弟，我的父亲也是您的父亲。如果您能毫无愧疚地杀了他，并用他的尸体熬汤，我也乐意尝尝。此外，我有很多女人，吕雉只是其中之一。如果您喜欢，她就是您的，随您处置。」

这番话令项羽感到挫败并大怒，便想杀死刘邦的父亲和吕雉，因为他们已经没有任何利用价值。然而，项伯劝阻项羽：「如果您想成为能征服整个天下的伟大领袖，您应该拥有宏大的视野。杀害敌人的家属是历史上伟大领袖所不为的卑鄙行为。杀一个老人和无助的女人对您的事业毫无助益。我们应该尽可能长时间地将他们作为人质。」

项羽的机智谋士范增冷静地讽刺道：「让我告诉您历史上的三个故事。夏朝时代，夏桀帝征服有施氏部落，俘虏了美女妺喜作为征服的战利品。他被她的美貌和魅力迷住后，立她为后。妺喜故意过著奢侈淫逸的生活，以报复夏桀征服她的祖国。夏桀为取悦她，沉溺于奢华和残暴之中。最终，夏桀失去了他的天下，被商汤所灭。第二个故事是关于商纣王，商朝的末代帝王。他的爱妻妲己是一个恶毒的女人，她引导他走上残暴、淫逸和奢华的道路来毁灭他。最终，商朝被周武王所灭。在春秋时期，越王勾践发现了美女西施，将她送到敌人吴王夫差那里，作为迷惑敌人和奸细的工具。最终，越国征服了吴国。

我们因此应该洗脑吕雉，使她成为一个恶魔。既然她是刘邦的妻子，无论刘邦能否战胜我们，她都会毁灭刘邦、他的家族、他的盟友以及后代。我们应该巧妙地、不引人注目地进行这项工作，甚至不让她察觉。我们应该改变她的性格，而不是对她进行身体上的折磨。为此，我们必须让她吃得好、穿得好，保持身体健康。在我们将她交还给刘邦后，他将无法察觉到她身上的任何异常，直到一切都太迟了。」

项羽同意了范增的阴谋。随后，他将吕雉等囚犯从监狱中释放出来，安置在舒适的小屋里，并将他们软禁起来。他下令采取严格的安全措施，保护他们免受人身攻击并防止他们自杀。他还为他们提供了美味的食物和温暖的衣服。

洗脑计划的目的是将吕雉变成一个冷酷、残忍和嗜血的恶魔。该项目逐渐实施，以下是一些例子：

起初，下人中盛传项羽打算在吕雉一家的饮食中下毒。吕雉听到这个谣言后，每当她进食时都会感到恐慌，并因此食不下咽。当她闻到食物的异常味道时，她会避免进食。曹娟勇敢地对她说：「让我先吃这些食物来试毒，我宁愿为您而死。」吕雉回答：「即使您死了，我还是得吃饭。饿死比中毒死还要糟糕。」曹娟接著回答：「如果项羽想杀我们，他早就动手了。他何必费事下毒呢？所以，我们就忘记这个下毒的谣言吧。」

接下来，项羽的人偷偷在吕雉家附近安置了许多蚁丘和黄蜂窝。吕雉随后养成了踩死蚂蚁和击碎侵入房屋附近的黄蜂的习惯。她逐渐从杀死昆虫中体会到成就感和快乐。

其后，项羽的人在她的房屋墙壁上钻孔，让老鼠侵入。吕雉起初害怕老鼠。后来她对于晚上老鼠在屋内跑来跑去感到极其烦躁，决定用棍棒杀死它们。她后来甚至为自己捕杀和击碎老鼠的能力胜过猫而感到自豪。

她后来被指派喂养一群野狗和狼，以活兔和鸡作为食物。起初，她对无助的兔子和鸡被凶猛的狗和狼撕咬和啃食的血腥场景感到恶心。过了一段时间，她习惯了这个场景。后来她相信，弱肉强食是天理。在她的世界和经历中，她屡次见证了这一现象。她想：

「我需要强大。为了生存，我需要消灭任何试图伤害我的人。成为狼比成为兔子要好。我需要成为一只狼。」

随后，她被带到了一个处决场地，观看俘虏被斩首。起初，一看到这一幕，她感到喉咙里有呕吐的感觉。过了一段时间，她已经习惯了血腥场面，以至于这种恐怖对她来说毫无意义。

后来，她被要求折磨俘虏，并将匕首刺入他们的心脏。如果她拒绝这样做，项羽的人会毁掉她的脸。她想，杀人总比毁容好，于是不情愿地遵从了命令。当她发现有些俘虏是站在刘邦一边的同胞时，她的内疚感极强，导致她夜不能寐。过了一段时间，她为了生存而克服了内疚感。她后来想：「这个世界上的每个人都为了自己的生存和荣耀而杀戮。刘邦这样做，项羽也这样做。我为什么要有所不同呢？」

有一次，她看到鬼魂的魅影在她家窗外飘过。她大喊：「你们这些该死的鬼魂想来纠缠我？我要杀了你们！」她拿著一根大棍子冲出去，追赶那些「鬼魂」。她设法打中了一个「鬼魂」的头部，发现那不是鬼，而是一个假扮成鬼的人。她为自己的勇敢感到自豪，告诉自己：「世上没有鬼。那些都是幻想。没有鬼神。它们只存在于童话故事中。」

导致她性格崩溃的最后一根稻草，是刘邦给项羽的一封信，信中写道：「此外，我有很多女人，吕雉只是其中之一。如果您喜欢，她就是您的，随您处置。」当项羽将这封信展示给吕雉看时，她感到极度震惊，几乎晕倒。她将一生奉献给刘邦，为他牺牲了一切，从一开始就支持他的事业，并为他承受了巨大的痛苦。然而，他却不在乎，像丢弃破旧的鞋子一样丢弃了她。她曾想著将自己的未来托付给他，憧憬著美好的未来。她意识到，她不能信任任何人，包括她「深爱」的丈夫。世界是残酷的。当生存岌岌可危时，每个人都只顾自己。

第十回：戚姬失踪了

本回人物介绍

戚姬	刘邦遇到的年青貌美少女
吕雉	刘邦的妻子
吕泽	吕雉的长兄
刘邦	本回主角

本回地点介绍

下邑	江苏省
彭城	楚国首都在江苏省
荥阳	河南省
沛县	江苏省

刘邦终于抵达西北下邑，吕雉兄弟吕泽的军队驻扎在此。他安顿下来后，召集了从彭城逃散的残兵，从邻近城招募了新兵，并在吕泽的领导下重组了扩大的军队。经过两个月的准备后，过两个月的准备，他决定撤退到西边两百里的一座更坚固的城—荥阳。

在前往荥阳之前，他重访了沛县附近的村庄，也就是他首次遇见戚姬的地方。自从分离后，他曾许诺回来接她的念头每天都在他的脑海里萦绕。

当他抵达村庄后，被眼前的毁灭景象所震撼。整个村庄变成了废墟；房屋已烧成灰烬，空气中弥漫著烧焦木材和树叶的刺鼻气味。通往戚姬家的小路上铺满了烧焦的树叶。凉爽的秋风从西边吹来，摇晃著枯树的枝条，扬起一团黄色的尘埃和黑色的灰烬。天空中，乌鸦悲鸣著，在树梢上盘旋，寻找悲剧留下来的遗骸。

当刘邦接近戚姬住处时，他瞥见了倚在窗框上的似乎是她的身影，但只是残酷的海市蜃楼景象。房内空荡荡，墙壁烧焦，屋顶也被烧毁。又老又干的井，勾起了他与戚姬首次初遇的回忆。院子里的柳树，曾让人联想到戚姬优雅的舞姿，现在却像是悲伤少女低垂的头发，树的枯枝在风中摇曳，仿佛哀伤的发丝。

屋内没有找到任何遗骸。散乱的家庭用品与客厅里未被触动的古筝形成鲜明对比。被烟熏和烧焦的戚姬衣物与书籍，显示了她曾匆忙逃离的迹象。「他们去了哪里？还活著吗？」他心中疑惑。

刘邦心中充满了焦虑、悔恨和深深的失落感，心痛不已。「我应该早点回来。我祈祷他们还活著。不管他们是死是活，我必须找到他们。」他坚定地想。

他仔细搜寻了院子和周围，却没有找到他们离开的任何痕迹。他指挥士兵挖掘附近的土丘，希望在绝望中能找到尸体或骸骨，但却一无所获。

经过一番徒劳无功的搜索后，他最终离开了。回头望去，房子在烟雾的笼罩下显得模糊，慢慢消失，就像一场褪色的梦。戚姬的形象在他脑海中挥之不去: 灿烂的笑容、悦耳的声音、优雅的动作和温柔的拥抱。他仰望天空，仿佛看见她在云端之上向他挥手告别。「不要离开我，回来吧！」他对著风叹了口气。

第十一回： 攻下魏国

本回人物介绍

章邯	前秦朝的将军，投降了楚国
刘邦	本回主角
韩信	军事天才
魏王豹	他被项羽打败而加盟楚国，但后来却投靠刘邦
郦食其	年老的智者, 后来加盟刘邦
灌婴	刘邦部下将军
曹参	刘邦部下将军，早期追随者
柏直	魏王豹部下将军
冯敬	魏王豹部下将军
项它	魏王豹部下将军
薄姬	魏王豹妃子
魏媪	薄姬的母亲

许负	闻名的占卜和占卜师
管夫人	魏王豹妃子，薄姬好友
赵子儿	魏王豹妃子，薄姬好友

本回地点介绍

荥阳	河南省
废丘	陕西省
蒲坂	山西省
蒲津渡	山西省
夏阳渡	山西省
安邑	山西省
敖仓	河南省

荥阳位于黄河南岸，中国中部，是东西方的主要门户。除了被章邯占领的废丘和由魏王豹治理的魏国外，黄河以南的西部地区均由刘邦的军队控制。黄河以北的西部地区则由韩信的军队控制，因此间接受刘邦的管辖。刘邦在荥阳安顿一段时间后，下令修建一条通往河岸的大道，以便于从位于黄河北岸、粮食仓库和仓储中心的敖仓运送粮食。项羽的军队曾试图攻打荥阳，但因荥阳坚固的防御而被刘邦的军队成功击退。

为了全面控制西部地区，刘邦需要攻克位于汉代腹地、靠近咸阳的废丘。废丘是封给投降项羽的前秦将领章邯的郡县首府。韩信曾围困废丘数月，但因章邯坚固地加固了城而未能攻克。冬季期间，韩信命令在通往废丘的黄河支流上游地点修建一座水坝。到了当年六月份，暴雨导致水坝溢流。韩信随后命令破坏水坝。结果，废丘被洪水淹没，城中大多数士兵和居民都被淹死。洪水退去后，韩信的军队几乎无阻力地进入了城。章邯战败后自杀。

魏王豹在刘邦和项羽之间摇摆不定。就在刘邦到达荥阳的前一个月，他变成了刘邦的叛逆者。当刘邦派骊食其去说服魏王豹重新考虑他的联盟时，魏王豹告诉骊食其：「刘邦傲慢，常以粗俗低劣的语言侮辱他人。他对待同盟者如奴隶。我无法忍受他。」因此，愤怒的刘邦决定攻打魏国。他命令韩信、灌婴、曹参领军进攻。

「魏国的主帅是谁？」刘邦问道。

「柏直，」骊食其回答。

「他是个小孩，不是韩信的对手，」刘邦嘲笑道。他又问：「他们的骑兵指挥官是谁？」

「冯敬，」骊食其回答。

「他不是灌婴的对手，」刘邦说。

「步兵指挥官是谁？」刘邦问。

「项它，」骊食其回答。

「他不是曹参的对手，」刘邦说。

「他们会指派其他人作为主帅来代替柏直吗？」韩信问。

「不会，」骊食其回答。

「那我就放心了。对我来说，柏直就是个小孩，」韩信大声说。

刘邦的军队在韩信的率领下，从黄河西侧进军向蒲坂，这是通往魏国的关键渡口。魏国的主帅柏直在河的东侧部署了他的军队。韩信大军抵达位于河西侧，与蒲坂相望的蒲津渡。蒲津渡是最重要的河流渡口。韩信的情报告诉他，许多魏军士兵已在蒲坂附近的河东岸布阵。然而，在夏阳渡口附近，位于蒲坂以北不到一百里处，魏兵寥寥无几。

韩信决定在夏阳渡口渡河。在他北上之前，他命令曹参在蒲津渡西侧驻军，并布置许多战船准备过河，假装攻击。另一边，韩信和灌婴悄悄地带领精锐前锋营和骑兵北上至夏阳。他们只带了几艘船。当他们到达夏阳渡口时，他们需要想办法过河。

韩信有一个巧妙的主意。他命令士兵砍下树枝，用树枝制作木筏。他的士兵还从邻近的村庄获得了成千上万的陶罐。为了让木筏在湍急的水中保持浮力，封闭的陶罐被绑在筏的格子和底部。陶罐里的空气保持了筏的浮力。几天后，制作了数千个筏子后，韩信的营队登上筏子，在夏阳渡口过河。他们在渡口对岸遭遇的魏军抵抗很少，因为那里驻守的魏军很少。韩信的营队立即向魏国首都安邑发起攻击，并轻易攻下了它。安邑被攻陷后，韩信营队返回蒲坂，从后方攻击魏军。

此时，曹参在蒲津渡西侧的河边部署了一百艘战船，假装攻击阵型。魏军的指挥官柏直，等待多日的攻击，对于曹参为何久久不动感到困惑。不久，他惊讶地得知情报称魏国首都安邑已经沦陷，而他的军队后方遭到韩信营队的攻击。那时，曹参的军队过河并攻击了魏阵地。魏军听闻他们的军队前后受攻，首都已失守，士兵绝望逃窜。在韩信摧毁了魏军后，他再次向北进军，并俘虏了魏王豹。

魏王豹的所有财宝都被没收，妃嫔都被关押，带回刘邦的汉国首都荥阳。

在魏王豹的数十位妃嫔中，一位十九岁女子脱颖而出，名叫薄姬。两年前，她成为魏王豹的妃嫔。她的母亲魏媪是旧魏国的贵族女士，因一段私情生下了薄姬。多年前，她的母亲曾咨询过著名的占卜师许负，他预言薄姬将会诞下一位皇帝。于是，母亲将薄姬送入魏王豹的宫中，魏王豹欣然将她纳为妃嫔。然而，两年无所出，魏王豹便开始宠爱另外两位美艳的妃嫔，管夫人和赵子儿。薄姬由于年轻时做过多年苦力，身材比同龄的女孩更高、更壮。她面容不艳丽，举止保守、低调、温顺，缺乏媚态。虽然管夫人和赵子儿抢走了她的风采，薄姬仍然视她们为密友。在魏国动乱之际，三位少女共同发誓，顺境时共享荣华富贵，逆境时互相扶持。

第十二章：重逢戚姬

本回人物介绍

刘邦	本回主角
戚姬	年青貌美少女
刘如意	刘邦和戚姬的儿子

灭魏后，又发生了一件幸事。一天早上，一名守卫紧张地走进

刘邦的府衙，向他展示了一块玉佩。刘邦认出这玉佩正是几个月前送给戚姬的，他既困惑又兴奋。

「您是怎么得到这块玉佩的？」刘邦问道。

「这是营口一位怀孕的少妇给我的，让我呈现给汉王。」

「她在哪里？快带她进来！」刘邦激动地大喊，耳边响起了心跳声。

不一会儿，守卫带进来一位面容憔悴、衣衫褴褛的女孩。当这名女子看到刘邦，她倒在地，紧抓刘邦的大腿。刘邦将她扶起后，她紧紧拥抱著他，头靠在他的肩膀上，不停地啜泣。

通过她的身材、声音和手的触感，刘邦本能地认出这女孩就是戚姬。真是天赐礼物！几个月来，他一直盼望著再见她。

刘邦轻轻地拍著她的背，安慰道：「这几个月来，我一直在祈祷能再次见到您。我以为您已经死了。」

她抬头，看到他眼中的热情温暖。

「告诉我，发生什么事了？」刘邦问道。

她听到这话又开始抽泣。

「别哭。冷静下来。您在这里是安全的，」刘邦柔声说，再次轻拍她的背。

渐渐地，她的神情又恢复了平静。她开始认真地叙述：「自从您离开我的家后，项羽的部队便蜂拥而至我们村子寻找您。我父亲和我听说他们打算屠杀所有人，并将我们的村子夷为平地。因此，我们忽忙在那些凶恶的士兵到来的前一天，带著马和车逃离了。我们带著一些食物、衣物、水、少量物品和钱，准备了长途向西、前往您的首都。

在途中，我看到战争的恐怖。到处都是散落的尸体，受伤的士兵在烈日下呻吟著乞讨水。我见到紧抱著婴儿的夫妇，拼命地乞求食物。许多年轻男子，依靠著临时的义肢艰难地逃离战乱。我看到年轻女子勇敢地抵抗试图侵犯她们的士兵。在这个生死存亡的疯狂挣扎中，每个人都只关注自己的生命，对周围受苦的人漠不关心。弱小的孩童和女子无情地被踩在脚下，被丢弃在路边无人照料。火灾和烟雾笼罩了许多地区，使空气几乎无法呼吸。

旅程中，父亲挥舞著剑保护我免受伤害。然而，一日，一群无法无天的人伏击了我们的车辆，抢走了所有财物。我父亲尽力保护我而不是财物。结果，我们被迫徒步前行。经过数百里艰难跋涉后，父亲最终因疾病和营养不良而去世。我已经忘记了我将他埋葬在哪里。

一个月后，我发现自己怀孕。我一直很饿，但苦于没有食物。并已经花光了所有的钱。很多天来，我不得不沿街乞讨食物和水。我坚持下去，因为我决心要再见到您。」

说著，泪水顺著脸颊流了下来，洗掉了她瘦削的脸上的污垢，露出了白皙的肌肤。刘邦拿了一条湿毛巾，轻轻地帮她擦脸。

「您的脸为什么这么脏，满是泥土？您是摔倒在地上了吗？」刘邦问。

「不，我是故意用泥土遮住脸的，这样恶人就不会注意到我的美貌，来攻击我，」戚姬回答道。

「对不起，这么久没有回来找您。几个月前，我回过您的村子找您，但您已经不在了。我以为再也见不到您了。每当我想到这些，我的心就痛不欲生，」刘邦说著，紧紧地抱著她坐在他的腿上，抚摸著她的头发和脸。他又问道，「孩子什么时候出生？」

「很快，」她回答。

刘邦摸著她的肚子，把耳朵贴近肚子，喜悦地说，「我能听到它的心跳。」

几个月后，戚姬生下一名男婴。晚上分娩时，刘邦整夜都在室外等候，渴望听到孩子的第一声啼哭。当接生婆把新生儿抱给他时，他热情地拥抱了孩子，告诉在场的接生婆：「他真的很像我！看看他的下巴、眉毛和耳朵，都和我一模一样。」

刘邦在首都时，接下来的一个月里每天都去看戚姬。戚姬产后情绪多变，经常感到疲倦。

「我希望看到您脸上有欢乐的笑容。您应该为有了一个新生儿而感到很高兴，」刘邦说。

「不，我感到很累，」戚姬回答。

「您不需要夜里起来哺乳宝宝。我可以找一个奶妈来帮忙，」

刘邦建议道。

「不，我不需要奶妈。他是我们的儿子。我想给他最好的照顾。对了，您为他选好名字了吗？」

「既然他长得和我一模一样，我就叫他刘如意吧（后两个字在中文是『完美』的意思），」刘邦说。

「他是您的儿子，他一定很完美，」戚姬妙语如珠。

下一刻，她皱起眉头，哭了起来。

「怎么了？」刘邦问。

戚姬知道男人用剑征服世界，而女人用泪水征服男人，她叹息著，可怜地说：「我担心他。他的人生并不那么完美。我们正处在战争中，他随时都可能被杀。即使您最终胜利成为皇帝，您对他的爱也未必能永远持续。他是您的第三个儿子。当他的哥哥成为您的继承人时，刘如意可能会受欺负，甚至被杀。」

「您担心得太多，想得太远了。我会尽我所能保护您和他，」刘邦承诺。

为了表达对戚姬的爱与支持，刘邦隔天将她晋升为夫人，地位仅次于皇后。

第十三回：薄姬产子

本回人物介绍

刘邦	本回主角
薄姬	曾经是魏王豹的妃子，后来是刘邦的妃子
管夫人	曾经是魏王豹妃子，薄姬好友
赵子儿	曾经是魏王豹妃子，薄姬好友
刘恒	刘邦和薄姬的儿子
项羽	楚国猛将，西楚霸王，刘邦的竞敌

加入刘邦阵营后，薄姬被分配到最低等的妃嫔和侍婢行列，工

作是织丝。她已经好几个月没有机会见到刘邦了。她不够漂亮，缺乏魅力。她从不刻意用美丽的笑容来吸引人。所以，没有人会注意到她这个织房侍女。

而她的好友管夫人和赵子儿却幸运多了，她们有机会与汉王刘邦共度了几个夜晚。

某个下午，薄姬与管夫人和赵子儿闲聊，她们骄傲地谈论著自己被汉王寵幸。

管夫人提醒说：「在宫里，如果一个妃子没有生王子，她的命运就注定惨淡了。等她年老色衰，就会被像垃圾一样丢弃。」

「哼，我不在意。我接受我的命运。对了，我昨晚做了个奇怪的梦，梦见一条龙爬进我的肚子里。」薄姬辩驳道。

她的两位朋友听了，忍不住嘲笑起来。

「别傻了，您已经独守空闺好几个月了，怎么可能怀孕呢？」赵子儿笑著说。

「您一定是太久没有性生活了，所以才会做这种幻想的梦。」管夫人轻蔑地说。

几天后，管夫人和赵子儿与刘邦共进晚饭时，她们开玩笑地提到薄姬妄想有龙入怀的事情。意外的是，刘邦对这件事显得很认真，他说：「我想见见她。」于是刘邦在第二天晚上召见了薄姬，让她讲述了自己的梦境。

刘邦对她说：「这是个好兆头。让我们一起将您的幻想变为现实。」

第二天她就怀孕了。两个月后，当她告诉刘邦自己的怀孕消息时，他冷淡且干脆地说：「您注意保胎。」

随后，她被免去了织布的工作，并被提供了更好的住所。但她拒绝搬进豪华的房子，以免引起同侪的嫉妒。她为了安全理由而保持低调。

几周后，薄姬路过织布工坊，听到了可怜的啜泣声。她走进工坊，看到一位年轻同僚跪在太监面前乞求宽恕。薄姬上前询问发生了什么事。

「她不小心将一块丝绸剪成两半，破坏了它上面的图案。更糟糕的是，图中的龙头被剪掉了。这对汉王来说是个不祥之兆。如果她是故意为之，以诅咒汉王，就该砍断她的手指。」太监大声说。

「不，我不是故意的。这是一个意外，」那女孩辩解道。

「我们能织一块新的布吗？」薄姬问。

「不行，我们只剩下两天了。我们的时间非常紧迫。织一块新布需要四天，」太监说。

「如果这样，惩罚她只会让事情变得更糟。她会变成残疾，无法再工作。到时候工坊就会缺少工人。既然我擅长织布，我可以帮忙。让我和她一起工作，两天内完成一块新布。我保证按时交货，」薄姬建议。

薄姬卷起袖子，坐到织机上，连续两天不间断地快速织布。她最终织出了一块质量更好的新布。那女孩感激不已，告诉薄姬：「我欠您一条命。」

几个月后，公元前 204 年的春天，她生下了一个男孩，名叫刘恒，成为刘邦的第四个儿子。薄姬母凭子贵，立刻晋升为薄夫人，地位仅次于皇后。

儿子出生时，刘邦正在战场上，忙著与项羽激战，没有太多关注薄姬和刘恒。回家后，只是短暂地拜访了薄姬的房间几次。薄姬对于宫中其他妇人的嫉妒心存戒心。刘邦的冷漠并没有让她烦恼。她记得一句古老的谚语：「在一群飞行的鸟儿中，前面第一只鸟通常是第一个被射杀的。」

第十四回： 攻下赵国

本回人物介绍

陈余	曾经是陈胜谋士，张耳的好友， 后来成为仇人，和赵国的丞相
韩信	军事天才和刘邦的大将军
张耳	曾经是陈胜的谋士，后来投靠赵国， 然后再投靠刘邦

李左车	陈余的谋士

本回地点介绍

彭城	楚国首都在江苏省
井陉口	河北省
太行山	河北省

六个月前，刘邦在彭城战败后，赵王与其丞相陈余转而与项羽结盟。刘邦打败魏国后，决定攻击位于黄河以北的赵国。于是，他令韩信北上攻打赵国，再攻打东北的齐国。他还派遣张耳(陈余的敌人) 陪同韩信执行此次任务。

公元前 204 年秋，韩信和张耳率领约两万士兵，向赵国进发。陈余集结了二十万士兵，在太行山的一个关键隘口，井陉口，设置了坚固的防御阵地。这个隘口易守难攻。

陈余的军事策士李左车建议说：「一个月前，韩信、张耳出征，与魏军交战。他们的军队必定疲惫。何况，他们要从千里之外供应粮食，也不容易。他们的士兵沿途砍树，以作柴火用。这意味著他们不会储存超过一天的食物。井陉口隘口狭窄，只能容一匹马通过。他们的粮食供应必须放在后方。我可以率领一支部队切断他们的后方补给线。您可以避免与他们正面交锋。半个月后，他们的士兵就会被饿死。」

以深谙军法为荣的陈余不以为然，说道：「我们的军队比他强大十倍，加上他的军队长期征战，疲惫不堪，我们在战略上也处于坚不可摧的位置。按照兵法，我们应该立即出击，消灭他的军队。」

当韩信抵达战场附近时，他意识到自己的军队处于严重劣势。正面战斗陈余的军队是不可能的。当韩信听到情报报告说陈余无视李左车的建议时，韩信感到欣喜。他将自己的军队驻扎在井陉口三十里外。一夜之间，他组建了一支由两千名骑兵组成的轻骑兵队。每位骑士都携带一面刘邦汉国的大红旗。这支部队悄悄穿过山间的狭窄小径，于陈余军营的后方占据了隐蔽位置。韩信指示骑兵：「我率一营攻击他们，然后佯装撤退。陈余的军队随后将蜂拥而出追击我。当您看到他们空出营地时，你们应迅速突入，拔除他们的旗帜并换上我们的旗。」

隔天早晨，韩信率领其余军队沿河前进，向陈余军营进发。当他们抵达井陉口附近时，韩信安排了他的军队阵型，背靠河流。陈余听闻韩信军队的动向后，他和他的将军们笑说：「韩信真是愚蠢。根据兵书，背河布军是一个致命的错误，会导致军队彻底歼灭。」

早饭，韩信对士兵们说：：「别吃太多。待今天打赢，我们就可以大吃一顿了。」士兵们摸不著头脑，不知原因何在。

韩信和张耳随后率领两千精锐前锋骑兵，向陈余军营前进，佯装进攻。陈余认为韩信用一小部队进攻很愚蠢，这是杀死韩信和张耳的绝佳机会。短暂交战后，韩信部队佯装败退，折返。陈余立刻率领部众前去追捕韩信。当韩信抵达河边的基地时，他的精锐前锋又重新加入了同伴。由于韩信的军队被困死地，前有敌人，后有河流，士兵们别无选择，只能奋力战斗。激烈的战斗一直持续到中午。此时，当陈余的军队为追赶韩信而撤离营地后，隐藏在陈余军营后方的两千骑兵突入占领了营地。他们在那里竖起了成千上万面汉军的红旗。陈余一方的士兵和指挥官在河边作战时，注意到自己营地上飘扬著汉军的旗帜。他们以为自己军队的后方已被击溃，赵王被俘。陈余立即下令撤退，他的士兵们绝望地向各个方向逃窜。混乱中，陈余与几位将军一同被杀。他的二十万大军，一日之内就被消灭。赵国被灭，赵王被俘。

这场胜利之后，韩信的将领们对他一心崇拜，如同神明一般。他们问他：「您将军队安置在河边的策略违反了军事原则。您怎么会认为我们可以赢？您甚至告诉我们早饭少吃点。您怎么能预知我们能在午餐前获胜？」

韩信回答：「兵书确实建议不要在河边驻军。但还有另一个道理：置身绝境，总会找到生存之道。如果您将士兵置于无路可逃的境地，他们宁愿死也不愿意战败。如果他们不怕死，还有何做不到的？我们的军队来自各行各业的士兵组成，他们并没有受过严格训练。如果他们置于开阔战场，有许多逃跑路线，许多人在小败后就会立即逃亡。」

李左车被生擒并带去审问。韩信没有杀死李左车，反而亲自解开他的绑缚，待他如贵宾。

「我打算北上，攻打燕国，然后攻打齐国，但如何才能成功呢？」韩信问。

「我只是个俘虏，没有资格给您建议，」李左车说。

「如果陈余听从了您的建议，我现在会是您的俘虏。我真诚地希望听听您的建议，」韩信说。

「您最近的战绩众所周知，备受推崇。您是军事天才。这是您的优势。然而，您的军队经历了这么多战斗，已经疲惫不堪。您不容易轻易克服燕国的坚固防御，更不用说齐国了。一旦您的攻势拖延，您将会处于弱势。发动攻击时依靠的是他的优势，而不是弱点，」李左车说。

「我该怎么做？」

「如果我是您，我会就地休整，给军队时间休息。我会善待赵国人民。当燕国人民看到您的仁慈，他们会更愿意投降。恩威并施有时比武力更有效。您应该派遣使者劝服燕国投降。一旦在北方站稳脚跟，您就更容易向东北进军，攻打齐国了。」李左车建议。

韩信听从了李左车的建议。正如他所料，燕国在入侵威胁下迅速投降。

第十五回： 范增之死

本回人物介绍	
刘邦	本回主角
项羽	楚国猛将，西楚霸王，刘邦的竞敌
陈平	刘邦的卓越谋士
范增	项羽的首席谋士

钟离昧	项羽的谋士
龙且	项羽的谋士和猛将

本回地点介绍

荥阳	河南省

攻克彭城前，靠刘邦的陈平劝刘邦说：「项羽重臣中，唯有范增、钟离昧、龙且是能干、忠诚、值得信赖的助手，可以花几千两金来挑拨他们之间的关系。项羽多疑，好谏言。我们可以利用他的弱点，挑起他们内部的纷争。」

刘邦同意了这个计谋，并赐给陈平四万两黄金来制造针对项羽骨干的谣言。结果，项羽开始怀疑钟离昧的忠诚，并与他保持距离。

项羽曾派遣使者与刘邦会面，商议休战。使者抵达荥阳时，陈平以最高礼遇接待了他，邀请他参加豪华宴会，并在宴会上展示了一头金牛犊。宴会刚开始，陈平突然对使者惊呼：「我以为您是范增派来的，而不是项羽。」陈平立即下令将豪华菜肴和金牛犊撤掉，换上普通菜肴。使者狼狈回来后，把这件事报告给项羽。项羽开始怀疑范增的忠诚，多次无视范增的建议。范增辞去职务，灰心丧志地回乡，并在回乡途中去世。范增的去世对项羽打击重大，因为范增是他唯一的优秀谋士。

第十六回：夺取敖仓粮库

本回人物介绍

刘邦	本回主角
项羽	楚国猛将，西楚霸王，刘邦的竞敌
纪信	刘邦部下将军
陈平	刘邦的卓越谋士
韩信	军事天才和刘邦的大将军

张耳	曾经是陈胜的谋士，后来投靠赵国，然后再投靠刘邦
曹咎	项羽部下将军，驻守成皋
郦食其	年老的智者，后来加盟刘邦

本回地点介绍

荥阳	河南省
成皋	河南省
敖仓	河南省

隔月，项羽大军猛攻刘邦大军重镇荥阳。荥阳即将失陷前，刘邦的将军纪信告诉刘邦逃跑。午夜时分，陈平召集了两千名衣著性感的美女，组成了一个营队。他们走在一辆挂著黄色盾牌、悬挂著汉王旗帜的马车前面。纪信假扮成刘邦，坐在马车里。队伍从荥阳的东门出发，朝著项羽的军队前进。项羽的士兵随即汇聚到队伍周围，而纪信大声喊道：「我是汉王刘邦。请让路。我要向你们投降。」当成千上万的士兵靠近队伍时，他们的目光都被游行的女子所吸引。多么壮观又诱人的一幕！此时，刘邦带著几十名骑兵从荥阳的西门逃脱。

刘邦随后撤退到附近的一个城，成皋，但又被项羽攻占。刘邦于是逃到北方，与韩信和张耳会合。刘邦收复韩信军，命其南下与项羽对峙。

项羽想要夺回一些已落入刘邦手中的魏国城。项羽命令将军曹咎坚守成皋，直到项羽从北方回来。项羽告诉曹咎避免正面与刘邦的军队对抗，并摆设坚固的防御。

刘邦本想要直接面对项羽的军队。然而，骊食其劝他说：「敖仓是项羽军队的粮食储存和补给中心，是项羽的命脉。攻克了它，他们就要挨饿。敖仓既然离成皋很近，就应该想办法夺回成皋。攻下成皋就等于攻下了敖仓。项羽把成皋留给曹咎守卫，这是个大错误，因为曹咎是个愚蠢的将军。您应该忘记魏国的那几座城，而专注于切断项羽的命脉。不要错过这个绝佳的机会。」

刘邦听从了他的建议。他选择了一条迂回路线来避开项羽的军队，前往成皋。当他的军队到达成皋时，他派士兵在成皋城墙下大声辱骂项羽和曹咎。曹咎一开始还想不理睬这些辱骂，但随著辱骂持续数天，越来越难以忍受，再也无法控制自己的怒火。他忘了项羽的提醒，打开城门，派兵追击刘邦一方的叫骂士兵。刘邦的士兵立即退到河岸，登船过河。曹咎遂率众军渡河。当一半军队到达对岸时，刘邦的军队已经严阵以待，两面夹击，准备屠杀敌人。曹咎的士兵对刘邦军队的突袭毫无准备，许多人撤退到河里淹死。另一半尚未渡河的大军陷入混乱，四散奔逃。这时，刘邦的士兵乘坐数百艘船过河，追击逃跑的曹咎一方士兵。曹咎全军一日覆灭，曹咎战死。

攻克成皋城后，刘邦向敖仓进军，轻松攻克敖苍。他取得了敖仓储存的所有财宝和粮食。此外，他还在城周围设置了许多路障，永久切断了项羽的补给路线。攻克敖仓，成为刘邦与项羽斗争的转捩点。

第十七回： 刘邦受伤

本回人物介绍

刘邦	本回主角
项羽	楚国猛将，西楚霸王，刘邦的竞敌
楚王	芈心

本回地点介绍

敖仓	河南省
广武澗	河南省
淮河	河南省
成皋	河南省

敖仓失陷后，项羽担心自己的军队因粮食和补给仓库被攻占而脆弱。他提议与刘邦面谈，并派遣使者带话：「决斗定胜负。」刘邦回信说：「我们打仗是靠智慧，不靠蛮力。」经过几轮谈判，刘邦终于同意在淮河支流广武涧会面。

刘邦和他的士兵站在溪流的西边，而项羽则站在东边。溪水很深，双方都无法渡河攻击对方。项羽再次提出与刘邦以决斗定胜负，但被刘邦断然拒绝。过了一会儿，刘邦向项羽大喊，指责项羽应该因其残暴、无德以及暗杀楚王芈心而受到惩罚。刘邦最后说道：「我率领正义之军，顺应天意消灭邪恶。」

愤怒的项羽立即拔箭射向刘邦。箭射中了刘邦的胸膛，将他击落马下。幸运的是，箭并未深入。刘邦站起来大喊：「他射中了我的脚趾。」

刘邦立即退回营中包扎伤口。由于连续几天无法起床，他的军队士气下降。为了恢复士气，刘邦继续日常巡营，假装自己身体并无大碍。结果，伤势加重。因此，他撤退到了成皋的主营地。

第十八回： 攻克齐国

本回人物介绍	
郦食其	年老的智者, 后来加盟刘邦, 卓越的使节
刘邦	本回主角
齐王田广	齐王
项羽	楚国猛将，西楚霸王，刘邦的竞敌
楚王	芈心
范增	项羽的首席谋士
章邯	曾经是秦朝猛将，后来投靠项羽，随后被韩信打败而自杀身亡
蒯彻	韩信的谋士
韩信	军事天才和刘邦的大将军

龙且	项羽的谋士和猛将
陈平	刘邦的卓越谋士
张良	从韩国来而投靠刘邦的谋士
灌婴	刘邦部下将军
张耳	曾经是陈胜的谋士，后来投靠赵国，然后再投靠刘邦

本回地点介绍

巴蜀	四川省
敖仓	河南省

郦食其劝刘邦：「我们已经征服了燕国、魏国和赵国。齐国是唯一尚未受我们控制的大国。它有自然屏障保护，如西北的泰山、南边的黄河、东边的黄海。由于齐国的南部邻国和盟友是楚国，我们即使动员数以万计的大军，短时间内也无法征服齐国。我建议派我作为使者去游说他们成为我们的盟友。」刘邦同意了这个建议，派郦食其去见齐王。

郦食其抵达齐国后，问齐王田广：「您知道谁将成为这个天下的皇帝吗？」

「我不知道。您认为会是谁？」田广问道。

「我认为是刘邦。」郦食其回答。

「为什么？」田广问。

「汉王刘邦心胸宽广，起兵推翻了邪恶的秦朝。然而，他并未因此功绩自居，反而将功劳让给项羽，退居巴蜀，成为汉王。他从巴蜀出发，率领一支正义的军队来对抗恶毒的项羽。所有向刘邦投降的诸侯和郡守都被封回他们原先的领土。任何帮助刘邦的人都被丰厚奖赏。因此，国内许多有权势的领袖都乐意投靠刘邦。相反地，项羽则做了相反的事。他背弃与刘邦的盟约，篡位并杀害了楚国的最后一位王芈心。他不奖赏跟随者的功绩，只记住他们的错误。他不听取部属的良好建议。他残忍地掠夺所有征服的地方，屠杀那里的人民。他将投降的秦朝将领章邯手下的二十万士兵活埋。他的跟随者害怕他，但不忠于他。他失去了许多有才华的工作人员和谋士，包括范增。他不知道自己正在被逐渐孤立。另一方面，汉王最近征服了燕国、魏国和赵国。更重要的是，他攻克了项羽军的粮食补给中心敖仓城。也切断了项羽军的补给路线。尽管项羽的军队仍然是一支强大的军队，且规模大于刘邦的军队，但项羽正在迅速衰落。因此，如果您现在站在刘邦这边，您就能生存，保住您的地位，并保持您的王朝。加入项羽将给您和您的国家带来灾难。」

田广被骊食其说服，同意成为刘邦的盟友。随后，他派遣使者与刘邦谈判联盟条款。

此时，韩信的军队正向齐国进发。当他听闻齐国与汉国之间正在进行的谈判时，他打算停止前进。然而，他的谋士蒯彻说：「刘邦命令您侵略齐国，尚未撤回命令。在正式宣布撤退的命令之前，您不应停止前进。骊食其仅凭言辞就赢得了整个齐国。您即便拥有庞大军队经过数月战斗，也只征服了几座城。您很快就会被他的风头盖过。因此，您应该忽视正在进行的外交进程。」韩信接受了他的建议，继续向北前进，进入齐国。

韩信的军队在一个月内深入齐国。田广愤怒地认为骊食其欺骗了他。还没等骊食其逃出京城，便杀死了他。随后田广向项羽寻求救援项羽派出两万精兵，由他的得力将军龙且率领，与韩信作战。龙且低估了韩信的实力，对他的部下说：「我从年轻时就认识韩信。他当时是一个无家可归的少年，在城里闲逛，向一位老妇人乞食。他是个懦夫，曾在一个恶霸面前屈服，从恶霸的腿下爬过。他自称擅长军事策略，这是毫无根据的。我绝对可以像打死一只苍蝇一样轻松地击败他。」

韩信的军队与龙且的军队在一条小溪的两岸扎营。韩信命令士兵准备一万个沙袋。一夜之间，他的士兵将沙袋放置在上游位置，使下游水位下降。清晨，韩信命人渡河，佯攻龙且军队。龙且立即率军出击，追击韩信的士兵，但韩信的士兵佯装失败，迅速撤退。当龙且大部分军队已经深陷溪流中央时，韩信命令在上游位置移除沙袋。结果，大量水流涌向下游，淹没了龙且的士兵。龙且军队中的其他士兵在岸上目睹即将到来的失败，四散逃窜。韩信军队中的骑兵指挥官灌婴，几天前就部署在龙且军后方。灌婴的骑兵随后追击并杀死龙且军队中正在逃跑的士兵。一天之内，龙且指挥下的二十万大军全被消灭，龙且在战斗中被杀。韩信和灌婴随后深入齐国，杀死田广及其众多将领，攻下了齐国。

征服之后，韩信写信给刘邦，请求许可暂时统治齐国。当信差将信交给刘邦时，他对韩信的野心感到怀疑和担忧。他感觉到韩信想成为齐国之王。由于韩信最近在北方取得了许多胜利，麾下有数十万士兵，韩信将来可能成为他的威胁。他愤怒地说道：「我被困在南方与项羽作战，还在等待他的援助。然而，韩信却想成为王，在那里享受生活！」陈平和张良当时站在旁边，感觉到了形势的严重性。他们不约而同地踩著刘邦的脚趾，在刘邦耳边低声说道：「我们被困在这里，急需韩信的救援。如果他变节，我们将陷入大麻烦。他拥有大军，我们现在无法阻止他的野心。我们不妨封他为齐国之王。我们希望他会感激，并继续忠于您。」刘邦本是个聪明的老板，立刻领会了这个忠告，改变了语气，说：「何必仅做齐国的暂时统治者？他应该立刻成为齐国之王。」

除了封韩信为齐国之王外，刘邦还封张耳为赵国之王，由于他与韩信一同征服赵国时立下了战功。张耳一直是刘邦的心腹，而赵国又是齐国的邻国，刘邦认为张耳将来会成为遏制韩信的缓冲。

第十九回： 忠心的韩信

本回人物介绍

刘邦	本回主角
项羽	楚国猛将，西楚霸王，刘邦的竞敌
韩信	军事天才和刘邦的大将军
蒯彻	韩信的谋士

项羽听到兵败、龙且已死的消息，惊慌失措。他意识到自己不

再掌握胜券。刘邦有韩信，他是个不败的将军。没有韩信，刘邦就只能单臂作战。于是派使者劝说韩信。使者告诉韩信：「刘邦不可信。刘邦过去屡次被项羽打败。他能够逃脱并存活，是因为项羽慷慨给予他余地。然而，刘邦不感恩戴德，反而背叛报恩，以敌意报友。您对他的忠诚将使您陷入困境。他会在某一天除掉您。他之所以留您在身边，是因为项羽的存在。如果他能消灭项羽，下一个被消灭的就是您了。您曾在项羽麾下工作，他欣赏您的才能，尊重您的崇高地位。您可以与项羽讲和，与刘邦分道扬镳。天下可以分为三部分，由您拥有北方、项羽拥有东南、刘邦拥有西南。这将是确保您未来的最佳方式。」

韩信回答说：「当我为项羽效力时，我只是一个低微的侍卫。他贬低我，不听我的意见，忽视我的良好建议。我无奈，就离开他投奔了刘邦，刘邦赏识我的才华。当我还是无名之辈时，他就任命我为主帅。他给了我新的生命。当我冷时，他将自己的毛皮大衣给了我。当我和他一起饥饿时，他与我分享他的美味汤水。他是我最大的恩人。如果我成为叛徒，上天是不会原谅我的。」

项羽还贿赂了韩信的谋士蒯彻去游说韩信。蒯彻劝告韩信：「刘邦的才能不及您。他以前屡败屡战，只是侥幸逃过一劫。而您却从来没有输过仗，您现在正处于巅峰。刘邦和项羽的未来掌握在您手中。如果您支持刘邦，他将是胜利者。如果您支持项羽，他将是胜利者。然而，他们两个都不可信任。您应该在北方建立自己的权力基地，从齐国开始。到那时，您可以与刘邦和项羽共享天下。」

韩信回答说：「刘邦对我的恩情如山。我应该永远感激他。」

蒯彻继续说：「猎场上的野兽全部被猎杀之后，猎狗通常会被丢弃或吃掉。有句话说，『狡兔死，走狗烹，飞鸟尽，良弓藏。』您现在是刘邦的猎狗。小心，等他征服了整个天下后，他会除掉您，甚至杀了您。」

韩信怒道：「请您不要胡言乱语。」

第二十回： 吕雉被释放

本回人物介绍

刘邦	本回主角
项羽	楚国猛将，西楚霸王，刘邦的竞敌
范增	项羽的首席谋士
龙且	项羽的谋士和猛将
韩信	刘邦的大将军，军事天才
吕雉	刘邦的妻子
刘执嘉	刘邦的父亲
戚姬	刘邦的寵妃
刘如意	刘邦和戚姬的儿子

本回地点介绍

敖仓	河南省
洪沟河	河南省
淮河	河南省
彭城	楚国首都在江苏省

项羽意识到自己的处境日益恶化，失去了最好的谋士范增和最好的将领龙且。失去敖仓城后，他的军队的粮食供应急剧减少。韩信继续支持刘邦，南下攻打项羽。

当刘邦的使者来见项羽，要求释放刘邦的父亲刘执嘉和吕雉时，项羽趁机与刘邦议和。双方同意停火。淮河支流洪沟河成为分界线。汉将占据洪沟河以西的领土，楚将占据以东的领土。双方约定永不相侵。此外，项羽同意释放刘执嘉、吕雉及其家人。

在双方官员均出席了隆重的休战约定签署及释放刘执嘉、吕雉的盛大仪式上。项羽在河的东岸设立了祭坛，而刘邦则在西岸设立了祭坛。双方在祈祷并向天发誓遵守休战约定后，刘执嘉、吕雉和其他家庭成员被释放，登上船只过河。然后双方签署了休战文件。

刘刘邦向父亲磕头谢罪。随后，他紧紧抱著父亲，父亲流著泪，诉说著这两年半的痛苦和磨难。

刘邦紧紧握住吕雉的手，轻轻抱住了她。她看起来与以前大不相同，身形消瘦，步伐谨慎而犹豫不决，面部紧绷，面上皱纹倍增，嘴唇紧闭，流露出心中苦涩。她的目光反应较差，但给人一种保留、怀疑、不安和幻觉的感觉。当官员们欢呼并向她敬礼时，她几乎没有以甜美的微笑回应。

吕雉穿过官员时，注意到远处有一位年轻迷人的女子。在国家典礼上出现妻子和妾室是非比寻常。吕雉生性嫉妒，对礼节十分在意，这一幕让她既疑惑又警惕，忍不住想：「她为什么在这里？她是谁？」

豪华庆宴后，刘邦退回卧室，吕雉的脑海里浮现出对这个女人的身份地位的质疑。

「今天仪式上躲在人群后面的那个年轻女子是谁？」吕雉问道。

「哦，她只是我的一位妃子而已，」刘邦回答。

「原来在我囚禁多年受难之时，您却整日把小妾抱在怀里！」吕雉惊呼。

「原谅我。您被俘虏，我无能为力。这些年来我一直在努力拯救您，」刘邦试图安抚她。

「您是个骗子。您告诉项羽，如果他杀了您的父亲，用他的肉熬汤，您愿意与他分一匙汤，而您也不介意把我交给他，」吕雉大喊。

「您要理解，那只是虚张声势。您仔细想一想，冷静一下。如果我向他投降，他还是会杀了我父亲并夺走您。因此，我反击他的虚张声势。我不是故意要伤害和抛弃您，」刘邦解释道。

「我觉得自己像一双旧鞋。您需要我时才用我，当我老了就想把我扔掉，」吕雉哭泣著。

「请理解我。您是我的爱妻。没有您，我也活不下去。我们成婚时，曾发誓要互相扶持，共同征服天下。您对我的成功起了巨大的作用，这也即将成为您的成功。您是我一生挚爱。没有人能取代您的位置，」刘邦试图取悦她。

「那你为什么在我不在时还要纳新妃？她是谁？」吕雉问道。

「嗯，她对我来说只是一个新妾室。您知道的，一个承受巨大压力的男人需要慰藉，」刘邦辩解。

吕雉想著：「母亲在婚礼上教导我，丈夫纳妾，不得嫉妒。这是男人的权利和地位的象征。曹娟也劝我要尊重男人拥有多个女人的欲望。他有权力和金钱，可以拥有他喜欢的任何女人。我无法阻止他。我可以接受妾室的存在，但我无法忍受我的妻子地位受到挑战。」

「您还没回答我。她是谁？为什么她会出现在国家仪式上？」吕雉尖酸地问。

「她的名字是戚姬。她是一个穷女孩。当我在彭城战败后，她救了我的命。我对她感激。她很天真，不太懂官场礼仪。她出于好奇潜入了典礼场地。请原谅她的天真，」刘邦随意地说。

「她跟您在一起多久了？」吕雉问。

「已经一年多了，」刘邦回答。

「她为您生了孩子吗？」吕雉询问。

「是的，一个男孩儿，名叫刘如意，」刘邦回答。

「所以，他的名字意味著您认为他很完美？」吕雉讽刺地说。

感受到此时对话的严肃性和吕雉的主要关切，刘邦自发地说：「别担心。我会遵守我早先的承诺，我们的儿子刘盈将成为王太子，您将成为皇后。」

这最后一句话立刻让她感到满足和安慰。

几天后，刘邦正式宣布刘盈为王太子和他的继承人，吕雉为皇后。

吕雉继位后，掌握了管理皇室事务的权力后，并在宫内建立了奸细网，以便及时掌握王室成员的所有动向，包括刘邦。她知道刘邦拜访戚姬的频率。她甚至从窃听者那里了解到刘邦和戚姬的一些对话内容。

当吕雉听到报告说刘邦几乎每隔一天就拜访戚姬，并且非常珍惜戚姬的新生儿时，一种强烈的恶意和炽热的嫉妒折磨著吕雉的心。毫无疑问，她的女性魅力已经消失，额头有令人厌烦的皱纹，头发又粗又灰，下巴肌肉松弛。由于常年的辛苦工作和折磨，她的双手变得粗糙，眼神不再锐利迷人，笑容也不再娇羞。她根本无法与那个迷人的狐狸精竞争。在自卫和安慰中，她想：「美丽是肤浅的。我的地位更高，权力更大，我会是最终的赢家。」

第二十一回： 垓下之战

本回人物介绍

刘邦	本回主角
项羽	楚国猛将，西楚霸王，刘邦的竞敌
张良	从韩国来而投靠刘邦的谋士
陈平	刘邦的卓越谋士
韩信	军事天才和刘邦的大将军
彭越	游击队领袖，后来加盟刘邦
灌婴	刘邦部下将军
项伯	项羽的叔父, 张良的好友

本回地点介绍

关中	陕西省南面和四川省北面
巴蜀	四川省
垓下	安徽省
乌江	安衞省
鸿门板	陕西省

签订休战约定后，刘邦打算撤退，定居关中及巴蜀。张良劝他另有打算，说：「您已经征服了大半个天下，项羽的实力根本不能和您相比，而且粮草断绝，他的军队已经濒临崩溃。应该乘胜追击，现在正是最好的时机，不要错过这个千载难逢的机会。」

「但我必须遵守休战约定，」刘邦回答。

「什么休战约定？在战争中，信誉毫无价值。孙子曾说，一切战争和军事行动的本质都是欺骗。如果您现在放了他，您就等于放虎归山。」智慧的陈平这样说。

被两位谋士说服后，刘邦发起了追击的项羽的行动。他召集齐国的韩信和魏国的彭越加入这次行动。一个月后，两位将军率领大军抵达。

当项羽的军队撤退到垓下，他们发现自己面临饥饿的边缘，粮食几乎耗尽。尽管项羽对韩信的军队进攻了几次，他每次都失败。因此，他采取了防御姿态，巩固了他在垓下城的位置。韩信的围攻如此有效，连一只苍蝇都无法突破。这种情况严重打击了项羽士兵的士气，激起了他们逃跑的念头。

某个晚上，韩信巧妙地运用了一项心理战术，命令数万名士兵围绕垓下的山丘。在那里，他们点燃火把，唱起了令人怀念的楚国民谣，深深触动了思乡的项羽士兵们的心弦。熟悉的旋律从四面八方传来，让楚军将士想起了多年未归的遥远故乡。许多士兵怀著强烈的思乡之情，丢下武器，哭泣著逃走。其他人则确信他们的家乡已经沦陷给刘邦，这些歌曲是已经投降的同胞们所唱，也选择放下武器投降。

第二天早晨，项羽面临惨淡的现实：大部分军队已经叛逃或投降。痛苦万分之下，他做出了一个重要决定，抛弃了残存的部队，只带著八百骑兵逃亡。当他们突围垓下，向南逃去时，遭到彭越和灌婴数千名骑兵的紧追。这场追逐以激烈和血腥的战斗为特征。在混乱中，项羽的部下迷失了方向。在一个关键的交叉路口，他们向当地一名农夫寻求指引，这名农夫认出他们是敌人，欺骗和指引他们走向了死胡同。很快，刘邦的数千名士兵包围了项羽和他仅剩的二十八名骑兵。

项羽是一位在七十多场战役中保持不败纪录的勇士，在绝望的时刻，他还继续鼓舞他的部下。他说：「就算天要灭我，我依然是不败的战士。跟我来，我们一定会打败敌人，开辟自由之路！」他心痛地大喊一声，策马前进。发动了猛烈的冲锋。敌人被他猛烈的攻击所震慑，项羽则率领部下杀了数十名骑兵，突围而出。他的追随者们被这种英勇的表现所激励，爆发出欢呼声：「我王万岁！」

他最终抵达了通往黄河的支流乌江，并计划渡过黄河，到达黄河南部的楚国边界。他在乌江遇到了当地村长。村长找来了一条小船，请他上船。此时，项羽改变了主意，呆立不动，然后悲痛地哀嚎：「天要灭我，我无处可逃。八年前，我带领八千勇士过了这条河，但现在他们都死于沙场。我感到惭愧，我失败了，无颜见江东父老。」说著下马，将马交给了村长。此时，汉军骑兵和士兵也到了，将他包围。他站在地上，拔出宝剑，挥出，疯狂地杀了周围的数名士兵，而自己也全身多处受伤，然后大叫道：「听说谁得了我的头颅，刘邦就奖励数百两黄金。我现在就帮你们一个忙！」说完拔剑自刎。附近的骑兵立即下马，砍下项羽头颅，其他骑兵蜂拥而上，争夺尸体以领功。

战后，刘邦为项羽举办了隆重的葬礼，禁止迫害和惩罚项羽的所有家人和亲戚。他还因项羽的叔父项伯曾在鸿门宴上救过刘邦。而赏封了项伯，所有被俘的楚人都被释放并送回各自的乡村。

楚汉之争于公元前 202 年结束，历时五年。从公元前 209 年刘邦起义到公元前 202 年征服全国，花了近八年的时间。

第四章：刘邦的王朝

第一回：汉朝

本回人物介绍

刘邦	本回主角
韩信	军事天才和刘邦的大将军
吕雉	刘邦的妻子
刘盈	刘邦和吕雉的儿子
萧何	刘邦的谋士，行政官，忠诚的追随者
项羽	楚汉之争失败者
张良	从韩国来而投靠刘邦的谋士
范增	项羽的首席谋士
卢绾	刘邦的旧友和忠诚的追随者
刘喜	刘邦的二兄
刘肥	刘邦和曹娟的儿子
曹娟	刘邦的妾室
张耳	曾经是陈胜的谋士，后来投靠赵国，然后再投靠刘邦
陈平	刘邦的卓越谋士
雍齿	刘邦部下的叛将，后来向魏国投降

凯旋回国时，刘邦突然拜访了韩信的营地，偷偷盗走了齐军的军令印。因此，韩信的军队指挥权被撤销。这由此可见刘邦对韩信日益显赫的地位有所警惕。

隔年春（约公元前 201 年），汉朝正式建立。刘邦成为汉朝的皇帝，吕雉成为皇后，刘盈成为太子，萧何做了丞相，设都洛阳。

在洛阳宫殿举行的开国宴会中，刘邦问参加的大臣和将军们：「我想听听你们的坦白意见。请直言不讳。你们能告诉我为什么我能打胜仗，征服天下吗？项羽为何失败？」一位大臣站起来回答说：「陛下表面上傲慢，而项羽表面上仁慈。然而，每次征服之后，陛下总是将土地和财物赏赐给有功劳者。相反，项羽对幕僚怀疑、质疑，忽视人才。在征服土地后，他不与追随者分享战利品。这就是他失败的原因。」刘邦说：「您在一方面是对的。您忽略了另一个重要原因。我必须向你们坦白说一个秘密。有句话说，最好的谋士能在自己的帐篷里预测千里之外战场上的情况。只有张良能做到这一点。我不如他。最好的丞相能让国家运行顺利，人民安定富裕，国库有盈余，军队粮草充足。只有萧何能做到这一点。我不如他。最好的将军能指挥百万士兵并赢得每一场战役。只有韩信能做到这一点。我不如他。他们在历史上是罕见的。我很幸运有这些高人协助我。在各自的领域里，我不如你们任何一个。没有你们的支持，我现在不可能坐在这个宝座上。项羽不信任他唯一的谋士范增。因此，尽管他很勇敢，但还是失败了。」

刘邦进一步颁布法令：「我们奋战八年以推翻邪恶的秦朝，并对抗残暴的项羽。和平终于到来。所有非必要的士兵应该回家。所有难民和移民应该回到他们的故乡，并重新索回他们的土地和财产。政府官员应该促进归乡过程。他们应该善待退伍军人。县政府应该提供足够的终身养老金给将领和退伍军人，并免除低级退伍军人的所得税和财产税。所有罪犯将被赦免。废除或简化秦朝所有严苛、复杂的法律。」

在接下来的几个月里，刘邦逐渐封赏对王朝有重大贡献的亲友和幕僚。以下是最初的封赏名单：

韩信原为齐王，因故乡是楚国，改封楚王。

卢绾是刘邦从小的密友，也是刘邦长久的追随者，因此被封为燕王。

刘喜是刘邦的哥哥，被封为位于北方代国的代王。

刘肥是刘邦和曹娟的儿子，被封为齐王。

张耳曾是刘邦的导师、支持者和将军，他保留了赵王的爵位。

萧何被封酂侯，赐封的土地超越了其他将领和功臣。许多将军抗议：「我们在战场上冒著生命危险。萧何坐在府衙里，而我们流汗流血。为什么他的封土地比我们多？」刘邦回答说：「我用狩猎来比喻，在狩猎场上，狗追赶野兽，指挥狗的是人。您就像猎狗，指挥人的是萧何。」

张良被封留侯。刘邦想要再赐予他靠近齐国的大片领土。张良谢绝了，说：「我没有什么大功德，我们相遇即是缘分，听从我的建议是您的福气，所以，一小块领地就够了」

陈平被封户牖侯。他拒绝了这个提议，并说：「我没有任何功劳。」刘邦说：「我成功是因为我遵从了您的良好建议。那就是您的功劳。」陈平说：「我只是幸运。」

封国的王与封邑的侯，两者差异甚大。国王拥有远超封邑的侯的自治权。更重要的是，王能够享有其封国内的全部税收，而封邑的侯仅能从其封地收取地租。王有权直接指挥自己的军队，而封邑的侯麾下的军队则需聽命于朝廷。在大多数情况下，国家是封给刘氏皇族的成员。然而，韩信、张耳和卢绾等少数人是例外。韩信因已领军多年，刘邦无奈只能认可他的现状，因此将他封为王。由于张耳和卢绾分别是刘邦的导师和青少年时期的挚友，刘邦深信他们不会对他造成威胁。其他新朝元勋，如将军、大臣和谋士，多被封为侯。刘邦担心这些能人志士会仿效他昔日的举动，日后反叛朝廷。因此，刘邦巧妙地将政治版图分为两个阵营：一是王阵营，与皇族关系密切；二是侯爵阵营，由能力出众、地位显赫的将军、大臣和策士组成的。前者掌握军事大权，后者则是国家行政管理的关键力量。刘邦在这两股势力之间精心营造了一种权力平衡。

二十多位大功臣获得封赏后，剩余的官员和将军们开始感到不安，担心自己会被遗忘。他们三五成群，私下议论纷纷。刘邦发现这一现象，就问张良：「他们在做什么？」

张良回答：「他们正在密谋反抗您。」

「为什么？」

「他们注意到您只封赏了您的亲戚、朋友和心腹。他们对自己过去的贡献被忽视感到沮丧。他们甚至担心您会发现他们过去的过失并惩罚他们。因此，他们正在密谋反抗您。」张良解释道。

「那我该怎么办？」

「众所周知，您最讨厌的人是谁？」张良问。

「雍齿，多年前在丰邑的部下。他背叛我投奔魏国，我发誓一定要报仇。」刘邦回答。

「如果您立刻封赏雍齿，您的部下们便会安心了。」张良说。

刘邦立即设宴并宣布封赏雍齿。他还命令人力资源部加快功绩审查程序。宴会过后，原本不安的官员和将军们安心了，心想：「连雍齿都被封赏。刘邦真是大度。我们应该安全了。」

第二回： 韩信失寵

本回人物介绍

刘邦	本回主角
陈平	刘邦的卓越谋士
韩信	军事天才和刘邦的大将军
蒯彻	韩信的谋士

本回地点介绍

陈丘	河南省
洛阳	河南省
淮阴	江苏省

韩信被封楚王后，回到自己长大的村庄。他找到了那位曾在河边洗衣服，并好心地给他食物老妇人，韩信以二万两黄金报答她的恩情。

他还找到了曾侮辱他的恶霸。韩信不但没有报复，反而雇用了这个恶霸作为自己的侍卫。当部下问起原因时，韩信解释说：「如果他没有侮辱我，我就没有意志改变自己的命运。当他侮辱我时，我完全可以反抗并杀了他。然而，杀一个小人物有何意义呢？」

几个月过去了。刘邦接到密报，称韩密谋作反。刘邦问陈平该怎么办。陈平问：「韩信知道这个密报吗？」

「不，他不知道，」刘邦回答。

「和您的精锐军队相比，哪一支规模更大？」陈平问。

「我认为他有更多的精兵。」刘邦回答。

「您的将领与他相比，水平如何？」

「我认为他比我所有的将领都强。」刘邦说。

「派军队去逮捕他将会很冒险。这样做会迫使他反击，对抗您，」陈平说。

「那该怎么办？」刘邦问。

「您可以宣布您要到全国各地探访民情。然后顺道在楚国郊外的陈丘稍作停留，邀请韩信加入。到那时，您就可以当场逮捕他，」陈平说。

刘邦执行了陈平的计划。韩信果然中计被捕。他感慨地说：「蒯彻曾警告我，狡兔死，走狗烹；飞鸟尽，良弓藏；敌国破，谋臣亡。刘邦已经平定天下，我注定命已至此。」

刘邦对韩信说：「你别抱怨了，有人密保您有意反我。」

韩信被捕带回洛阳后，刘邦告诉他密报中的指控毫无根据，但他还是将韩信贬为淮阴侯。

至此，韩信才明白自己被捕并被释放的真正原因。密报是刘邦捏造的，刘邦担心他的军事才能，担心他会篡位。他想威吓韩信，让韩信知道一切均在其控制之下。

这件事发生后，韩信心情郁闷，大部分时间都在家中。

第三回： 蝗祸

本回人物介绍

薄姬	曾經是魏王豹的妃子，後來是劉邦的妃子
劉恆	劉邦和薄姬的兒子
劉邦	本回主角

本回地点介绍

陈丘	河南省
洛阳	河南省
孟津	河南省

公元前 201 年夏，孟津县爆发蝗灾。灾情蔓延迅，地方官员无力控制。当朝廷组成派人员对抗蝗灾时，薄姬听闻了这一举措。她记得自己过去作为农村女孩时，村里曾经发生过蝗灾。她还记得村民们使用的旧方法来控制蝗灾。于是，她向刘邦请愿，希望能领导这个特别小组，刘邦批准了她的请愿。

她带了当时三岁的儿子刘恒，这是出于对他安全的考虑，因为宫廷是个危险的地方，比野外还要险恶。

她教孟津县的农民五种方法。第一种方法是彻底深耕土地，不留荒地。这是为了将蝗虫卵深埋入土，防止它们孵化成蝗虫。第二种方法是饲养数十万只野鸡鸭和数百万只青蛙，放入田间。一只鸡或鸭一天可以吃掉数百只蝗虫。青蛙也会吃蝗虫和蚱蜢。这种方法在蝗灾初期是有效的。第三种方法是在大锅中煮大蒜，将煮沸的液体喷洒在被感染的植物叶片上。由于蝗虫不喜欢大蒜，这种方法可以保护现有植物免受蝗虫侵害。第四种方法是焚烧受感染的小麦和草地。烧毁后，将土地深翻，为下个季节做好准备。最后一种方法是在蝗虫高飞入天之前，用大网手工捕捉它们。

她还告诉县长要改善农田的灌溉。蝗虫最喜欢在干燥的土壤产卵。

薄姬在炎炎夏日辛苦工作数月。到了夏末，蝗灾已经受到控制。虽然许多庄稼被蝗虫摧毁，但仍有一部分被抢救出来。农民们没有遭受全部庄稼的损失。

任务完成后，薄姬带著她的孩子回家。在路上，她注意到山坡上挖了一些小洞穴，每个洞穴都安放著一个小雕像。她问这些小雕像代表什么。一位村民回答说：「您不知道那个小雕像代表谁吗？那是您啊！」

「他们为什么要这么做？」薄姬问。

「他们将您视为神。他们向您祈福。您拯救了我们的生命。我们非常感激您，」村民回答。

「请不要这么做。这会伤害我。你们这样做会让我陷入危险。」薄姬惊呼。

她随即转身对一位官员说：「请告诉县令，将这些祭坛拆除，以后禁止再建这样的祭坛。」

回到家后，刘邦对她说：「您干得很好。我奖励你两万两黄金。」

「无需奖赏，蝗灾的控制是上天的赐福。天灾人祸来来去去，我们能生存并繁荣昌盛，是我们的运气和上天的保佑。我没有任何功劳。而且，您的奖励也会让我遭受更多的嫉妒和敌意。」薄姬说。

第四回： 跟匈奴开战

本回人物介绍

匈奴	强大的游牧民族，居住在当今的蒙古和西伯利亚
栾提冒顿单于	匈奴的领袖
刘邦	本回主角
陈平	刘邦的卓越谋士

本回地点介绍

代县	山西省和河北省交界
白登	山西省

匈奴是中国北方一个强大的游牧部落。在秦朝强大的军事力量的驱逐下，他们进一步向北迁移。秦朝灭亡后，他们逐渐南下，侵

入中国领土，越过黄河，定居在黄河河套的地区。楚汉相争时期，匈奴西进，征服了中国西部和西北部的许多游牧部落和国家。他们由一位年轻、雄心勃勃、积极好战的领袖，单于栾提冒顿（单于意为最高统治者，栾提是他的姓氏，冒顿是他的名字）领导。在汉朝建立之前，匈奴已发展成为一个强大的天下，占据了中国北部和西北部数千平方里的领土。他们野心勃勃，想要入侵并吞中国的黄河河套周边的广大地区。

汉朝建立元年，韩王叛汉。刘邦率军平定叛乱，击败韩王，韩王随后逃亡到匈奴领土，成为匈奴的盟友。那年冬天，匈奴军队在韩军的支持下向南入侵。刘邦屡次击败入侵者，将匈奴军队逼退到更北方。然而，刘邦的士兵大多是南方人，无法忍受北方的严寒天气。在这种情况下，刘邦别无选择，只好暂停他的军队前进。

隔年春天，刘邦接到情报，单于栾提冒顿的部队驻扎在代县的一个山谷中。刘邦认为这是包围并消灭匈奴军队的最佳机会。他派出十名探子前往代县，调查匈奴军队的规模和实力。不幸，探子身份暴露，但聪明的单于并没有抓捕并判处十名探子，而是隐藏了他的精锐部队、强壮的马匹和精密的武器，展现了一个残破军队的虚假外观。这些探子向刘邦报告，匈奴军队极其脆弱。为了确认这份报告的真实性，刘邦派出他的侍卫队长娄敬去匈奴军营。娄敬多日未归，刘邦心急如焚，低估了匈奴军队的实力，于是便命令三万二千大军向代县挺进。当军队已经开始前往战场的旅程时，娄敬才返回。娄敬告诉刘邦：「您必须停止我们军队的前进。匈奴军队脆弱的外表是假的。匈奴是一个大国，拥有胜利的战绩，不可能有一支残破的军队。单于栾提冒顿肯定为我们设下了陷阱。」此时刘邦认为，如果改变先前的决定，自己就会丢脸。他咒骂娄敬，指责他的言论令人沮丧。刘邦为了防止娄敬散播言论，将他投入大牢。

为了表现自己的决心和勇气，刘邦领先他的军队前往白登，它是一个接近战场的城。单于栾提冒顿听闻刘邦抵达白登后，立刻派出四十万大军围攻城池。刘邦带领的先锋部队太小，无法突破围城。他们在城中被困七个昼夜，孤立无援。

陈平对刘邦建议道：「我们可以通过秘密小路派遣密使前往匈

奴天下的首都。然后用大量珠宝和黄金贿赂匈奴皇后。我们可以请求她说服单于撤退。」刘邦同意道：「我们试试看。」这个计谋的确奏效。皇后成功说服单于停止战争。

此时，汉朝的军队正在接近。单于担心他的军队可能被汉军反过来包围。他的军队可能会陷入血战。因此，他在为时已晚之前下令撤退围城。在这个过程中，城的一角被打开，让刘邦有机会逃跑。在一个雾蒙蒙的夜晚，刘邦在侍卫的护送下悄悄地从城中溜出，安全地抵达汉军主力的营地。

单于撤军后，危机结束，刘邦也下令撤退。这件事给刘邦一个很好的教训：「傲慢、急躁，会带来灾难性后果。」认清自己的错误后，刘邦将娄敬释放出狱，向他道歉，并赋予他贵族地位。

此次重大危机发生几个月后，匈奴继续小规模入侵汉朝北部边境。刘邦试图用小型地方军队或贿赂入侵将领来抵抗这些入侵。

第五回：和亲

本回人物介绍	
刘鲁元	刘邦和吕雉的女儿
刘邦	本回主角
吕雉	刘邦的妻子，汉朝皇后
娄敬	刘邦的谋士
刘颖	嫁给栾提冒顿单于的女子的化名

匈奴的不断侵略，让刘邦深感不安。他向娄敬请教，娄敬回答说：「我国子民已经厌倦了战争。我们必须放弃用武力解决这个问题。由於单于栾提冒顿是一个野蛮无情的人，人性和正义的论点是不可能说服他的，我认为有办法解决这个问题，但恐怕你可能不接受。」

「什么方法？」刘邦问。

「如果将您的长女鲁元公主嫁给单于栾提冒顿为妻呢？此外，

给她一份丰厚的嫁妆。单于是一个贪婪的人。既然鲁元公主是汉朝皇帝的女儿，身为权贵父亲的女儿，单于栾提冒顿一定会立她为皇后，而她的儿子也会因此成为太子，最终继承王位。您可以派遣老师去教他中国文化和礼仪。女婿和孙子都不能对抗岳父和祖父。这是安抚匈奴的最好办法。不过，我必须提醒您，您必须嫁出自己的女儿，不得以宫中侍婢冒充您的女儿。否则，一旦单于发现了冒名者的真实身份，整个计划就会失败。」

「这是个好主意，」刘邦说。后来他命鲁元公主嫁给单于栾提冒顿。然而，吕雉反对，日夜哭泣，指著刘邦大声喊道：「鲁元是我的亲生女，我不能容忍您将自己的长女嫁给一个野蛮的匈奴。」

经过再三思考，刘邦实在不忍心女儿远嫁他方，改变了主意，最终还是挑选了一位年轻宫女冒名代嫁。这姑娘长得像刘邦，刘邦收养她为公主，并为她取了一个新名字，刘颖。出嫁之日，他为她准备了丰厚的嫁妆，单于感激地纳她为妾，后来成为了他的爱妾。这次婚姻促成了汉朝与匈奴之间的和平。

第六回： 韩信被杀

本回人物介绍

陈豨	代王
韩信	军事天才和刘邦的大将军
蒯彻	韩信的谋士
刘邦	本回主角
吕雉	刘邦的妻子, 汉朝皇后
萧何	刘邦的谋士，丞相，忠诚的追随者

两年后，代王陈豨反叛汉朝。刘邦想亲自率军平定叛乱，于是向被贬为淮阴侯的韩信求助。韩信以病为由，不肯帮忙。事实上，韩信正与好友陈豨密谋推翻刘邦。他们的第一步是暗杀吕后和皇太子刘盈，然后在宫殿发动政变。

他们的阴谋被韩信的一名侍卫发现。虽然韩信立即杀死了这名侍卫，但侍卫的兄弟向吕后揭露了韩信的密谋。

吕后报复韩信之前，咨询了萧何的意见。萧何建议说：「韩信是军事天才，用武力制伏他风险很大，只能用诡计打败他。我们可以设宴庆祝击败陈豨和刘邦的凯旋。然后邀诸重臣及韩信赴宴，并趁机刺杀他。」

韩信收到邀请后，犹豫应否参加这场宴会。他没有收到陈豨的任何消息，不知道陈豨是否真的被刘邦打败了。他请教了自己的心腹恩人萧何，因当初萧何向刘邦引荐了韩信。

「刘邦真的已经击败了陈豨吗？」韩信问。

「是的，已经确认了，」萧何回答。

「我应该去参加宴会吗？」韩信问。

「尽管您生病了，但您应该去宴会，以表达对朝廷的尊重。您在这次危机中没有帮助给刘邦。这是一个很好的机会，让您消除他对您的疑虑，」萧何回答。

当韩信抵达宫殿大门时，安保人员要求所有宴会客人在进入宴会厅之前卸下他们的剑。卸下剑后，韩信进入了毗邻宴会厅的钟楼。他立刻就发现大厅内一片诡异的寂静，连一位宾客都没有。在他意识到即将降临的灾难之前，数十名持矛、斧和箭的士兵封锁了大厅的门窗。他们很快就抓住了韩信，并用长矛刺进了他的胸口。临终前，韩信感慨道：「我后悔没有听从蒯彻的建议。我被我信任的恩人和一个女人欺骗了。」

吕后是一个报复心强和心狠手辣的女人，她立即命令杀害韩信的所有家族成员和亲戚，跨越三代。她的残酷行径在汉朝内引起了震惊。

当刘邦在击败陈豨后回家时，吕后告诉他：「我帮您除掉了您最害怕的挑战者，韩信。」

「他死前说了什么？」刘邦问。

「他说他应听从蒯彻的话，他被心腹和一个女人欺骗了，」吕后回答。

「蒯彻那书生确实有远见，」刘邦冷冷地评论道。

刘邦听到这个消息，虽感到松了一口气，但又感到懊悔。他想：「韩信是我成功的主要功臣，我应该感激他。但他野心太大，想要篡夺我的地位。这是一个残酷的世界。如果我不消除他，他就会灭了我。我别无选择，我要感谢吕后。她为我做了肮脏的工作，她保住了我的名声。」

在消灭了所有非皇室和潜在的挑战者之后，刘邦终于巩固了自己的权力基础。他随后颁布法令，未来只有皇室成员，即刘姓者，才能被封为王，世代子孙应谨遵这一条例。

第七回： 南越国

本回人物介绍

赵佗	南越郡守
刘邦	本回主角
匈奴	强大的游牧民族，居住在当今的蒙古和西伯利亚
陆贾	汉朝使者
萧何	刘邦的谋士，丞相，忠诚的追随者
韩信	军事天才和刘邦的大将军，后被吕雉暗杀
曹参	刘邦部下将军和早期的追随者

本回地点介绍

南越郡	广东，广西，和越南

秦朝时，赵佗任南越郡郡守，该地区范围广阔，涵盖了国家的南部地区（包括现今的广东省、广西省和越南国）。当秦朝衰落时，赵佗杀死了南越内所有的秦朝官员，并用自己的官员取而代之。随后，赵佗自宣为南越王。赵佗没有参加刘邦的革命运动，也没有为汉朝做出任何贡献。

由于刘邦忙于应对匈奴的威胁和国内政治，他并未干涉赵佗。在这些问题解决后，刘邦需要处理南越的问题，南越对他来说是一个没有任何价值的野蛮地区。因此，他授权赵佗为南越王和它的保护者，只要赵佗不干涉它的边界以北的事务。刘邦派遣使者陆贾向赵佗传达汉朝的决定。

当陆贾到达南越首都时，赵佗对陆贾态度粗鲁。陆贾对赵佗的不礼貌行为感到不悦，斥责他说：「您在北方出生长大，您的兄弟亲属都是汉朝的人民。您父母和祖先的墓葬仍在您的故乡。您忘记了自己的根源，在南方像野蛮人一样生活。您侮辱了您的祖先和亲人。如果您幻想脱离汉朝独立，您将注定失败。汉朝皇帝知道您对建立汉朝没有任何贡献。他不想对您发动战争，因为他厌恶不必要的流血。如果您逼迫他走投无路，他将杀死您的所有亲属，挖出您祖先的墓葬，派遣数十万大军平定您的领土，并杀死您。」

这句话就像是一记警钟，让赵拓猛然醒悟。他立即站起来，然后礼貌地坐下。他以谦虚的口吻说：「请原谅我的疏忽。我在南方待得太久，忘记了礼仪。」

赵佗接著问道：「我与萧何、曹参和韩信相比如何？」

「您与他们不相上下，」陆贾回答。

「我与刘邦相比呢？」赵佗又问。

「无法相比。他是一个庞大天下的缔造者和皇帝，比您的国家大二十多倍。他能一挥手就召集数十万大军。」

「我感谢您的启示，」赵佗说。

随后，赵佗为陆贾举办了一场豪华的接待宴会。宴会结束后，赵佗向汉朝政府及陆贾各赠送了二十四万两黄金，并同意臣服汉朝。

第八回：皇位继承人

本回人物介绍

英布	抗秦叛军的领袖之一，曾效忠于项羽

刘邦	本回主角
张良	从韩国来而投靠刘邦的谋士，被封留侯
吕雉	刘邦的妻子, 汉朝皇后
戚姬	刘邦的寵妃
刘盈	刘邦和吕雉的儿子，皇太子
刘如意	刘邦和戚姬的儿子
周昌	汉朝御史大夫
赵尧	玉玺保管大夫
叔孙通	汉朝大夫
商山四皓	商山上四位著名贤人

本回地点介绍

商山	陕省陕西省

英布发动叛乱期间，刘邦指派张良负责照顾太子刘盈，并让他留在京城。刘邦告诉张良：「我对刘盈感到失望。他太软弱。我不能派他去前线对抗叛军。我怀疑他将来能否领导天下。您一定要帮我培养他。」

刘邦随口说道：「这也不能怪他，人与生俱来，性格各异，比如，我的小儿子刘如意，就像我。」

后来，当吕雉听说了这番谈话，她怀疑刘邦想要废除现任太子。如果这发生了，对她来说将是一场灾难。她想：「是否应该跟刘邦吵架，阻止他改立太子？不，我必须保持冷静。与他起争执只会让事情变得更糟。争论会激怒他，加深他对刘盈的偏见。我应该在幕后操控，为他改立太子的想法设置障碍。」

虽然吕雉是皇后，但年老使她失去了魅力和活力。因此，吕雉未被邀请参加刘邦的冒险和休闲活动。她与刘邦的关系变得冷淡。另一方面，戚姬年轻、更有魅力、吸引力和温顺。因此，戚姬成为刘邦所有闲暇时的伴侣。这一现象在吕雉心中激起了她对戚姬深深的嫉妒和仇恨。然而，吕雉却是个在充满敌意的世界中谨慎而顽强的幸存者。她压抑著自己的情绪。除非越过底线，否则她不会轻易反击。太子的更替是这条红线。如果刘如意取代刘盈成为太子，那么刘如意最终将成为皇帝。到那时，戚姬会迫害吕雉和她的儿子。因此，为了防止发生这种情况，吕雉决心奋力抵抗。

两位女性之间进行著一场微妙且无烟的战争。戚姬认为她占了上风，因为她是刘邦最宠爱的妃子，而刘邦确实深爱著她。另一方面，吕雉则是伺机而动的毒蛇。她在朝中有许多亲信。她的政治支持非常强大。

一天晚上，刘邦狩猎归来，和戚姬躺在床上，戚姬的头靠在他的肩膀上，突然泪流满面。

「怎么了？」刘邦问道。

「我担心皇后会伤害我和我的儿子，」戚姬哭得更厉害了。

「您又多虑了，」刘邦说。

「我的担心是真实的，历史证明，皇宫就像战场一样，充满了危险。每当我吃饭的时候，我都会担心里面可能有毒，」戚姬辩解道。

「如果您这么担心，我可以指派我信任的厨师和仆人来服侍您。在您吃之前为您尝试食物。我还可以指派几名值得信赖的保镖来保护您。所以，不用担心。振作起来！」刘邦说。

「当她的儿子成为皇帝时，她会伤害我和我的儿子。保护我们最好的办法是指定我的儿子为太子。您已经多次说过刘盈太软弱，没有领导国家的能力。您和我的儿子在外表和性格上都很相似，」戚姬说。

「让我考虑一下。重新指定太子不是件简单的事。别哭了，睡吧，」刘邦说。

待她睡著后，刘邦仍无法入睡，沉思著：「她说得对。刘盈的确太软弱。上次，当我指派他带领军队去对抗英布时，他吓坏了。吕后过度保护他，把他养成了她的宠物。我的王朝充满了危险和敌人。刘氏的政权很容易被篡夺。匈奴将会入侵国家。我需要一位强大有力的继承者来面对这样的挑战。但应该是谁呢？刘盈不是正确的选择。一开始指定他为太子就是一个错误。刘如意很有前途，似乎是最佳选择。可惜他还很年轻，希望我能有足够的时间来栽培他。无论谁将是我的继承者，都必须得到显赫将领和大臣的支持。否则，将是大灾难。我会稍后跟他们讨论这个问题。」

几天后，刘邦在朝会上告诉群臣，他要废太子刘盈，改立刘如意为太子。所有权臣和将领都强烈反对这一提议。御史大夫周昌最为激烈地反对。他结巴地强调说：「我说不出话来，但我知道这是错的。您不能废除现任太子。如果您执意这样做，我绝不臣服于新太子。」

看著周昌一脸愤怒的表情，刘邦本能地笑了。笑声冲淡了争论的热度，很快就消散了。

恰巧吕后藏在会议厅的门后偷听了里面的对话。会后她碰到了周昌，跪在他面前磕头，说：「非常感谢您。如果没有您的诚实和勇敢反对，太子的性命难保。」

选择继承人的重大问题继续困扰著刘邦。他想：「如果没有各位大臣、将领的支持，即使刘如意成为皇帝，也注定会失败。如果我维持现状，让刘盈继位，汉朝也会就此灭亡。或许，吕后可以作为他的摄政，她有能力和力量支撑政权。她是一个钢铁般的人，我担心她会试图消灭她的对手，造成朝政动荡不安。更糟的是，她会报复戚姬和刘如意。那我怎么能在那种情况下，以及我死后保护刘如意呢？」

刘邦私下咨询负责官印的大臣赵尧。赵尧建议：「您应该封赵国给刘如意，从京城迁走他，并给他一支大军。此外，您应该找一位备受尊敬和有影响力的官员作为赵国的丞相。这将给他额外的保护。」

「那谁应该担任丞相呢？」刘邦问。

「周昌正直、大胆、忠诚。吕后视他为恩人，很敬重他。」

刘邦采纳了赵尧的建议，派遣刘如意和周昌到赵国。

此时，吕后积极游说大臣将领支持她的儿子。由于张良在刘邦内圈极受尊敬，她向张良寻求建议，并乞求他帮助挽救她的危急局面。张良告诉她：「刘邦对您的儿子有偏见，认为他弱小，没有能力，没有显赫的拥护者。我教过刘盈几个月，发现他是一个仁慈、慷慨、和高尚的人。我喜欢他。」

「您能怎么帮助他？现在是关键时刻。刘邦很快就会做出决定。」吕后说。

「唯一的办法是让刘邦印象深刻，认为刘盈有能力统治国家，并且拥有强大的支持。」

「怎么做？」吕后问。

「我知道四位著名的贤士居住在商山。他们被称为商山四皓。他们曾是我的老师。我可以求他们来协助刘盈。至少，他们可以暂时拜访刘盈，展示支持他。」

「就这样做吧，」吕后乞求道。

随著年岁增长，身体日渐衰弱，刘邦迫切需要最终决定的继承人。他咨询了多年来最信任的谋士张良，并表达了更换太子的愿望。张良坚决反对，但刘邦未有动摇。另一位资深大臣叔孙通也劝说：「历史证明，改立太子会导致王朝灭亡。众所周知，现任太子刘盈仁慈、慷慨、正直、和虔诚。此外，皇后吕后在支持您的革命和建立朝代过程中，经历了巨大的挣扎和痛苦。她也对您的成功做出了重大贡献。您现在怎么能抛弃她呢？如果陛下坚决要更换太子，请现在就斩了我，我愿意在朝中以血证明我的观点。」

刘邦被如此坚决的态度震惊了。为了平息争议，他说：「算了，我只是谈谈我的想法。」

叔孙通接著说：「选太子不是开玩笑之事，它关乎皇朝的根基和支柱，绝不能掉以轻心。」

此时，所有的大臣和将领跪下，恳求刘邦不要更换太子。

面对大臣和将领的统一态度，刘邦撤回了更换太子的提议。

会后，刘邦感到自己仍面临两难。他想：「如果刘如意即位，所有大臣和将军都会篡夺他。他和他的母亲最终将被杀害。但我不确信刘盈是否有能力领导这个国家。汉朝也会因此崩塌。」

这种犹豫被推迟了一个月，直到庆祝汉朝建立周年的大宴会。晚宴开始前，王室成员、大臣、将军和重要嘉宾在皇家花园中欢聚一堂。刘邦注意到刘盈周围有四个不寻常的客人。刘邦认出他们就是著名的商山四老。这些圣贤跟随著刘盈的脚步，就像他们是他的部属和谋士。这对刘邦来说是一个惊喜，因为他曾多次征求这些圣贤的支持和服务，但刘邦的提议却屡屡遭到拒绝。刘邦想：「刘盈怎么会得到他们的支持？看来，刘盈已经长大了。他一定有我所不知的隐藏品质。他的人际关系技巧一定比我好。我对他有偏见。」

宴会结束后，刘邦在卧室里见到了戚姬。他用柔和而歉意的声音告诉戚姬：「一切都结束了。我不能改立太子。刘盈的羽毛已经长满，他现在可以飞翔了。我无法阻止他的登基。」

戚姬一听到这些话，心就沉到了谷底。在泪水涌出之前，刘邦说：「对不起，我已经老了，无法控制局面。我只能尽我所能保护您和刘如意。」刘邦试图压抑住心中的挫败感。

「不要哭，让我唱首歌，您为我跳舞吧。记得我们第一天见面的情景吗？」刘邦一边说，一边抚摸著她的背，安慰她。然后，他唱著：

鸿鹄高飞，一举千里。
羽翮已就，横绝四海。
横绝四海，当可奈何。
虽有矰缴，尚安所施。

戚姬努力维持自己的姿态和动作，直到舞蹈结束。然后，她伏在刘邦腿上，不停地哭。刘邦无言以对。

第九回： 刘邦驾崩

本回人物介绍

刘邦	本回主角
吕雉	刘邦的妻子，汉朝皇后
戚姬	刘邦的寵妃
刘盈	刘邦和吕雉的儿子，皇太子

刘如意	刘邦和戚姬的儿子
萧何	刘邦的谋士，丞相，忠诚的追随者
曹参	刘邦部下将军和早期的追随者
周勃	刘邦部下将军和早期的追随者

公元前 195 年的夏天，刘邦在位七年后，因过去战役中受的伤势而离世。临终前，他感慨道：「我一生奋斗，只为达到权力和荣耀的巅峰。我成功征服了天下，拥有了其中的一切。我的经历就像一场梦。现在一切都快要结束了，我必须放弃我所有的权力、荣耀和财产。它们很快就会成为消逝的幻像。我再也无法把握它们。我将拥什么？一无所有。我的名字将进入历史，但这对我来说已经不重要了，我再也无法控制汉朝的未来。我甚至无法保护我至爱的戚姬和刘如意。」

临终前，他见的第一个人是吕雉。刘邦对她说：「我们一直是好友。我们已经功履行了新婚之夜的誓言。我无法再陪伴您嘞，希望在您的帮助下，我的天下能够长久留存。请您做好刘盈的摄政。」

她接著问：「萧何之后谁应成为丞相？」

「曹参，」刘邦说。

「曹参之后谁应成为丞相？」

「周勃，」刘邦说。

「周勃之后谁应成为丞相？」

「这么远的事我无法预知。现在不要担心这个问题，」刘邦说。

刘邦最后见的人是戚姬。他当时已经非常虚弱，只说了几句话：「吕雉将成为您的主人。不要惹她生气。」他说话时，泪水从他的脸颊上滚落下来。他试著握紧她的手，但片刻就抓不到了。

刘邦于公元前 195 年夏辞世，谥号汉高祖，意为汉朝创建者。

第五章：吕后摄政

第一回：戚姬和刘如意惨死

本回人物介绍

刘邦	汉朝的始创人
吕雉	刘邦的妻子，皇太后，本回主角
刘盈	刘邦和吕雉的儿子，汉朝第二任皇帝
刘如意	刘邦和戚姬的儿子，被封为赵王
戚姬	刘邦的寵妃
周昌	赵国丞相，刘如意的保护者

刘邦葬礼一个月后，他的儿子刘盈成为汉朝的第二任皇帝，母亲吕雉成为太后。由于刘盈当时仅十四岁，吕雉成为他的摄政。

吕雉它是政府中最有权势的人物，拥有复仇的权力。她的第一个目标是戚姬。吕雉下令逮捕戚姬，将她囚禁在一条破旧的小巷中。狱卒奉命将戚姬的脚镣住，剃光她的头发，给她戴上木枷，并穿上红色的囚衣。她顶著烈日，卖力地捶打稻谷。随著时间的流逝，她的身体因为这种苦役而受到重创；肌肉撕裂，筋脉拉伤，双手满是水泡。在痛苦中，她作了一首歌来反映她的困境：「儿为君，母作奴，日夜捶谷，死为伴，相隔三千里，谁传此声音？」

这首歌传到吕雉的耳中，她将其解读为隐喻柳如意密谋谋反。为了消除威胁，吕雉首先将目标指向刘如意，派遣使者前往招唤他回京。然而，当使者到达赵国时，丞相周昌拒绝了这个命令。「先帝刘邦将刘如意托付给我，」他对使者宣称：「保护他是我铁定的职责。我很清楚吕雉对他怀有敌意，并且打算加害于他。我不能让他面临这样的危险。此外，刘如意目前生病，无法旅行。」尽管吕雉又两次派遣使者，但周昌仍坚决拒绝。吕雉意识到需要改变策略，随后召唤周昌回京。待周昌返回后，她又下令招唤刘如意。

当刘盈皇帝得知刘如意被召见后，对他母亲的意图感到怀疑。这位富有同情心的皇帝决定在刘如意前往京城的途中保护他。在刘如意抵达目的地之前，刘盈拦截了他，并亲自护送他到宫殿的安全之地。接下来的日子里，刘盈与他的弟弟形影不离，同吃同睡，有效杜绝了吕雉策划暗杀的机会。

这种高度警戒持续了一个月，期间未发生任何不测事件。一天清晨，在黎明前，刘盈计划出外狩猎。他唤醒刘如意，邀请他一同前往，刘如意觉得累了，想多睡一会，便婉拒了。于是，刘盈独自出发。吕雉抓住了这个机会，派侍卫带著一个装有致命毒药的杯子来刘盈的卧室，强迫刘如意服下，刘如意即时死去。刘盈狩猎回来后，看到床上躺著弟弟的尸体，心中悲痛不已。

下一个要清除的目标是戚姬。吕雉得意地对自己说：「谁敢打我一拳，我必以十拳回敬，我不会让她那么轻易死的，我一定要把她折磨死。」她随后命令刽子手砍断戚姬的手脚，挖出她的眼睛，弄聋她的耳朵，割断她的舌头，并将她的扔进化粪池。他们称戚姬为「人猪」。

两天后，吕雉告诉刘盈：「我要向您展示如何惩罚您的敌人。作为皇帝，您需要学会如何以恐惧来制伏敌人。」随后，她命侍卫将刘盈到戚姬受酷刑的地牢。

地牢是一个黑暗而死寂的房间。当门吱嘎打开时，一股腐朽和污水的恶臭弥漫在空气中，令人作呕。刘盈皇帝沿著那破坏不堪和湿滑的楼梯向下走，听到房间深处传来呻吟声，令人毛骨悚然。楼梯底部有化粪池。他看到一具人形身体在肮脏的粪便池中扭动。那是一个令人难以忍受的场景。

刘盈不敢置信地转向卫兵问道：「这是什么？」

卫兵的回答令人毛骨悚然：「您不知道吗？那是戚姬。她还活著，但几乎是在死亡边缘挣扎。」

「怎么会发生这样的事？」刘盈惊恐地呼喊著，他的声音因恐怖和悲伤而颤抖：「这是暴行，是对人性的侮辱！」

刘盈被悲痛和震惊所压倒，他的哭声在地牢中回响，然后他晕厥过去。卫兵们急忙将他抬回他的卧室，他在那里卧床多日。他被这可怕场景所困扰，翻来覆去，夜夜被恶梦折磨，有时甚至哭醒，迷茫且迷失在混乱的梦境中。他在梦中目睹自己跟妖魔鬼怪搏斗。他花了七天的时间才恢复意识，但地牢的恐怖所带来的创伤让他精神错乱了一年。

一年后，刘盈给吕雉写了一封信，信中写道：「您所做的是极可怕的。没有人会对另一个人施加如此暴行。我是您的儿子。我无法干涉您的行为。但我感到羞愧。我甚至无法保护我父亲所爱的儿子和妃子。我怎么能统治这个国家呢？」

从那时后，刘盈沉迷于酒色，不再参与朝政。

第二回： 尝试暗杀刘肥

本回人物介绍	
刘盈	刘邦和吕雉的儿子，汉朝第二任皇帝
刘肥	刘邦和曹娟的儿子，被封为齐王
刘鲁元	刘邦和吕雉的女儿
吕雉	刘邦的妻子，皇太后，本回主角

隔年冬天，刘邦的长子、齐王刘肥来到京城，参加了吕后筹办的盛大宴会。身为弟弟的刘盈对他的兄长极为尊敬，特地邀请刘肥坐在自己身边。但这一行为却引起吕后不满。她暗中吩咐仆人将一杯掺了毒的酒放到了刘肥的座位上。

宴会中敬酒时，发生了意外：刘盈无意中拿起毒酒。吕后见状，立刻起身，将刘盈手中的毒酒打翻在地。刘肥立刻察觉到了危险，赶紧借口喝醉离开了宴会厅。安全逃脱后，他得知了吕后的暗杀企图，不禁心生恐惧。

为了表达对吕后的服从，平息她的怒气，刘肥的谋士建议他将齐国的一个郡献给吕后的女儿鲁元公主。吕后对这份慷慨的献礼非常满意，便放弃了杀害刘肥的念头。

刘肥回到齐国后，于公元前 189 年去世。他的长子刘襄继位。

第三回： 萧规曹随

本回人物介绍

萧何	刘邦的谋士，丞相，忠诚的追随者
曹参	刘邦部下将军和早期的追随者
刘盈	刘邦和吕雉的儿子，汉朝第二任皇帝

刘邦时期，萧何担任丞相，刘邦自从反秦以来，几十年来一直信任萧何。由于萧何是道家信徒，他的治理政策是低税收、勤俭节约、不干预、小政府。这项政策为汉朝早期带来了繁荣。刘邦的命令规定，萧何应出任刘盈的丞相。

刘盈称帝两年后，萧何过世。按照刘邦遗愿，曹参应为萧何的继任者。曹参曾是萧何在沛县衙门的同僚。二人从革命运动早期便追随刘邦。曹参承认自己不如萧何。

接任萧何后，曹参在法律、法规、组织结构和政府运作模式上都没有做出任何改变。当刘盈抱怨曹参的被动时，曹参问道：「陛下，您认为自己与您父亲相比，能力如何？」

「我不如父亲，」刘盈回答道。

「您觉得我和萧何相比呢？」曹参问道。

「我觉得您不如萧何，」刘盈回答。

「没错。萧何的政策近乎完美。我保持现状就是履行我的责任。」

「您说得对，」刘盈说。

曹参又任丞相三年。在他的管理之下，汉朝继续强盛，被后人赞赏。

第四回：跟匈奴的外交

本回人物介绍

匈奴	强大的游牧民族，居住在当今的蒙古和西伯利亚
单于栾提冒顿	匈奴的领袖
吕雉	刘邦的妻子，皇太后，本回主角

汉政府继续通过与匈奴诸王的通婚政策维持和平。单于栾提冒顿多年来已感受到汉人的顺从，变得粗暴轻蔑。他给吕后写了一封信，信中说：「我是荒野中游牧部落的孤独领袖，与马群和羊群为伍。我几次造访过贵国，欣赏贵国的繁荣和发展。我希望能永久拥有贵国的一部分土地，而您在丈夫去世后，一定也感到十分孤单。我俩人都不快乐。不如我们成婚，以便各取所需。您意下如何？」

吕后读后大怒，立即召集大臣和将军开会，建议对匈奴宣战。樊哙站起来说：「给我十万士兵，我就能把他们全部歼灭。」

另一位资深将军发言说：「樊哙说出这话，应该受到惩罚。当年先帝刘邦在白登被围困，几乎败北，当时他有三十万精兵，当时樊哙也在场。他怎么可能只用十万士兵就能打败匈奴？我们现在应该做的是忽略这封信。匈奴野蛮，不懂得礼节和礼貌。我们不应该接受他们的任何赞扬或严重侮辱。」

吕后同意，回信写道：「我已虚心考虑过您的提议。然而，我已年老，无法满足您的品味。请放弃对我的兴趣。为了感谢您对我的关注，我送您两辆四马拉的车。」

单于栾提冒顿阅读她的回信后，对自己的无礼感到羞愧。他回信道：「请原谅我对您的冒犯，皆因我不懂贵国的礼节。」随后又向汉国加倍回礼。

这此事发生后，汉朝继续推行和亲政策以维持和平。

第五回： 皇位继承人

本回人物介绍

吕雉	刘邦的妻子，皇太后，本回主角
刘盈	刘邦和吕雉的儿子，汉朝第二任皇帝
张嫣	刘盈的皇后，刘鲁元的女儿
刘鲁元	刘邦和吕雉的女儿
刘恭	刘盈义子，第三任汉朝王帝
刘山	刘盈义子
刘朝	刘盈义子
刘武	刘盈义子
刘疆	刘盈义子
刘不疑	刘盈义子
刘太	刘盈义子
刘弘	刘山的化名，第四任汉朝皇帝

刘盈二十岁时娶了姐姐鲁元公主的女儿，其姪女张嫣。吕后想将刘家和吕家更紧密地联系在一起，因此钦命这种荒谬的乱伦行为。随后几年这对夫妇仍无所出。于是吕后命令张嫣领养一男婴，并杀死了男婴的母亲,向世人宣称此男婴为自己所生。他们给这个孩子取名刘恭，并立为太子。

随后，他们以同样方法领养了另外六个儿子，刘山、刘朝、刘武、刘疆、刘不疑和刘太。

公元前 188 年，刘盈在登基七年后于二十三岁去世。刘恭被立为帝，吕后成为太皇太后兼摄政王，掌握政权。

四年后，刘恭发现张嫣并非其亲生母亲，亲生母亲早已被吕后所害，天真的刘恭便说：「皇太后冒充并杀害了我的亲生母亲。待我长大后，我将为亲生母亲报仇。」吕后听到这番话后，立即将刘恭囚禁。她告诉大臣们刘恭患有精神疾病，无法管理朝政。在废黜刘恭之后不久，便将他杀害。

义子刘山成为下一位继承人，并改名为刘弘。刘弘年幼，吕后作为摄政王，成为汉朝的实际统治者。

第六回：吕后揽权

本回人物介绍	
吕雉	刘邦的妻子，太皇太后，本回主角
萧何	汉朝已逝世的元老
曹参	汉朝已逝世的元老
张良	汉朝已逝世的元老
陈平	汉朝的元老，左丞相
周勃	汉朝的元老，无实兵权的大将军
王陵	汉朝的元老，右丞相
吕文	已逝世的吕雉父亲
吕泽	已逝世的吕雉兄长
刘鲁元	刘邦和吕雉的女儿
吕禄	吕雉的姪，北军的将军
吕产	吕雉的姪，南军的将军
审食其	吕雉的亲信，王陵的继任人

吕后有建立吕氏天下、消灭刘氏的野心。她面临两大障碍。首先，朝廷中仍有许多忠于刘邦和刘家的人。其次，刘邦生前曾下令，只有皇室成员、姓刘的人才有资格成为王。第一个障碍不算太大问题，因为许多刘邦的老部下，如萧何、张良、曹参等，都已经过世或辞官回乡。唯一有影响力的人物是陈平和周勃。第二个障碍可以通过获得陈平和周勃的支持，逐渐削弱或贬低刘氏家族成员来缓解。

吕后随后向右丞相王陵咨询将王位赋予吕氏家族的事宜，王陵援引刘邦遗令，强烈反对。当吕后转而咨询左丞相陈平和大将军周勃时，这两人支持了这个想法。令她惊讶的是，他们说：「刘邦在世时是他的天下。因此，由他授予王位给任何他认为有功的人。现在是您的天下。您有权力将王位授予任何有功的吕氏。」

会后，王陵批评陈平和周勃阿谀奉承。陈平和周勃回应道：「我们不像您那样能言善辩。然而，在保护国家和刘家的事务上，我们的表现比您更出色。您必须有远见。」

在这两位朝廷中颇有影响力的人物的支持下，吕后首先追封已故的父亲吕文和哥哥吕泽为王。然后，她将王位授予吕泽的儿子和她女儿鲁元公主的儿子。接著，她将王陵贬职，并以自己的心腹审食其取而代之。她提拔她的姪子吕禄为北军大将军，她的外甥吕产为南军大将军。北军和南军都直接受皇帝而非大将军周勃的指挥。北军约有三万士兵，负责保护京城。南军约有一万士兵，负责宫廷的安全。这些军队对于保护皇帝免受政变的威胁至关重要。因此，吕后确保这些军队牢牢控制在吕氏家族手中。她后来任命吕产为右丞相，同时仍然担任南军大将军。她的这些举动，削弱了忠于刘氏家族的陈平和周勃的权力。

她还逐渐清除了朝廷中其他忠于刘氏家族的人员，并以她的亲信取代他们。两年后，朝廷被吕氏家族的官员主导。

第七回： 刘友和刘恢之死

本回人物介绍	
吕雉	刘邦的妻子，太皇太后，本回主角
刘友	刘邦的第六子，赵王
刘恢	刘邦的第五子
吕产	吕雉的姪，南军的将军，右丞相

赵王刘友是刘邦的第六子。他娶了吕氏家族的一员。他的妻子嫉妒刘友年轻的妃嫔，诬陷他对吕后说：「刘友曾批评您将王位授予吕氏家族的成员。您去世后，他将铲除所有吕氏家族的人。」

吕后于是召唤刘友到京城，将他囚禁在旅馆房间内，并停止供应食物和水。因此，刘友被饿死。他的遗体被埋葬在京城郊区的一个无名墓地。

吕后将赵国封给刘邦的第五个儿子刘恢，并迫使他娶吕产的女儿。这个女人毒害了刘恢心爱的妃嫔。刘恢后来患上了抑郁症而自杀身亡。吕后随后废除他的赵王位，并不允许他的子孙继承王位。

第八回：吕雉之死

本回人物介绍

吕雉	刘邦的妻子，太皇太后，本回主角
韩信	军事天才和刘邦的大将军，后被吕雉暗杀
戚姬	刘邦的寵妃，后被吕雉残杀
刘如意	刘邦和戚姬的儿子，后被吕雉杀害

吕雉到距京城百里的山上主持祈福仪式。在她回程途中，一只流浪狗猛冲向她，凶狠地向她扑来。那狗对她咆哮并咬住她的腋下，用牙齿咬了她一个深深的伤口。在她试图抵挡之前，那狗迅速走掉了。

她回到家后，她的大夫用草药软膏包扎了她的伤口。几天后，伤口部分愈合，疼痛稍为减轻。她咨询了一位巫师，巫师告诉她，那只狗是已故刘如意的化身来复仇。

伤口没有完全愈合。她在被咬伤的地方有持续几天的刺痛和痒感。几天后，她出现发烧、头痛和其他类似流感的症状。经过大夫的治疗，她的状况几天内都没有好转。

随著病情的加重，她的行为举止发生了剧烈变化。她变得焦虑、困惑、不耐烦、痛苦和攻击性增强，每况愈下。但更糟糕的是，夜晚的噩梦不断折磨她。在一个噩梦中，她看到韩信的鬼魂站在她面前，用锋利的长矛刺穿她的心脏。在另一个梦中，无手无脚的戚姬的幽灵在房间中盘旋，试图吞噬吕雉的头颅。在第三个梦中，她被刘如意带领的一支鬼魂军队追逐，最终她被抛下悬崖，跌入深渊，堕入地狱之火。每次噩梦都以她惊叫醒来告终，每次醒来后都不敢再睡，但她无法整夜不入睡。每当她闭上眼睛，就会再次陷入那些恐怖的景象之中。

她的大夫们已经放弃医治她，认为她被恶魔附身，需要驱魔。因此，她聘请了一位巫婆施展驱魔仪式。然而，那些神秘的仪式只加剧了她的病情。

随著疾病状况持续恶化，她的幻觉加剧。不再仅限于梦境，妖魔鬼怪整天围绕在她身边。她害怕阳光和水，行为变得越来越怪异和暴力，她对认为是恶魔的人们大喊大叫，挥舞著剑，最终于公元前 180 年夏天崩溃去世。

第六章： 薄夫人

第一回： 移居代国

本回人物介绍

匈奴	强大的游牧民族，居住在当今的蒙古和西伯利亚
刘喜	刘邦的二兄
刘如意	刘邦和戚姬的儿子，后被吕雉杀害
刘恒	刘邦和薄姬的儿子
薄姬	刘邦的妃子，后升为夫人，刘恒的母亲，本回主角

本回地点介绍

代国	山西省和河北省之间
长安	陕西省
晋阳	山西省

汉朝于公元前 201 年建立时，刘邦的哥哥刘喜被封为代王，代国位于国家的北部边界附近。这个代国包括三个郡和五十三个县市。一年后，北方的游牧部落匈奴侵入代国。刘喜无法抵抗匈奴，逃往南方。刘邦将代国封给他心爱的儿子刘如意。几个月后，刘邦改变主意，将更繁荣且远离匈奴的赵国封给刘如意。代王位空缺了三年。公元前 196 年冬天，刘邦将代国封给当时只有八岁的刘恒。

因为薄夫人是刘恒的母亲，她便成为代国年轻王的摄政王和监护人。她需要陪伴儿子前往代国。她对于离开汉朝京城长安前往代国首都晋阳感到欣喜若狂，因为皇宫对她来说是一个充满危险的地方，离开京城是一种解脱。她可以远离吕雉的魔爪和妃嫔间可怕的争斗。

晋阳之行长达一个月，薄夫人一行人乘马车出行。他们穿越崎岖险峻的山脉，渡过汹涌的河流，最终抵达晋阳的城门。抵达后，薄夫人首先看到的是一座破落的城墙和一道狭窄的城门，穿梭城门的交通疏落。这座城市周围都是贫瘠的土地，生活似乎陷入了停滞。市场和城中心，通常应该是熙攘的地方，现在却异常冷清。流浪狗在街上的数量超过了人。她察觉到居民对外来客表现出一种敷衍的礼貌和潜意的介心。薄夫人立即意识到，这个国家正陷于贫困和衰落之中。

当她接近皇宫时，她的目光落在了一座被坚固的壁垒所环绕的城堡，它的每个角落都有高耸的瞭望塔。奇怪的是，壁垒的顶上走廊竟然没有任何守卫。城堡的核心是政府府衙和一个宏伟的会议厅，这里用来召开大臣会议。城堡的北端被划为王、王后及其家人的居住区，而仆人住宿区和储藏室则散布在城堡的其他角落。在皇宫内的四十座建筑中，大约有十座明显被忽略，另外五座空置，还有两座带有三年前与匈奴战斗中火灾的痕迹。王宫散发出一种荒凉和沧桑的气息。

第二回：初次朝会

本回人物介绍

薄夫人	薄姬，刘邦的妃子，后升为夫人，刘恒的母亲，本回主角
徐宁	朝廷派来的代国丞相
匈奴	强大的游牧民族，居住在当今的蒙古和西伯利亚
宋昌	代国的大将军统帅

薄夫人安顿下来后不久，便召集了代国的首次大臣会议。按照惯例，她坐在会议室北端的中央，面对坐在室内南端的大臣们。她年幼的儿子坐在她身边。他的出席是为了象征王及其摄政者的权威。

在开场白中，她对群臣说：「我需要了解代国的真实状况。请坦率直接地发言。不要害怕表达你们的真实意见。让我们从代国的人口开始谈起。」

丞相徐宁报告说：「代国大约有二十万人口和六万户家庭。我们曾有超过三十万人民。然而，过去十年里，人口一直在减少，部分原因是秦朝的暴政、逃避征兵、战争中死亡，以及经常受到匈奴的侵略而迁徙。此外，这个国在过去几年还经历了几次干旱和洪水，结果导致相当一部分土地荒芜。外流移民是我们的问题之一，因为在这里谋生越来越困难。」

「我们的年轻人是否比老年人多，男性比女性多？出生率是多少？」薄夫人问道。

徐宁回答说：「相反，我们老年人比年轻人多，女性比男性多。在过去的十年里，许多年轻男子被征召入伍，在战争中丧生。一些青少年男子移民到其他国，寻找更好的谋生机会。一些农民负担不起人头税，其中包括婴儿。此外，由于生计艰难，养育孩子困难，许多农民避免生育。」

薄夫人说：「我们确实有一个严重的问题，让我们换个话题。代国的财政状况如何？」

「我们勉强维持收支平衡。当有好收成时，我们的库房会有盈余。当出现干旱、洪水或战争时，我们会有很大的赤字。平均来说，我们每年收税约三千万钱。皇室拿走大约百分之二十五，军队也拿走百分之二十五，政府人员的薪水又占去百分之二十五。剩余的一小部分用于基础设施的维修和建设。如果没有任何特殊支出，我们可以有二万五千到五万钱的盈余，我们会留作储备。在糟糕的一年，我们会出现赤字。三年前抵抗匈奴的入侵时，我们耗尽了国库，需要向朝廷和邻近国借入大笔资金。我们仍需偿还这些债务，」财政大臣报告说。

「我们现在还有债务吗？」薄夫人问。

「是的，但我预计在接下来的两个季度会有净现金流入，除非有特殊事件发生，我们可以在今年年底之前还清所有债务，」财政大臣回答。

「政府粮仓的储备水平如何？在饥荒期间能否提供足够的食物？」薄夫人问。

「这取决于饥荒的持续时间和严重程度。它勉强足够，但我担心我们还没有脱离困境，」财政大臣回答。

「让我们换个话题。我们的军队状况如何？」薄夫人问。

「我们有大约 2 万名正规军。在危机时刻，我们可以再征召五千到一万名士兵。有一万五千名士兵负责巡逻和防卫长达三百里的边境。因此，与匈奴的军队相比，我们的兵力微小且严重不足。我们留下五千名士兵来保护首都和其他两个主城。这些人数又是不足的。军队人数严重不足，然而，我们没有太多办法来增强军队的规模。家庭数量少、人口减少和人口老化严重限制了我们建立强大军队的能力，」军队领袖宋昌感叹道。

「我们在危机中怎么办？」薄夫人问。

「我们可以向邻国寻求协助，也可以要求朝廷用大军支援我们。但是，还有两个问题。邻近的国情况与我们相似，无法提供太多帮助。朝廷距离我们有一千里，而匈奴军队只有五十到一百里远。在朝廷的军队到达之前，我们可能就已经被摧毁了。这种情况三年前就发生过，」宋昌说。

「那马匹、战车、武器和盔甲呢？」薄夫人问。

「在这些方面我们很脆弱。匈奴有更好的种马，比我们的马更能忍受饥饿、口渴和寒冷。他们的马也更强壮，因此行动范围更广。虽然我们有足够的战车，但它们只在平原战场上有用。对于崎岖地形，它们不够灵活。由于我们的地区被山脉环绕，战车基本无用。由于我们的冶金技术更先进，我们在武器和盔甲的质量和数量上对匈奴有优势。然而，由于预算限制，我们的制造能力大幅下降，」宋昌回答。

「那我们士兵的训练、战斗技巧、士气和纪律怎么样？」薄夫人问。

「这是我们最弱的地方。匈奴士兵在荒野中长大。每个家庭中的男性从小就接受军训。他们是骑术和射箭的能手。他们的文化强调英雄主义、勇敢、残酷和绝对服从。因此，他们是凶猛的战士。相反，我们的士兵大多是从农民家庭中征召的，比起战斗技能，他们更懂得农业。在和平时期，征召的士兵只需要服役几个月，因为朝廷不想干扰农民的种植季节。因此，我们的士兵在武术和战术方面的训练很少。我们士兵的战斗士气根据情况而有所不同，我无法一概而论。士兵的纪律取决于将领的质素，因此我也不能一概而论，」宋昌深思熟虑地说。

「我们确实很脆弱，」薄夫人心想。

「那社会的法律和秩序怎样？」薄夫人问。

「犯罪率相当低。秦朝时期，犯罪率更低。但那时发生了许多大规模的叛乱。现在的犯罪率显著上升，但在过去几年中没有发生大规模的叛乱。现在的大多数犯罪都是小罪，所以我们的监狱基本上是空的，」御史大夫报告说。

「让我总结一下今天的会议。代国在人口规模和结构、财政和粮食安全等方面正走向衰落，很容易受到匈奴的入侵。幸好，我们的社会仍然稳定。虽然我们面临的困难日益增加，但我相信通过努力和智慧，我们可以扭转衰落的局面。在接下来的几十日，我们将讨论合适的策略和改革。请大家集思广益，」她说。

第三回： 微服出巡

本回人物介绍

薄夫人	薄姬，刘邦的妃子，后升为夫人，刘恒的母亲，本回主角
薄昭	薄夫人的弟弟

刘恒	刘邦和薄姬的儿子
王明	代国内的矿場老板和大财主
匈奴	强大的游牧民族，居住在当今的蒙古和西伯利亚
程真	王明的代理人
张柒	年轻的无业游民，贪腐的受害者

在下一次朝会之前，薄夫人想亲自了解国家的状况。她希望接触基层民众，并与尽可能多的不同行业的人交谈。这些会面可能比官方报告更能揭露真相。

在为期一个月的巡视期间，她带了弟弟薄昭和儿子刘恒。他们穿著普通的衣服，乘坐一辆由骡子拉的车。三人伪装成一对夫妻和他们的儿子。让儿子接触宫殿外的世界是教育他的最佳方式。他们有两名便衣保镖随行，伪装成他们的仆人。

她的第一站是到访一个位于最贫困和落后地区的农民家中。

「妳今天好吗，大妈？我能打扰妳，问一些简单的问题吗？妳吃了午餐吗？」薄夫人问一位三十多岁的农妇。

「尊敬的夫人，我们一天只吃两餐，早晨一顿早饭，晚上一顿大餐。我们是农民，需要整天工作。没有时间吃午饭，而且带午饭到田里也不方便，」那位女士回答。

「妳的孩子们在哪里？他们在上学吗？」薄夫人问。

当被问及这个问题时，泪水从女人的眼睑滑落下来。她泪流满面地回答：「我有两个孩子。小儿子两年前因高烧去世了。我们附近没有好大夫。我来不及带他去看好大夫。」她接著擦去眼泪，试图控制自己的情绪，继续说：「两年前，匈奴入侵代国，我丈夫被征召入伍。因此，结果错过了播种的季节。那一年没有收成，我们交不起田租，也无法缴纳政府向每个成年人征收的一百二十钱的人头税，还要对我女儿征收六百钱的另一种人头税。为了鼓励早婚，政府对未婚女性（十五至三十岁）征收高额的人头税。我们每年总共需要支付八百四十钱的人头税。因为我们太饿了，付不起地租，只好把十几岁的女儿卖给地主做仆人。地主威胁我们，如果我们不支付租金，我们要离开农田，而税吏威胁要没收我们的房子。」

「听到这些我很难过。抱歉问了这个敏感的问题。我知道秦朝的政府从土地上征收十分之一的产量作为土地税。新汉朝的政府将税率降低到十五分之一。这种减税对像妳这样的农民有帮助吗？」

「没有，这对我们没有帮助。降低税率只有利于富有的地主。像我们这样的贫穷农民早在困难时期就卖掉了土地。因此，我们从地主那里租赁土地，地主收取的土地租金远高于政府所收的。地主们没有根据税率减少来降低土地租金。」

「这两年太平了，风调雨顺，这些年收成好吗？你们有积蓄吗？」

「有的，过去两年我们收成很好。但是，我们没能存下多少。」

「为什么？」薄夫人问。

「在收成好的时候，市场上农产品供应过剩。结果，农产品的价格下跌。所以我们无法从中获得太多收入增长，」妇人回答。

「妳还年轻，有能力生育。妳有计划再生一个孩子吗？」薄夫人问。

「我和我丈夫讨论过再要一个孩子。但是，我们负担不起养育另一个孩子。我们必须支付家庭中每个人的人头税，包括孩子们。这税约占我们年收入的五分之一。除了这税外，我们还要缴地租，这又占我们收入的百分之二十五。然后我们还得支付种子费用和给拥有水权的地主的水费，这又占了我们收入的百分之五。这些税、租金和费用每年都在上涨。剩下的百分之五十勉强够我们两个人用。如果再要一个孩子，我们必须勒紧裤带。我和丈夫都想要很多孩子，但我们负担不起，」女人回答。

「如果妳发现自己被过度收税和租金，妳会抗议吗？怎么抗议？在哪里抗议？」薄夫人问。

「我们不识字，只懂得计数和一些简单的算术。我们无法与税吏和地主争论，因为我们不知道正确的金额是多少。我们只能支付他们要求的任何金额。而且，我们没有地方可以上访。政府官员通常不会理会这样的琐事，即使理会，他们也只会偏袒税吏和地主，」妇人回答。

与这位女士的对话让薄夫人心痛不已。在她离开前，她拿出一块金锭，价值二万钱，放进妇人手中，并说：「请收下这笔钱。它足以让妳赎回妳的女儿，并养育另一个孩子很多年。祝妳好运和健康。保重。」

距离老妇家大约一里路的地方，薄夫人看到一位老人在没有牛的帮助下，用手犁地。当老人在树下休息时，好奇的薄夫人走过来问他：「为什么不用牛帮忙耕地呢？」

「我有一头老牛。我需要节省它的体力。所以我用它犁一半田地，另一半自己来犁。我担心它可能不久会死。我没有足够的钱买一头年轻的牛，」老人回答。

「如果它死了呢？您怎么买新的牛？」薄夫人问。

「那我就麻烦大了。现在牛很贵。如果它死了，我得借钱来买一头年轻的牛，」老人回答。

「您能从哪里借钱？」薄夫人问。

「向高利贷。我没有富裕的亲戚，」老人回答。

「借贷的利息是多少？」薄夫人问。

「这要看情况。有时候低至每月两成，有时高达每月十成，」老人说：「但有个陷阱。借一百钱，借款人只能先拿到九十钱，一年后必须还一百钱。」

「如果您无法按时还清利息和本金怎么办？」薄夫人问。

「借款人将需要以更高的利率支付未付利息和本金的总和，」老人回答。

「那么债务就会迅速累积。如果您再次违约呢？」薄夫人问。

「放款人会没收借款人的牛、房子，甚至土地。」

「这确实很糟糕，」薄夫人惊呼。

「我知道很多邻居因向高利贷借款而陷入困境。然而，像我这样的穷农民没有其他办法。我们每天都努力工作，但遇到旱灾、水灾或政府征召时，我们就束手无策。政府的征召对人民是个重担。在太平时期，每个成年男性每年需要免费为政府工作一个月。去指定工作地点的时间不包括在这一个月的工作中。如果被指派的劳动月与播种和收获季节重合，就会错过一次农作物收成。政府不时会发布强制命令，征召年轻力壮的男子免费参与建设项目。这项工作可能持续数月，而被征召的工人得不到任何补偿。这就是我儿子的遭遇。他被征召参与政府重建城墙的项目，这城墙两年前被匈奴部分摧毁。从某种意义上说，他很幸运，因为在匈奴入侵期间他没有被征召入伍，因为他是家里唯一的孩子。由于他免去了之前的征召，他就不能逃避最近的征召。我和我儿子以前一起在田里工作。他不在的时候，我得自己一个人干活，」老人说。

「您的妻子可以帮忙吗？」薄夫人问。

「她忙于养蚕和在织布机上织丝绸。这是项繁琐而精细的工作。她的收入补充了我们家庭的收入，」老人回答。

「她把丝绸卖到哪里？」薄夫人问。

「她得走很长一段路才能进城，有时步行，有时坐牛车。我们的牛又老又弱，她大部分时间都是步行。在她去镇上的路上，土匪有时会偷走她的物品。她把成品卖给了镇上的丝绸商人。然而，她换回的报酬很少。现在，一些商人已经建立了大型的由许多奴隶运作的织布厂。他们能够负担得起新的、更好的织布机。他们的产品质量比我妻子的更高。因此，丝绸商人只给我妻子很低的价格，」老人说。

「我能从她那里买些丝绸吗？你们有多少匹存货？」薄夫人问。

「哦，是的。大约有五匹。您要全部吗？」激动的男人回答。

「是的，全部五匹，」薄夫人回答。

老人站起来，以最快速度走回家，然后带著五匹丝绸回来。

薄夫人拿出一串五百钱，递给老人，问：「这、够吗？」

「哦，够了。谢谢，」老人回答，并鞠躬。

薄夫人离开了那位男子，继续她的巡视之旅。在途中，她意识到压迫对基层人民生活的影响。与秦朝相比，新的汉朝已经有了很大的改进，已经更加慷慨和人道，但这还不够。在她看来，还需要更多的改革。

她计划接下来拜访村里的族长。在她前往村庄祠堂的路上，她注意到一名男子驾驶著一辆装载新鲜蔬菜和一头猪的车。一头牛吃力且缓慢地将车拉上陡峭的山坡。道路狭窄、崎岖，铺满了鹅卵石和松散的沙土。车上的一些菜叶看起来呈褐色，已脱水。她走近那名男子，礼貌地问他：「大叔，您要去哪里？」

「我要去城镇，大约二十里路。我需要在那里卖掉我的货物，」那名男子简短地回答。

「您需要多久才能到那里？」薄夫人问。

「大概再两天，」那名男子回答。

「您为什么不用马来代替牛呢？那会快得多，」薄夫人问。

「我没有马。马很贵。现在一匹马大约要一万个钱，」那名男子回答。

「您以这么慢的速度前进，您将错过几天在田里耕作和播种的时间。如果您的产品在阳光下暴晒太久，它们会腐烂，」薄夫人说。

「我知道，但我别无选择。等我到达市场，至少三分之一的产品必须丢弃，猪也可能会生病。我卖不出高价，」那名男子回答，然后继续说：「我还带著剑来对抗暴民和土匪。在旅程开始前，我祈祷能平安回家。做一个农民真是艰难。」

在她离开那名男子后，薄夫人想：「他的处境可能也适用于许多其他农民。运输成本确实是一个严重的问题。农民无法向市场供应足够的货物，因此遭受收入损失。因为产品供应有限，消费者便要支付更高价格。大量的产品被糟蹋和浪费。我必须努力改善这种情况。」

当她抵达村庄的祠堂时，她遇见了村里的族长，一位六十多岁的老翁。

薄昭向那位男士致意，说：「我和我的妻子来自京城。我们想搬到这里来。我们计划购买许多亩的土地。您能给我们一些关于这里的人口、土地政策和土地市场的资讯吗？」

族长耐心地回答：「这个村子有三百户人家。十年前我们曾经有四百户。自那以后，人口减少了四分之一。现在，大约一半的家庭有五个以上的成员，包括一位丈夫、一位妻子和三个孩子。另外四分之一的家庭有五个以上的成员，剩下的则少于五个成员。大约五分之一的家庭没有孩子，只有老年成员。」

「为什么这么多家庭没有孩子？」薄夫人问。

「有些家庭中的成年子女已经离家，只留下老年父母。一些年轻人搬到了镇上，成为了商人。一些人由于这里的生活艰难，迁移到了另一个国，」族长回答。

「您能给我们一些资讯关于这里土地拥有权吗？」薄昭问。

「大约一半的家庭拥有自己的土地和房屋。另一半家庭从地主那里租赁农田，」族长回答。

「为什么这么多家庭不拥有自己的农田？我知道政府给每个普通家庭分配一百亩农田和一亩住宅用地。社会有二十个阶层。最底层是有犯罪记录的人。他们甚至被分配了五十亩农田和半亩住宅用地。贵族阶层的家庭最多被分配九千五百亩农田和九十五亩住宅用地。因此，这个村子里为什么会有那么多家庭不拥有自己的农田？」薄昭问。

「政府允许人们出售他们的土地。有一个土地交易市场。过去十年里，这个村子经历了旱灾、洪水和匈奴的入侵。穷苦的农民没有太多积蓄来应对这些灾难。他们在危机中需要出售自己的土地和房屋，」族长回答。

「在这里购买土地容易吗？有很多土地出售吗？」薄昭问。

「这里有许多愿意出售的卖家。如果您有钱，半个月内您可以买下数百亩土地，」族长回答。

「那么这里一定有很多地主了。我说得对吗？」薄昭问道。

「不，并不多。这里有四个大地主，他们拥有数千亩土地，」族长回答。

「他们是怎么向承租人收取地租的？有没有一个共同的收费标准，或者市场租金？」薄昭问。

「确定租金没有标准和市场。地主可以随意收取高额租金，直到租户负不起为止。这四个大地主串通一气，任意固定租金。政府不规范租赁市场。基本上，作为租户的穷农民被地主奴役，」族长接著说：「这就是为什么这个村子里许多年轻人迁移到城镇，成为商人或工厂工人，寻找更好生活。」

在听到这个可怕的故事后，薄夫人深深地同情农民的困境。

在上述会面之后，薄夫人前往镇上。薄昭被指派去拜访镇上一位有名望的大夫，并询问这位大夫是如何行医。当薄昭遇到这位大夫时，他自我介绍说：「我是一个贵族家庭的管家。我的老主人命令我找到最好的大夫定期为他治疗。这位大夫必须具有高水平的专业知识和职业操守。由于您有良好的声誉，我想与您讨论这个机会。现在我可以和您谈谈吗？」

「当然可以，」大夫高兴地回答。然后他给薄昭一杯茶，以示友好。

「您是如何学习您的技能的？」薄昭问。

「我从我的师父那里学到的，他从他的父亲那里继承了这个职业，他的父亲是一位著名大夫，」大夫回答。

「您有医书吗？」薄昭问。

「是的，有一些，例如《黄帝内经》。医书不容易获得。学生通常必须抄写老师拥有的书籍。这是一项繁琐的工作，因为字必须刻在木头或竹条上。在我们的行业中，医书就像金子一样珍贵，」大夫说。

「您怎么知道那些书中描述的治疗方法有效呢？」薄昭问。

「这取决于我的个人经验。每位大夫都必须运用自己的判断力、经验和创造力，进行适当的调整，并根据病人的情况和需要逐案处理。医疗实践是一门艺术，」大夫回答。

「人们怎么知道您是不是一位好大夫？」薄昭问。

「如果一位大夫有优秀的病例纪录，他的声誉会通过口碑而散播，」大夫回答。

「您有很好的声誉。这就是我来这里和您谈话的原因，」薄昭以奉承的语气说。然后他问：「您如何向您的病人收费的？」

「这取决于情况。一般来说，我每次诊所就诊收费五十钱，十里内的外出就诊则收费一百钱。由于我不能离开诊所太久，我不会为超过十里以外的病人提供治疗。然而，对于一些贫困病人，我会减免甚至免除这笔费用。一些富有的病人在康复后会给我酬金和礼物。我志在治疗病人，而不是钱。对于贫困病人来说，我的费用还不至于成为压垮他们的负担。真正使他们破产的是昂贵的药物。一些稀有药草很昂贵。政府对进口的药草征收关税。一些邻国禁止稀有药草出口，或对它征收出口税。一些稀有珍贵的药草被走私进入这个国，因此价格昂贵得无法承受。情一些商人还囤积稀有药草，控制它们对市场的供应，试图抬高价格，」大夫回答。

「贫困病人怎么应付这困难？」薄昭问。

「很遗憾地说，他们几乎没有其他选择。他们要么放弃治疗，要么向高利贷借钱。在前一种情况下，他们将需要祈求天的恩典或在痛苦中死去。在后一种情况下，他们要破产，」大夫回答。

「我现在需要走了。谢谢您提供的消息。在我走之前，您可以给我一些参考的名字吗？我很快会回来，」薄昭说。

当薄昭向薄夫人转述了与大夫的谈话后，她感叹道：「我们需要废除药品的进口关税。我们必需要求其他国放松稀有药草的出口。我们还需要培养更多的大夫。我们有很多工作要做。」

薄夫人和她的兄弟薄昭接著拜访了镇上一家大型铁匠厂。薄昭对这位身材结实、肌肉发达的厂主说：「我们是从京城新迁来的移民。我们想要买三把顶级的剑来保护自己。您能给我们看看吗？」

店主拿出三把剑说：「这些是我店里最好的。它们非常锋利，不容易折断。它们能切穿坚固的盾牌，」店主说。

「每把多少钱？」薄昭问。

「一把三百钱，」店主回答。

「您的价格是京城的两倍多，」薄昭说。

「这里的铁价更贵，而且我需要支付更高的工资给我的工人。我曾经有三百名熟练工人。过去两年约有一百人辞职。为了留住现有工人，我必须提高他们的工资。我无法轻易招聘新工人，因为铁匠的工作劳累，很少有年轻人能忍受高温的环境，」店主辩解。

店主继续解释说：「我已经对个人顾客收取了低价。如果购买者是政府，价格将增加三倍，」店主说。

「为什么？」好奇的薄昭问。

「首先，政府通常会下大量订单，并要求短时间交付。为了赶上截止日期，我必须支付加班工资，并在短时间内聘请许多临时工人。我的劳动成本增加了一倍。此外，政府对剑和所有其他武器的形状、尺寸和质量有严格和苛刻的要求。政府有很多钱，不在乎为了赶上截止日期而支付更高的价格。政府别无选择，因为我的店是镇上最大、最好的，」店主解释。

「政府会指控您哄抬物价吗？」薄昭问。

「我从未遇到过这个问题。我在政府里有朋友，您知道的，」铺主打趣道。

「为什么这里的铁矿更贵？你们可以进口更便宜的矿吗？」薄昭问。

「铁矿运输必须得到两个国的批准，这个过程非常漫长。很多时候，出于国家安全的原因，国家不会批准。即使获得批准，还有进出口关税。此外，只有三家矿商控制著这个封闭市场的供应。他们相互勾结，固定矿产的价格。过去几年间，他们不断地提高价格，」店主解释。

「这三个矿商的名字是什么？」薄昭问。

「最大矿山的老板是王明。他是我最大的供应商，」店主说。

「您能介绍我给他吗？」薄昭问。

「不行，他是个神秘的人。他不想见陌生人。如果您想为了生意见他，您需要通过一个代理人，他会审核您的提案和背景，」店主回答。

「那您能介绍我给代理人吗？」薄昭问。

「当然，他的名字是程真。他的铺就在街对面，」店主回答。

两天后，薄昭见到了程真，并告诉他：「我代表我的主人，他是京城的一位富有的大户商家，与皇室有联系。他想在这个国买一座矿山。您能介绍我给王明，安排他和我会面吗？这里有五百钱作为您的第一笔介绍费。如果您能成功安排会面，我将再支付您五百钱 。如果收购成功，我将支付您购买成本的百分之一。」

几天后，薄昭在一个远离矿场的秘密府衙与王明会面。经过介绍和一些寒暄后，薄昭直奔主题：「我的主人想向您购买一座矿山。他愿意为此提供一个有竞争力的价格。例如，我知道您最近以三百万钱从政府那里购买了一座矿山。我的主人愿意支付六百万钱购买它。他已经在几个国内拥有许多矿山，他想建立一个矿山集团。」

虽然对这个有利可图的提案感到兴奋，王明还是装出保留的样子说：「您的提案很有趣，但您必须同意三个条件。首先，您不能在政府提供的矿山公开竞标中与三家联盟矿商竞争。您需要遵守我建议的价格。其次，您不能在矿石市场与三家联盟矿商竞争。这三家矿商已经组成一个联盟来固定市场价格，您必须加入联盟。第三，您不能提供比联盟矿商更高的工资给劳工。您不能从这三家矿山挖走任何工人。如果您不遵守这些条件，我将破坏您的业务，直到您失败。」

「这些条件相当苛刻。我需要与我的主人商量。两个月后，我会告诉您我们的决定，」薄昭回答。

当薄昭向薄夫人讲述与王明会面的谈话时，她说：「我们必须告诉我们的丞相和御史调查这个案子。我认为我们应该暂停王明的执照，将他投入监狱，甚至没收他的资产。我们必须找出我们政府中是谁在支持这个犯罪集团。」

在回家的路上，薄夫人注意到路边的树后藏著一个奇怪的身影。当她的车接近那棵树时，她看到一个年轻男子一瘸一拐地试图逃跑。男子的半边脸被一个面具遮盖。她的第一印象是他是一个流浪汉或危险的罪犯。但仔细一看，他似乎并不危险。他试图逃离薄夫人的随从，而不是试图攻击。她命令护卫将这名男子带到她面前。当这个瘦弱、衣衫褴褛的男子跪在她面前，颤抖著时，她看到了他那可怜而慌张的眼神。

「年轻人，您为什么这么害怕我们？」薄夫人问道。

「我以为您要逮捕我，夫人，」男子结结巴巴地回答。

「不要害怕。我们不是巡捕。我不会逮捕您。您叫什么名字？」薄夫人问。

「我叫张柒，」男子回答。

「您怎么了？为什么您会这么糟糕？」薄夫人问。

张柒哭著结巴地说：「我十四岁的时候，我的父母把我卖给一个矿山老板，他叫王明。矿井里的工作既危险又辛苦。由于我被迫每天工作六个时辰，很少见到阳光。结果我的腿骨很脆弱。当我放慢工作速度时，经常被监工殴打。更糟的是，王明供给奴隶的伙食非常差。我一天只能吃一顿饭。我所有的同伴都对我们所受的不人道待遇感到愤怒。我们多年来的怒气积压，直到我们决定起义并发动罢工。数百名奴隶封锁了矿井的入口好几天。王明呼叫了巡捕，他们暴力逮捕了所有奴隶，并将我们关进了监狱。」

「然后呢？」薄夫人插话问。

「后来一位法官判我参与暴力抗议罪成立。根据当前的法律，对暴力抗议的惩罚是鞭刑和切除每只脚上的一个脚趾。我的臀部被鞭打一百下，我的两个脚趾被切除。因此，我只能一瘸一拐地行走。因为我是奴隶的身份和我的残疾，我找不到任何工作。接下来的几年我以乞讨来生活，」张柒说。

「一日，我看见王明的儿子在光天化日下，试图强暴一个少女，我上前制止他，把他推倒在地上。他反而攻击我，抓起地上的一块砖头试图打我的头。我反击而打破了他的头。然后巡捕逮捕了我。被王明贿赂的法官以谋杀未遂定我罪。根据法律的惩罚是劈我的鼻子。所以，我需要戴面具来遮住我的鼻孔，」张柒边哭边说。

「您没有试图谋杀他。您是在自我防卫时打他。而且，您救了那个女孩。法官有没有考虑到这些事实？您能不能抗议或上诉？」薄夫人问。

「没有用。法官总是站在有钱有势的一边。我还有犯罪记录。谁会相信一个罪犯？」张柒悲叹地说。然后他带著愤怒的语气继续说：「我曾是一个好人。我不幸出生在一个贫穷的家庭。现在我因为贫穷的背景和体制的不公而成为社会的弃儿。我没有未来。这个系统不给我任何机会跳出苦海。我很愤怒。如果我有机会的话，我会报仇，」张柒大声说。

「听著，孩子。我会尽我所能帮助您。您会有未来的。振作起来，」薄夫人说。然后她递给他一块金元宝，告诉他：「拿著这个。明智地使用它。您可以用它开办一个小生意。」

这个事件之后，她告诉薄昭：「等我们回家后，我们必须挖掘所有过去的误判，并剔除所有腐败的法官。」

第四回： 国策会议

本回人物介绍	
薄夫人	薄姬，刘邦的妃子，后升为夫人，刘恒的母亲，本回主角
徐宁	朝廷派来的代国丞相
王明	代国内的矿埸老板和大财主
张柒	年轻的无业游民，贪腐的受害者
陈胜	首位起义的领导人

薄夫人回到首都后，她立即召大臣们开国策会议。

她开场发言后说道：「我们需要改革税制。其最令人反感的方面是对儿童的人头税和对十五至三十岁年轻女性的五倍增税。前者抑制了家庭生育儿童的意愿，这对我们国家的人口增长有负面影响，而这对我们来说是非常重要的。后者则促使贫困家庭卖掉年轻女儿，成为奴隶或妓女。我们应该考虑减少或取消这两个方面的人头税。」

徐宁是朝廷指派来管理代国政府并监视代王活动的丞相，他反对道：「税收制度是由朝廷制定的。不可由代国自行更改。如果我们想要稍作修改，必须得到朝廷的批准。此外，朝廷预算已经很紧张。任何税收的减免都会损害我们的财政。」

薄夫人转向财政大臣，说道：「有没有办法解决这个问题，帮助贫困家庭？我听闻了许多可悲的故事，贫困的父母需要卖掉孩子或向放高利贷的人借钱来支付税单。」

财政大臣建议道：「或许我们可以允许贫困家庭推迟缴税，或者我们可以借钱给他们。」

薄夫人表示：「这是一个好主意。我可以出资设立一个基金，为贫困家庭提供低利息贷款。政府每年大约收取三千万钱税收，其中四分之一用于支持王室。我可以将王室的开支减少三分之二，这样我们每年可以为此目的节省大约五百万钱。」

「殿下，这确实是一个高尚的行为，」财政大臣说道。

她转向徐宁，对他说：「您能否详细制定并执行我的提案？」

接著她提出了征召强制劳动的问题，说：「和人头税一样，强制劳动的征召对家庭来说是一个沉重的负担。依法，每个成年男子在太平时期每年必须免费为政府工作一个月。这期间的服务不包括前往工作地点的旅行时间。此外，每个成年男子必须服兵役两年。在战时或特殊事件如重大基础设施项目期间，每户需征召一名年轻成年男子分别作为士兵或劳工。很多时候，这样的征召行动会干扰到耕种、播种和收割季节，导致庄稼损失。这对农民来说，比人头税更为严重。我知道这种征召制度起源于秦朝，是农民起义领袖陈胜反抗的原因。我们能否修改这个制度？」

「征召制度是由朝廷所制定的。除非得到他们批准，我们无法更改，」徐宁回答说。

「我们应该尝试向朝廷申请。如果他们不批准，我们可以让征召更少负担，更人性化。例如，我们应该为强制劳工支付旅行费用和基本补偿。此外，我们可以让他们通过支付政府一笔豁免费来更容易避开征召，」薄夫人建议，然后要求徐宁跟进这个问题。

她又提出了另一个问题，说：「跟强制劳动有关的问题就是基础设施，我们需要认真建设基础设施。我们需要发展更好的灌溉系统。为了减轻干旱和洪水的损害，我们需要挖掘黄河的许多支流。我们的道路和桥梁状况不佳。我们基础设施的糟糕状况阻碍了我们的生产力，减缓了我们的经济增长，并间接减少了政府收入，」薄夫人说。

「这些都是巨大的工程。我们有计划逐步改善我们的基础设施，但我们的资源有限。由于政府的金库微薄，我们必须征召劳工参与公共工程。然而，即使征召劳工也无法满足您的雄心壮志，」徐宁说。

「我理解。我们能将一些公共工程项目私有化吗？政府带头提供初始资金。然后我们邀请私人社团提供劳动力和剩余资本参与该项目。出价最高且条件最好的竞标者将获得新开发的权利和经济利益。这样一来，私营部门将得到激励，创造更多的就业机会，并且劳工可以平等地分享他们的项目所带来的经济利益。我相信小政府。通过私有化，大部分的发展工作可以由私营来完成，政府只承担监督和规管的角色。这只是我的幻想。您能实现我的幻想吗？」薄夫人转向徐宁问道。

「但是我们在短时间内从哪里获得足够的劳动力来参与这么多项目呢？」徐宁问。

「我们能促进人口向我们代国移民吗？为了鼓励其他国家的人民移民到我们代国并定居，我们可以为他们提供丰厚的激励措施。例如，我们可以授土地拥有权给移民，让他们开发我们国家荒地。我们可以授住房用地给移民，让他们参与基础设施项目。我们可以授水权给移民，让他们发展灌溉系统。还有许多其他方式吸引新移民。如果我们的经济繁荣，将会有更多人入境和更少出境者，」薄夫人说。

她又向议会提出了另一个问题：「取消进出口关税的可能性有多大？这些关税损害了我们与其他国家的贸易。一些进口品是我们制造和医疗系统的重要原料。通过征收进口关税或限制，我们实际上是在惩罚我们自己的人民，阻碍我们的生产，并放缓我们的经济活动。因此，我想取消这些关税。各国有权取消这些关税吗？」

「各国被允许征收、修改或取消进出口关税，因为这些关税不是支付给朝廷的。这些关税历史上出于多种原因而征收，主要是为了保护国内生产和国家利益，」徐宁报告说。

「取消这些关税将减少政府的收入。我不明白这个减差如何能以其他方式填补，」财政大臣说。

「我不同意。通过取消出口关税，商人、制造商和农民可以更容易地出口他们的产品。随著销售量的增加，他们的收入和利润将会增加。政府可以从中获得更多的利润税。通过取消进口关税，我们的人民将在进口商品上支付更少。制造商可以获得更便宜的原料。当市场上有更多商品时，由于竞争加剧，价格将会下降，家庭因此能从商品价格的降低中受益。这将降低家庭的生活开支，促进他们的储蓄。我们的人民将会更加幸福。此外，我们与其他国家的外交关系也将受益，」薄夫人争辩说。

「我们征收贸易关税的方式与征收利润税的方式有所不同。一般来说，进出口关税是当场征收的。相反地，利润税是基于商人和制造商提供的利润估计报告来征收的。政府税吏很难核实利润报告的准确性。因此，商人和制造商可以通过伪造报告来逃税。即使他们的利润增加了，政府可能也不会因此获得任何税收的增加，」财政大臣反驳道。

「您刚才提到了另一个关于税收征集的话题。我注意到，我们的利润税收集多年来一直很差。我怀疑有三个原因。首先，税吏懒惰、疏忽或贪腐。第二，他们的上司对下属的不当行为视而不见。第三，我们的司法系统腐败。许多法官被商人和大户商家贿赂。我查看了数字，发现我们从利润税中获得的收入与一些商人的营运规模相比非常微小。我可以举王明的例子，他是国里最大的矿业者。顺便说一下，我将推迟讨论王明的案例，」薄夫人说。她脸色严肃地转向财政大臣，警告道：「我要您对税务部门的运作进行彻底调查，并向我建议您的改革计划。您还必须将所有贪腐的税吏绳之以法。」

「是，殿下，」财政大臣回答道，心里非常慌张。

薄夫人接著对议会说：「既然我们提到了政府预算的问题，我想转换话题。我注意到我们的政府臃肿。就人口规模、土地面积、治理复杂性和军事需求规模而言，我们的国家甚至不到朝廷的五十分之一。然而，我们的政府人员数量约占的五分之一。我们一定有大量的浪费和低效率。我们通过精简行政和缩减政府规模，每年可以在政府支出中节省数百万。」

「但是缩减政府将造成失业，」许宁反驳道。

「一开始，我们不需要解雇太多政府员工。我们可以将多余的员工分配到更有生产力的岗位。例如，我们国家的识字水平很低，而且老师不足。我们应该在农村地区设立学校，为十岁以下的年轻学生提供免费教育。这些多余的员工可以被分配为老师。过了一段时间，这些老师可以为富裕学生开办盈利学校。此外，我们国家缺乏足够的工程师、技术员、管工和公共工程的工人。这些政府内的一些人员可以被分配或重新培训来担任这些角色，」薄夫人建议道。她稍作停顿后继续说：「我喜欢小政府。我见证了一个大政府往往无故膨胀，除了内部权力斗争外没有其他好理由。」她然后转向许宁说：「我希望您能提出一个缩减和改革政府的计划。」

她随后郑重地说：「在我巡视国家期间，我意识到我们政府存在一个严重的问题，那就是腐败。这个问题伤害了我们人民的生计，并削弱了我们政府的合法性。它还损害了我们的国家安全。这是一切邪恶的根源。我现在只关注它的五个方面。第一，我注意到市场上普遍存在哄抬物价、操纵价格、囤积居奇、串通一气等现象。然而，财政部门的地方官员因为收受了商人的贿赂，故意对这些非法活动视而不见。第二，普遍存在逃税行为。然而，税务官员与商人勾结，从中收取回扣。第三，我们只向少数几个垄断者授予矿业许可证，他们串通竞标。但是，我们工务部的官员却故意对这种行为视而不见，收取回扣。第四，我们军部的采购单位以市场价格的三倍价格购买武器和军事补给品，因为供应商是军队高官的朋友。第五，我们的法官被富人贿赂，以至于穷人得不到公平的判决。我们需要发起一场运动，清除政府中的腐败，并追究腐败官员的责任。」她然后转向许宁和御史大夫，告诉他们：「我希望你们成立一个向你们两人汇报的反腐小组。它应该被赋予广泛的权力。我们需要清理我们的政府。」

她接著说：「除了腐败之外，我们的法律体系也存在缺陷。刑罚过于严厉，不给犯人悔改和康复的机会。我见过一个案例，一个正派的人因为轻微的过失受到严厉的惩罚，那个惩罚永远毁了他的生命。秦朝严酷的法律的阴影仍然笼罩著我们。我我们应该以史为鉴，秦朝就因它的苛严法律而失败。」

「但是刑罚法是由朝廷制定的。我们无法改变它，」御史大夫插嘴说。

「如果是这样，我们的法官能不能在定罪时更加细心和诚实？

我见过一个案例，一个腐败的法官指控一个人谋杀未遂，而事实上，他是在自卫。法官固执己见而忽略了其他证据。如果我们不能缓解刑罚的严厉性，我们至少可以确保有正义，没有偏见和腐败的法官，」薄夫人说。她然后转向御史大夫，严肃地说：「清理您的法院是您的工作。我希望你们开启上诉程序，审查所有过去的案件，以确保正义。您应该惩罚所有腐败的法官。」

会议结束后，薄夫人告诉御史大夫：「我希望您调查王明与张柒的案件，查明判决中是否涉及腐败。此外，查明王明和其他矿商是否串通欺骗政府。」

两周后，御史大夫向薄夫人报告说，王明与张柒案的所有记录都被司法部门的某人销毁了。薄夫人对于这样的发现感到不悦，斥责御史大夫：「你怎么能允许法律案件的纪录被销毁呢？你必须清理你的部门。我记得你曾经告诉我，代国的犯罪率相当低。这是由于记录的丢失或伪造吗？关于王明与张柒的案件，一定要找出销毁纪录的人，追究恶人的责任。你必须亲自重新审理这个案件，深入调查。」

一个月后，御史大夫向薄夫人报告，他发现王明与张柒案的主审法官确实收受了王明的贿赂。法官和王明都被判处死刑。薄夫人说：「受害者张柒怎么样了？他失去了脚趾和鼻子。他已经成为社会的弃儿。我们无法永远扭转他的痛苦。你的部门的腐败和无能是我们国家不公义的主要根源。你应该感到羞耻。」

第五回：武术师傅

本回人物介绍

薄夫人	薄姬，刘邦的妃子，后升为夫人，刘恒的母亲，本回主角
宋昌	代国的大将军统帅
卫忠	代国的廷尉
刘恒	刘邦和薄姬的儿子

卫文	卫忠的长子
卫武	衞忠的次子
魏王豹	已故的魏王，他被项羽打败而加盟楚国，但后来却投靠刘邦
刘邦	汉朝的始创人

薄夫人抵达代国一个月后，大将军宋昌推荐一位忠诚的三十多岁的军官卫忠担任廷尉。薄夫人因为卫忠的履历和武艺精湛，同意了这个建议。

一日，薄夫人观看卫忠训练部下，对他的技艺印象深刻。她考虑让自己的儿子成为卫忠的学生。

她对卫忠说：「我原本不让我的儿子刘恒学习武艺，怕他在汉宫惹麻烦。现在他已经够大了。为了自卫和未来的挑战，他应该开始学习武艺。您愿意收他为徒吗？」

「哦，是的。当然，我很乐意，」卫忠回答。

几个月后，薄夫人问刘恒：「您的武艺学得怎么样？喜欢吗？喜欢您的老师吗？」

「母亲，是的。我喜欢卫忠。他教了我很多。我开始掌握骑术、射箭、剑术、摔跤和功夫。我还有两个同学，卫文和卫武。他们是卫忠的儿子。卫文比我大一岁，卫武比我小一岁。他们比我进步得更快。他们已经成为我的好朋友，」刘恒说。

「卫忠对学生严格吗？」薄夫人问。

「是的，他很严格，对学生要求很多服从和纪律，但我知道他内心是善良的，」刘恒回答：「我把他当作我的父亲。虽然我是皇帝的儿子，但我对他很陌生。他很少与我交流。他不关心我。我希望我有一个像卫忠那样关心我的父亲。」

「顺便说一下，我了解到卫忠的妻子几年前去世了，卫文和卫武一直由他们的父亲抚养。他们没有继母，」刘恒继续说。

一日，薄夫人去了马场，观看卫忠教学生骑马。训练结束后，薄夫人走向卫忠，说：「您的孩子们很了不起。他们将来会是勇敢的战士。然而，他们的风格中有太多的阳刚之气。他们需要母亲的温柔滋养。」

「是的，殿下。我知道。不幸的是，他们的母亲在他们年幼时去世了。因此，他们一直由我抚养。」

「您需要为他们找一个继母。宫里有这么多美好的女士。我可以介绍几位给您，」薄夫人建议。

「一旦横渡过大海，就不会对池塘印象深刻。一旦登顶泰山，所有其他山峰都只是小丘。这就是我对我敬爱的亡妻的感受，」卫忠感慨道。

「我明白，」薄夫人带著自怜走开。她心想:「他对亡妻极为忠心和专一。虽然他不像我以前的丈夫魏王豹和现在的丈夫刘邦那样有能力和魅力，但魏忠对女人来说是更好的人。无论魏豹还是刘邦都将他们的妻子和妾室当作商品。当这些女人年老失去魅力时，就像破旧的鞋一样被丢弃。对我来说，来自丈夫的长久爱情比财富和魅力更重要。唉，我的命运注定我没得到这种爱。」

第六回： 被匈奴捕捉

本回人物介绍

薄夫人	薄姬，刘邦的妃子，后升为夫人，刘恒的母亲，本回主角
宋昌	代国的大将军统帅
匈奴	强大的游牧民族，居住在当今的蒙古和西伯利亚
栾提冒顿单于	匈奴的领袖
卫忠	代国的廷尉
刘恒	刘邦和薄姬的儿子
刘小瑛	又名刘颖
刘颖	汉朝派出的假冒公主,嫁给栾提冒顿单于,后来做了他的寵妃

几个月后，薄夫人想再次便装前往国家北部边境巡视。军队统帅宋昌劝阻她，并警告她：「北部边境不安全。很有可能会遇到匈奴的入侵。」

薄夫人坚持说：「我不担心。匈奴部落的最高统治者栾提冒顿单于（单于是最高统治者的意思，栾提是他的姓，冒顿是他的名字），已经与汉朝签订了休战约定。我还听说他娶了刘邦的女儿。因此，他是刘邦和我的女婿。女婿怎会伤害婆婆呢？」

「如果您坚持要去巡视，我会指派一个大团队来护送和保护您，」宋昌建议。

「大型随行队伍太引人注目，会让当地官员和居民警觉。既然我想探究那个地区的真实情况，就必须保持低调。几名伪装成我的仆人就足够了，」薄夫人说。

「既然这是您的决定，那我就会指派我们最优秀的士兵和武艺高手卫忠来保护您，」宋昌说：「但我还是为您担忧。请在旅途中保持警惕，避免遇到危险。」

「别担心。我会没事的，」薄夫人自信地说。

薄夫人随后带著刘恒和十名护卫，由卫忠领队，开始了她的微服出巡之旅。在北部边境的两个村庄探访了许多当地农民后，她和随行人员在一个小镇的旅馆住宿。

半夜时分，她和她的团队听到远处马匹、牛群、车轮和逃难农民的践踏声。卫忠走出旅馆，拦住一名逃难者，问：「发生了什么事？」逃难者惊慌地回答：「匈奴来了！我们得逃命！」

卫忠立刻唤醒了所有人，命令士兵做好战斗准备，从旅馆的马棚抢了几匹马，让薄夫人和刘恒坐进由两匹马拉的马车里，他自己骑上马，引领著队伍从小镇的南门出发。

当薄夫人的队伍向南行进时，追赶的敌人马蹄声响如雷鸣。他从那马蹄声的强度和节奏判断，估计追赶他们的骑兵有数百名，甚至数千名。不久后，他就能看到马群奔跑掀起的尘土云，听到它们的嘶鸣声。因为敌人的速度更快，他试图为队伍寻找藏身之处。但不幸的是，他们已经进入了一片没有森林或洞穴的沙漠。他别无选择，只能把薄夫人的马车藏在沙丘下。然后他命令五名士兵从沙丘旁骑马离开，留下足迹以误导敌人的行进路径。他和另外五名护卫留下来守护薄夫人和刘恒。然而，他的策略失败了。不到一个个时辰，敌人就发现了薄夫人的马车，并将他们团团包围。

卫忠和五名侍卫与匈奴士兵和骑兵激烈交战了一阵，杀死了数十名敌人。在激烈的战斗中，一支箭射中了卫忠的胸膛。他大声喊叫著倒在地上。听到他的喊声，勇敢的薄夫人从马车上跳下来，试图拉起并救助卫忠。当血液从他的伤口涌出时，薄夫人用手压住伤口，试图止住血流。此时，卫忠呻吟著说：「没用了。我无悔地死去，我已履行了作为一名英勇士兵的职责。请您帮我一个忙，照顾我的两个儿子。答应我。」

「哦，当然！」薄夫人哭喊著。

她站起身来，面对著逼近的匈奴士兵，大声喊道：「我是你们至高无上的统治者，单于栾提冒顿的岳母。你们敢伤害我吗？」随后，她举起双手，展示著象征皇室地位的徽章。最前方的几名匈奴士兵被她的勇气所震慑，犹豫不决。两名资深的匈奴指挥官走上前来，查看了徽章，彼此交谈道：「我们抓到了一条大鱼。将这个女人和那个男孩作为人质献给我们的领袖，我们可以获得巨大的奖赏。他们将成为我们的谈判筹码。」

薄夫人和刘恒随后被捕并囚禁在匈奴军队的一个军营里。

几天后，一名狱卒进来，在地板上铺了一张大羊皮，并放下一杯药剂。他告诉薄夫人：「你有两个选择。你可以投降，或者喝下毒药。如果你投降，你就同意臣服于我们伟大的匈奴。为了表明你的臣服，你必须遵守牵羊礼仪式。你需要脱掉所有的衣服，将这块羊皮包裹在你赤裸的身体上。你的脖子上将被系上一条皮绳。你需要像羊一样爬行，被皮带牵著穿过街道，直到祭坛。」

她对这样的要求感到厌恶和恐惧。牵羊礼仪式对任何人来说都是极端的羞辱，更何况一位皇室尊贵。她想：「我不能屈服于这种野蛮的羞辱，否则我会背叛我的国家，永远给朝代带来耻辱。我宁愿死。但如果我死了，我的儿子刘恒会怎样？他将遭受残酷的折磨。我需要在最后一刻保护他。但我能做什么？」她整天沉思，整夜都睁著眼睛，不知道该怎么办。她一再责备自己导致了自己的困境和卫忠及其护卫们的悲惨死亡。「都是我的错。我太固执了。我没有听宋昌的建议。我的固执无谓地牺牲了十一个好人，」薄夫人想。她想哭，但哭泣无济于事。她不能在儿子面前显示自己的软弱。「我必须坚持下去，但该如何做？」

她整夜未眠，心神破碎，惊慌失措。天未亮时，她听到脚步声接近她的牢房。她必须现在就决定投降还是服毒自尽。「喝下这杯毒药后，一切痛苦都将结束，」她想。当她伸手拿起杯子，试图将药剂倒入口中时，她的手被另一个人的手拦住了。那人接过杯子，将它摔在地上。

她惊慌失措地看著面前的人。这是一位穿著豪华服饰的女子。跟随她的狱卒顺从地低著头。她必定是匈奴营地里的一位重要人物。

「薄夫人，您认得我吗？」那女子问道。

「很抱歉，我不认识，」薄夫人颤抖著回答。

「我是刘小瑛，以前我们在宫中当织女时的同僚。当负责织工作坊的太监威胁要割掉我的手指时，是您救了我。您是我的大恩人。我欠您一命。现在轮到我来救您了，」刘小瑛说。

「哦，我现在记起来了。你为什么会在这里？」薄夫人问。

「这是个长故事。我有不幸也有幸运。汉政府为了与匈奴皇室建立和平关系，将皇室公主嫁给匈奴领袖。由于刘邦没有多少适婚年龄的女儿，汉政府便在宫中寻找相貌似刘邦的年轻女性。因为我长得像他，所以我被选中嫁出。他们给了我一个假的公主衔头，并改了我的名字，叫刘颖。起初，我对这样的安排不满，害怕成为一个野蛮丈夫的妾室。幸运的是，我成为了至高无上的统治者栾提冒顿单于的妾。他以为我真的是汉朝的公主。从那以后，我就成了他最宠爱的妃子，」刘小瑛说。

「听你这么说，我很高兴。您现在能怎么救我？」薄夫人问。

「我一听说您被抓，就去找单于，告诉他您的事。我向他解释，您是刘邦的宠妾。这意味著单于实际上是您的女婿。他不应该伤害家庭成员。而且，他需要与汉朝建立友好关系，因为汉朝仍拥有强大的军队和广阔的资源。杀害或折磨您将引发两个天下之间不必要的战争，」刘小瑛解释道。她继续说：「我给您和您儿子带来了一些体面的衣服。我安排了一顿晚饭，让单于和您一起用餐。」

第七回：会见单于

本回人物介绍	
薄夫人	薄姬，刘邦的妃子，后升为夫人，刘恒的母亲，本回主角
栾提冒顿单于	匈奴的领袖

当晚，薄夫人被护送到一个大帐篷内的饭厅。桌子上摆满了羊肉菜肴和酒瓶。在一番礼貌的程序和几轮敬酒之后，栾提冒顿单于打破了沉默，说道：「我为我部落中的一个部落不慎入侵贵国领土而道歉。我们一个部落的领袖无视我们与贵国之间的休战约定，在未经我的同意下掠夺了贵国的领土、田地，杀害数名平民和士兵。我已经惩罚了那次侵略的奸诈领袖。我会赔偿你们因此而失去的财产和生命。既然我们是亲戚，我们应该和平共处。我已下令，我控制下的所有部落必须遵守刘邦和我签署的休战约定。」

「尊敬的单于，听到您的宽宏之言，我感到欣慰。我相信两个天下可以和平共处，像同一家庭的好兄弟一样行事。我们不需要通过战争来解决关于领土的争端。我们许多的争端是由误解和历史恩怨引起的。将来，我们应该走在合作与相互尊重的道路上。这条道路对我们来说是双赢的。例如，我们应该促进自由贸易。你们有大丰富的马匹、皮毛、药草、羊群和香料，我们没有。我们有大量的制成品，如工具、陶器、漆器、丝绸和马车。此外，我们也在开采矿山，矿产和盐的供应充足。我们可以通过建立免税市集交换货物，让我们的子民前来交易。」

「免税市集是个聪明的主意。我们可以划出每个月五天来组织交易节庆。除了经济活动外，这些节日还可以促进文化交流和相互理解，」单于说。

「我们可以更进一步。你们的人民擅长马匹养殖、骑术和牧羊。你们也是射箭、剑术和狩猎的高手。我的人民更懂灌溉、矿业、冶金、制造业的生产。我们可以交换我们的知识。我可以派一些技术人员到贵国教你们这些技能。同样，您也可以派您的专家到我国训练我的人民，」薄夫人说。

「我们是游牧民族。我们需要不断地移动寻找更绿的牧场。虽然迁徙是我们的生活方式，但我们一直希望能有一个永久的家园，那里我们可以饲养和繁殖我们的马群和羊群。当一个区域因过度放牧而耗尽时，我们必须继续寻找另一个未被开发的土地。因为我们不断在移动，我们没有时间和精力去发展我们的文化、技术和社会及法律结构，」单于感叹道：「我明白，仅仅优秀的战士并不能保证我们种族的生存。如果我们在技术上落后，我们将被征服，匈奴族最终会灭亡。」

「我欣赏您的智慧。我们的祖先几千年前就定居为农民了。我们很幸运地继承了他们的农业和技术、技能、灌溉、文字、语言以及文化。我们很高兴我们的社会已经相当发达，尽管我们仍然面临著许多挑战。我建议您做一个实验？您划出一块土地，派一些年轻家庭去那里定居。我会派一些工程师和技术人员给您，让他们协助定居者在那块土地上建立灌溉系统。灌溉系统完成后，您将拥有一个永久的牧场，用于繁殖和饲养您的牲畜，」薄夫人说。

「这是个创新的想法。我需要支付您的工程师和技术人员吗？」单于问。

「不用。我会支付他们。您的成功和繁荣也将对我国有利，」薄夫人回答。

「很好。让我们成交，」单于说，用拳头敲胸表示同意。

在飞扬著皇家旗帜的匈奴骑兵的护送下，薄夫人和刘恒第二天回家。当她见到宋昌时，她向他叙述了被匈奴士兵俘虏和与单于会面的经历。她道歉说：「我忽视您的建议是我的错误。我牺牲了十名好士兵和卫忠。他们的死亡让我心痛。我会大量赔偿他们的家庭。」然后她说：「然而，我意外与单于达成长期和平约定，这或可弥补这次不幸。我们可以获得可观的和平红利。」

第八回：道

本回人物介绍	
薄夫人	薄姬，刘邦的妃子，后升为夫人，刘恒的母亲，本回主角
李明	刘恒的道家老师
卫文	已故卫忠的长子，刘恒的同学
卫武	已故卫忠的次子，刘恒的同学
刘恒	刘邦和薄姬的儿子

三个月后，薄夫人聘请了一位博学的学者，李明，来教导刘恒和卫忠的两个年轻儿子，卫文和卫武。除了语言技能、入门文学和历史的课程外，李明还专注于道家思想。

在第一堂道教课上，他向学生介绍了《道德经》这本书。他告诉学生们：「在这本书的第二十五章，老子说：『有物混成，先天地生。寂兮寥兮，独立不改，周行而不殆，可以为天地母。吾不知其名，字之曰道，强为之名曰大。』」

老师接著说：「这本书的第一章也介绍了道的概念。老子说，『道可道，非常道；名可名，非常名。无名，天地之始；有名，万物之母。故常无，欲以观其妙；常有，欲以观其徼。此两者，同出而异名，同谓之玄。玄之又玄，众妙之门。』」

刘恒问道：「为什么道不能用言语描述？」

李明解释道：「道是无限复杂和精妙的，人类的语言不足以描述它。人类的知识是有限的，随著时间而变化。同样，人类的语言也随著时间而变化。因此，我们对道的描述和命名并不是恒常的。

在任何时候，给予它的名称都不能完全准确地描述它。」

卫文接著问：「我不理解道的无名与有名部分。为什么它有两个相同的部分？这看起来似乎矛盾。」

老师接著解释说：「无名部分是道的超自然的一面。有些人称之为『无』，字面意思是空虚或无物，因为它是无形和无质的。有名部分是物质实现，产生天地及其中的万物。有些学者称这一面为『有』，字面意思是有形的东西。让我举个例子来解释这两个方面。」他接著拿出一枚钱币，继续解释说：「您可以看到并触摸这枚钱币。这是它的有形方面。另一方面，它具有价值和交换货物的潜力。这种价值是它的抽象方面，这与道的无形和超自然方面相似。此外，虽然钱币的价值是抽象和无形的，但它具有将钱币转换成其他东西的功能。因此，老子也说，』无』是万物之母。」

第九回： 相对

本回人物介绍

李明	刘恒的道家老师
卫文	已故卫忠的长子，刘恒的同学
卫武	已故卫忠的次子，刘恒的同学
刘恒	刘邦和薄姬的儿子

在下一堂道教课上，李明介绍了《道德经》的第二章。他对学生们说：「老子曰：『世界上若有共识将某物界定为美，则丑陋便随之产生。若将某物按共识认定为善，则恶便随之出现。故有无相生，难易相成，长短相形，高下相倾，音声相和，先后相随。因此，圣人无为而治，无言教化。道育万物而不称有，生而不有，为而不恃，功成不居。其不居，功不去。』」

年纪最小的学生卫武问道：「为什么美会导致丑陋？」

李明解释道：「美与丑是相对且互补的。当我们按某种标准定义为美，那么不符合这些标准的就会被认为是丑陋的。因此，美与丑是我们心中的概念，非真实存在。比如，当所有人都认为一位女子美丽，大家都想得到她，忽略了那些被认为不美的女子，这将导致许多不快乐且嫉妒的『丑陋』女子。更糟的是，许多男子为争夺美女而相互争斗，终将导致丑陋的结果。同样，当所有人都认为某物珍贵，政府的高位或社会地位令人向往时，人们便争相追求，终将导致您争我夺的后果。」

刘恒接著问:「为什么有与无相生？」

李明回答:「有与无、长与短、难与易、先与后等概念是相对且互补的。比如，当我们说存在某物时，我们必须先有虚无的概念。因此，每个形容词都不能单独存在，都需要其对立面。在现实世界中，我们不应执著于形容词。它们都取决于我们的心态和观点。例如，当有人十岁去世，我们说他命短，然而对蝴蝶来说，十年却是永恒。同样地，若您认为一碗饭太少，对饥饿的人来说却是一顿盛宴。」

卫文接著问:「为什么高低音能和谐相处？」

老师回答:「如果一段音乐只有高音，它只会产生刺耳的噪音。高音与低音必须结合才能制造出悦耳的乐章。因此，我们不应只追求高尚、光明、美丽、富裕、炫耀等，而厌恶它们的相对面。没有不同的色调和颜色，我们就无法绘画。没有山谷就没有山脉。同样，不将心灵放空，不去除成见和偏见，我们就无法接受新观念，获得更多知识。因此，虚无与具体同等重要，甚至是具体之先。」

刘恒问:「这本书中『圣人』是什么意思？」

李明简短地回答，转向刘恒:「指有功劳、有能力的国家领袖或统治者。您很快就会成为您的国家的统治者，应当志向成为圣人。」

卫文问:「书中所说的『圣人无为』是什么意思？这是否意味著他可以懒惰或不负责任？」

李明回答:「这是道家治国的核心思想。我们稍后会深入讨论。简而言之，良好的统治者不应有偏见、偏执、自私、专横，且不应固执于某种意识形态。他不应带著这些动机去做事。他应避免干扰道的自然秩序和人民的自然生活。这只是第一句。还有另一句话，『既无为，则无不为。』若有预设目标，则不会进行不符合目标的行动。既然圣人无预设目标，则无所不为。这是虚无引致具体的一个例子。无预设目标是虚无的例子，愿意做任何可能的事是具体的例子。」

卫武问：「为什么圣人要实行无言的教导？若教导无言，谁能读懂或听见？」

李明回答：「许多思想流派和宗教宣扬众多教条和实行繁复的仪式，这些都是表面的。它们偏离了道的本质，如果心胸狭窄，对道的详细解释也是无用的。追随道的愿望存在于人的内心，无需任何言语。」

在课程结束前，老师对刘恒说：「我需要提醒您记住最后一句，『功成不居。其不居，功不去。』同样地，您是未来的王，您应该记住这种谦虚的美德。您或许听说过韩信的故事，他是您父亲手下的无敌大将。韩信为他的征服行为要求功勋，并渴望过度的奖赏。当他的奖赏不符合他的野心时，他计划反抗您的父亲。他的野心导致了他悲惨的结局。相反，您的叔叔们萧何、张良、陈平，他们是道家学者，保持了谦虚，直到死亡都保持了高位和认可。」

第十回：阴与无

本回人物介绍

李明	刘恒的道家老师
卫文	已故卫忠的长子，刘恒的同学
卫武	已故卫忠的次子，刘恒的同学
刘恒	刘邦和薄姬的儿子

几节课后，李明教导他的学生关于阴和虚无的力量。他对他们说：「老子曰：『世界上最柔软、最弱小的事物能够克服最坚强的事物。因为它是无形的，它能够穿透任何不可渗透的障碍。』例如，

水柔软而弱小，但它能渗透坚固且不可渗透的墙壁。水也是最高德行的例子。它滋养万物而不与它们争竞。它安置于最低深处，那是没人愿意去的地方。它无差别地做好事。它的性格接近于道。」

他接著说：「你们应该欣赏虚无、脆弱和阴的价值与重要性。老子还曰：『我们安装三十辐条到一个轮毂上。是轮毂的空洞让轴能穿过轮毂并带动车子。我们揉泥土制造器皿。是器皿的空间才能盛装水。我们用门窗建造房间。是房间的空间才能容纳人们。因此，具体只是手段。实用性源于空虚。』同样地，女性子宫是阴性的，且是空的。然而它能怀孕一个胚胎并生出一个阳性的婴儿。因此，老子教导我们要在精神上坚守阴，这样我们才能产生阳的结果。」

第十一回： 福与祸

本回人物介绍

李明	刘恒的道家老师
卫文	已故卫忠的长子，刘恒的同学
卫武	已故卫忠的次子，刘恒的同学
刘恒	刘邦和薄姬的儿子

在另一堂课上，李明讲述了福与祸的议题。他对学生们说：「老子曾经说过：『福兮祸所伏，祸兮福所倚。』」

刘恒提问：「为什么福与祸是相互关联的？」

李明老师解释道：「首先，福与祸是主观的概念。甚至老子也说过，对于什么是福，什么是祸没有绝对的答案。比如，您衣食无忧，可能会觉得自己比饥饿的人幸运。但相比更富裕的朋友，您可能会觉得自己不够幸运。因此，从不同的角度来看，您或许会感到幸福，或许会感到不幸。其次，从客观角度来看，福是不幸的前兆。比如，身为王子，您享受宫殿生活和美食的好运，但这建立在许多缺乏日常必需品的人之上。您的好运是建立在无数比您低层的人的不幸之上，他们可能对您怀有嫉妒和怨恨。他们的嫉妒和怨恨可能是您垮台的隐忧。另一方面，处于不幸的情况会激励人克服困难，变得更强。您父亲就是一个例子。当他作为沛县的亭长时，因为丢失囚犯而遭遇不幸，却因此开始了革命，最终成为汉朝的皇帝。《易经》中有两个代表吉凶的卦象，它们是彼此相反的镜像。因此，我们在不幸时不应沮丧，在幸运时也要保持谦逊和节制。」

第十二回： 救援队

本回人物介绍	
薄夫人	薄姬，刘邦的妃子，后升为夫人，刘恒的母亲，本回主角
刘恒	刘邦和薄姬的儿子
彭正	救援队长

刘恒十三岁那年，薄夫人交给他首个任务。她对他说：「我国西南部正遭受饥荒，我们组织了救济队伍去援助灾民。您将向负责此次行动的彭正汇报，负责记账工作。您必须清楚了解粮食运输和分配的后勤情况，并精确追踪物资流动。严谨的账目管理能预防官员贪污和工人偷窃。虽然您身为王子，但在这任务中，您得服从彭正，做好他的下属。记得要主动参与各项工作，无论任务多么卑微。这是您学习服务人民的绝佳机会。」

两百名救援人员在数百士兵护送下，从皇家粮仓运出数千袋粮食。他们用牛马拉著车队，穿梭于村庄与城镇。刘恒的职责是每天清点粮袋数量，晚上记录剩余数量，核对每日发放数量与开支收支的差异，确保早晚结余相符，以防夜间失窃。如有出入，则需向彭正报告，以便调查。刘恒也需留心日间的粮袋流动，防范任何舞弊行为。

每到一处，救援队向每个饥饿家庭发放一石粮食。村长负责登记家庭，并向每户分发带有特殊标记的竹签。灾民们凭这竹签到救援队仓库兑换粮食。刘恒则核对发出的竹签数量与登记簿上的家庭数。

偶尔会有家庭抗议名字被错过或被族长恶意遗漏。这些情况被上报给彭正，他通常会倾向于相信申诉者。另有几次，刘恒发现伪造的竹签。发现后，彭正要求村长亲至仓库核对竹签真伪，这方法也揪出了一些骗子。

有一次，数百名饥民在仓库外排长队等待粮食，他们在炎热的太阳底下排了数个时辰。有老人中暑倒地。刘恒见状，迅速扶起一位将昏倒的老婆婆，给她水喝，并请求让她优先领取粮食。老婆婆领到粮食后，含泪看著刘恒，跪下磕头致谢。这一幕深深触动了刘恒，他随即建议彭正在仓库增加人手，缩短灾民等待时间。彭正最初对穷人的苦难漠不关心，但被刘恒的真诚善良打动，接受了这建议。

救济行动结束时，刘恒感慨地想：「长居深宫，我对国家的现实状况确实不清楚。如今我见识了饥民的绝望。希望这场干灾能早日结束。我们提供的救济有限，远不能长久维持这么多人的生计。虽然干旱期间的救济行动很有人道意义，但这不是长久之计。我们必须改善灌溉和水资源管理。当我有权力统治这个国家时，这将成为我的首要任务。」

第十三回： 春节

本回人物介绍	
薄夫人	薄姬，刘邦的妃子，后升为夫人，刘恒的母亲，本回主角
刘恒	刘邦和薄姬的儿子

在隔年春节前两周，薄夫人给了刘恒另一项任务，她对他说：「你的朋友不多，周围都是王子、公主和贵族、朝廷精英的孩子。这不是你的优点，而是你的缺点。你父亲之所以成功，是因为他在

基层、各行各业有许多好朋友。我想创造机会让你与基层根孩子交朋友。这是你的任务安排：春节将至，我想让你为同龄孩子举办一个聚会。你将是主办人，也是唯一的组织者。你应邀请数百名从最贫穷到最富有家庭的孩子。你应策划聚会的礼仪、活动、游戏和娱乐，为聚会提供食物、水果、小吃和饮料。还应为参与者提供有意义、有价值和难忘的礼物。你应该放下架子，等对待每个人。你的成功取决于每位参加者是否感到受尊重、舒适和快乐。这是展示您从老师那里学到的东西的时候。」

「这个任务对我来说为什么重要？」刘恒问道。

「年轻时学会组织和主持聚会，对您日后组织政党和治理政府是个很好的训练，」薄夫人回答道：「我还希望您能与一些贫困家庭的孩子交上几个好朋友。这些朋友可能比贵族家庭的朋友更真诚且持久。您需要打破目前的环境。我希望您成为一位为民服务的领袖。」

第十四回：朝会

本回人物介绍

薄夫人	薄姬，刘邦的妃子，后升为夫人，刘恒的母亲，本回主角
徐宁	朝廷派来的代国丞相
匈奴	强大的游牧民族，居住在当今的蒙古和西伯利亚
栾提冒顿单于	匈奴的领袖

三年后，薄夫人召集大臣们进行另一次国策会议。

在她的开场白中，她告诉部长们：「自从我们上次国策会议以来，差不多已经五年了。现在是时候回顾我们在过去几年引入的改革进展了。让我们从整体情况开始。」

丞相徐宁率先报告国家的状况，他说：「总的来说，我们的国家正朝著正确的方向前进。经济正在蓬勃发展，在三年前的饥荒之后已经大幅反弹。我们的农业产量在五年内增加了百分之五十。我们的制造业产品在同一时期增加了百分之八十。商业也在蓬勃发展。因为这些增长，政府的税收增加了百分之八十，达到每年约五千四百万钱。另一个积极的方面是国家人口的增长。五年前，我们大约有六万个家庭和二十万居民。根据最新的统计，我们现在有大约七万五千个家庭和二十五万居民，这相当于五年内增长了大约百分之二十五。人口增长主要是由于我们的移民政策。我们积极推广外国家庭移民，通过提供丰厚的财政援助和授予移民土地权。此外，我们的经济政策和社会计划促进了新家庭的形成，以及更年轻的年龄成婚和生育。而且，死亡率也有所下降。关于政府改革，我们已经大幅缩减了政府规模，现在比之前缩减了百分之二十五。我们将继续我们的缩减计划。我们已将多余的公务员调配到私人机构、半政府机构和公立学校。在我的整体总结之后，财政部长将介绍国家的财政状况。在他的报告之后，御史大夫将谈论他部门的改革和反腐败运动。接下来是公共工程部长，然后是社会计划部长。最后但同样重要的，大将军会谈论我们军队的改革。」

财政部长接著说：「我们的国库现有净余额为四千五百万钱，相当于政府一年的开支。我们已经还清了所有的债务。由于税收增加和开支减少，我们每年的预算盈余约为一千万到三千万钱。在税收方面，我们的地租、人头税、利润税和财产税都有大幅增加，以抵消废除进出口关税的影响。税收增加的两个关键因素是减少了逃税行为和对腐败税务人员的起诉。在支出方面，我们可以从皇室开支减少节省约九百万钱，政府缩减节省两百万钱，和平红利节省两百万钱，但这些节省被增加在基础设施、社会计划和新政府扶贫基金上的三百万钱开支所抵消。自从我们建立了新的政府扶贫基金以来，高利贷行业基本上已经被消灭。」

接下来，新任御史大夫报告说：「我们已经启动了一项严格的运动，以打击法律部门和其他政府部门内的腐败。数千名官员和私人个体已经被起诉并受到相应的惩罚。我的部门还设立了一个单位来审查地方法官作出的判决，以及另一个单位来听取上诉。在过去几年中，大约有一百起案件成功翻案。」

接著，公共工程部长发言说：「我们推动了从黄河引流出许多小支流，用以灌溉农田和防洪。我们授予了私人公社进行这些工程建设的水权。这种私有化计划节省了大量政府开支，并帮助废除了强制征召劳工。现在，这些项目的工人由私人业主公平地支付报酬。此外，我们还改革了矿权招标系统，以防止矿场间的勾结。」

最后，大将军说：「我们从匈奴和我们之间的和平红利中受益。因此，我们的军事开支在过去三年中一直保持不变。过去，我们要求每个成年男子在平时必须在军队服役两年。我们现在已将征兵期限缩短至一年。我们还升级了武器，并为我们的骑兵队增加了五千匹马。」

薄夫人最后总结发言：「我对我们在许多方向取得的满意进展印象深刻。然而，我仍然担心我们军队的脆弱实力。我们不能依赖过去几年的和平红利。我们与匈奴之间的休战约定不会永远持续。如果单于栾提冒顿被另一位最高统治者取代，或者他改变了主意，我们将会很脆弱。我们需要继续加强我们的军队。我们需要建立一支专业士兵组成的军队，而不是依赖战时征召。征召来的士兵训练不足，体格较弱，在战斗中容易士气低落。我们需要招募更多专业士兵，给予他们丰厚的薪酬，并进行良好的训练。我们的士兵需要在武术、骑术、射箭和勇气方面超越匈奴士兵。我们还需要建造更多兵工厂来生产武器和军事补给。和平时期是建立军事力量的最佳时机。强大的军事力量是避免战争的最佳威慑。」

第七章：窦夫人与刘恒

第一回：面试

本回人物介绍

薄夫人	薄姬，刘邦的妃子，后升为夫人，刘恒的母亲
窦漪房	薄夫人的贴身侍婢，本回主角
吕雉	刘邦的妻子，太皇太后

本回地点介绍

清河郡	河北省
长安	陕西省
晋阳	山西省

吕雉在位时，她担心诸侯王造反。为了监视他们，她以送礼的名义派遣了五位自己信任的侍婢前往每个国家。这些侍婢应向吕雉报告各王侯的活动和宫殿中发生事件。

窦漪房是一位身高、十八岁、肤色黝黑、相貌平凡的姑娘，被选中派遣到各地。她曾是吕雉的贴身侍婢。当她得知这个计划时，她非常高兴能够离开充满诡计的汉朝宫廷。她希望能被派往靠近她出生的清河郡的赵国。然后，她贿赂了负责分配侍婢到各国的官员。但该官员忘记了她的请求，错误地将她分配到了遥远北方、与蛮族匈奴接壤的代国。她极度失望，私下里哭泣了好几天。

从汉朝京城长安到代国首都晋阳的旅程，乘坐马车需时一个月。侍婢和她们的护卫队克服了高山，跨越了湍急的河流，最终抵达晋阳城门。抵达后，窦漪房以冷漠而疲惫的目光看到了似乎刚经过修补的高大城墙。城门通行繁忙。当她进入城时，她惊讶地看到了熙攘的市场和拥挤但井然有序的街道。城里的居民友善和有礼。这繁荣的景象否定了她对代国的最初偏见。

城东端的宫殿被护城河保护著，河的对岸有少数巡逻守卫。侍婢团队到达后，一名官员带领窦漪房和她的同僚们前往小而陈设简陋的卧室。随后她们被要求休息，轮候各自与薄夫人面谈。

当窦漪房进入面谈室时，她看到了薄夫人，一位四十岁、穿著朴素、戴著简单发簪、坐在大厅中央的女性。她的外表普通，但举止庄重而优雅。

「欢迎您。请自我介绍一下，」薄夫人以亲切的姿态说道。

「我是窦漪房。我原本是赵国靠近清河村的一名本地人。我最近是吕后的贴身侍婢，」窦漪房回答。

「告诉我您是如何成为她的贴身侍婢的，」薄夫人要求。

「两年前，我申请了宫殿中的一份侍婢工作。通过勤勉和服从，我很快就晋升为家人，比最低等级高三级。六个月前，吕后想要一位身材结实、能够承受繁重工作和不喜欢讲闲话的贴身侍婢。此外，她还希望这名侍婢外表不引人注目，性格寡言。由于我符合这些标准，我被选为她的贴身侍婢，然后晋升为良人，比最低等级高五级，」窦漪房回答。

「妳有机会见过皇帝吗？」薄夫人问。

「有，每当他来访吕后时。我尽量保持低调，低头，避免与他有眼神接触。如果我抢走了吕后的风采，她会对我发火。我长得不好看是我的幸运，否则我的生命可能会有危险，」窦漪房回答。

薄夫人心想：「的确是个谨慎的女孩。她和我年轻时很像。」

「妳对吕后有何看法？」薄夫人试图探测窦漪房对吕后的忠诚度。

「我不想在背后谈论我的前雇主，但我可以说我和她不一样，」窦漪房巧妙地说。

薄夫人印象深刻，心想：「她真的是一个有品德的女孩。我喜欢她对雇主守口如瓶。我可以信任这样的侍婢。」接著她说：「让我提醒妳，我的国家很穷，我无法支付妳之前那样的薪水。此外，要做好忍受艰辛的准备。」

「我不介意。这些年来我经历了巨大的困难和逆境。我年轻时曾是一名难民和乞丐好几年，」窦漪房回答。

「真有趣！妳能再多讲讲妳的青年遭遇吗？」薄夫人好奇询问。

「我出生在一个贫穷的农民家庭。我父母早逝，留下我、我的哥哥和弟弟。我们没有生计，所以将自己卖为奴隶。我很幸运被一位仁慈的地主买去，他对我很好。我九岁时成为他家的仆人。我的两个兄弟就没那么幸运了。我的弟弟被一位矿工买去。我已经多年没有和我的兄弟们联系。我不知道他们是否还活著，」窦漪房讲述。当她提到她的兄弟时，泪水从她的眼睑中滑落。

「地主对我很好，待我如亲女。他教我读书、写字，还教我一些经典。我十四岁时，他被侵略的士兵杀害，他的庄园被洗劫一空，烧得精光。我成了难民，无家可归，身无分文。在接下来的两年里，我乞讨食物，从溪流中饮水，躲避在洞穴和寺庙中住宿。我不知道明天会发生什么事。我像野兽一样生活，随时都渴望食物、水和庇护所。我看到有些母亲带著她们的婴儿死在路、受伤的士兵在田野中无助地呻吟、残障的人试图逃离敌人、到处都是荒凉的景象。在我年轻时经历了这样的艰辛后，我变得很坚强，可以应付任何未来的挑战。」窦漪房以得意的口吻说。

薄夫人心想：「她确实令人敬佩。我也有类似的经历，虽然没有她那么悲惨。」她随即安慰窦漪房说：「我明白了。您在我的国家会安全的。我喜欢您。从现在开始，您将成为我的贴身侍婢。」

第二回：好侍婢和孝子

本回人物介绍

薄夫人	薄姬，刘邦的妃子，后升为夫人，刘恒的母亲

窦漪房	薄夫人的贴身侍婢，本回主角
刘恒	刘邦和薄姬的儿子

在炎热的盛夏两个月，薄夫人患上了重感冒，发高烧无法起床。窦漪房日以继夜地照顾她，不停地摇晃莲叶扇为她降温，并间断更换她的汗湿内衣。御医开出的草药需要煎煮一个时辰。当药汤准备好后，窦漪房就一勺勺地喂给夫人，并时刻留意换洗被呕吐污染的床单和被子。在这段期间，薄夫人非常信任窦漪房，希望她能一直陪在身边。

刘恒每天晚上，以及白天的几个时段都会来探望母亲。他每次到来都会详细询问窦漪房关于母亲的状况、食欲和用药情况。到了服药时间，他会亲手拿著药碗，坐在床边为母亲喂药，而窦漪房则在一旁细心地扇风。

须然薄夫人的状况在七天后稍为好转，刘恒仍旧每日数次来探望母亲。一个晚上，窦漪房正急忙拿著药壶进入薄夫人的卧室，不料与忽忙进入的刘恒撞个满怀，她跌倒地上，药壶摔碎，汤药溅了刘恒一身。他立刻将她扶起，窦漪房却跪下道歉。

「别担心，是我不好。快起来吧，」刘恒说。

窦漪房急忙拿出围裙上的毛巾试图擦拭他衣服上的药渍，但深棕色的药渍已渗透进衣料。

「不用担心我的衣服。我们先把碎片清理干净，擦好地板，」刘恒吩咐。他迅速弯腰帮忙捡起碎片，窦漪房则用毛巾擦拭地面。

「还有备用的药吧？我们得赶紧再煮一份，」刘恒说。

「有的，」窦漪房回答。

刘恒立刻奔向厨房，点火煮药，窦漪房则在一旁协助。药汤煮好后，刘恒亲自送它入母亲的卧室。正当他喂药给母亲时，窦漪房突然昏倒。刘恒本能地将她扶起，用冷毛巾替她擦脸，直到她醒来。

「这姑娘真是辛苦了，她已经连续服侍我好几个时辰。我想她还没吃饭，她太累了。我们得让她休息一下，」薄夫人说。

第三回： 美丽的云裳

本回人物介绍

薄夫人	薄姬，刘邦的妃子，后升为夫人，刘恒的母亲
窦漪房	薄夫人的贴身侍婢，本回主角
刘恒	刘邦和薄姬的儿子
吕雉	刘邦的妻子，太皇太后
吕娜	太皇太后吕雉

薄夫人十四日后康复了。她感激窦漪房照顾她，和欣赏窦漪房的责任心。她想将自己最好的衣服奖赐给窦漪房。

一个早晨，她拿出了一件华丽的礼服，上面是透明的纱料，下面是梦幻般的仙女裙，由三层彩虹色绸缎重叠而成。外层轻盈而透明。长袖和裙子在风中飘逸。这件衣服的风格就像画中的仙女所穿的那样。

薄夫人对窦漪房说：「请试穿这件衣服，看看是否合身。」

窦漪房高兴地穿上了。

「太好了！非常适合你。转个圈，让我看看你穿上这件衣服有多美，」薄夫人说。

「您是说要把这件衣服给我吗？」窦漪房问。

「是的，如果你喜欢的话，」薄夫人回答。

「哇，我好喜欢。我从来没有想过自己一生中能有这么美的衣服，」窦漪房惊呼道。稍加思索后，她又问薄夫人：「为什么您不自己留著呢？」

「魏王豹送给我作为生日礼物。我在魏国只穿过一次。我在汉宫成为宫女时又穿了一次。这些年来我一直把它存放在衣柜里。我现在年纪大了，不适合穿这样的衣服，」薄夫人回答。

「非常感谢您，」窦漪房一边说，一边向薄夫人鞠躬。

「我想去花园散步。穿著这件新衣服跟我一起去吧。让我看看你在户外穿这件衣服有多迷人，」薄夫人建议。

于是他们在花园里漫步。窦漪房非常开心，不断旋转著欣喜地展示她在晨光下的新衣服。薄夫人看到这一幕感到很开心，让她想起了自己的青春时光。窦漪房被她少女时的本能所驱使，欢快地转动、扭曲和跳跃，像天空中跳舞的仙女一样。但她突然停了下来，沉思后悲叹道：「这件衣服对我来说太华丽、太珍贵了。我只是一个仆人，不配拥有它。」

「你可以在婚礼上穿它。那时您需要一件漂亮的衣服，」薄夫人建议道。

「我不知道我是否会成婚，」窦漪房低头说。

「你永远不会知道。未来是无法预测的，」薄夫人说。

「我希望我的未来丈夫更欣赏我的内在美，而不仅是我的衣服和外表，」窦漪房打趣地说。

「非常对。我也有同样的看法，」薄夫人说。

巧合的是，刘恒路过并遇到了他们。

「看看她。她穿上新衣服漂亮吗？」薄夫人问。

刘恒淡淡地回答：「是的，她很漂亮，」然后匆匆走开。

薄夫人立刻感觉到刘恒心里在想什么。她转向窦漪房说：「请原谅他。他正为他生病的妻子操心。我以前没有告诉你。我有一个儿媳妇。她叫吕娜。她是吕后的远亲姪女。两年前，吕后安排她与刘恒成婚，当时他只有十四岁。吕后想要加强刘家和吕家的联系，以防刘家的王子们反抗她。由于婚姻是皇命，我无法拒绝。吕娜是个好女人，只不过她比刘恒大六岁，而且她喜爱奢华。刘恒对她没有爱情，只把她当做姐姐。我试著与她保持距离，因为她和吕后的关系。我不想让吕后太知道我国的状况和活动。我也是女人，所以我很同情她。她嫁给了一个对她冷淡的丈夫。她嫁入了一个对她持怀疑态度的家庭。她不幸患上一种无法治愈的肺病。她的病情持续了很多个月，且病情恶化。刘恒是个善良的孩子。他仍然关心他妻子的健康状况，」薄夫人解释道。

「还有一件事，你有另一项任务。我想指派你做吕娜的贴身侍婢，直到她去世，」薄夫人命令道。

第四回： 刘恒妻子去世

本回人物介绍	
窦漪房	薄夫人的贴身侍婢，本回主角
刘恒	刘邦和薄姬的儿子
吕娜	太皇太后吕雉的远亲姪女，刘恒的妻子

窦漪房担任吕娜侍婢时，面临著另一种挑战。她看著病人无助地日益衰弱，这是一种心理负担。难以忍受的痛苦使吕娜失去了耐性。窦漪房经常被吕娜间歇性而剧烈的咳嗽声唤醒。吕娜一看到痰中有血就尖叫著求救。窦漪房需要轻拍她的背，并在她的胸部和喉咙上涂抹药膏来缓解她的痛苦。

刘恒每天都会来看吕娜。看到她的痛苦，他心情沮丧，但又受不了她的尖叫声。他在她的卧室短暂停留后，便与窦漪房谈论吕娜的最新状况，然后绝望地离开。

一日，吕娜似乎恢复了精力，并清晰地对窦漪房说：「我很快就会离开这个世界。在我走之前，我想向你吐露我的愿望。我爱刘恒，虽然他对我态度冷淡。他是一个心地善良的男孩，他有著美好的未来。我希望我能长久给他幸福，帮助他成功，但我已经没有更多机会了。这是我的命运。你是一个好女人。我死后，你能代替我，为我服侍刘恒吗？」

听到这个遗愿，窦漪房感到惊讶。她私下为可怜的吕娜流泪。窦漪房也想：「这怎么可能？我是一个仆人，他是一个王子。」她试图排除与刘恒有染的想法。

吕娜第二天去世了。按照皇家礼仪安排了一场隆重的葬礼来纪念她。

刘恒的心情沮丧，因为吕娜名义上是他的妻子，实际上是他的好姐姐。

第五回： 堕入爱河

本回人物介绍	
吕娜	太皇太后吕雉的远亲姪女，刘恒的妻子
刘恒	刘邦和薄姬的儿子
薄夫人	薄姬，刘邦的妃子，后升为夫人，刘恒的母亲
窦漪	薄夫人的贴身侍婢，本回主角

吕娜的葬礼过后三个月，薄夫人建议刘恒到风景区骑马，以驱散他心中的忧郁。她转向站在薄夫人和刘恒身旁的窦漪房说：「你应该陪他一起去，看著他，确保他不会惹出麻烦。」这个建议是为了两个年轻人安排约会的借口。薄夫人喜欢窦漪房，希望她能成为自己的儿媳。窦漪房比十六岁的儿子大两岁，更成熟些。薄夫人希望窦漪房能成为他的导师。然而，爱神的箭似乎一直没有射中他们，所以薄夫人决定亲自安排这次约会。

两个年轻人坐在由两匹马拉的战车上，由五十名骑马的保镖随行。刘恒是一名熟练的车手，对这个坐在他旁边的女孩炫耀自己的男子气概。他们从首都向西行了两里，来到一个右侧是山丘、左侧是草原的风景区。到那里，刘恒停下来，下了战车。他让护卫们交出另外两匹马，迅速将这两匹新马套上轭，从而形成一辆四马连结的战车。当车队到达沙漠边界时，刘恒尖叫著而突然猛烈地鞭打马匹，使它们像从弓上射出的箭一样狂奔。他高兴地大喊，看著远处落后的保镖们感到好笑。不久，刘恒的战车已经远远领先，甚至连跟随马匹掀起的尘土都看不见了。刘恒接著偏离大道，驶入一条蜿蜒小径，速度更快。刘恒在女伴面前展示他的男子气概，感到充满了热情和兴奋。

到了傍晚，从西北方吹来沙尘的风，前方的路变得模糊不清。车旁的两匹马绊倒在一块硬石上，摔倒了，导致战车翻覆。刘恒和窦漪房都从战车上被抛出去。刘恒毫发无伤地站了起来，但窦漪房扭伤了脚踝。他们被迫放弃了马匹和战车，要在沙路上行走，寻找著即将来临的沙尘暴的庇护所。刘恒一路扶著窦漪房的手臂，而她一瘸一拐地走著。

他们最终找到了一个庇护所，那是山坡上的一个小洞穴。他们坐在洞口，那里被落日的淡红色光芒柔和照亮。

「你还好吧？」刘恒问。

「我没事，就是有点痛，」窦漪房回答。然后她问道：「饿吗？」

「哦，是有点饿，不过我更渴，」刘恒回答。

听到这话，她伸手到包里掏出一个水壶，打开盖子递给他。刘恒喝了两大口水后，把水壶还给窦漪房，告诉她：「你也该喝几口。」

然后，她又从包里掏出一个馒头，说：「哦，我们运气不错。我带了一个馒头。你介意和我分享吗？」

「当然，谢了，」刘恒回答。他接过馒头，把它掰成两半，把一半给了窦漪房。他们坐在一起，像无邪的孩子一样，边嚼著馒头边看著日落。

「你为什么要开那么快的战车？本来应该由我来制止你的。我们回去的时候，薄夫人会责怪我的，」窦漪房说。

「赛马的刺激让我忘记了压力重重的生活，」刘恒回答。

「我明白了。你试图以英勇的外表来掩盖你内心的挫折和恐惧，对吧？」窦漪房说。

「你真有洞察力。让我告诉你一个秘密。我心中有一种刻骨铭心的恐惧，」刘恒说。

刘恒接著坦白说：「我九岁那年，我和母亲被一队匈奴骑兵追赶。试图保护我们的衞忠叔叔和所有护卫都在战斗中被杀。当匈奴士兵接近我母亲，试图逮捕我们时，我躲在她身后发抖，抓著她的胳膊。她也在颤抖，但她假装站得很坚定，无所畏惧。那时我以为自己会被杀。从那天起，这一幕经常出现在我的梦中。虽然现在和平了，但我从未感到安全。我希望能征服心中的恐惧。有时我想逃离这可怕的世界。」

「你现在不是无助的。你已经长大，还可以为自己而战，」窦漪房安慰道。然后她说：「与普通百姓相比，你已经非常幸运了。你比大多数人更安全。」

「我不这么认为。我面临著不同类型的挑战和威胁，甚至比普通百姓面临的更恐怖。除了外敌，还有邪恶的官员、无情的王子和公主、宫廷女官，还有皇后都在密谋排除我们。我和母亲担心，朝廷可能有一天会下令惩罚我们，甚至杀死我们。我希望自己不是王子。」

「如果你只关注自己的痛苦，你会觉得那就是世界上所有的事。你无法体会到那些比你更无助的人所承受的巨大苦难。以我为例，我出生于一个贫穷的农民家庭。我还是个小女孩的时候，我的父母去世了，只留下我、我的哥哥和弟弟。我们没有生计，只有卖自己为奴隶。我很幸运成为一位仁慈地主的仆人，他对我很好，教我读书写字，还有一些经典文学，但我的弟弟就没那么幸运了。多年来我一直与他失去联系。几年后，我的主人被掠夺者杀害，他的庄园被夷为平地，我成了一名难民。接下来的几年，我像乞丐一样在国内流浪，对第二天会发生什么毫无头绪。后来，我幸运地成为汉宫的宫女。虽然我丰衣足食，但我一直面临著威胁: 被专横官员惩罚，被同侪诬陷，和被上司藐视。正如你所知，宫中的生活并不像外人想的那么愉快。我已经习惯了逆境和苦难。我认为痛苦和苦难在这个世界上是不可避免的。这是一个自然的过程。我们努力克服困难，困难过后我们会感到快乐。有些日子我们流泪，有些日子我们微笑，」窦漪房说道。

「我理解你的感受。我母亲曾带我去农田，我有机会与农民们交流。我听他们讲述恐怖战争、暴君的压迫、财产被抢夺、饥荒、饥饿、瘟疫，以及妻子、丈夫、父亲和儿子的分离。我意识到这世界充满了痛苦和苦难。我有时候想，是否有另一个世界，只有微笑没有眼泪。我希望我能生活在那个世界，」刘恒说。

「有句话说，当我们爬上天山的顶峰后，我们会在西边看到一个和平的国家，当我们渡过深邃的东海后，我们会发现一个仙岛。

我不相信那些神话。我们不需要远眺。一个和平的国家就在这里，一个无泪的土地就在你的触手可及之处，只要你努力将它转化为天堂。到你成功的那一天，看到人民脸上的微笑所带来的满足感，将会冲刷掉心中长久的恐惧，」窦漪房说。

「我同意你的观点。我曾经陪同我母亲在饥荒期间分发食物和粮食给饥饿的农民。他们中有许多人向我磕头。他们脸上的快乐激发了我心中的温暖和满足。我希望我国的人民再也不会遭受饥饿之苦，」刘恒赞同地说。

「这不是那么容易的，但如果你努力尝试，你将会达成目标。如果我们不怕攀登高山的陡峭岩石，我们最终可以到达它的顶峰。如果我们不怕横渡波涛汹涌的河流，我们最终可以到达对岸。在倾盆大雨过后，我们可以看到彩虹，」窦漪房哲学般地说。

刘恒对她所说的话印象深刻。他对她怀著极大的欣赏，坚定地握住她的手，问道：「我想握著您的手，一起克服崎岖的山峦，横渡波涛汹涌的河流，穿越暴风雨。我想让我们的世界变得更好。您愿意跟我吗？」

她默默地点了点头，然后建议道：「让我给您唱一首楚地的民歌。」接著她唱道：

夕阳落幕兮，朝阳即光芒。
攀山越巅兮，低望坦荡荡。
风雨打脸兮，彩虹映显彰。
海浪翻滚兮，蓬莱可在望。
兄弟勿栗兮，劝子莫犹疑。
明朝晴空兮，否极将泰来。

她的脸在暮色中似乎发著光。他把头靠在她的肩膀上，就像她是他的母亲一样。她像对待自己的婴儿一样抚摸著他的头和头发。他们默默地等待，直到黑暗降临。他们期待著明天的阳光。

果然，阳光来了，于是他们回家了。刘恒急忙去见他的母亲，告诉她他想娶窦漪房。薄夫人问：「您为什么突然爱上她了？」刘恒回答说：「我原本以为她只是一个顺从而勤勉的仆人。现在我发现她很特别。当我沮丧时，她能提振我。我们有著共同的人生目标。我需要她。」薄夫人感到非常高兴，心想：「我将会有一个好媳妇。」

窦漪房不久与刘恒成婚。在她的婚礼上，她穿上了几个月前薄夫人送给她的美丽云裳。在接下来的几年里，她生了一个女儿，刘嫖，以及两个儿子，刘启和刘武。

第六回： 园中闲谈

本回人物介绍

窦漪房	刘恒的妻子，本回主角
刘恒	刘邦和薄姬的儿子
匈奴	强大的游牧民族，居住在当今的蒙古和西伯利亚

三年后的一个早晨，刘恒和窦漪房在皇家花园里放松身心，看著他们的两个孩子在周围玩耍。

刘恒喜悦地告诉窦漪房：「我母亲今天早上在朝会结束时告诉我，从现在起，我可以主持政府。我可以主持朝会而无需她的认可。我只需要在事后向她报告。」

「恭喜您掌权。我为您感到高兴，但您不应该对此太过兴奋。我记得《道德经》里有一段话说，『宁可不将杯子灌满以保持直立，也要适时停止。剑刃若锻打过头，将不再持久。没有人能保卫满是金玉的大厅。富有且强大时过于专横和傲慢，将会为自己招致耻辱和灾难。伟大成就之后便退休，是道的方式。』」她接著说：「既然您将掌管您的国，我想听听您的治理政策。」

刘恒回答说：「我将采取不干预的政策。《道德经》里有一段话说，『以道治天下，以奇谋用兵，以无事取天下。』我如何知道这是有效的？以下是原因：天下的禁忌越多，人民越贫穷。人们拥有的工具越锐利，国家越混乱。人民技艺越多，花招也越多。法律和法令网络越精密复杂，罪犯就越多。因此，如果我不刻意行事，人民将自然遵循道。如果我喜欢静止，人民将自我纠正。如果我不干预，人民将自行繁荣。如果我无欲，人民自然会像未雕琢的木块一样行事。」

「这听起来像是矛盾。您能进一步解释吗？」窦漪房问道。

沉默了一会儿后，刘恒回答说：「这是道家的核心治国理念。他们的观点是，人民天生就拥有一套由道赋予的本能和规范，他们有能力和自由为自己做出正确的选择，无论是个人还是集体。如果政府不干涉人民的生活方式和选择，他们自然会安定于一个让所有人都满意的状态。道有一只看不见的手，促进社会的有益秩序。因此，我们不应该对人民强加专制的意识形态或教条。很多时候，这样的意识形态与道相悖，并且适得其反。此外，我们不应该对人民强加严格的法律和规章。法律越多，漏洞越多，违法者、罪犯和叛乱者就越多。我们在秦朝期间见证了这一现象。老子所说的有许多智慧。」

窦漪房确信并对刘恒印象深刻，将头靠在他的肩膀上，将手放在他的腋下。她偶然注意到他长袍的袖子上有个洞。

「哎呀！您这件长袍的袖子上有个洞。它在您的肘部附近，」她惊呼道。

「我需要一件新的长袍。如果我穿著它参加官方会议和仪式，我会看起来邋遢和贫穷，」刘恒说。

「这件长袍很昂贵。长袍的其余部分还看起来很好。我不想把它扔掉。让我用一块布来修补这个洞。我可以找到一块颜色相配的布，」窦漪房建议道。

「那会看起来破旧吗？如果我的官员注意到修补的地方，会让我尴尬。这不会降低我的尊严吗？」犹豫的刘恒问。

「不会的！事实上，您希望他们看到它。您需要树立节俭的榜样。您的臣子会模仿您。您的人民也会效仿。这是推广节俭文化的一种方法，」窦漪房回答。她接著说：「节俭很重要。《道德经》还说，『五色令人目盲，五音令人耳聋，五味令人口麻木，驰骋野马激发心灵的兴奋，难得之货吸引伪造。圣人为的是身体和灵魂的满足和充实，而不仅是眼睛。』」

她随即停顿了一下，谦虚地说：「对于我所知甚少的事情，我抱歉自己像个话匣子。我在班门弄斧，因为您比我更了解。我仍然不明白《道德经》中的一些观点。例如，它说，『大国低处则得小国，小国低处则得大国。故或下以取，或下而取。大国不过欲兼畜人，小国不过欲入事人。夫两者各得其所欲，大者宜为下。』这听起来太悲观和胆怯了吧？」

刘恒回答说：「不，这段话是关于维持国与国之间和平所需的心态和态度。老子反对战争，曾说过，『经国家道者不以武力恫吓，军队驻扎之处必生荆棘。强大军队到来之后必有荒芜的收成。』外交优于战争，双方愿意让步是和平解决的关键。小国无法正面抵抗大国。败北的后果比屈服和投降更为灾难性。小国可以说服大国，和平吞并对双方都有利。此外，小国的投降不一定是永久性的。小国的坚韧很重要。例如，虫子很小。当它们被人吞下后，有两种可能。要么虫子与宿主共存且繁殖，对宿主无害，要么虫子繁殖并最终杀死宿主。老子警告我们不应忽视小的和微弱的重要性。以我们和匈奴的关系为例，这是和平共处。我母亲做出了不与他们开战的明智决定。起初，我国比匈奴弱。她说服他们，我们是大天下汉朝的一部分，必要时可以消灭他们。然而，我们告诉他们，我们更倾向于建立友好关系，因为战争将导致双方大量人员伤亡。因此，我们向他们送去珍贵的礼物，并安排两个皇室家族之间的婚姻。这种外交解决方案对双方都有益。多年来，我们享受著和平红利，这是我们繁荣的主要原因。与破坏的成本和大量死亡相比，我们送给他们的礼物和与他们的婚姻安排是值得的。」

刘恒停顿了一下，深吸了一口气，继续说：「我更倾向于采取微妙的遏制冲突政策。当所有外交途径都关闭时，发动战争是最后的手段。我更希望不经战斗而获胜。每次争端时，我不需要展示肌肉。我将继续建立我的军事力量。当我的敌人看到我军队有压倒性力量时，他们将放弃野心，走向谈判桌。」

「我同意您的观点，」窦漪房点了点头。

第八章：政变

第一回： 谋反

本回人物介绍

吕雉	已逝世的太皇太后，刘邦的妻子
吕释之	吕雉二哥，拥有大权的将军
吕禄	吕释之的儿子，北军的将领
吕泽	吕雉的大哥，拥有大权的将军
吕产	吕泽的儿子，南军的将领
刘章	刘肥的次子
刘肥	刘邦的长子
刘襄	刘肥的长子，齐王
陈平	汉朝元老，右丞相
陆贾	陈平的谋士
周勃	汉朝元老，现任无权的军队统帅
曹窋	御史大夫已

在吕后执政期间，汉朝的政治版图被三大势力所占据：吕氏家族、刘氏家族和一些忠于刘氏家族的开国元勋。在吕雉死前，她设法巩固吕家势力，于是，她不理众元老的反对，封他的哥哥吕释之的儿子，吕禄，为赵王，而且任命他为大将军，指挥北军。同时，她也封他的哥哥吕泽的儿子，吕产为梁王，而且任命他为将军，指挥南军。于是，朝廷的大部分军权落在吕家之手。刘邦以前的战友和开国元勋失去了势力。吕氏家族权力的迅速扩张耗尽了其他两个势力的力量，并威胁到它们的生存。这激发了一场针对吕氏家族的谋反。

刘章是已故刘肥的次子，并且是齐王刘襄的弟弟，是对抗吕氏家族最大胆和直言不讳的对手。这个二十岁的少年是一位积极和激进的战士。有一次，吕后命令刘章在宴会上服侍客人斟酒。刘章请求说：「我是一名士兵。我要求有权根据军法惩罚任何不遵守敬酒规则的人。」吕后同意了他的请求。宴会进行到一半时，一名吕氏家族的贵族悄悄离开大厅，并逃避了敬酒。刘章追了上去，拔出剑，砍下了他的头。刘章返回大厅，报告说：「有人未经允许就离开了。我已经根据军法处罚了他。」宴会上的每个人都被他突然而极端的行为震惊了。吕后无法惩罚他，因为她刚刚授了他权力。宴会过后，吕氏家族的成员都害怕他。

右丞相陈平对吕氏家族权力的扩张持谨慎态度。他担心即将降临的灾难，大多数时间都待在家中。他的一位同僚陆贾拜访并问他：「您最近在担心什么？」

「您猜，」陈平回答。

「我想您担心的是吕氏家族权力的扩张和皇帝年幼，」陆贾说。

「您说得对。我们能做什么？」陈平问。

「您是掌控政府行政的丞相，周勃是军队总司令。你们两个控制著汉朝的命脉。我是周勃的好朋友，我知道他和您有著相同的担忧。如果你们两个合作，可以轻松解决这个问题，」陆贾说。

在这次对话之后，陈平开始与周勃交好。他们后来合谋策划了一次针对吕氏的政变。他们还与御史大夫曹窋联手，曹窋是已故元老曹参的儿子。这帮人组成了政府的三大高官。在他们制定了发动政变的计划之后，他们等待合适的时机来行动。

第二回：宣布叛变

本回人物介绍

刘章	刘肥的次子
刘襄	刘肥的长子，齐王
吕雉	已逝世的太皇太后，刘邦的妻子

刘弘	汉朝的傀儡皇帝
灌婴	开国元勋，现任将军

另一方面，刘章敦促他的兄弟刘襄发动叛乱。刘襄认为，既然他是刘邦的孙子，他应该比从无名之辈出身的刘弘更有资格继承皇位。刘襄还因为吕后重新分配了他的一部分领土给吕后的侄子而对吕后愤怒。

在吕后去世后不久，刘襄宣布反抗朝廷。当他的军队前往京城时，另一位刘邦的老战友灌婴，被汉朝政府派遣去对抗刘襄的军队。灌婴没有与刘襄作战，反而加入了他的大军。两支军队合并成一支，共同对抗朝廷。

第三回： 夺军权

本回人物介绍

陈平	汉朝元老，右丞相
周勃	汉朝元老，现任无权的军队总司令
曹窋	御史大夫
郦商	汉朝已退休的大臣
郦寄	郦商的儿子
吕禄	吕释之的儿子，北军的将领
吕媭	吕雉的妹妹
纪通	周勃的好友，负责保管皇帝玉玺

由陈平、周勃和曹窋领头的忠臣集团，并没有指挥南北军的权力。没有这样的指挥权，他们就无法控制京城、政府府衙和皇宫。因此，第一步是夺取指挥这些军队的权力。前朝的一位退休大臣郦商有一个儿子郦寄，他是大将军及赵王吕禄的好朋友。周勃绑架了郦商，并以他为人质，胁迫郦寄作反并欺骗吕禄。

郦寄告诉吕禄：「您在京城逗留了太久，而不返回自己的封地。所有大臣、诸王和诸侯都怀疑您有篡夺皇位的隐秘动机。他们计划用武力除掉您。为了消除他们的怀疑，您应该放弃北军的控制权，返回家中。这是避免即将到来的灾难的最佳方法。」

犹豫不决的吕禄向他的姑母，吕太皇太后的妹妹，吕媭寻求建议。听到吕禄的问题后，吕媭大怒，诅咒道：「您这么容易放弃军权，不配做将军。吕氏家族会因为您的愚蠢而灭亡。」她随后取出所有的珠宝和钱财，扔到地上，对她的仆人们大喊：「我不再需要这些了。拿走吧。我不会再保管它们。」

当吕禄犹豫不决时，周勃找到了另一种绕过吕禄的方法。周勃向大臣纪通求助，他守护和持有皇帝印玺和其他信印。纪通是由陈平和周勃领导的集团的热心支持者。纪通冒著犯下死罪的风险，将一枚皇帝印玺交给了周勃。

周勃随后派郦寄去见吕禄，再次撒谎。郦寄告诉吕禄：「皇帝已经任命周勃为北军的指挥官。您可以看到这个带有皇帝印玺的诏书。因此，您必须将您的指挥印交给周勃。」轻信的吕禄于是不情愿地将印交给了周勃。

周勃手持军队指挥印，急忙进入北军的驻地。他立即召集所有将领和士兵开会。周勃手持将印，对士兵大喊：「如果你们支持吕氏家族，请露出右肩。如果你们支持刘氏家族，请露出左肩。」瞬间，所有士兵和将领都露出了左肩。这表明北军已经在周勃的掌控之下。

第四回：发动政变

本回人物介绍

周勃	汉朝元老，军队统帅
刘章	刘肥的次子
曹窋	御史大夫
吕产	吕泽的儿子，南军的将领

周勃于是命令刘章守住并封锁了通往京城的大门。

此时，御史大夫曹窋向宫殿的护卫发出命令，禁止吕产进入宫殿。第二天早晨，吕产前往宫殿，并不知道北军已经落入周勃之手。当他抵达宫门时，被禁止进入。当他在门外的广场上向守卫质疑和争论时，曹窋向周勃发出信号，开始了政变。

周勃命令刘章率领一千士兵前往宫殿，假装是为了保护皇帝。当刘章在广场上见到吕产时，他下令逮捕吕产。护送吕产的侍卫们因惊讶而混乱，向刘章投降，而吕产则逃到了一个政府府衙的厕所里隐藏。不久后，他被刘章发现并杀害。

当年轻的皇帝得知政变后，派遣代表呼吁两派停火。刘章无视这一命令，并将代表扣为人质。随后，他搜捕并杀死了所有属于吕派的高级官员。

当周勃听说刘章在宫殿的成功后，他派遣军队包围京城，镇压反对派。数以万计的吕氏家族成员、他们的妻子、孩子、亲属及支持者被搜捕并斩首。吕禄也在公共广场上被处决。吕后的妹妹吕须被殴打致死。年轻的皇帝刘弘被软禁。

第九章： 刘恒执政

第一回： 继承皇位的人选

本回人物介绍

刘邦	汉朝始创人
吕雉	已逝世的太皇太后，刘邦的妻子
刘弘	已逝世的汉朝傀儡皇帝
刘长	刘邦的弟七子
刘恒	刘邦和薄姬的儿子，本回主角
刘襄	刘肥的长子，齐王
刘泽	刘邦的堂兄

政变有两大理由。第一个是吕后违反了刘邦的旨意，只有刘姓的皇室成员才能被封为王。第二个是政变策划者所宣称的，吕家企图篡位。第二个理由站不住脚，因为没有证据表明吕家有篡位的阴谋。年轻的皇帝刘弘仍然坐在王位上。相反，是忠于刘家的一帮人发动了政变。他们犯下了对政府叛乱和叛国的重罪。等到年轻的皇帝长大后，他可以宣布这帮人犯下的罪行。到那时，这帮成员将陷入麻烦。

政变的最终理由，则是声称在位的皇帝非法登基。政变后的秘密会议中，参与者一致同意废除现任皇帝，因为刘弘并非刘家血脉。他在刘盈收养时是一名孤儿。吕后将他立为皇帝，以巩固她对政府的控制。由于这位皇帝非法，政变者有正当理由发动政变。

接下来的问题是选择下一位皇帝。会议的参与者也一致同意选择一位资格合适的刘邦后裔。

刘邦有八个儿子。吕后杀死了其中三个。其他三个自然死亡，仅剩四子刘恒和七子刘长还在世。刘长由于年龄不足二十岁被排除在外。因此，刘恒是合适的候选人。

有参与者建议刘襄，齐王刘肥的长子，而刘肥则是刘邦的长子。刘襄因为是第一个宣布反对吕家的人而获得了功劳。刘邦的堂兄刘泽反对提名刘襄，因为刘泽与刘襄有宿怨。刘泽在会议上表示，刘襄有一个专横野心勃勃的舅父，可能比吕后还要糟糕，是另一个麻烦制造者。

最后，会议得出结论，刘恒是最佳人选，因为他是刘邦仅存的两个儿子中年长的，他孝顺仁慈，名声良好，他的母亲和妻子都是善良而内敛的，和来自基层。

会议随后决定将皇位献给刘恒。

第二回： 刘恒登基

本回人物介绍

刘恒	刘邦和薄姬的儿子，本回主角
张武	代国的将军副统帅
宋昌	代国的大将军统帅
刘邦	汉朝始创人
吕雉	已逝世的太皇太后，刘邦的妻子
薄夫人	刘恒的母亲
窦漪房	刘恒的妻子
薄昭	薄夫人的弟弟，刘恒的舅父
陈平	汉朝元老，右丞相
周勃	汉朝元老，军队统帅
曹窋	御史大夫
刘泽	刘邦的堂兄
夏侯婴	汉朝元老，现任将军
刘弘	被废黜的傀儡皇帝

当朝廷的使者向刘恒宣布此提议时，他感到欣喜若狂。然而，他并没有立刻接受这个提议。他首先咨询了军队副统帅张武和军队统帅宋昌。

张武对这个提议持怀疑态度，他说：「朝廷由您父亲的老战友控制。既然他们有力量推翻吕后并镇压吕家，他们日后也可能篡夺您的权力。他们只会把您当作傀儡。」

另一方面，军队统帅宋昌则有不同的看法。他说：「有五个有利的理由。首先，刘邦为国家带来了和平。人民接受了他的王朝及后裔的合法性。其次，刘邦建立了一个由诸王和贵族组成的网络，彼此紧密联系，所以没有单一贵族能够反抗朝廷。第三，刘邦和后来几任皇帝废除了苛刻的法律，实施了许多仁慈的政策，因此获得了民众的支持。第四，政变表明军队支持刘家。最后，您有良好的声誉并和其他贵族保持友好关系。」

刘恒仍然犹豫不决。他咨询了他的母亲薄夫人，但她也无法判断这个提议是吉或是凶。于是，她向一位巫师祈求神谕。神谕的结果极为吉祥。

刘恒接著咨询了他的妻子窦漪房，她说：「您等待了多年，终于有机会实现您的理想。既然您播下了良好的种子，您将收获美好的果实。这是自然法则。这正是您教导我的。现在您为什么怀疑？真正的勇气不在于战场上的争斗，而在于面对未知的挑战。您应该勇往直前。」

由于担心朝廷政治环境的复杂和奸诈，刘恒仍然想谨慎行事。他派遣了他的舅父薄昭前往京城，以调查并评估政治格局。薄昭会见了周勃，后者详细讲述了参与政变的部长集团会议中的讨论。薄昭再跟其他内权贵讨论，才确定这个提议是真诚且吉祥的。薄昭返回并向刘恒建议接受这个提议。

刘恒于是前往京城长安，由宋昌伴随著，并由张武和六名保镖护送。当他们抵达通往京城的一座桥时，周勃和所有大臣在刘恒面前跪下，乞求他登基。刘恒立即下车，深深一鞠躬以示回礼。周勃拉著刘恒到一旁，说：「我可以私下跟您说几句话吗？」宋昌插嘴说：「如果这是公务，请当众说出来。良君无秘密。」尴尬的周勃于是拿出玉玺，跪下，大声宣布：「所有大臣恳求您登基为帝。」刘恒并没有立即接受提议，而是说：「让我们在旅馆安顿好后再讨论这重大事宜。」

陈平、周勃、曹窟和所有资深大臣来到旅馆拜访刘恒。他们再次恳求他接受提议。刘恒仍然告诉他们：「我可能没有成为皇帝的才能。你们应该考虑我的伯父刘泽，而不是我。」这时，陈平告诉刘恒：「由于选择皇帝对国家至关重要，我们认真地辩论了很长时间。我们的结论是您是最合适的人选。为了国家和人民，请接受我们的提议。」刘恒最终接受了提议，并接过玉玺。

由于刘弘仍然是在位的皇帝，大臣集团决定将他废黜。刘恒不想亲自动手。夏侯婴，刘邦的老战友，自愿来完成这肮脏的工作。他进入宫殿，告诉刘弘：「您只是刘盈的养子，并没有刘家的血统。因此，您必须被废黜。」刘宏吓坏了，乞求怜悯：「你们会把我带到哪里？」夏侯婴回答：「带您回到您原本应该去的地方。」夏侯婴然后在帝王侍卫队的陪同下，将他护送出京城。刘弘和所有刘盈的养子不久后都被处死。

刘恒于西元前 180 年秋天被加冕为汉朝的第五位皇帝。次年春天，刘恒宣布他的长子刘启为太子，他的母亲薄夫人为太后。他犹豫不决是否将窦漪房封为皇后，因为她不是他的正妻。薄夫人对刘恒的拖延感到沮丧，并告诉刘恒：「您必须立窦漪房为皇后。她是未来继位的太子之母。太子的母亲不是皇后，这太荒谬了。」在母亲的敦促下，刘恒立窦漪房为皇后。

他任命周勃为右丞相，陈平为左丞相，宋昌为南北军的统帅，张武为宫廷侍卫队的统帅。

第三回：仁政

本回人物介绍

刘恒	汉朝第五任皇帝，本回主角
缇萦	一位齐国官员的年轻而孝顺的女儿

刘恒登基后立即颁布了大赦令。他还将所有成年男子的社会阶级提升了一级，给每一百户人家分发一头牛和十桶酒。当时，所有男子都被分为二十个社会地位等级，从贵族到平民不等。社会阶级的提升使得受封者获得更多的土地和权利。除政府规定的特殊场合外，人们被禁止在公共场合吃肉和饮酒。

刘恒成为皇帝后的第一年，他颁布了一道诏令，其中写道：「法律是治理的工具，它的主要目的是防止犯罪，保护良民。然而，当前的法律体系也惩罚了罪犯无辜的父母、妻子、子女、兄弟姐妹、老师和学生。他们中的许多人要么被判处死刑，要么被迫成为奴隶。这极不公平。因此，此法应被废除。」

一年后，刘恒又颁布了另一道诏令，其中写道：「自古以来，政府设立部门以听取民众的不满、意见、建议和忠告。这是为了促进公众意见传达给政府。我们目前有一项法律禁止诽谤皇帝、政府及其官员。因此，皇帝如何听到这样的民意？皇帝如何知道自己的错误？他如何拥有诚实的官员和大臣？因此，此法应被废除。此外，当一个人对另一个人有怨恨或索赔时，原告向地方官员提出投诉，官员通常会调查被告是否曾经诽谤过政府。结果，许多无辜和愚蠢的人受到严厉惩罚。因此，从现在起，政府官员应忽略此类双方之间的指控。」

在他统治的第七年，刘恒颁布了一项法令，禁止所有贵族、高级官员及他们的妻子和子女擅自逮捕人民。

在他统治的第十三年，齐国的国库管理员犯了罪，被送往京城受审。他没有儿子，只有五个女儿。在去京城的途中，他哀叹自己没有儿子，因此没有人能为他辩护。他十五岁的女儿缇萦陪同他的父亲前往京城。她写了一封请愿书给皇帝刘恒，辩称：「我是齐国一个小官员的年轻女儿。他一生被誉为正直清廉的官员。然而，他不慎犯下了一项应受严厉惩罚的罪行。我悲伤之中，哀叹被判死刑的罪犯没有第二次机会。那些受到严重体罚的罪犯即使忏悔并想要自新，也无法再过上正常的生活。我请求成为朝廷的奴隶，以换取父亲免受严重体罚。我希望陛下能慷慨赐予他悔改的机会。」

刘恒被她的孝顺和合理的论点所感动。于是他颁布诏令：「古代君王惩罚罪犯时人道。然而，我们现在有非人道的惩罚，如毁容、割鼻或截趾。这些惩罚并未降低犯罪率。为何？是因为我们的教育系统失败吗？如果是这样，我感到羞愧。我们不应因为自己的错误而惩罚人民。我们是人民的父母。因政府的无能而惩罚人民是不道德的。我们应该给予罪犯第二次机会过上正常的生活。因此，我颁布诏令，所有严厉的刑罚应被废除，并被人道和适当的惩罚所取代。」

刘恒在位第一年，他颁布诏令，政府应每月免费向八十岁以上的老人提供米、酒和肉，另外，向九十岁以上的人提供衣服。地方官员负责分发这些给老年人。挪用这些物资或在此职责上拖延的官员将受到惩罚。此外，老年人免除人头税。

刘恒在位第二年，将农民的地租减半，使税率仅为农产品价值的三十分之一。到他在位第十二年，他取消了地租。以前，每个成年男子每年必须免费为政府服务一个月。刘恒将服务期限缩短为每三年一个月。

第四回： 简朴风格

本回人物介绍	
刘恒	汉朝第五任皇帝，本回主角

减税对政府预算产生了负面影响。为了平衡预算，刘恒倡导节俭和缩小政府，效仿他母亲在代国政府执政时的政策。

刘恒本人就是节俭的典范。有一次，一位贵族送给刘恒一匹纯种马。他开玩笑说：「我已经是皇帝了。每当我离开宫殿外出，都会被一群护卫所包围。这队伍通常一天只能走三十里。在紧急情况下，一天也只能走五十里。我不需要纯种马。」他随即将马还给了捐赠者，并颁布诏令，不接受任何人的礼物。他在位六个月后，命令所有封国和封地停止向朝廷缴纳年贡。

刘恒在母亲的抚养下过著严苛的生活。他要求他心爱的妃子慎夫人不要穿拖地的长裙。宫殿里的窗帘用朴素粗糙的布料制成，没有绣花。他在位期间只穿了一件官方和仪式长袍，破损的地方用颜色相配的布块修补。他解散了乐师和舞者的团队，并减少了宫殿中的仆人数量。

有一次，他想要翻新皇家花园里的一个露台。木匠报价为一百両黄金。刘恒说：「这比十户人家的终身财富还要多。我觉得挥霍无度很丢脸。我不需要这个露台。」

刘恒效仿他母亲的榜样，通过避免与北方的匈奴和南方的南越正面冲突，减少了军事开支。

第五回：与南越国的外交关系

本回人物介绍

刘恒	汉朝第五任皇帝，本回主角
赵佗	南越王
刘邦	汉朝始创人
吕雉	已逝世的太皇太后，刘邦的妻子
陆贾	汉朝使者

本回地点介绍

南越国	广东省，广西省，越南
长沙国	湖南省
长安南	陕西省

刘邦在世时，他派陆贾到南越国与南越王赵佗会面。陆贾成功地赢得了赵佗的尊敬。这次外交访问导致了汉朝与南越之间缔结休战约定，赵佗同意臣服于汉朝，而刘邦宣布赵佗为南越的自治王。确定今天广东省北部的山脉为两国的边界。

刘邦死后，吕雉对南越实施了许多贸易制裁。汉朝政府禁止向南越出口金属产品、农具、母马、奶牛和母羊。赵佗三次派使者与汉朝政府谈判，但他的使者每次都被汉朝政府拘留。此外，赵佗得知他在汉地旧村的祖先墓葬被破坏，并且他在汉地的兄弟和宗族被杀的消息。因此，赵佗反抗汉朝政府。吕雉报复性地废黜了赵佗的王位。

赵佗怀疑长沙王是挑起南越与汉之间争端的罪魁祸首。于是他派军队攻打常沙国，该国是汉朝的一部分，位于南越与汉的边境。吕雉随后派军队保卫长沙。然而，汉军无法忍受南方山区潮湿炎热的天气。许多士兵因中暑和传染病而受苦。由于汉军的失败，南越的领土迅速扩张，覆盖了今天的广东、广西、福建、越南和云南的部分地区。

刘恒决定通过外交而非武力解决南越与汉的冲突。他派陆贾去与赵佗会面，并传达一封长信，信中写道：「我是刘邦之子。我年轻时，父亲将我送到遥远的北方代国。由于我在乡村长大，我朴实无华，知识有限。因此，我还没有向您致以问候。刘邦去世后，吕氏家族主导政府，企图推翻它。可幸的是，他们被忠于刘邦的大臣们镇压了。政府的老卫士支持我继承皇位。由于我无法拒绝他们的支持和提议，我谦卑地接受了汉朝皇帝的角色。

我收到报告，您要求将您的兄弟和宗族送回南越，并撤回我的军队离开长沙。我已妥善遵从您的要求。我还命令修复了您祖先的墓葬。

我还收到报告，您再次攻击长沙，造成了许多人死亡和巨大的损失。问题是，这样的侵略是否对您的国家有任何好处。在战争中，许多士免会阵亡，妻子将成为寡妇，孩子将成为孤儿，年迈的父母将无助。我们可能在一方面获益，但却在其他十方面蒙受损失。看到如此多的悲剧，我无法忍受。

因此，我想重新划定南越与汉的边界。然而，我不敢更改父亲所做的决定。事实上，汉朝从南越夺取的任何领土和财富都不会使汉朝变得更富有。因此，我提议南越和汉分界的山脉以南地区由您自治。汉朝政府不会干涉您的内部事务。

然而，一个国家有两位皇帝但没有大使的调解，将导致战争。不屈不挠地战斗不是仁慈之人所为。我建议我们忘记过去的怨恨，从现在开始，建立一个永久的外交关系。」

赵佗阅读了刘恒的信后，对刘恒的深度和微妙之处印象深刻。他向陆贾表达了歉意，并同意成为汉朝的一个殖民地。他写了一封回信给刘恒，信中说：「我是南方蛮族的老领袖，在此向您叩头。我曾是秦朝的官员，负责管理南越的领土。秦朝灭亡后，您的父亲，皇帝刘邦慷慨地授予我王位和南越的自治权。他去世后，我享受了下一任皇帝的几年仁政。然而，当吕雉掌权时，她制裁了对南越的所有金属商品、农具、母马、奶牛和母羊的出口。我的国家不肥沃，我们的家畜正在老化。我三次派使者前往长安，请求撤销贸易制裁。汉朝政府每次都拘留了我的使者。我还听说汉朝政府摧毁了我的祖先墓葬，并杀害了我的兄弟和宗族。因此，我决定与汉朝分离。随后，愤怒的吕雉派军队攻打南越。

我在南越已经四十九年了，我的孙子孙女都在这里长大。没有汉朝的祝福，我无法享受我的生活。陛下通过归还我王的头衔并重新建立外交关系，对我真的很仁慈。因此，我将放弃皇帝的头衔，永远不与汉朝作对。」

第六回：与匈奴的外交关系

本回人物介绍

栾提冒顿单于	匈奴的领袖
匈奴	强大的游牧民族，居住在当今的蒙古和西伯利亚
刘恒	汉朝第五任皇帝，本回主角
右贤王	匈奴的藩王
张武	代国的将军副统帅，后来汉朝的将军

本回地点介绍

月氏	塔吉克斯坦，乌兹别克斯坦

楼兰	新疆省
乌孙	新疆省，吉尔吉斯斯坦，哈萨克斯坦
呼揭	新疆省，吉尔吉斯斯坦，哈萨克斯坦

在刘恒统治的第三年，单于栾提冒顿写信给刘恒，说：「过去，贵国和我国通过皇室成员的婚姻建立了和平关系。然而，贵国边境官员最近攻击了我的属下，右贤王，他随后报复了。这一事件打破了我们的和平关系。我已经惩罚了右贤王，将他派往西方。他征服了月氏、楼兰、乌孙、呼揭以及其他二十六个国家。在他们被我国吞并后，北方现在已经统一。关于贵国在南方，我希望停止与你们的战斗。让我们忘记过去的怨恨，成为和平的邻居。」

刘恒回答说：「听到您提出重新点燃休战约定的提议，我很高兴。汉朝和匈奴是兄弟。请告诉您的部下尊重我们的约定。」刘恒还给单于赠送了八十卷丝绸布料、金饰和龙袍。

然而，这种友好关系没有持续很长时间。单于栾提冒顿不久后去世，由他的儿子栾提稽粥继位，后者并不友好。

在刘恒统治的第十四年，单于栾提稽周率领一百四十万士兵入侵汉朝领土。为了抵御入侵，刘恒派遣了由张武指挥的十万士兵。两军对峙了一个月，没有发生致命的战斗。双方随后撤退。

这次事件之后，刘恒意识到需要加强军队，同时继续通过和婚姻而达成和平。

第七回： 振兴农业

本回人物介绍

刘恒	汉朝第五任皇帝，本回主角
窦皇后	窦漪房，刘恒的妻子

刘恒强调农业对国家的重要性。为了树立榜样，他将皇家花园

改为农田，允许公众在其中耕种。为了提升农民的社会地位，显示耕种不是低贱的工作，他亲自下田耕作，而窦皇后偶尔织丝。

在刘恒统治的第二年，他颁布法令：「农业是国家的根本，是民生之本。我担心我的百姓更愿意成为商人，而不是农民。为了支持农业，我想将农民应付的地租减半。」

在他统治的第十二年，刘恒颁布诏令：「过去十年来，我亲自带头支持农业。然而，仍有许多荒地。我们的农民仍然贫穷和营养不良。我曾反复告诉我的官员要积极支持农业，但成效微小。我的官员没有认真执行我的命令，对农民的苦难漠不关心。为了鼓励农业，我现在免除农民应付的地租。」

在他统治的第十九年，刘恒颁布法令：「我们最近经历了丰收不佳、干旱、洪水和疫情。我担心农民的生计。这种情况是由于我的愚蠢、错误还是不当行政所致？是因为官员薪水低，以致他们采取了许多不恰当的行动吗？如果不是，那么是什么导致了粮食供应短缺？耕地的面积没有减少，人口也没有增长。因此，人均耕地面积是足够的。然而，粮食供应却不足。为何？我对这个问题深思熟虑，却没有答案。我现在请求丞相和所有官员调查这个问题。请坦率，不要向我隐瞒任何事情。」

等八回： 太子闯祸

本回人物介绍

刘濞	刘邦的姪
刘邦	汉朝始创人
刘恒	汉朝第五任皇帝，本回主角
刘喜	刘邦的兄长
刘贤	刘濞的儿子
刘启	刘恒的儿子，太子
窦皇后	窦漪房，刘恒的妻子
晁错	刘启的老师

应高	刘濞的大臣

汉高祖刘邦成为汉朝的第一位皇帝五年后，他封他的姪子，也是刘邦的哥哥刘喜之子刘濞为吴王，赐他东南地区的一个国家，包含三个郡和五十三个县。刘濞是个傲慢好战的人，并未将新皇帝刘恒和朝廷放在眼里。

在刘恒统治的第五年夏天，他邀请了刘濞的十一岁儿子刘贤，到宫中住一个月，以便让十岁的太子刘启和他的堂兄交好。刘恒认为，增强两个堂兄弟之间的联系，可以增进两个家之间的感情。

一个下午，两个堂兄弟在一个木板上玩赌博游戏。刘启屡次智胜刘贤，赢得了许多回合。心烦意乱的刘贤在最后一轮押下了所有筹码，却又运气不佳。刘贤不愿交出剩余的筹码，对刘启喊道：「您这个骗子！不要拿走我的筹码。」

当刘启试图伸手过桌抢刘贤的筹码时，刘贤掌掴了刘启的脸，并诅咒道：「您这个骗子，就像那个奴隶母亲生的孩子一样。」

刘启听到刘贤羞辱曾经是奴隶的母亲，感到无法忍受侮辱，他用力打了刘贤的鼻子。刘贤随即抓住刘启的手臂，将他摔倒在地。两个男孩在地板上扭打起来。较为强壮的刘贤掐住了刘启的喉咙。窒息的刘启背对著地面，伸出右手抓住了掉在地上的木板，紧握著它，然后用力打在刘贤的头上。这一击非常猛烈，破了刘贤的头骨。

感到疼痛的刘贤收回了掐住刘启的手，摸著自己破裂的头骨。他尖叫道：「哦，我的头在流血！」不久，他因额头喷血而晕了过去。

刘启从地上爬起来，看到刘贤倒在一滩血泊中，惊慌失措。他尖叫著：「救命！救命！」

两个仆人立刻赶来。一个扶起刘贤的身体，试图停止流血但徒劳无功。他对另一个仆人喊道：「快跑！去找医生来！」

等到御医赶到时，刘贤已被宣布死亡。

年幼的刘启站在那里颤抖著，意识到一场灾难即将降临在他身上。不久，窦皇后赶到现场。当她紧紧拥抱她的儿子，试图安抚他时，刘启激动地哭喊道：「我并不是故意要杀他。当他掐我的时候，我只是在自卫。」窦皇后柔声说：「别哭。我听见了。让您母亲来处理这件事。」

刘恒听说这一事件后不久，赶到现场。他立即意识到情况的严重性。一方面，他对儿子的不当行为感到愤怒，但另一方面，他需要保护自己的政权和太子。他的堂兄刘濞不好对付，可能会报复。更糟糕的是，如果他不惩罚自己的儿子，作为一个公正和仁慈的皇帝的声誉将受损。

刘恒压抑住自己的怒火和挫折感，他严厉地对刘启说：「您缺乏自制力导致了您的暴力行为。您应该受到惩罚。」

窦皇后恳求说：「请原谅他。他是我们心爱的儿子，也是您的太子，是您天下的未来，而且他还只是一个孩子。他是无辜的，因为他是出于自卫。」

「不，我必须教训他，」刘恒说。

刘恒转向跪在地上颤抖的刘启，说：「我要您跪在刘贤的尸体前，为他祈求原谅。未经我允许，您不得起身。」

到了晚上，刘恒在刘启的老师晁错的陪同下回来。他看到刘启不在，而窦皇后却跪在那里。他问窦皇后：「刘启在哪里？您为什么跪著？」

「刘启已经昏厥了。这对一个小孩来说太过分了。我代替他跪著。如果您不原谅他，我将永远跪在这里。」

刘恒叹了口气说：「请起来。这也部分是我的错。我没有妥善教育和训练我的儿子。如果我现在不教育他，他日后可能会成为一位残忍的皇帝。」

「我作为刘启的老师，也有责任，」晁错说，然后跪下继续说：「让我代替他受罚吧。」

「不需要这样做。我需要您的建议，」刘恒说：「我打算写信给刘濞，请求他的原谅。为了补偿他失去儿子的损失，我建议允许他所有未来的继承人继承他的封地。此外，我会授予他铸币许可证。我还会授予他盐业的贸易许可证。」

「我不同意您授予他这些许可证。授予铸币许可证等同于允许他印制无限量的货币。此外，由于盐是绝对必需品，私营盐业将损害人民的生计。授予刘濞这个许可证会让他大量致富。当他的财富超过您的时候，他将胆大妄为地反抗您，为儿子的死报仇。」

「我没有更好的方法来平息他，」刘恒说，无视晁错的建议。

当刘贤的灵柩被送到吴国时，刘濞勃然大怒。他说：「刘启杀了我的儿子。我要他的命来报仇。」

他的心腹大臣应高在他身边警告说：「您现在应该压抑您的怒火。刘恒是皇帝，刘启是太子。如果他们怀疑您有一天会反抗他们，他们会立即杀了您和您的全家。请记住这句谚语：『君子报仇，十年未晚报。』因此，在您准备好行动之前，您应该保持低调。」

「我不想看到灵柩。将刘贤的灵柩送回京城。我要刘贤的鬼魂永远缠绕他们，」刘濞对殡葬者说。

自从儿子悲惨去世后，刘濞一直拖欠向朝廷进贡。他违反了每年访问朝廷和报告其国家状况的规矩。当朝廷拘留并审问他的代表时，他以患病为作借口。由于刘恒不想进一步激怒刘濞，他对刘濞的违规视而不见。

在接下来的几年里，刘濞继续为将来反抗朝廷做准备。他通过铸造铜币和贸易盐业积累了巨大的财富。他秘密地通过收购奴隶和招募匪徒来扩充自己的军队。他花了大量金钱来宣传自己的威望。

当晁错警告刘恒注意刘濞的不良动机时，刘恒继续忽视，因为他想避免与刘濞相争的内战。

第九回：窦皇后

本回人物介绍

窦漪房	窦皇后，刘恒的妻子
窦广国	窦漪房的弟弟
窦长君	窦漪房的哥哥
刘恒	汉朝第五任皇帝，本回主角

慎夫人	刘恒的妃子
袁盎	刘恒的臣子
吕雉	已逝世的太皇太后，刘邦的妻子
戚姬	刘邦的寵妃，后被吕雉残杀

本回地点介绍

观津县	河北省

窦漪房成为皇后六年后，宫中的使者呈递给她一份请愿书，上面写道：「小民是个奴隶，愿皇后娘娘寿与天齐。冒昧私下写信给您，请娘娘恕罪。我名叫窦广国，观津县人。我有一位哥哥窦长君和一位姐姐，她的名字我已忘记。我们是贫苦的孤儿。四岁那年，姐姐被卖给一位地主当奴隶。我被卖了当奴隶。听闻娘娘贵姓窦，也出自关津县，不知是否我那位姐姐。记得有次我和姐姐一起爬桑树，我从树上摔下来扭伤了脚踝，姐姐用手帕包扎我的脚踝。如果娘娘还记得这件事，那么娘娘很可能就是我的姐姐。若是如此，我恳求能有机会见到您。」

读完这封信后，窦皇后的心在耳边狂跳。多年来，她一直试图寻找失散的兄弟。她记得自己十几岁时，进宫为奴婢。她还记得当她离开家时，一个弟弟紧紧抓住她的腿。另一个弟弟不停地哭泣，紧紧抓住她的手臂，不让她离开。她也记得与兄弟们童年时的快乐时光。她的弟弟确实从桑树上摔下来扭伤了脚踝。这件事只有她和弟弟窦广国知道，所以窦广国很可能就是她的弟弟。

窦皇后随后面见了请愿书的作者。一位年轻而消瘦的男子，身穿肮脏破烂的衣服，走进她的府衙，跪下磕头。她问：「您还记得与您姐姐有关的其他事件或往事吗？」

「我记得您离开的那天，您帮我洗头，并在离开前给我和哥哥准备了丰盛的一餐，」窦广国说。

听到这些，窦皇后泪如雨下，走过去满怀深情地拥抱了窦广国。

「您确实是我的弟弟。我找了您多年。您去了哪里？」窦皇后问道。

「您离家后，我们的叔叔将我和哥哥卖给了一个富裕的家庭做奴隶。后来，我被卖买了十次。我的最后一个主人是一名林夫，我的工作是砍伐树木。有一次，我在山里砍树时，发生了山崩，一百多名同僚被埋葬。我幸运地毫发无伤地逃脱了。我的现任主人对我很好。当他听说我的故事，并且得知新的皇后与我的姓氏相同时，他帮我寻找您。甚至还代我起草了这份请愿书。」

窦皇后听后欣喜若狂，后来告诉了刘恒她与弟弟重逢的事。刘恒赏给他大量的金钱和京城郊区的一块土地。起初，刘恒想给窦广国一个官职。他经过再三思考，他还是忍住了。他经历过吕家造成的恐怖，不想重蹈覆辙，避免让妻子的亲属掌握权力。

几年后，刘恒被一位年轻且有魅力的妃子慎夫人迷住了。虽然窦皇后对于自己逐渐失去宠爱感到不快，但她压抑住自己的挫折感和嫉妒心，继续保持优雅的举止。她想：「没有什么是永恒的。同样地，男女之间的爱和情感终将消逝。我仍然深爱著他，但我不能期待他也有同样的感觉。他是皇帝，身边环绕著妃子。像所有精力旺盛的男人一样，他对迷人且年轻的女人有渴望。我不应该被嫉妒心所淹没。吕雉对戚姬的暴行就是一个例子。嫉妒使她变成了一个恶魔。我不应该犯同样的错误。」

有一次，皇室在御花园举办了一场宴会。一名仆人错误地为慎夫人安排了一个位置，就在专为刘恒和窦皇后准备的旁边。当司仪袁盎发现这个错误时，他要求慎夫人移到其他家庭成员的下级桌就坐。慎夫人觉得受辱，愤怒地离开了宴会厅。刘恒不满袁盎，跟随慎夫人离开了宴会厅，回到了自己的卧室。袁盎跟著刘恒解释道：「我们需要遵守既定的礼仪，区分上下。您和皇后应该坐上最高的位置，而慎夫人是妃子，只应坐上次要位置。您可以用其他方式赏赐慎夫人，但不能破坏既定的礼仪，允许慎夫人与窦皇后并坐。这个错误使皇后感到尴尬。您还记得『人猪』的历史故事吗？」在袁盎提到多年前吕雉残酷折磨戚姬致死的事件后，刘恒立刻醒悟，意识到了自己的不当行为。他向慎夫人解释了袁盎的道理，并要求她第二天向窦皇后道歉。虽然窦皇后对慎夫人在晚宴上的突然反应感到惊讶，但窦皇后仍然保持了平静和友好的姿态。她想：「这不过是小风波罢了。我不会被这种小事所困扰。我应该专注于培养我的儿子，将来成为一位好皇帝。」

当窦皇后四十岁时，她遭遇了不幸。她经历了短暂的视力模糊和看到光环的现象，伴随著轻微的眼痛、眉头痛和头痛。这种状况进入光线充足的房间或睡眠后会得到缓解。随著时间的推移，这些发作变得更频繁，疾病的严重程度加剧。御医无法治愈她的疾病，最终放弃了。她最终失明了。在她残疾初期，她经历了强烈的痛苦和困扰。她认为天惩罚了她的罪过。几个月后，她接受了现实，并积极应对她的残疾。她想：「我看不见，但我能听见、触摸和说话。我将在丈夫、儿子、仆人的扶助下生存。黑暗将永远伴随著我，但这不是人间世界真正的黑暗。我不再看见丑陋的脸庞、邪恶的眼睛和滑腻的嘴唇。我能在脑海中想像过去那些美好的事物。」

第十回：周勃

本回人物介绍	
周勃	汉朝元老推翻吕后集团的主脑，刘恒的右丞相
刘恒	汉朝第五任皇帝，本回主角
陈平	汉朝元老，推翻吕后集团的主脑之一，刘恒的左丞相
薄太后	薄姬，刘恒的母亲

周勃是刘恒在位期间的右丞相。刘恒登基后不久，他想更了解天下的状况。一日，他问周勃：「我们的法庭每年审理多少诉讼案件？」

「我不知道，」周勃回答。

刘恒又问：「政府的年收入是多少？」

「我也不知道，」周勃回答，汗流浃背。

刘恒转向左丞相陈平，问：「您知道吗？」

「财政负责人知道，您可以问他，」陈平回答。

「谁是财政负责人？」刘恒问。

「财政部长知道，」陈平回答。

「既然所有政府行政都由部门负责人执行，那你们作为丞相的职能是什么？我为何需要丞相？」刘恒问。

「丞相应该专注于政府的宏观问题，例如向皇帝提供战略建议，促进政策变革，聘用和组织官员，提升政府的民众支持度，加强国家安全，」陈平回答。

这个回答让刘恒哑口无言。

周勃对自己作为丞相的无能感到羞愧。他的亲密朋友后来警告他：「您因推翻吕氏家族并将皇位献给刘恒而获得了巨大的功勋。然而，您的威望越高，您的位置就越危险。」周勃警觉这种风险而辞职。令他惊讶的是，刘恒轻易地接受了他的辞呈。这让周勃感到寒意并担心刘恒有一天会消除他。于是周勃立即回到了他的封地。

在接下来的两年里，每当朝廷派使者到访他的封地时，周勃都感到紧张。担心自己会被逮捕，他和他的家人在使者抵达他的庄园时穿上军装。当使者注意到他的奇怪行为时，他们将观察和怀疑报告给刘恒，假设周勃正在准备叛乱。刘恒随即发起调查。司法部门随后逮捕并审问了周勃。在审判中，他无法回答荒谬和恶劣的指控。周勃的家人随后贿赂了审判法官，法官建议他们寻求长平公主的帮助，她是刘恒的女儿，也是周勃的儿媳。公主将此案告知了薄太后。

当薄太后听说这个案件时，她不相信周勃计划叛乱的指控。她召见她的儿子刘恒开会。在会议上，她愤怒地行动，摘下了她的王冠，朝刘恒扔去。她对刘恒大喊：「周勃是推翻吕氏家族政变的关键人物。他把皇位献给了您。当他担任南北军司令时，他亲自将玉玺交给了您。如果他想篡位，当时就可以这样做。现在他深陷于一个小封地，怎么可能会叛乱？认为他计划叛乱是荒谬的。您以惩罚来回报一个忠实的支持者。这不是做皇帝的方式。」

刘恒立刻向他愤怒的母亲道歉，说：「我已经审查了审讯报告，发现指控是假的。我正准备释放他并恢复他的贵族地位。」

当周勃被释放时，他开玩笑说：「我曾有权指挥百万士兵的军队。现在，一个低级法官对我拥有更大的权力。」

第十一回：新血

本回人物介绍	
刘邦	汉朝始创人
萧何	忠于刘邦的元老
曹参	忠于刘邦的元老
张良	忠于刘邦的元老
陈平	忠于刘邦的元老
灌婴	忠于刘邦的元老
贾谊	刘恒的年轻大臣
晁错	刘恒的老师，后升任为大臣

公元前 175 年，刘恒统治的第五年，所有忠于刘邦的元老，如萧何、曹参、张良、陈平和灌婴都已经去世。刘恒幸运地又得到了一位杰出的谋士来替代他们。他的名字叫贾谊。他是个神童，出生于洛阳市。他十八岁时就能背诵所有经典书籍。河南郡的太守招募他为谋士。这位太守后来向刘恒推荐了贾谊，刘恒任命贾谊为太学博士。

公元前 178 年，发生了日食。刘恒将其解释为不祥之兆，预示著他的错误即将受到惩罚。他于是写信给大臣们：「请讨论我的错误并坦率地发言。我需要公正和突出的批评与建议，以便我将来避免犯错。」

贾谊随后向刘恒提出了一个辩证的建议，说：「春秋时期齐国著名的丞相管仲曾说，只有当人民衣食无忧时，他们才会真正重视耻辱与荣誉。我们从未听说过饥饿中的人民能使国家安宁。当男人停止耕作时，别人就会缺乏食物。当女人停止纺织时，别人就会受寒。如果人们不努力工作和节约，国家就无法积累财富。然而，社会上的奢侈和堕落却在不断上升。当生产跟不上消费时，国家的财富将会耗尽。自汉朝建立以来的过去四十年里，政府和人民都没有足够的储蓄来克服危机，如旱灾、洪水和战争。强壮和年轻的人组成帮派成为强盗。虚弱和年老的人卖掉他们的孩子作为奴隶。然而政府无能为力。如果政府有足够的储蓄和粮食库存，所有这些危机都可以克服。因此，我们应该提倡农业、勤奋工作和储蓄。」

刘恒同意贾谊的观点，并宣布将皇家农田开放给公众。为了树立榜样，他参与了其土地的耕作。

贾谊还写道：「匈奴屡次掠夺我国，蹂躏我民。然而，朝廷却通过送宝物、丝绸和女子来安抚他们。我们有勇敢的战士和军事策略家吗？我们应该哭泣，流下苦涕。在今天的和平环境中，我们的军事人员不是为了对抗敌人而做准备，而是沉迷于狩猎野兽。他们只关心眼前的享受，忽视了潜在的危机。我们应该再次哭泣，流下苦涕。

如今，富人住在豪宅中，他们的生活方式比皇帝还要奢侈。演员和妓女所戴的珠宝比皇后还要珍贵。陛下节俭简朴，只穿粗布衣服，而富人家中挂著五彩缤纷的丝绸帘幔。一人的节俭无法弥补十人的浪费。一人的勤劳无法养活十个懒人。因此，无法防止穷人的饥饿。

社会的道德标准已经恶化。成年儿子打他们的父母。媳妇与公婆争吵。公公在媳妇哺乳婴儿时坐在她旁边。很少有人关心礼义廉耻。因此，我们需要在社会中引入更多的儒家道德。

我们应该培养高尚的道德标准和规范。它们在预防犯罪方面有效，而法治只在犯罪发生后才有效。周朝持续了八百年，因为他们的治理是基于高尚的道德标准和规范。秦朝只持续了十四年，因为他们只依赖法治。」

刘恒不同意贾谊的第一点，更倾向于维持对匈奴的现状关系。虽然他同意上述最后三点，但他还没有准备好将儒家思想引入他的政府。

贾谊还写道:「目前的封建王侯太强大了。他们的封地太大。他们将威胁陛下的政权。对朝廷的起义尚未发生，因为封建王侯还年轻。等他们长大后，他们将与您争斗。为了解决这个问题，您可以允许一个王的所有后代瓜分封地，使每一个后代都继承一小部分。几代之后，一个王的每一个后代将拥有封地的一小部分。这样，就会有成千上万的小封地，没有一个足够强大到能篡夺皇帝。」

刘恒不同意这种策略。他仍然更倾向于旧方式，即由长子或继承人继承其父母的整个封地。

太子的老师晁错是刘恒的另一位才华横溢的谋士。当刘恒被匈奴在边境的频繁侵扰所困扰时，晁错写道:「战争的三个关键因素是地形优势、士兵训练和武器装备。匈奴的地理特征与我们不同。匈奴的战马比我们的更强壮、更敏捷、更快速。匈奴的骑兵比我们的更熟练，剑术和射箭技能也更好。这些是他们在自己的地盘上的优势，该地盘多山、崎岖、沙质。另一方面，我们有更强大的箭矢、更锐利的武器和更快速的战车。我们的盔甲更坚固，我们的战阵更复杂精致。这些是我们在自己的平原地盘上的优势。虽然看起来我们有更多的优势，但我们的士兵无法忍受他们地形的恶劣环境。因此，我建议向北方与匈奴敌对的部落提供武器和军事援助。这些部落将成为我们的盟友和对匈奴的威慑。」

晁错还写道:「我还建议促进向我们北部边境的迁移和定居。我们需要建造由城堡、深壕和城墙保护的小城。每座城必须足够大，能容纳成千上万的家庭。每座城必须有医院和墓地。为了鼓励人们定居这些城，我们可以向愿意迁移的人提供免费的耕作工具、保暖衣物、牛和食物。我们还可以提升他们的社会地位。我们还可以免除他们的人头税。我们还可以分配土地给他们。一旦家庭在那里建立了根基，他们将组成当地民兵，以对抗匈奴的侵扰。到那时，朝廷可以为他们提供军事训练。这种方法将节省我们的金钱和努力。」

刘恒支持这一策略，并启动了向北部边境迁移的计划。

晁错还建议推广骑马和纯种马的养殖。为了促进马匹的繁殖和饲养，政府鼓励个别家庭饲养马匹，如果这家庭饲养一匹马，政府将括免它的三位成员的人头税。不久，全国的马匹数量迅速增加。

几年后，刘恒将他的政策由被动安抚转变为积极准备强大的防御。

第十二回：刘恒的遗嘱

本回人物介绍

刘恒	汉朝第五任皇帝，本回主角
窦漪房	窦皇后，刘恒的妻子
刘启	刘恒的儿子，太子
薄太后	薄姬，刘恒的母亲

刘恒于公元前 157 年夏天去世，享年四十六岁，在位二十三年。他死后被封谥号为汉文帝（意为汉朝宽仁的皇帝）。经过二十年的辛勤工作和谨慎治理，刘恒从动荡和贫困的开端，建立了一个和平繁荣的国家。犯罪率大幅下降。中产阶级快速增长。人民的财富和储蓄极为丰厚。国库充满了钱财和珍宝，以至绑钱的铁链都生锈了。皇家仓库里堆满了储存多年的粮食。人口数量也增加了数百万。然而，刘恒一生节俭，没有翻修宫殿。他减少了皇家所拥有的马匹、战车和马车的数量。他将皇家花园开放给农民、猎人和渔民。

窦漪房皇后是最先在刘恒临终时见到他的人。她用双手慈爱地抚摸著他的脸和额头，试图安抚他。当她回想起与他共度的快乐时光时，泪水从她的眼角滑落。她记得自己爱上他的那一天，他在关键时刻的兴奋，以及他的恐惧和泪水。

刘恒用微弱的声音对她说：「不要哭。我已经完成了我誓言要做的事，现在是时候离开了。我必须感谢您一生对我的爱、理解、鼓励和宽容。没有您，我不可能有力量和智慧去完成这么多事。请指引我们的儿子刘启，继续我的使命和理想。您还记得我们最初在山丘洞里面避风沙时，您唱那首歌吗？您可以再唱一次给我聽吗？」

于是，窦漪房握著他的手，他也尽力握著她的，然后，窦漪房轻声地在他耳边唱。在她还没有唱完，他的手已经放下，微弱的呼吸已经停顿，但他的面孔还很祥和，好像对的窦漪房微笑著，说道：「我要走了，我等待您。」

刘恒在临终前写下了关于他葬礼的遗嘱，其中写道：「世上万物皆有始有终。既然死亡是自然现象，不值得哀悼。人们都庆祝生日，恐惧死亡。如今，人们因华丽奢侈的葬礼而破产。人们在守灵中浪费太多时间。我不赞成这种做法。既然我不德，对人民没有做出太多好事，我不应该有华丽的葬礼。如果我要求我的人民为我哀悼很长时间，穿著粗糙薄弱的衣服，冬天感冒，限制他们的活动，降低他们的活力，伤害他们的情绪，并停止祭祀祖先，我将加重我的罪孽。

我有祖先的祝福，给了我二十多年的皇位。我感谢天，国家现在和平繁荣。虽然我不聪明，但我一直提醒自己不要犯会羞辱祖先的错误。我害怕我无法长时间行善。现在我已经充分享受了人生，很高兴能与父亲在天堂相聚。因此，无需为我哀悼。

我现在命令所有政府官员和平民只守灵三天。三天后，所有官员应脱下哀服，照常回到工作岗位。三天后，政府不应禁止婚礼和祭祀仪式、吃肉和喝酒。葬礼上的哀悼者不应赤脚行走。系发和脚的麻绳不得超过三寸长。军队不应护送葬队。政府不应组织普通百姓来宫殿为我哀悼。所有哀悼者不得哭泣超过十五次。我的墓地不得以任何方式改变。黄金、白银、铜、锌和珠宝不得用作葬礼物品。宫中所有低于『夫人』级别的妃嫔和侍婢应被送回家。」

刘恒去世后，他的儿子刘启在二十八岁时被加冕为下一任皇帝。窦皇后成为太后。薄太后，后来成为太皇太后的薄夫人，次年去世。

第十章： 刘启执政

第一回： 七国之乱

本回人物介绍

刘启	刘恒的儿子，汉朝第六任皇帝，本回主角
窦太后	窦漪房，刘启的母亲
晁错	刘恒的老师，后升任为大臣
刘濞	刘邦的侄，吴王
应高	刘濞的大臣
刘印	胶西王
刘武	刘启的弟弟，窦太后的儿子
袁盎	刘恒和刘启的臣子
周亚夫	周勃的儿子，刘启的将军
周勃	汉朝元老推翻吕后集团的主脑

本回地点介绍

胶西国	山东省
楚国	江苏省
赵国	河北省，陕西省，山西省
胶东	山东省
济南	山东省
菑川	山东省
济北国	山东省
梁国	安徽省

汉朝的新皇帝刘启，提拔他的老师晁错为御史大夫，这是政府中一个高级且有权势的职位。由于与皇帝关系密切，晁错主导了政府。随著刘濞的叛乱迫在眉睫，晁错向刘启建议说：「自从您祖父刘邦创立汉朝后，他希望将国家的控制权保持在刘家手中。因此，他切割了许多国家，封赏给他的兄弟、儿子和侄子。由于他兄弟不多，且儿子年幼，封赏的国家拥有广大的领土。因此，齐国有七十多个郡，楚国有四十多个郡，吴国有五十多个郡。吴王刘濞因为您多年前杀了他的儿子，对您怀恨在心。他以生病为借口，抗拒每年朝见皇帝的规矩。如此违规，本应判死刑。您仁慈的父亲多年来一直忍受他的违规。然而，他把您父亲的仁慈当作理所当然，不但没有纠正自己的行为，反而有意加剧。他铸造大量铜币，从海水中提炼大量盐。他通过招募前罪犯和奴隶来组建庞大的军队。如果我们现在收回他的部分领土，他将反抗我们。即使我们不收回他的领土，他迟早也会叛乱。如果我们拖延行动，以后的麻烦将难以控制。」

听到这些建议后，刘启召开了一次高级官员会议，进一步讨论此事。在会议上，没有人敢反对晁错的提议。因此，朝廷决定不仅收回刘濞的部分领土，还收回所有其他国家的部分领土。

朝廷收回诸侯国部分领土的新政策，让所有国家震惊。小国家执行了这项政策，不情愿地放弃了部分领土。像齐国和楚国这样的大国家想要抵抗。刘濞认为这是组建反对朝廷联盟并最终推翻刘启的绝佳机会。

刘濞派遣使者应高去游说胶西王刘卬。应高访问了胶西国，对刘卬说：「我们的皇帝信任那邪恶的晁错，他提出从诸侯国收回封地的政策。朝廷听从了他的建议，对那些抵抗这一政策的王实施严厉惩罚。作为御史大夫的晁错滥用职权。我的主人因健康不佳无法每年朝见并向皇帝报告。晁错对这个小过失重视，提议从我的国家收回两个郡作为惩罚。我听说他计划对贵国也进行类似的惩罚。」

「我们能做什么？」刘印担心地问。

「我的主人计划带头反抗，迫使朝廷罢免晁错。您觉得如何？」

「我不敢反抗皇帝！」刘印惊恐地喊道。

「我们可以宣称我们的目标是清除朝廷的邪恶势力，对皇帝的忠诚使我们不得不这样做，我们的目标不是皇帝。许多王会支持我们的行动，因为他们和我们处于同样的遭遇。如果我的主人和您带头反抗，许多王会加入我们的联盟。我们将建立一支强大的军队来打败朝廷。我们的胜利将创建一个对我们更有利的政权。然后将重绘国家地图，只包括联盟中的王。这将是一项历史性的成就，」应高说。

刘印被应高的论点所说服。

「我们下一步的任务是游说其他王加入我们的事业，」应高说。

刘印随后派出秘密使者游说其他王。不久，楚国、赵国、胶东、济南、菑川纷纷同意加入联盟。这七个国家集结了四十万士兵的军队。

三个大国没有加入联盟。齐王与皇帝刘启关系良好。济北国正忙于建设基础设施，拒绝加入。梁王刘武是窦太后最年轻、且最宠爱的儿子，也是皇帝刘启的弟弟。这两兄弟关系亲密。因此，刘武决心捍卫他的哥哥，直到最后一个士兵。

宫廷护卫队副指挥官袁盎曾是前任皇帝刘恒的密切谋士。他长期服务，使他能与皇室成员亲近，包括年轻的皇帝刘启。因为袁盎经常在刘启面前批评晁错的想法，晁错将袁盎视为竞争对手和敌人。在七国之乱期间，晁错指控袁盎接受了刘濞的贿赂。经过一些宽松的调查，袁盎被判有罪，并被处以死刑。刘启后来赦免了他，但解除了他的职务并剥夺了他的贵族地位。不满的袁盎渴望有机会报复晁错。他请求他以前的上司、宫廷护卫队统帅窦婴，让他私下见皇帝，解释七国之乱的真正原因。当他进入皇帝的卧室时，刘启正在与晁错讨论应对叛乱的战略和后勤事宜。

刘启问袁盎:「您对七国之乱有何看法？」

「没什么好担心的，」袁盎回答。

「七国集结了四十万士兵，刘濞拥有巨额财富。他一定为这场战争准备了多年。我们为何不应该担心？」刘启问。

「虽然刘濞很富有，但他没有招募到能干和智慧的助手。否则，他的助手一定会劝阻他反抗朝廷。他一定是招募了一帮强盗、无赖、前罪犯、逃犯、矿工和奴隶。他们只是一堆散沙，」袁盎回答。

「袁盎的观点是正确的，」晁错插嘴说。

「那我们该如何应对他们？」刘启问。

「我可以私下与陛下谈谈吗？」袁盎请求。

刘启随即要求所有在场的工作人员，包括晁错，离开房间。

袁盎接著低声说道：「七国已宣布他们要求撤销晁错并取消从各国收回土地的政策。一旦他们的要求得到满足，他们将撤回军队。您有两个选择：要么与他们作战，要么屈服于他们的要求。作战将毁掉您和您父亲数十年来建立的国家繁荣，并造成不必要的流血。如果您屈服于他们的要求，您的牺牲将会少得多。」

「我不知道他们的要求是否真诚。如果是真的，我不会为了一位心爱的大臣而伤害全国上下，」刘启说。

「这只是我的意见。由您来决定，」袁盎断然说。

十天后，刘启让另外两位高级大臣起草了一份弹劾晁错的文件，指控他叛国。弹劾还判了叛国的死刑。刘启忽忙签署了弹劾。当晁错前往前线时，他被召唤到宫中见皇帝。他不知道弹劾的存在，就和带来召唤的使者一起乘坐马车。在旅程中途，一群士兵袭击了马车，将晁错斩成两半。

晁错死后，刘启派袁盎前往吴国谈判休战。袁盎到达吴军营地时，发现吴和楚的联军已攻打了梁国，夺取了其两个县份。刘濞嘲笑他，笑著说：「我很快就会成为东方的皇帝。我为何要和西方的皇帝谈判？」他随后扣押了袁盎，袁盎幸运地逃脱并返回京城。

袁盎向刘启报告了休战不可能后，刘启决定对七国发动战争。他问袁盎：「谁应该是我们这场战争的统帅？」

「我推荐周亚夫。他是周勃的儿子，周勃是您祖父的老将，曾支持您父亲登基，并在您父亲统治下担任首任丞相。他的忠诚毋庸置疑。因此，您可以委托他指挥大军。他也是一位优秀的将军，以军队的无懈可击纪律闻名。我曾听说过您父亲和周亚夫之间的一段往事。您父亲曾想拜访周亚夫指挥的军队以提振士气。当他抵达军营大门时，被守门人拦住了，守门人说：『根据将军的命令，没有官方通行证的人不得进入。』您父亲的护卫告诉守门人：『他是皇帝，不需要通行证。』守门人回答：『军队的士兵只遵从将军的命令，不应遵从皇帝的命令。』最终，一位随行官员拿出并展示了皇帝的徽章，并对守门人说：『请传话说皇帝已经到达，他要求将军允许他进入。』不久，将军下令开门。一位纪律官员告诉您父亲的随从：『根据将军的命令，任何人不得在军营内疾驰马匹。』您的父亲随即谦卑地下马，步行前往指挥帐篷。周亚夫身穿军服走出来，对您的父亲说：『请原谅我无法下跪，因为军服限制了我的行动。』您的父亲不但没有生气，反而对周亚夫严明的纪律印象深刻。」

「是的，我父亲曾告诉我，周亚夫是一位优秀的将军。他还提醒我，如果我的政权遇到危机，要依靠周亚夫，」刘启说。

刘启于是任命周亚夫为大军统帅，首要任务是平定叛乱。周亚夫向刘启建议：「楚军英勇、敏捷、无畏。我们不应该正面与他们交锋。如果我们暂时不去救援梁国，大约一个月左右，请求梁王再坚持一段时间，我们就有时间绕到吴、楚两军的后方，切断他们的粮食补给路线。这样我们就能够征服他们。」刘启同意了这个策略。

接下来的一个月里，梁王多次向周亚夫发出救援请求，但周亚夫坚决无视。他派遣一支军队前往吴、楚两军的后方，摧毁了他们的补给链。周亚夫指挥的军队在一个坚固的防御位置上埋伏下来，等待著吴、楚两军的崩溃。几十日后，吴、楚两军大量士兵因饥饿而死亡，更多的士兵逃跑。周亚夫随后发动猛烈攻击，大败敌军。被击败的刘濞带著少数士兵逃走，而楚王自杀。

在这场决定性的胜利之后，周亚夫转向西方救援梁国。另外五个国家的联盟在听闻吴、楚两军战败的消息后土崩瓦解。他们的将军和士兵大量逃亡。联盟中的一些王宣布投降，向皇帝寻求赦免。其他一些王则自杀。

七国之乱在三个月内被平定。在这场危机之后，周亚夫被提拔为丞相，袁昂恢复了他的旧职。他们两人皆成为朝廷中的权臣。

第二回： 皇室内的风波

本回人物介绍

刘启	刘恒的儿子，汉朝第六任皇帝，本回主角
窦太后	窦漪房，刘启的母亲
臧儿	燕王的孙女
王娡	臧儿的女儿
金王孙	王娡的丈夫
刘彻	刘启的第十儿子，王娡的独子
刘荣	刘启的长子
栗姬	刘荣的母亲
刘嫖	皇太后寵漪房的长女，刘启的姐姐
陈娇	刘嫖的女儿，嫁给刘彻
吕雉	已逝世的太皇太后，刘邦的妻子
戚姬	刘邦的寵妃，后被吕雉残杀

宫内争斗比起战场上的厮杀更为险恶。在这璀璨而坚不可摧、看似宁静的皇宫里，实则暗流涌动。皇帝的美艳妃嫔、公主、皇后乃至太后间的争宠与权谋，犹如隐藏在华丽外表下的恶毒角力。这宫殿本质上是一处无血的残酷战场。

刘启在尚为太子时，曾与祖母薄太皇太后的一位孙女成婚，这门婚姻完全出于薄太皇太后的操控。刘启对初妻并无好感，始终与她保持距离。薄太皇太后驾崩后，刘启迅速废弃了初妻，撤销了她的皇后头衔，并剥夺了她的贵族地位。

在刘恒的统治时期，燕王的孙女臧儿有一女，名王娡，嫁于金王孙。一位占卜师向臧儿预言，她的女儿将获得难以言喻的高贵地位。臧儿心知，除非王娡能嫁入皇族，否则此预言不可能成真。于是，不顾金王孙的反对，她强行使王娡与金王孙离婚，并将女儿献给了太子刘启。刘启对王娡的绝美容貌情有独钟。一年后，王娡为刘启诞下刘彻，这是刘启的第十个儿子。怀孕期间，王娡曾对刘启说，她梦见太阳进入了她的子宫。刘启视此为祥瑞，因而极度宠爱这位幼子刘彻。

由于初妻未能生育，刘启长期未立太子。同样地，在废弃初妻后，皇后之位亦空缺多年。刘彻出生的那一年，朝臣们敦促刘启封立太子。刘启只得勉强指定其长子刘荣为太子。

刘荣之母粟姬，风华绝代，却性情简单、易妒易怒。她不解，为什么自己的儿子成为太子多年后，她仍未被立为皇后。她未曾意识到，刘启对她的多疑性格有所顾忌，且更钟爱王娡。粟姬担心丈夫的爱意转淡，总是急切地想知道他每晚与谁共寝。她错误地渴望拥有丈夫的专情，却忘了她的丈夫是皇帝，拥有纳妾的权利。有次她问刘启：「您昨晚与谁同寝？是王娡吗？」刘启直截了当地回答：「这与您无关。」

刘启的姐姐刘嫖与他关系亲密，深知兄长的情欲之强。为了取悦他，刘嫖常向刘启推荐美貌女子。宫中的许多美妃，皆是刘嫖引荐的。粟姬嫉妒心起，对刘嫖的行为极为反感，甚至视她为拉皮条者。粟姬曾指著刘嫖大声斥责：「您除了拉皮条外，难道没有更好的事做吗？」刘嫖是一名善于外交且具有政治智慧的人，她总是避免与粟姬正面冲突。她不想与粟姬结怨，毕竟粟姬将来或许会成为皇后。为了缓和与粟姬的关系，刘嫖提出让她的女儿陈娇嫁给粟姬的儿子刘荣。然而头脑简单的粟姬并未意识到这是她与刘嫖交好，获得成为皇后支持者的绝佳机会。她被对刘嫖的憎恨冲昏了头脑，立即拒绝了这个提议。

受挫且羞愧的刘嫖转而接近王娡，提议让她的女儿陈娇与王娡的儿子刘彻成婚。王娡意识到这是提高她在皇室内地位的绝佳机会，便立即接受了这个提议。

被粟姬拒绝而感到受辱的刘嫖开始在刘启面前诽谤粟姬。她对她弟弟说道：「您非常爱王娡。但要当心，如果粟姬成为皇后，她会在您死后折磨并杀死王娡。还记得吕雉残忍折磨并杀害戚姬的『人猪』事件吗？」『人猪』这个词让刘启感到寒冷透骨，他对粟姬的多变个性也心存戒备。为了测试粟姬对其他嫔妃的友善态度，刘启曾问粟姬：「如果我早死，您愿意照顾我所有的儿子吗？」头脑简单而心胸狭窄的粟姬回答说：「我为什么要照顾您周围所有狐狸精的儿子？」这个答案对刘启是一个警钟。他想：「她未成为皇后，就对我的其他嫔妃如此冷漠和对立。如果她在我死后成为太后，那会有多可怕？」刘启在得知她冷酷个性后开始与她保持距离。

而刘彻在成长过程中，刘启比起他的长子更喜爱他。刘彻聪明、活跃、爱冒险、大胆。刘启曾几度考虑更换太子，但一时却下不了决心。

一个晚上，粟姬突然闯入刘启的卧室，期待找到他与王娡同床。碰巧刘启独自一人。沮丧的刘启问：「您为什么未经我的允许就进来，还吵醒了我？」粟姬回答：「我想知道王娡是否与您在一起，以及您如何满足她。」刘启对她大喊：「您疯了吗，这么说？」她反驳：「我没有！」刘启随即呼唤卫兵将她推出房间。就在她被推出房间的那一刻，她说道：「他是只老狗。他怎么能满足这么多的狐狸精？」刘启听到了她的话，对她的评论感到深深的侮辱。他大声回应：「走开！我不想再见到您。」

第二天早上，刘启下定决心要废除粟姬并更换太子。王娡听说了刘启与粟姬之间的争吵。为了火上浇油，王娡请一位大臣向皇帝上奏，建议任命粟姬为皇后。这位天真无知的大臣第二天早晨果然在朝廷上提出了这项请愿。刘启勃然大怒，对大臣喊道：「您疯了吗？您应该说这些吗？」他当即命令处决该大臣。

刘启很快宣布更换太子。七岁的王娡之子刘彻被任命为新太子。粟姬的儿子刘荣被降为临江王。粟姬被废除，她的贵族头衔被撤销。王娡被任命为皇后。栗姬不久后去世。

第三回： 袁盎被暗杀

本回人物介绍

刘武	刘启的弟弟，窦太后的爱子
窦太后	窦漪房，刘启的母亲
刘启	刘恒的儿子，汉朝第六任皇帝，本回主角
袁盎	刘恒和刘启的臣子
周亚夫	周勃的儿子，刘启的将军，平定七国之乱有功，被升为丞相
羊胜	刘武的大臣
公孙诡	刘武的大臣

本回地点介绍

梁国	安徽省

梁王刘武是窦太后最小且最宠爱的儿子。他的国家拥有四十多个郡县，土地肥沃，拥有华丽的宫殿和花园。他的母亲给了他数以万计的黄金和珠宝，远超过她给予她的长子、皇帝刘启的数量。他与刘启的关系也很密切。每逢他访问京城，刘启亲自接见他，与他同乘一辆马车，一同用餐和打猎。

在刘启尚未指定太子之前，他甚至曾开玩笑地对刘武说：「我死后，您将继承我的皇位。」窦太后虽然知道刘启并不是认真的，但她对这番话私下里还是感到高兴。

刘武在平定七国之乱时，对抗叛乱的诸王，也因此赢得了声望。他变得更自负，以至于许多大臣对他既厌恶又畏惧。

在刘启废除刘荣的太子身份，且在刘彻被指定为太子之前，窦太后在一次晚宴上向刘启提议：「刘武应该成为您的继承人。」刘启后来就此提案与大臣们商议。袁盎坚决反对这一提议。他说：

「这绝对不应该发生。历史已经显示，这样的安排导致了多次内战、或国家的衰落。我们的开国君主刘邦曾规定，皇帝的继承人必须是他的儿子。」这番话惹恼了窦太后和刘武。

另一次，刘武向朝廷申请批准建造一条连接梁国和京城的高速公路，以便于他前往京城。袁盎再次反对。刘武还憎恨丞相周亚夫，因为周亚夫在七国之乱期间延误了救援他的行动，这次延误差点夺走他的性命。由于袁盎是周亚夫的坚定支持者，并成为他崛起的障碍，刘武极度憎恨袁盎。

刘武随后与他的大臣羊胜、公孙诡密谋刺杀袁盎。在一个黑暗的夜晚，袁盎和其他十位高级官员遭到暗杀。

这起大规模暗杀案震惊了朝廷和京城的所有人。刘启下令深入调查，并逮捕刺客。刘启回想起刘武与袁盎之间的恩怨，怀疑刺客与梁国有关。于是他派遣刑事侦查员前往梁国。调查员发现证据显示羊胜和公孙诡是暗杀案的主谋。朝廷随即下达了逮捕羊胜和公孙诡的命令，但一个月都未能找到他们。他们其实藏在刘武的宫殿中。梁国的丞相怀疑刘武是暗杀案的幕后主谋，而羊胜和公孙诡一定藏在宫殿内。丞相于是对刘武说：「如果我一个月内找不到羊胜和公孙诡，朝廷会处决我。与其被朝廷杀死，我宁愿被您杀死。」

「别太认真，」刘武说：「皇帝是我的兄弟。」

「我可以问您一个问题吗？对皇帝来说，他的长子和您，谁更亲近？」丞相问。

「当然是他的儿子，」刘武回答。

「他废除他儿子的太子身份，不仅是因为与栗姬，前太子的母亲的争吵。他这样做是为了他的政权的最大利益。如果他发现您有过错，他会保护您并危及他的政权吗？」丞相问。

「不，我不这么认为，」刘武回答。

「皇帝即使您犯了重罪也不敢惩罚您，因为他不想伤害窦太后的感情。然而，窦太后去世后，您还能依靠谁？」丞相问。

「朝廷对这个案子很严肃。羊胜和公孙诡这两个恶棍最终会被发现并逮捕。他们被捕后会供出什么？」丞相继续问。

「嗯？」

「现在悔改还来得及，」丞相劝告。

刘武醒悟过来。他随后命令羊胜和公孙诡自杀，并将他们的尸体交给朝廷。

刘启对这起案件仍心有不满，命令他的皇帝使者前往梁国，查明暗杀案的真正幕后黑手。当窦太后听说此案以及刘启的强硬立场时，她整日哭泣并拒绝进食。刘启进退维谷。为了维持法律和秩序，他必须逮捕并惩处真正的幕后黑手，而他怀疑刘武就是那个人。另一方面，他又不想伤害他的母亲。

一个月后，使者完成了他的调查，收集了文件，记录了供词。所有这些证据都指向刘武是真正的幕后黑手。在他抵达京城之前，他焚烧了所有证据。当他空手向刘启报告时，刘启问道：「您发现了什么？刘武有罪吗？」

「他有罪。他的罪行应受到死刑，」使者回答。

「告诉我细节。您发现了哪些证据？」刘启问。

「陛下，请不要再问了，」使者说。

「为什么？」刘启问。

「如果您不定他的罪，我们的法律体系将会崩溃。如果您定他的罪，您将如何处理整日哭泣并停止进食的母亲？」使者说。

刘启与使者一同宣布，羊胜和公孙诡是真正的幕后黑手。

当窦太后听到这个消息时，她停止了哭泣，开始进食。

第四回：周亚夫之死

本回人物介绍

周亚夫	周勃的儿子，刘启的将军，平定七国之乱有功，被升为丞相
刘启	刘恒的儿子，汉朝第六任皇帝，本回主角
刘武	刘启的弟弟，窦太后的爱子
窦太后	窦漪房，刘启的母亲
王娡	臧儿的女儿，刘彻的母亲

匈奴	强大的游牧民族，居住在当今的蒙古和西伯利亚

在七国之乱期间，周亚夫一再推迟救援梁国。这种拖延导致两县失陷，数千梁国百姓丧生。从此，刘武对周亚夫怀恨在心，并经常在窦太后和刘启面前诽谤周亚夫。

当刘启想更换太子时，周亚夫坚决反对。自此，两人原本亲密的关系破裂。

窦太后建议封皇后王娡的哥哥为侯。周亚夫也反对，并告诉刘启：「我们的开国君主，高祖刘邦制定了一项政策，只有刘氏家族的成员有资格成为王，只有为国家做出巨大贡献的官员才有资格成为侯。皇后的哥哥不是刘氏家族的成员。他也没有对国家做出任何贡献。因此，他无权成为侯。我们不应该违反祖先制定的长期规则。」周亚夫的反对让窦太后和皇后王娡都感到不悦。

另一次，六位匈奴部落的领袖向汉朝投降。刘启想封他们为侯并分封土地。周亚夫再次反对，说：「这些领袖对自己的国家不忠。如果您封赏不忠之人土地，就是在树立坏榜样。将来您怎么能指责自己的不忠官员？」刘启认为周亚夫固执己见，不予理会他的建议。

后来，刘启邀请周亚夫到宫中共进晚饭。周亚夫的桌上放了一大块肉，但桌上却没有放刀叉或筷子。当尴尬的周亚夫命令侍者拿一双筷子时，刘启盯著他笑了。刘启随口开玩笑：「您还不满足于您已拥有的吗？」周亚夫立刻察觉这话中有问题，惊慌失措。他站起来，脱下官帽，叩头说：「请恕我。」他惊慌地离开了餐厅。第二天早上，他辞职。他立刻离开京城，退隐到一个偏远的村庄。

几个月后，周亚夫的儿子计划为他的父亲建造一座坟墓。儿子还买了许多墓葬物品。其中包括头盔、剑、矛、箭和盔甲。他买这些作为墓葬物品，因为他的父亲有军事生涯。然而，他没有支付运送这些物品的工人工资。工人们于是向当地法院提出申诉。当刘启听说此案时，他命令调查周亚夫是否有叛乱的意图。

当地检察官拜访周亚夫的家时，周亚夫拒绝回答审讯。检察官于是逮捕他，带他到当地法官那里，法官问：「您为何计划叛乱？」周亚夫回答：「这些武器是作为墓葬物品的。我们无意叛乱。」法官回答：「虽然您不打算在人间叛乱，但您打算在阴间叛乱。」

法官随后将周亚夫投入监狱，对他进行折磨。周亚夫想自杀，但被他的妻子劝阻，她说：「您应该坚持到您的清白得到证明。您应该对国家的法律有信心。」

周亚夫绝望地回答：「我已经深思熟虑，认识到了真相。皇室成员的意见凌驾于法律。在帝制社会中，皇帝和皇室才是最重要的。法律无关紧要。我一直是忠实的拥护者，但我的忠心无关紧要，因为我惹怒了太后、皇后及其兄弟、皇帝的兄弟以及皇帝本人。当他们想让我走时，没有任何法律能保护我。对我的叛乱指控只是除去我的借口。」

周亚夫停止进食五天，饿死了。

第五回： 不干预自由经济政策的缺点

本回人物介绍	
刘启	刘恒的儿子，汉朝第六任皇帝，本回主角
刘彻	刘启的第十儿子，王娡的独子，太子
王娡	皇太后，刘彻的母亲
窦漪房	窦太皇太后，刘恒的妻子，刘启的母亲，刘彻的祖母

刘启于公元前 141 年冬季驾崩，享年四十八岁，在位十六年。他的谥号是「汉景帝」，寓意为汉朝的繁荣之君。他的儿子刘彻，年仅十六岁，便继承了皇位。他的母亲王娡成为新的皇太后，而窦漪房则成为太皇太后。

虽然先前的四个章节揭示了刘启对手下的残酷和忘恩负义，但他对于国民却表现出仁慈的一面。他在位期间，将所得税率从原先的三十分之一降低了一半。他颁布法令说：「鞭刑和斩首其实没什么不同。鞭打可能会造成永久性的残疾，甚至当场死亡。因此，应将五百鞭的刑罚减至三百鞭，三百鞭的刑罚减至两百鞭，两百鞭的刑罚减至一百鞭。鞭打所用的竹条宽度不得超过一寸，末端不得超过半寸，仅能打罪犯的臀部。」他还规定，所有严重罪行的定罪必须重新审查其合法性和公正性，并为刑事案件设立了上诉程序。

刘启延续了其父实施的道家哲学理念，对经济和治理问题采取无为政策。这种结合低税收的政策，使国家从秦朝及汉朝初期的贫困和经济灾难中恢复过来，步入了繁荣与高速经济增长的时代。

在汉朝开国皇帝刘邦的统治时期，连高级官员出行都得骑牛，皇室成员只能穿粗麻衣服，普通百姓更是勉强糊口。在吕雉和刘恒各自的统治下，通过不干预经济、降低税收、政府节约以及逐步的产业私有化，使经济从低谷中复苏。人民有了充足的食物和温暖的衣物，生活得以维持，商业和工业也逐渐兴盛起来。国家享受了几十年的平稳繁荣和经济成长。到了那个时代的末期，国库积累了大量的盈余，金库中堆满了钱币，粮仓里存满了粮食。

在刘启的统治期间，由于货币供应的大幅增加，经济繁荣进一步提升，但这也导致了该时期末期的恶性通货膨胀。刘启的父亲刘恒封赏了一座铜矿给他最喜爱的官员邓通，并授予他铸造和发行铜币的许可。刘恒对吴王刘濞也做了同样的事。因此，在刘启初期的统治中，有三种类型的货币——官方币、邓币和吴币。由于对新铸币的发行没有严格控制，货币供应量的增长失去了控制。这加热了经济，因此国家人民享受了多年的繁荣。放任政策、低税收和私有化是火上浇油的额外因素。

在经济过热初期，普通人过得相当富裕。更多的普通人可以骑马、穿丝绸和华丽精致的布料、每天吃肉、拥有黄金、银和玉器饰品，并建造大房子。地方政府官员因为地方政府的账户有盈余，官员们不用太费力，便可以得到良好的报酬，所以他们表现得懈怠且自满。

所有的经济体系或多或少都存在漏洞，放任自由的体系也不例外。放任自由体系的第一个弊病是它促使财富集中至极度不稳定状态。宽松的管制和低税收的自由市场制度使得富人越来越富。富有的地主可以轻易地抢占土地，商人可以自由地形成寡头垄断，哄抬价格，控制资源的供求，并剥削劳工。由于富人能够拥有实物资产和生产资源，控制和操纵价格，并且有能力借贷，他们从恶性通货膨胀中受益，而穷困的劳工和农民则需要月复一月地勒紧腰带。

这种经济不平等导致了许多其他类型的弊病。尽管刘启政府试图打击贪婪的商人，保护弱势群体，但奴隶贸易仍然猖獗；卖淫行业因为很多贫穷的妇女无路可走而蓬勃发展；到处都是放高利贷者；自杀和杀婴的比率很高；贫困低层阶级的苦难丝毫不亚于秦朝时期。另一方面，富有的地主、商人和有权势的贵族的奢侈程度甚至超过皇帝。社会道德陷入深渊。由于不干预政策，富人可以通过贿赂政府官员获得不公平的优惠和利益。因此，腐败横行。腐败的政府官员经常利用治理政策的漏洞或公然违法。这种情况在刘启去世前一年的一项法令中被揭露。他写道：「我希望强大和富有的人不会压迫弱小和贫穷的人，大集团和实体不会压迫小集团和实体，弱者和老人能够舒适地生活，孤儿能够长大成人。然而，在过去几年的歉收中，许多人缺少食物。为何？是谁的责任？很可能是一些官员违法、受贿、抢劫、压迫人民。许多地方官员利用法律的漏洞。他们只不过是土匪。这种现象令我心碎。因此，我将追究所有级别的政府官员的责任。我要求丞相和其他部长识别并向我报告腐败和懒惰的官员。他们将被相应地惩处。」

表面上的繁荣、深层的恶性通货膨胀和两极分化极端的现象是不稳定的，将导致内乱或经济的剧烈逆转或崩溃。财富不平等是导致七国之乱的因素之一。七个叛乱王能够迅速集结四十万士兵，因为社会基层人民感到困苦并愿意加入叛乱。

第十一章： 劉徹執政

第一回： 独尊儒术

本回人物介绍	
刘彻	汉朝第七任皇帝，本回主角
董仲舒	儒家学者，一位低级官员
窦婴	窦太皇太后的姪
窦漪房	窦太皇太后，刘恒的妻子，刘启的母亲，刘彻的祖母
田蚡	王娡太后的同母异父的兄弟
王娡	皇太后，刘彻的母亲
王臧	刘彻的大臣
赵绾	刘彻的大臣

刘彻加冕六个月后，颁布一道诏书，招募有德行且直言敢言的人才。因此，他设立了一场考试，主题是关于当今治国之道。超过一百人参加了考试，最佳答案由董仲舒所写，他写道：「道即是治国之法，仁义礼乐乃其器。虽周代古圣大王已逝，其子孙久存，为国家带来数百年的安宁。这全是礼乐制度，儒家核心观念的结果。

人追求财富犹如洪流，没有教育之堤，无法阻止人欲之溢。因此，我们应在京城设立大学，以教育全国；在地方设立中小学，以教育乡村。我们应以仁慈感化，以道德培育，以礼仪调节人民。

若教育施行，风俗改善后，即使对罪行的惩罚非常轻微，人们也不会犯罪。启蒙有明显效果，因为人们及其后代将遵循良好的风俗和习惯五六百年。

秦朝摧毁古人的良好风俗，以严苛的法律治理天下，故仅十四年便灭亡。它的错误至今仍造成伤害，导致颓废，狡猾之人横行，罪犯无所畏惧。我们现在必须清除坏习惯，建立新的风俗。

周朝初期，国家和平，监狱空虚。这是因为教育的影响和仁义道德的灌输，而非刑法的施行。相反，秦朝坚持法家理论，不喜儒家教义。它的统治者认为人们天生贪婪，应以严格法律管控，不顾罪行的根源。因此，善良的人可能不免受罚，邪恶之人可能逃避惩处。结果，政府官员做表面工作，对皇帝和上级表面尊敬，心中却怀著背叛和叛乱之意。他们虚伪且用诈欺夺取财富和权力。政府严厉惩罚和杀害无数人，但恶行并未因坏习惯而熄灭。

若政府欲选拔人才，必须不断培养知识分子。一个有效的方法是设立大学。我建议建立大学，聘请博学的教授，培养众多知识分子，并设立定期考试，使学生能展现他们的才能。如此，便可选拔出人才。

所有地方官员应成为民众的导师和榜样。若地方官员素质低下，他们将无法教育民众和执行法律。相反，他们将与同行串通并欺压百姓。若民众受苦无处申诉，其怨气将导致抗议和叛乱。这些都是因为地方官员的愚蠢和腐败所致。

如今，大多数地方官员出自富裕家庭，通过裙带关系成为官员。然而，富裕人士和贵族子弟未必有功勋。这些人成为官员后，经常游手好闲。游手好闲久了，他们还可以依年资晋升。因此，能干者和平庸者无异。

我建议每年从基层选拔有才之士，在朝廷实习。然后，我们将评估他们的才能和品德，提拔有德有才干者，惩罚愚蠢和邪恶者。我们不应以年资为晋升标准，而应重视真正的能力。如此，我们便能区分有德者与无耻者，并淘汰后者。

如今，高官出身富裕家庭，享有丰厚薪水。然而，他们利用强大的财力从事工商业，与普通民众竞争。工商业是普通民众的事务，而教育民众追求仁义是政府官员的事务。当高官从商，普通民众如何竞争？结果，富人愈富，穷人愈悲惨。穷人贫困到无法生活，甘愿死亡。他们还怕犯什么罪？这就是为何尽管刑罚多且严厉，更多人违法且变得叛逆的原因。

孔子的教诲自古以来就是普世正确的。然而，在近代，它们却被忽视了。如今，学者来自不同学派，各有其自己的教义。有百家争鸣和百种治国之道。因此，政府中的各派系互相争斗，政策经常摇摆不定，人民茫然失措，国家陷入混乱。我认为，所有不属于六经——即《易经》、《礼记》、《乐经》、《诗经》、《书经》和《春秋》——且与儒家相悖的教义都应该被根除。只有在那些荒谬的教义被消除后，政府才能统一并走上正道。」

刘彻认同董仲舒的建议，提拔他为江都国的丞相。接下来的两个月，刘彻任命窦婴，窦太皇太后的侄子，为丞相；太后王娡的同母异父弟田蚡，为军队统帅；王臧为宫廷护卫队长；赵绾为御史大夫。所有这些官员都是儒家学者。

刘彻要求地方政府向他推荐有功勋和直言敢谏的人才。他还解雇了所有法家学派的门徒。他在京城设立了一所大学和地方上的学校，其使命是教授儒家思想。随著全国传开皇帝偏爱儒家的消息，地方政府的新招募大多是儒家学者。一年之内，政府由道家主导变为儒家主导。

第二回：大萧条和饥荒

本回人物介绍	
刘彻	汉朝第七任皇帝，本回主角
刘启	刘恒的儿子，刘彻的父亲，汉朝第六任皇帝
刘恒	汉朝第五任皇帝

在一年之内，政治领域发生了巨变。这突如其来的变化给国家带来了实质性问题。许多官员担心自己的职业前景，花更多时间研究儒家经典，而不是为人民做实际工作。官员专心背诵这些经典和辩论儒家原则，却轻视国家和地方社会的经济和环境问题。为了展示他们的智力才华，年轻才俊专注于写华而不实的文章和书信给他

们的同僚。没有一位官员对建设基础设施、灌溉、防洪、水利管理、物流、害虫控制、粮食储存以及其他能够造福人民的实际项目感兴趣。

儒家思想欣赏安贫和轻视财富。这一崇高理想被误解为仇富。刘彻的政府认为：「当国内有许多极其富有的人时，为何朝廷要贫穷呢？财富应该积累在政府而不是私人部门。」因此，刘彻政府征收了一次性财富税。所有财产拥有者必须向政府如实申报他们的财产价值，政府将对其财产征收一次性的百分之十财产税。不申报或少申报将导致财产被没收。为了防止逃税，政府鼓励人们监视他们的朋友和邻居，并举报逃税行为。举报人将获得被没收财产的一半。政府实际上掠夺了在刘恒和刘启统治期间民间积累的财富。

在刘恒统治期间，他授予他的宠臣邓通铸造和发行铜币的特许权。他也同样对吴王刘濞做了这样的授权。因此，市面上流通著三种类型的货币：邓币、吴币和政府币。邓通和刘濞的后代比刘彻还富有，刘彻想要纠正这一异常现象。政府宣布废止邓币和吴币，设定了将这些币种兑换为政府币的日期。所有未兑换的邓币和吴币都变得无用。那些通过熔化邓币和吴币来伪铸政府币的人被判处死刑。

这项命令导致了货币供应的巨大收缩。这种收缩打破了自刘启政权时期以来一直存在的过热经济、高房价和通货膨胀的泡沫。货币供应的收缩，加上征收财富税，导致房价、企业、就业以及一般商品价格的急剧暴跌。结果，经济陷入了萧条。

祸不单行。国家的广阔地区遭受了干旱，导致全国范围内严重的饥荒。粮食价格飞涨，而其他所有价格，包括工资，都出现了通缩。农民因失收而受苦，而其他工人在高粮价面前受到失业之苦。大量贫困人口饿死。朝廷试图从国家粮仓分配粮食到地方区域以减轻饥荒，但它的努力受到了糟糕的交通、不足的物流支持和基础设施的阻碍，这在一定程度上是由不称职、懈怠或腐败的地方官员造成的。饥荒非常严重，以至在一些偏远地区发生了食人事件。家庭间交换死者的尸体，以便他们可以吃不认识的人的尸体。

在旱灾过后的一个月，刘彻想亲自去调查民众的痛苦和困难。

他知道官方奏章无法揭示事情的真实状况。因此，他穿上便服，骑上一匹普通的马，只带了十名便衣保镖与他同行。这个小队悄悄地离开了宫殿，游历了乡村数百里。在他的路上，他看到了贫穷和饥饿的可怕景象——瘦弱的婴儿抱著消瘦的母亲，试图从她们干涸的乳房吸奶，失意的青年试图挖野菜为食，无助的老人躺在地上无人理会。

有一次，这个小队进入了一个小村庄，寻找餐馆。只有一家破旧的餐馆营业。在刘彻的小队坐下后，头号侍卫粗鲁地对店主喊道：「拿些好酒和很多肉来。我的主人饿了。」他接著敲打桌子，把一大堆钱币放在桌上。

「对不起，我的客官。我们这里没有酒和肉，」中年店主说。

「您没有酒和肉？您没有酒和肉怎么开业？拿您有的来。费用不是问题，」侍卫装作一副大手大脚的样子说。

「请原谅，我的客官。村子刚刚经历了一场饥荒。我还算幸运，储存了一些粮食、面粉和鸡蛋。酒和肉对我们来说太奢侈了。如果你们不介意，我可以给你们些热茶和馒头。这是我们现在能提供的，」店主说。

几分钟后，店主端出了茶壶和一些馒头。侍卫喝了一口热茶，立刻吐了出来，对店主大喊：「这赏起来像尿液！您是想毒死我们吗？」

「对不起，我的客官。这是我们最好的了。我们是个贫穷的村子。这茶对我们来说已经是奢侈品了，」被吓到且紧张的店主回答。他接著说：「那我给你们拿开水来。」

店主进了厨房，对他的妻子说：「这群粗鲁的人激怒我了。他们看起来像贵族。他们骑著肥大的马，践踏我们的田地。他们把我们当蝼蚁。当全国人民都在忍受饥饿时，他们却要求好的食物和饮料。我讨厌他们。如果我能的话，我真想杀了他们。」

「请您别大声叫。如果您的话被他们听到，他们会杀了您。从他们的马和衣服来看，他们似乎是一些显要的贵族。如果您与他们对抗，他们可能会杀了我们全家。」

不幸的是，这些话被侍卫听到了，他拔出剑，站了起来，打算屠杀店主。刘彻拉住了他，说：「请保持冷静。我不想暴露我的身份。没有必要杀害无关紧要的人。」

刘彻的小队在吃完馒头后立即离开了。

另一个保镖清楚地眼看这幕鬧剧。他刚巧是窦太皇太后派出的暗探来监视刘彻。当刘彻的小队回宫后，那位探子便向太皇太后禀告整个经歷。

第三回： 祖母愤怒

本回人物介绍

刘彻	汉朝第七任皇帝，本回主角
窦漪房	窦太皇太后，刘恒的妻子，刘启的母亲，刘彻的祖母
刘启	刘恒的儿子，刘彻的父亲，汉朝第六任皇帝
刘恒	汉朝第五任皇帝
窦婴	窦太皇太后的姪，现任丞相
田蚡	王娡太后的同母异父的兄弟，现任军队统帅
许昌	新任丞相

窦太皇太后召唤刘彻到祖庙，要当面训斥他。在刘彻前往祖庙之前，他对会面地点感到困惑。如果他的祖母只是想跟他聊天，大可以在宫中见他。祖庙是一个神圣的地方，仅用于严肃的仪式和改朝换代的重要事务。刘彻想：「祖母一定有重要的事情要和我讨论。那是什么呢？」

当刘彻进入庙堂的主殿，那里摆放著所有刘家的祖先牌位，他看到祖母一个人站在大殿的中央，手持一根权杖，这是她丈夫赐予她的，用来惩罚不俏的后裔。她身边没有仆人或侍婢。她的脸绷紧，眉头紧锁。

从刘彻的脚步声，她知道他正在她的身边，她用严厉的声音命令刘彻，同时用权杖敲打地板显示她的权威：「跪在您的祖先面前。我要您向他们祈祷、悔过，并寻求他们的原谅。」

「祖母，我为什么要寻求他们的原谅？我做错了什么？」刘彻一边跪下，一边问。

「在您统治的短短两年内，您破坏了您的祖父和父亲花了四十年建立的国家繁荣，」窦太皇太后大声说。

「祖母，我不明白您的意思，」刘彻说。

「您给国家带来了经济萧条和饥荒。在您的统治之前，国家繁荣昌盛，人民幸福富裕，政府库房充盈。现在，经济活动停滞，人民贫困愤怒，政府库房耗尽，」窦太皇太后说。

「这些不是我的错。经济在我父亲时期极度过热。不幸的是，在我的统治期间经济泡沫破裂。泡沫的破裂导致经济活动的剧烈逆转。这是一个自然现象。没有人能阻止它。此外，最近发生的饥荒是一场自然灾害。我无法阻止它。我的政府已经尽最大努力缓解人民的苦难，」刘彻辩护道。

「您在责怪您的父亲创造了泡沫。您仍然没有意识到您破裂泡沫的错误。这就是为何在天上的父亲和祖父没有祝福您。发生饥荒是惩罚您这个不俏的后裔，」窦太皇太后说。

「祖母，我不认为泡沫的破裂和饥荒灾难跟我的政府有关，」刘彻辩护道。

「您的祖父和父亲采取了符合道家思想的不干预政策。他们还全面降低了税收。他们的政策促进了私营部门的快速增长和财富积累。结果，所有行业都蓬勃发展，人民幸福，政府有预算盈余，国家安定。相反，您却让国家倒退。您采取了符合儒家思想的限制和规范政策。您还引入了财富税，缩减了货币供应。这些行动压缩了经济，逆转了原有的增长路径。此外，您在中央和地方政府中聘用了许多儒家人士，并排挤了许多属于道家的有能力官员。这些儒家官员只擅长背诵儒家经典。他们整天与人争论什么是好与坏、仁与不仁、礼与不礼、忠与不忠等，却荒废了为人民做实际工作的职责。因此，他们忽视了改善地方水利管理的需要。当旱灾发生时，他们的反应迟缓且阻滞。他们引用了古典书籍中的各种教条来证明他们的迟缓。这就是为何您的救灾工作受到了重大阻碍，导致了许多不必要的死亡，」窦太皇太后解释道。

「我理解儒家有培养更好社会结构和在国家中树立高道德标准的价值。我注意到今天的颓废太盛行，因此儒家是需要的，以防止进一步的恶化，」刘彻辩解道。

「儒家文化有许多缺陷，将会阻碍我们国家的发展。首先，儒家文化过分强调传统和权威，导致人们拒绝新事物和新想法。人们必须遵循严格的礼仪规范，不能有自己的独立思考。这压抑人们在面对社会问题独立判断和批判精神。这是您新聘人员的共同特点。其次，在儒家文化中，人们应该遵循祖先的教导，尊重古人的智慧。儒家人经常参考周朝期间的原则和社会规范，那是一千多年前的事了。世界已经改变，那些原则和规范已经过时，不再适用于今天。我们需要灵活变通。这种对传统的盲目崇拜使人们抗拒改革。您新聘的儒家人员因此将抵制任何需要的改革。他们将不会迎接现代的挑战。第三，儒家文化中的某些概念和行为是虚伪的。例如，儒家强调「仁爱」，但在现实生活中，人们常常为了自己的利益无休止地争斗。因此，您不应该相信那些声称仁爱的谄媚者，因为他们是儒家人，」窦太皇太后解释道。

「我明白了，奶奶。我现在该怎么做？」刘彻试图平息这场争论，投降地问道。

「您现在正处于极大的危险中。您知道您的政府中有老一辈道家官员和新聘儒家官员之间的暗流斗争吗？您知道许多王对您的经济管理不善和对他们财富的没收感到不满吗？您知道基层的人民正在受苦和愤怒吗？当人们处于饥饿的边缘时，他们不会害怕死亡。压迫他们将引发对您的反抗。记住秦朝的历史和十年前的七国之乱。您的政权随时都会崩溃，」窦太皇太后说道。

「那我现在应该怎么办？」刘彻再次问道，同时点了点头。

窦太皇太后提议说：「您应当找一替罪羔羊，把国家近期的混乱归咎于您新近任用的儒家官员。」

刘彻回应道：「我不能对窦婴下手，他是您的侄子。同样，我也不能对田蚡动手，他是我母亲的同母异父弟弟。他们是政府中最重要的两位官员。」

窦太皇太后回答：「您不必杀他们，只需解除他们的职务即可。我对窦婴并无好感，若您将他开除，我不会介意。」

刘彻陪同窦太皇太后回到她的宫殿后，终于松了一口气。

几日后，刘彻果然将窦婴撤职，用许昌替换为新的丞相。他也撤销了田蚡的军队统帅职位。然而，鉴于田蚡自幼即是刘彻的导师，田蚡仍然留作刘彻的非官方谋士。所有其他新任的儒家官员也被一一撤职。经过这番调整，政府的政治气氛又回到了往日的状态。

等四回： 卫子夫

本回人物介绍

刘彻	刘启的第十儿子，王娡的独子，汉朝第七任皇帝，本回主角
刘嫖	窦太皇太后的大女儿，刘启的大姐，刘彻的姑母
刘启	刘恒的儿子，汉朝第六任皇帝，刘彻的父亲
陈娇	刘嫖的女儿，刘彻的妻子
王娡	皇太后，刘彻的母亲
平阳公主	刘彻的姐姐
卫子夫	平阳公主的侍婢
卫忠	已逝世的代国将军，曾当薄夫人的护卫
卫青	卫子夫的同母异父的弟弟
郑季	卫青的父亲
刘据	刘彻和卫子夫的儿子

本回地点介绍

平阳县　　　　　　　　山西省

在刘彻成为太子之前，他的姑母、刘启的姐姐，刘嫖提议让她的女儿陈娇与刘彻联姻。刘彻的母亲王娡接受了这个提议。由于这样的约定，刘嫖积极支持刘彻成为太子。在刘彻成为太子后，陈娇便嫁给了他。当刘彻登基后，陈娇因此成为了皇后。

陈娇被她的母亲宠坏了，是一个傲慢而专横的女人。陈娇还认为刘彻欠她母亲一个大恩，因为她支持他成为皇帝。因此，她变得无法忍受地横暴。刘彻是一个性格坚强的人，经常对她的行为感到厌恶。

陈娇在婚后四年未能生育。她意识到她的不孕可能导致婚姻破裂，从而结束她作为皇后的地位，她焦急地寻求名医甚至巫医的帮助。虽然她付出了巨额医疗费用并经历了长期治疗，她仍然不孕。刘彻对她的感情日渐淡薄。

皇太后王娡注意到这对夫妇间的淡漠关系，并在刘彻登基两年后警告这位十八岁的皇帝说：「当心，您姑母刘嫖在皇室中仍拥有巨大的权力，而且是太皇太后心爱的女儿。如果您惹怒了她，您的位置将会岌岌可危。您的祖母已经对您支持儒家而不满。您无法同时得罪两位强大的女性。」在这样的警告后，刘彻只得将对陈娇的讨厌埋藏在心中。

一日，刘彻从京城郊外的一个祭祀仪式回来。在回家的路上，他经过了他的姐姐平阳公主的家。平阳公主邀请他参加一顿丰盛的晚宴，并在她的府邸过夜。她还安排了一个歌唱和舞蹈团在晚宴中表演。

该剧团的独唱歌手是一位十六岁的年轻女孩，拥有迷人的脸庞，让人联想到盛开的花朵。她的步态自信，姿态优雅。她眼中闪烁的光芒散发出自然的温情和善意。她令人著迷，既温柔又有魅力，吸引著所有人的目光和心神。

她的歌声在高低音阶间完美转换，其歌唱的韵律无可挑剔。更重要的是，每一个音符似乎都从她灵魂的深处表达出来。她的声音融合了纤细与力量，似乎毫不费力地飘扬，携带著爱、渴望、怀旧和怜悯的丰富音色。尽管她的歌声音量适中，但她的声音在大厅中回荡，柔和地还绕著听众。她的表演在视觉上和听觉上都同样迷人。

刘彻在她表演期间目不转睛地看著她。她唱歌时，他甚至忘了吃东西。当她离开表演舞台时，他的目光仍然追随著她的身影。

刘彻的姐姐注意到这位年轻歌手吸引了他。晚饭后，她走向歌手，说道：「今天您真是福星高照。我注意到皇上被您的表演迷住了。您想今晚见他并侍奉他吗？让我告诉您，这是一生中难得的机会。成千上万的美女梦寐以求能在皇上面前露个脸。抓不抓住机会，就看您了。」

困惑且紧张的年轻歌手脸上泛起轻微的红晕，她说：「我还是处女，不知道该如何服侍和取悦男人。」

平阳公主说：「真是傻姑娘。您只需要放松，做您自己，自然行事。用您的常识。让他来引导您。」

深夜时分，公主将歌手引见给刘彻，进入他的卧室。见到皇帝时，年轻女孩立即跪下，双手触地，头低垂。她的身体紧绷，耳边传来急促心跳的声音。

刘彻走向她，轻轻触碰她的下巴，将她的脸抬起。她的脸颊上出现了淡淡的红晕，显示出一种既紧张又期待的喜悦与温柔。当她的眼睛与刘彻的相遇时，闪过了一丝情感的光芒。害羞迫使她迅速闪避他的目光。她闭上眼睛，期待著一个在她脸颊的吻。刘彻没有吻她，而是握住了她的手，说道：「请起来坐在我旁边。」她迅速坐在他旁边，而他为她腾出了位置。

「告诉我关于您自己的事。」刘彻说。

她稍稍深呼吸以平静自己，回答说：「我是卫子夫，来自平阳县。我出生时，父亲已经逃走了，母亲从未告诉我他的身份和名字。因此，我就随母姓卫。我母亲曾是平阳侯家的一名仆人。她在我年幼时早逝，我对她了解甚少。我从她的同僚那里听说，她与曾在您的高祖母薄夫人手下服役的将军，卫忠，有亲属关系。我有一个同母异父的弟弟，卫青，他是母亲和另一个名叫郑季的男人所生。

由于我和弟弟都是孤儿，我们被平阳侯收养为奴隶仆人。我的弟弟现在是个马夫，负责为侯爷照顾马匹。我则做了几年仆人。」

「您唱歌唱得非常好。您是怎么学会唱歌的？」刘彻问。

「五年前，一位音乐大师兼乐队的独唱歌手教我唱歌。去年我的师傅去世后，我成为了她的替代者。」卫子夫回答。

「您确实有一段振奋人心且令人印象深刻的经历。您是个有才华的歌手，一个潜在的明星。我很喜欢听您唱歌。」刘彻强调并热情地说。

在刘彻的赞美下，卫子夫变得更加放松和自信，说：「陛下，我爱为您唱上一百次！」

「哦，不，一千次。哦，不，永远！」刘彻开玩笑地说。

她回以一个发自内心的微笑，起初小而不安，逐渐转变为一种明显的表情，流露出她的羞怯。然后，她靠在刘彻的肩膀上，而他抚摸著她的脸颊和头。她抬头，直接而自信地凝视著他的眼睛，展现出她未说出口的感情深度。

「我想带您回家，让您只为我唱歌。我想给您永远的幸福。您愿意跟我走吗？」刘彻问。在他说话时，她可以听到他加重的呼吸声，这显示了他的诚意。

她点头，低下头来隐藏自己的羞怯，心似乎要从嘴里跳出来。

第二天早上，刘彻告诉他的姐姐，他想把卫子夫带回家。

听到刘彻的话，平阳公主急忙去见卫子夫，并喜悦地告诉她：「恭喜您！您成功了！记得将来您发达了，别忘了我。」

「哦，当然。我会永远记得您。谢谢您抚养我和我弟弟。我们对您过去的仁慈永远感激。」卫子夫回答道。

刘彻与卫子夫开始共同生活后，他很快就意识到她的魅力远不止于外在美和仙女般的嗓音；她还拥有一种内在美。尽管她看似简单，卫子夫的灵魂却散发著温暖、同情、爱心和不屈不挠的乐观。她是真实的自己，没有任何做作的外表。她不被野心或对物质的渴望所困。她拥抱简单的生活，散发著自在、友善和同情心。她与他人的互动不带恶意或争执，特别是与其他妃嫔。

刘彻认识到她钦佩他的智慧、自信、果断和男子气概。她尊敬并依赖他，将他视为丈夫而非帝王。她的优先事项与他的一致，总是融合到他更深层的情感。她处理两人关系的方式没有操纵、批评或唠叨。她从不寻求特别的恩惠、特权或奖赏。

最重要的是，她有一种独特的能力，能缓解他的压力。当她感受到他的思虑重重，她会温柔地询问：「这真的有那么重要吗？」如果他带著负担回家，她会鼓励他：「何必让这些烦恼减短您宝贵的生命？生命是短暂的。让我们今晚一起度过一些美好的时光，享受心灵的平静，把那些琐碎的忧虑放在一边。我为您准备了一道美味的菜。」这样，她就像压力锅的释压阀一样，成为他动荡和压力重重生活中的舒缓良药。

刘彻的官场环境充满了残酷和诡计，因此他需要卫子夫在精神上提供一个平静的避风港。刘彻觉得自己的性格属于强烈的阳刚，需要卫子夫的阴柔性格来调和与软化。由于她对政治和后宫斗争不感兴趣，刘彻相信她不会给他的统治和皇室带来麻烦。

由于以上因素，刘彻迅速爱上了卫子夫。当陈娇皇后得知此事后，她被嫉妒之火吞噬，陷入疯狂。她极端地反应：先是哭泣，然后制造喧嚷和扰乱。她甚至多次企图自杀，幸好都被及时救下。后来，精神失常的陈娇从一位巫师处学会了如何崇拜鬼神，使用咒语诅咒卫子夫。她还学会了诱惑的邪术，以重新赢得刘彻的青睐。

当刘彻听到这件事，他勃然大怒，命令进行彻底调查。经过真相大白后，陈娇被认定有罪。因此，刘彻废了陈娇，将她囚禁在一座荒废的宫殿中。当刘嫖(陈娇的母亲和刘彻的姑母)听闻这惩罚时，向刘彻磕头乞求赦免陈娇。她说：「当您四岁的时候，陈娇是您表妹和玩伴。我曾抱著您问道：『您愿意娇娇将来做您的妻子吗？』您断然地回答：『是的，我要为她盖一座金宫殿。』您忘了你们之间的友情。她的不当行为是因为您对她忽视。她不该受到这样的惩罚。」

刘彻回答道：「别担心，姑姑。虽然陈娇被废，但她将继续领取与皇后相同的俸禄和待遇。她可以舒适地生活到老。」

两年后，卫子夫为刘彻生下一名男孩，取名刘据。刘彻因此非常兴奋，因为他已经盼望了十年能有一个儿子。当时，刘彻大约三十岁左右。到了这个年龄还没有继承人，对他的统治来说可能是一个严重的危机。高兴的刘彻随后将卫子夫封为新的皇后。

第五回：雄心勃勃

本回人物介绍

刘彻	刘启的第十儿子，王娡的独子，汉朝第七任皇帝，本回主角
窦漪房	窦太皇太后，刘恒的妻子，刘启的母亲，刘彻的祖母
匈奴	强大的游牧民族，居住在当今的蒙古和西伯利亚
田蚡	王娡太后的同母异父的兄弟，现任丞相
公孙弘	刘彻的臣子

本回地点介绍

南越国	广东省，广西省，越南
闽越国	福建省
高丽	韩国

在与刘彻在祖庙的会面四年后，窦太皇太后窦漪房于公元前135年春天离世。她与丈夫刘恒合葬于同一陵墓。

对于祖母的逝世，刘彻心情复杂。一方面，他对失去这位慈祥、睿智的祖母深感哀伤，她曾培育他、支持他登上帝位。另一方面，他对于已故的祖母不能再监督和干涉他的统治感到松懈和解脱。

丧期一过，刘彻迅速免去许昌丞相的职务，改任命田蚡为新的丞相。他接著召集了自己的亲信官员及谋士，召开会议。他在会上的开场白道：「我高祖父成功推翻秦朝，统一国家，为国家带来和平与稳定，这是历史上的一大成就。我祖父和父亲为国家带来和平与繁荣，也是辉煌的业绩。现在，延续他们的伟业的重任落在我的肩上。时代在变，世界变得更加复杂和充满危机，我们面对的挑战也越来越多、越来越艰巨。我希望能将祖先的伟大遗产提升到新的高峰，让我们的国家更加强大。为了完成这个使命，我需要你们的帮助来应对眼前的挑战。目前，我们面临四大主要挑战。首先是国家安全问题。匈奴不断侵犯我们的边境，掠夺我们的土地，杀害我们的人民。多年来，我们试图通过和亲来安抚他们。这策略一度有效，但现在已失效。我们甚至将我们的公主和皇帝的美貌嫔妃嫁给他们的王子和亲王，却白白牺牲了我们女性的幸福和尊严。我们试图用女人安抚匈奴，而不是用男人去对抗他们。这是我们的懦弱，绥靖只会招致更多侵略，懦弱只会带来失败。因此，我们必须将匈奴驱逐到远北，削弱他们的力量，斩断他们的触角，让他们永不再威胁我们。此外，我们还需平定南越和闽越的叛乱国家，并征服战国时期燕国移民建立的高丽族群。

第二，朝廷的权力相对于诸侯国家有所下降。他们的财富总和已超过朝廷，而这些财富使他们能够建立自己的军队。就像过去的七国之乱一样，诸侯王的叛乱威胁正在增加。

第三，商业和工业的发展正日益增强。它们创造了一个过去微不足道的富裕阶层。他们和农民之间的财富差距正在扩大。政府仍缺乏有效的政策来缩小这种财富差距。这种差距是不稳定的根源。此外，随著更多的财富积累在民间，政府变得更加贫穷，政府的权力也在削弱。我们需要改革我们的财政和经济政策，以遏制这种发展。

第四，社会的道德水准正在衰退。肮脏富裕的阶层和贵族正在腐蚀政府官员。由于金钱可以买到权力，我们治理的基础被动摇了。没有诚实和忠心，就没有爱国，国家就会崩溃。仅靠法律无法防止犯罪，严厉的法律只会产生怨恨和叛乱，这正如我们在秦朝所见。我们必须提高国家的道德标准。」

田蚡发言说：「陛下，我同意您的看法。关于国防问题，我们不断受到匈奴的攻击。如果我们想要对抗他们，我们必须增强我们的军事力量，不仅是军队的规模，还有军事战略的运用。在过去，我们的骑兵力量薄弱，步兵力量强大。由于匈奴擅长骑术，他们的军队行动敏捷，我们必须建立更强的骑兵力量，训练出更好的骑士，并找到能够领导灵活军队的优秀将领。建立这样的能力需要更多的资金和时间。」

刘彻回答说：「我意识到了这种需求。您是丞相，有责任尽快建立这种能力。」

「但我需要大量的预算才能做到这一点。钱从哪里来？在过去的几年里，国家经历了饥荒，紧接著是歉收。老百姓的生活紧巴巴的。政府已经在救灾上花费了巨额资金。筹集大笔资金准备战争确实是一个挑战。」田蚡说。

「尽管老百姓贫穷，但有许多富有的商人和贵族可以向政府捐款。您需要与农业和财政部长合作，找到为政府筹集资金的方法。」刘彻回答说。

公孙弘是一名阿谀奉承、狡猾的官员和伪儒家，他发言说：「在远 古的尧舜时代，政府并不重视官职和奖赏，人民互相鼓励行善。尽管政府不讲究惩罚，人们也不犯法。这是因为高位者品行正直。后来，由于官位被提升，对官员的奖赏慷慨，人民反感。惩罚严厉，但犯罪更多。这是因为高位者缺乏礼仪。

因此，通过根据人才分配官职，裁减无用职位和项目，精简政府官僚，政府开支自然会减少。如果不夺走农民耕作的时间，不浪费他们的劳力，人民自然会富裕。如果我们提拔有才德的官员，淘汰邪恶的官员，政府将会顺畅、正确地运作。惩治邪恶，奖励有功，是治理的关键。

在治理百姓方面，我们必须给予他们上诉的途径，这样他们就不会有怨恨。如果他们在道德上受到教育，就不会有暴行。如果官员像爱自己的孩子一样爱护百姓，人民必定会爱政府和官员。治理国家最重要的任务是让人民接受道德教育，这样人民自然会遵守法律。

现在政府正要进行重大改革，计划对抗匈奴，肯定需要广大民众的支持，招募许多战士。要让人民为国家牺牲，必须提倡爱国和忠心精神。在众多思想流派中，只有儒家最重视忠心和尊重权威。因此，我支持仅采纳儒家，废除所有其他学派。」

由于公孙弘代表刘彻发表了这番话，后者强烈赞同复兴儒家的想法，这将为他提供更多控制国家的权力。

第六回： 卫青

本回人物介绍

卫青	卫子夫的同母异父的弟弟，年轻的将军
郑季	卫青的父亲
卫媪	卫青的母亲
卫子夫	刘彻的寵妃，后来成为皇后
刘彻	汉朝第七任皇帝, 本回主角
公孙敖	卫青的好友，将军
匈奴	强大的游牧民族，居住在当今的蒙古和西伯利亚
公孙贺	一位将军
李广	一位将军
霍去病	卫青的外甥，年轻的军事天才
赵食其	一位将军
曹襄	一位将军

本回地点介绍

平阳县	山西省
河东郡	山西省
上谷	河北省
云中	内蒙古
雁门关	山西省
朔方郡	内蒙古
高阙	内蒙古

定襄	内蒙古

卫青出生于河东郡平阳县。他的父亲郑季，在县里担任小官。郑季在平阳公主家工作时，与主人的妾室卫媪有染，卫媪便生下了卫青。卫青出生后，最初在郑家抚养，但遭到同父异母兄弟的歧视。郑季将卫青送去当牧童。因此，他不得不回到母亲身边，成为平阳公主的奴隶侍卫，负责照顾马匹。卫青与同母异父姐姐卫子夫一同被平阳公主抚养。

卫青年幼时，一位脖子上戴著铁项圈的陌生人为他占卜，说：「您是位高贵之人，注定成为高官贵族。」卫青笑著回答：「我是个奴隶。如果能避免被人打骂，我就心满意足了。我怎么能梦想成为贵族呢！」

卫青的命运发生了转折，由于他的同母异父姐姐卫子夫进宫成为刘彻的宠妃。多亏了他的姐姐，他也得以进入宫中。刘彻的姑母刘嫖想帮助自己的女儿陈娇皇后摆脱卫子夫的威胁。然而，经过深思熟虑后，刘嫖不敢动卫子夫，反而将目标转向卫家的其他成员。她监禁了卫青，计划在狱中将他处死。后来，卫青得到了好友公孙敖冒生命危险救援他，于是他免于一死。

刘彻得知此事后大为震怒。他一时冲动，任命卫青为廷卫队长、侍中、太仆。他还封卫子夫为夫人，仅次于皇后的地位。作为廷卫队长和侍中，卫青有机会密切跟随皇帝，陪同他听取朝政事务。一年之内，刘彻就非常信任卫青。

公元前 129 年，匈奴入侵上谷地区，劫掠边境，蹂躏该地。于是，刘彻开始使用卫青，派他前往上谷，负责驱逐匈奴。皇帝还命令卫青的好友公孙敖从代郡出发，公孙贺从云中出发，以及李广领兵经过雁门关。每位将领都率领一万骑兵，从不同路线对匈奴发起同步攻击。卫青获胜，俘虏了七百名匈奴指挥官作为战利品。公孙贺未能取得重要成果，公孙敖被击败，损失了七千骑兵并返回，李广也被匈奴击败。他被俘虏，但设法逃脱并返回。

战前，人们对卫青抱有怀疑，质疑他仅因姐姐卫子夫而从奴隶上升为将军。从军队的高层到底层，人人都在质疑卫青是否胜任此任务。卫青凭借他在军事上的卓越成就，向人们证明了自己的能力。刘彻对卫青的表现感到满意，封他为车骑将军。

在随后的两场战役中，卫青也取得了令人瞩目的胜利。

公元前 124 年，当匈奴的高级官员右贤王多次侵扰朔方郡时，刘彻派遣卫青，率领三万铁骑，前往高阙。这次，多支军队集结，总兵力超过十万人，准备与匈奴进行一场您死我活的战斗。安逸的右贤王认为汉军远在天边，不会很快构成威胁。他整日饮酒作乐，经常醉酒。卫青趁夜发起突袭，在右贤王反应过来之前已包围他。右贤王惊恐万状，夜里只带几百人突围而逃。在这场战役中，卫青获得了更多战利品：俘虏了十多名匈奴贵族、一万五千名匈奴平民，以及成千上万的牛羊。他还把匈奴逐回北方数百里。卫青凯旋回到京城。在返回途中，刘彻派来的使者已经到达，并带来了大将军印玺，意味著成为军队的统帅。卫青被封为大将军，拥有指挥所有其他将军的权力。他还被封为拥有八千七百户封邑的侯。卫青的三个儿子都被封为侯爵。卫青感到这些奖赏过多且迅速，谦虚地对刘彻说：「我的儿子们还是幼童，就被封为侯爵。他们对胜利没有丝毫贡献。军队的成功是因为陛下的得当指挥，以及我的部下们的勇敢和坚韧。我请求陛下撤销对我的儿子们的奖赏，而奖赏我的部下。」刘彻立刻回答：「好吧，我会奖赏您的部下。」随后他封了卫青的几位下属将军为侯。

这场战役之后，卫青开始培养他的外甥霍去病，为他准备更多的责任和挑战。

公元前 119 年，刘彻在军事会议上宣布，他将再次对匈奴发动攻击。他说：「匈奴已逃至沙漠远北，认为汉军无法越过沙漠。这次，我们将发起一场大规模攻势。」因此，他派遣大将军卫青和车骑将军霍去病，各自率领五万骑的精锐骑兵，四万战车和十多万步兵。善于作战、勇于战斗的勇士们都被分配给霍去病。

刘彻命令霍去病从代郡出发，卫青从定襄出发。李广被任命为前锋将军，公孙贺为左将军，赵食其为右将军，曹襄为后卫将军。他们都在大将军的指挥下。当匈奴王听闻汉军的进攻消息时，他命令所有部落向北撤退，在沙漠北侧用精锐部队设下埋伏。

卫青的军队出发后，他们获得了匈奴王宫的位置消息，卫青亲自率领精锐骑兵朝王宫进发。后来，因为李广年老，卫青不允许他担任前锋，改任命公孙敖担此职。李广愤怒，不行礼而去。

卫青向北进发千里越过沙漠，遇到匈奴军队已做好战斗准备。卫青命令他的铁甲战车构成防御阵势，然后派出五千骑兵进攻。

匈奴以一万骑兵应战。战场上战斗激烈，直到黄昏时分，尘沙滚滚，战斗持续。卫青随后指挥其余军队包抄攻击匈奴的后卫。

匈奴王见证汉军的力量和威武，意识到无法获胜，便在数百骑兵的保护下向西北方逃窜。当卫青得知匈奴王逃跑的消息时，他立即率军追击。战场上的匈奴士兵意识到他们的王已经逃跑，陷入混乱，阵形迅速崩溃，慌乱逃散。

卫青追击超过二百里，直到次日黎明。在广袤荒凉的地形中，看不见匈奴士兵或马匹的踪影。然而，在追击途中，他杀死或俘虏了二万匈奴，夺取了他们积累的粮食储备，焚烧了他们的城，然后带兵返回。

李广和赵食其领军前进，但由于没有向导，在沙漠中迷路了。卫青回程时抵达沙漠南部，遇到了他们。卫青的军队检查员质问他们为什么耽搁，命令李广的部下向朝廷宪司报告进行询问。李广说：「我的部下无过。是我的错误，我迷路了。」说完，他拔剑自刎。

李广以正直著称，与士兵共患难。作为一名高级将领四十多年，他去世时并未留下大量财产。当士兵遭遇困难，无水可饮时，李广也不会饮水。当士兵饥饿时，他也不会进食。得知他的死讯，全军泪流。

霍去病从代郡出发，遭遇匈奴东部军团。霍去病发起攻击，果断击败匈奴部队。在追击中，他俘获了三名匈奴王子，以及将领、丞相、军队指挥官，共计八十三位重要人物。一路上，他杀死或俘虏了超过七万人。

这次战役中，汉朝取得了巨大胜利。然而，损失也很惨重。军队返回朝廷后，刘彻设立了大元帅的职位，这是国家武装力量的最高指挥官，由卫青和霍去病共同担任，两位分别是舅父和外甥的关系。从此之后，卫青的影响力逐渐降低，而霍去病的声望和权力日益增长。

卫青七次对抗匈奴军队，取得了七战七胜的卓越战绩，未尝一败。他的军事成功标志着匈奴和汉朝斗争的转折点。从此，匈奴部落被大幅削弱。他们不再是侵略者，而成为几十年后的防卫者。这一成就巩固了刘彻的政权和声誉。

卫青军事纪律严明但公正，他关心士兵，愿意与他们共患难。他在战场上勇敢，深受部队爱戴。他虽然才华横溢，但他谦虚低调，和蔼可亲，谦逊有礼，从不傲慢或专横。尽管他拥有非凡的军事成就和高位，但他没有利用自己的权力结党或干预朝政。因此，他在同僚中颇受欢迎。

公元前 106 年，卫青去世，享年约五十岁，结束了他传奇的一生。

第七回： 霍去病

本回人物介绍

霍去病	卫青的外甥，年轻的军事天才，大元帅
卫青	卫子夫的同母异父的弟弟，大元帅
卫子夫	刘彻的皇后
卫少儿	卫青的妹妹，霍去病的母亲
公孙敖	卫青的好友，将军
浑邪王	匈奴的藩王
休屠王	匈奴的藩王

本回地点介绍

平阳县	山西省
河西走廊	甘肃省，新疆省
长安平	陕西省

霍去病的父亲是平阳县政府的一名低级官员。他被派往平阳侯的府邸服务，在那里他与卫青的妹妹卫少儿有了一段风流韵事，并且生下了霍去病。由于卫子夫和卫青的关系，霍去病在十八岁时进入皇宫服侍刘彻。霍去病擅长骑马、射箭和武艺。后来，他加入了舅父卫青对抗匈奴的军事行动，担任特种部队的指挥官。他曾率领八百轻骑兵远在主军之前，杀死和俘虏了两千多匈奴，擒获了他们的丞相、军队指挥官，杀死了匈奴王的父亲，并俘获了匈奴王的叔叔。刘彻很快就提拔他成为车骑将军，当时他才十九岁。

公元前 121 年，汉朝再次对匈奴发起攻击。霍去病与公孙敖一同领导数万骑兵越过边界。霍去病深入匈奴领土两千多里，与公孙敖失去联系，无法会合。霍去病率领孤立无援的军队，穿越小月氏的领土，俘虏了两名匈奴王子、一名丞相和一名指挥官。大约有两千五百名匈奴投降，总计杀死或俘虏了超过三万人，包括匈奴王七多个儿子。

当时，霍去病的军事才能无人能及，超越了老一代的将军。他只选择精锐士兵，并且有勇气深入匈奴核心地带，经常率领骑兵远离主军进行打击，从未遇到危险。相比之下，其他资深将领经常迷路。因此，他受到皇帝的越来越多信任，几乎与舅父卫青相等。

当时，匈奴王对两个部落领袖浑邪王和休屠王不满，因为他们被汉军反复击败。他计划召唤他们回朝廷处死。他们的领土位于匈奴领域的西部，靠近河西走廊。他们听到将被处死的消息，惊慌失措，决定投降并效忠汉朝。当刘彻接到报告，担心这可能是假投降，他派遣车骑将军霍去病带领大军去迎接他们。在途中，休屠王改变了主意，但浑邪王杀死了他，合并了他的部落，向东移动加入霍去病的军队。许多浑邪王的部下不愿投降并逃跑。霍去病率领骑兵进入匈奴营地，会见浑邪王，然后发起行动，擒杀了超过八千名逃亡的官兵，之后将浑邪王护送回长安。刘彻奖励浑邪王十万两黄金，封他为侯爵，赐予他一万户的封地。霍去病也被额外赏赐了一千七百户的封地。

霍去病另一项辉煌的军事成就是公元前 119 年与舅父卫青一同攻击匈奴，这些细节已在前面的部分描述过。

霍去病以他的稳重和沉著的态度称著，少言寡语但行动果断迅速。刘彻曾想教他《孙子兵法》，但霍去病说：「战争依靠的是灵活的策略，不应受古老军事教条的束缚。」

刘彻曾命令为他建造一座宏伟的住宅，并邀请他前去参观，但霍去病说：「匈奴未灭，我何需家宅？」因此，刘彻非常爱戴并信任他。

然而，霍去病也有缺点：他对下属严厉，且不了解百姓的苦难。他出生于一个富裕和显赫的家庭——他的姨母是皇后，舅父是大将军——对士兵极为严格和严厉，这与他舅父的做法完全相反。在卫青和霍去病的帮助下，刘彻能够消除匈奴入侵的威胁，并显著削弱了匈奴的势力。这是刘彻在位期间的伟大成就之一。

公元前 117 年秋，霍去病突然逝世，年仅二十三岁。当刘彻听到霍去病去世的消息时，他悲痛至极，无法自已。他哀悼这位伟大人才，而随著卫青年老，没有人能接替他们的位置。刘彻特别委托建造了一座宏伟的霍去病陵墓，其规模可媲美帝王陵墓。

霍去病有一个同父异母的弟弟名叫霍光。当霍去病成为战车骑兵将军时，他把弟弟带到长安，并推荐他担任御尉队的官员。后来，霍光的职业生涯蒸蒸日上，晋升为皇家战车总监，然后成为高级国家官员。刘彻信任霍光，霍光会陪同皇帝在宫外乘车出行，并在宫中侍奉皇帝身旁。他谨慎忠诚，从未犯过任何错误。霍氏兄弟是刘彻最信任的人之两位。

第八回： 张骞之旅

本回人物介绍

刘彻	刘启的第十儿子，王娡的独子，汉朝第七任皇帝，本回主角
老上单于	栾提冒顿单于的儿子，匈奴王
张骞	汉朝使节，本回主角
浑邪王	匈奴藩王之一

军臣单于	匈奴新任王帝，继承老上单于
阿玛	匈奴少女
王忠	张骞的助手
重耳	春秋时代晋国的公子，后来是晋文公
晋文公	春秋时代五霸之一
介子推	晋文公的忠臣
霍去病	卫青的姪，年轻的军事天才
李广	汉朝将军

本回地点介绍

月氏	塔吉克斯坦，乌兹别克斯坦
敦煌	甘肃省
祁连山	甘肃省
成固	陕西省
汉中郡	陕西省
长安	陕西省
河西走廊	甘肃省，新疆省
武威郡	甘肃省
张掖郡	甘肃省
酒泉郡	甘肃省
敦煌郡	甘肃省
天山山脉	甘肃省，新疆省
张掖丹霞	甘肃省
月牙泉	甘肃省
敦煌鸣沙山	甘肃省
玉门关	甘肃省
吐鲁番	新疆省
长安	陕西省
南越郡	广东省，广西省，越南
帕米尔高原	新疆省，吉尔吉斯斯坦，阿富汗
大宛国	费尔干纳盆地

费尔干纳盆地	乌兹别克斯坦，吉尔吉斯斯坦，塔吉克斯坦
乌孙	新疆省，吉尔吉斯斯坦，哈萨克斯坦
大夏国家	阿富汗 塔吉克斯坦
塔里木盆地	新疆省内的天山，昆仑山，阿尔金山脉
羌人领土	塔里木盆地
云	云南省
贵	贵州省
昆明	云南省
滇	贵州省
夜郎国	贵州省
安息	伊朗
身毒	印度

公元前 139 年，刘彻从匈奴俘虏那里得知，有一个叫做月氏的国家，位于敦煌和祁连山以西。起初，月氏与匈奴关系尚可，但后来，匈奴老上单于的暴虐本性加剧。他杀害了月氏王，甚至用他的颅骨作为饮酒的器皿。因此，月氏大举逃亡，与匈奴结下深仇大恨。刘彻于是构想与月氏结盟攻击匈奴，相信这样的联盟可以击败匈奴。然而，刘彻以前从未听说过月氏国，也不清楚它的确切位置。寻找月氏不仅涉及漫长而危险的旅程，要横跨可怕沙漠，还需穿越匈奴控制的领土。这样艰巨的任务必须委托给有勇气的人。没有一位使节敢于接受这个挑战。

张骞来自汉中郡成固（今天的陕西省城固县）。他在刘彻身边担任侍从，赢得了皇帝的深厚信任。张骞当时二十一岁，体格壮健，诚实可靠和聪明。这些品格使他能够应付旅途中的各种危机。在求职面试中，刘彻问张骞：「您为何对这份工作感兴趣？」

张骞回答说：「如果我的任务成功，我将为国家带来和平。许多士兵为了同一目标牺牲了自己的生命。我不像他们那样，不是个出色的战士，但我很勇敢。真正的大勇，不仅是在战场上杀敌的蛮力，而是为了国家和世界的利益，有决心、坚韧和忍耐去做不可能的事情。」

刘彻对张骞的回答印象深刻，任命他为汉朝的使节，执行前往西方的外交使命。

张骞带领一个由一百多人组成的代表团，其中包括一名匈奴向导和一名翻译员。这个代表团从京城长安出发，向西北方面对一场大挑战。离开京城后，团队沿著河西走廊前行，这里曾是匈奴浑邪王的领土。他投降后将这片土地割让给了汉朝。汉朝政府在这片广阔的土地上设立了四个郡：武威郡、张掖郡、酒泉郡和敦煌郡。这条走廊是一条山谷，北边是天山山脉，南边是祁连山脉。由于这些郡都由汉朝统治，团队平安地穿越这些地区。

他们的团队首先在张掖的丹霞停留，这是一系列位于祁连山东侧的山脉。这里有峭壁和悬崖，看起来仿佛是鬼斧神工所雕琢的。还有彩色的丘陵，每座丘陵都由清晰分层的不同颜色的地层组成。这些层的颜色包括红色、黄色、橙色、绿色、白色、青灰色、灰黑色或灰白色。从远处看，整个山脉就像是壮丽的孔雀尾屏，或一幅由无数重叠彩虹组成而魅力无穷的画。

团队接著花了两天的时间前往敦煌。黄昏时分，他们到达敦煌鸣沙山脚下的月牙泉，在那里休息并饮水。这是一个位于敦煌沙漠中的小型新月形湖泊。它被高大的流沙丘所环绕，但最令人惊奇的是，风没有将沙子吹入湖中。湖水呈碧蓝色，被微风轻轻搅动，形成小浪，反映出落日中的周围山丘，宛如连绵不断地起舞。

穿越河西走廊的愉快旅程之后，向导向团队发出警告：「我们下一站将是玉门关，这是汉领土的最后出口。关外是一片大沙漠。我们接著需要穿过吐鲁番，那里位于沙漠的低洼盆地。由于那里热如熔炉，我们不能在白天通过，否则可能会中暑身亡。我们应该在白天休息，并在月光下行进。然而，夜晚也存在被狼群袭击的风险。所以，我们必须随身携带火把以防狼群。穿过吐鲁番后，我们将需要向西行进，进入由匈奴占领的沙漠中心。如果我们能幸运地穿过沙漠，我们将需要爬上天山。月氏国家位于高山的西边。在整个旅程中，我们必须携带尽可能多的水。」

团队严格遵守向导的指示，在吐鲁番平安通过。然而，在沙漠中，他们的运气转差，被匈奴巡逻队拦截。张骞随后被送到军臣单于面前，他是臭名昭著的老上单于较为温和的儿子。

军臣单于表达了他的愤怒，质问道：「月氏位于我们的西北方。一个汉朝使者如何能在未经我同意的情况下穿越这里土地？如果我未经允许就前往长安或南越，这又算是什么？」

张骞在翻译的协助下恭敬地回应说：「对于忽视了适当的礼仪，我深表歉意。汉皇帝对贵天下并无恶意，他只是对西方的探索感兴趣，而我是前往月氏国家的友好使者。」

单于身旁站著一名约十六岁的少女，名叫阿玛。单于转向她询问：「阿玛，他说了什么？」阿玛忠实地将张骞的话转告给单于。
单于宣称：「我不能允许您与月氏建立外交关系；他们是我的敌人。我敌人的朋友也是我的敌人。因此，我必须扣留您。」

阿玛准确地翻译并转达了单于的决定给张骞。「我会饶您一命，因为杀您并无益处。我尊重您对领袖的忠诚和您冒险西行的勇气。然而，我将无限期地将您软禁。」单于宣布。他随后将张骞和他的随从囚禁。出乎意料的是，单于为张骞提供了一个宽敞舒适的蒙古包，内配有两名管家照顾他。然而，蒙古包被巡逻者严密监视，限制了张骞在匈奴营地内的活动。

在接下来的几天里，张骞发现阿玛经常偷看他的蒙古包。最终，张骞感到烦恼，在某次她偷看时对她提出质疑，问道：「您为什么偷窥我？您侵犯了我的私隐。我没有何秘密要隐藏。」

「我道歉。我只是对您感到好奇，但守卫不允许我进入您的蒙古包。」阿玛解释道。

「您可以在蒙古包外面和我谈话。您想知道什么？」张骞询问。

「是的，有很多事情。」阿玛回答，脸上露出灿烂的笑容。

「嗯，您知道的，我是张骞，汉皇帝的使者。您还对什么好奇？」他问道。

「您多大了？」阿玛突然问。

「我二十一岁，对于使节来说还算年轻。」张骞承认。

「我十六岁，是单于的远亲姪女。我的父亲是他的表亲。」阿玛毫不羞涩地坦白分享。

「那么，您为什么一直偷看我？您知道这样做很无礼吧？」张骞仍有些恼怒地指出。

「对不起，但我对您很好奇。」阿玛承认。

「您还想知道我什么？」张骞问道，他的恼怒缓和下来。

「您读过很多中国书籍吗？」阿玛询问。

「是的，读过一些。」张骞有些不耐烦地回应 。

「太好了。我可以向您学习中文。我从小就在学习中文，因为我的祖母是中国人，她是汉朝皇室成员的远亲姪女。她告诉我你们文化中有许多宝贵的书籍。您读过哪些？」阿玛充满兴趣地问。

「为了获得一个官位，我不得不研读众多书籍，」张骞带著一丝自豪地回答。

「您能教我一些经典吗？我非常欣赏中国文化。我们匈奴擅长游牧、骑马和战斗，我们的女人善于烹饪、跳舞、唱歌、编织和摔跤。然而，我们在文学和艺术方面缺乏造诣，甚至没有文字。这就是为什么我被中国文化吸引。我相信我的思想比这里的大多数女孩更有求知欲，」阿玛表达道。

张骞心想：「这个女孩很有意思。她坦率、诚实、思想开放。」

「如果您愿意教我，我可以向我父亲请求允许跟您学习中文，」阿玛建议道。

「好吧，我每天可以抽出几个个时辰来教您，因为我没有太多别的事要做，」张骞同意了。

于是，阿玛和张骞开始每天见面，起初只有一个时辰，逐渐延长到好几个时辰。张骞教授阿玛学习中文字、谚语、历史、习俗和传统。阿玛作为回报，教张骞学习匈奴的口语。张骞非常聪明，在六个月内，他就能掌握匈奴三个主要部落所使用的三种方言。

一日，阿玛带来了匈奴男子的服装、线和刀。她劝告张骞：「您必须改变您的服装，看起来像个匈奴。看起来像我们其中一员是一种策略，可以说服我们的领导人，您已经融入并忘记了您的过去，这可能会为您带来更多的自由。」

当张骞默默地思考放弃自己民族身份时，阿玛开始摘下他的帽子和发簪。「我要在您头上编两条辫子。别动，」她指示道。

在他还来不及反对之前，阿玛已经修剪了他的头发，评论道：「您的头发太长了。需要剪短一些，这样辫子就不会垂到您的肩膀以下。」

她迅速在他的头上绑了两条辫子，并未征求他的同意，然后宣布：「您现在看起来像个匈奴。穿上这些衣服吧，」她指示道。

张骞似乎被她那迷人而温柔的声音所吸引，便在她面前换上了匈奴的外衣。

阿玛随后笑了起来，俏皮地说道：「您现在看起来就像一个真正的匈奴。我会告诉我父亲和单于，您确实已经转变，放弃了回家的念头。」

几天后，单于果然命令撤走了守卫张骞帐篷的士兵。张骞逐渐被赋予越来越多的自由；起初，他被允许在市场上闲逛，后来可以在院子里骑马，最终，甚至可以穿越草原。

阿玛经常邀请他一起在草原上骑马。她是一名熟练的骑手，总是领先，她的风采在他的陪伴下散发出愉快的气氛。

在一个阳光明媚的日子，阿玛引导张骞来到一个被高耸悬崖环绕的峡谷。她下马后，热情地抓住张骞的手，快步带他走向悬崖边缘。她解释说：「这里被称为好运峡谷。在这里，人们可以从峡谷的一边大声许愿，然后听回声。如果回声响亮，就相信愿望会成真。试试看吧。」

遵循她的建议，张骞轻松地大喊：「阿玛万岁！」

轮到她时，阿玛突然激动地朝山谷大喊：「我爱您，张骞！」她的宣言有力地回荡并在空气中持续悠扬。

张骞对她的坦率感到惊讶和困惑。他努力控制自己的情绪，迅速走开。

几天后，阿玛直接问张骞：「您喜欢我吗？」

「当然，」张骞回答。

阿玛受到鼓励，问道：「那您愿意娶我吗？」

张骞犹豫了。他深知自己对阿玛日益增长的浪漫感情，但也意识到他们的关系可能带来的危险，鉴于他们的国家之间的敌对。他常常责怪自己没有抑制住自己的浪漫感情。

「呃，……」他语塞，不知该说什么。

「请说您会娶我的！」阿玛迫切地说，她的焦虑显而易见。

他再次犹豫，这次阿玛的反应立刻而情绪化。泪水顺著她的脸颊流下，她冲出帐篷，心烦意乱地跳上马，急忙地策马而去，马儿对她的急迫表示抗议。

第二天早上，张骞被外面的喧闹声唤醒。骑马的男人们正在组织搜寻队，互相喊著指示。

阿玛的父母发现她失踪了，非常担心。他们不知道前一天发生的事情。她的父亲加入了搜寻，骑著马穿越草原，呼喊著阿玛。

最终，他在好运峡谷的边缘找到了阿玛，她整夜都坐在那里，泪流不止。

「您整夜在这里哭泣干什么？」他关切地问。

「爸，让我再坐一会儿吧，」阿玛柔声而心碎地回答。

「发生什么事了，？」她父亲询问。

阿玛没有马上回答，而是在父亲的怀里寻求安慰，像一个心碎的孩子一样哭泣。

「哦，我明白了。张骞一定伤害了您，」她的父亲推断。

「他不想娶我！」她啜泣著说。

「傻丫头，您年轻又美丽。有很多适合的年轻男子想要您。为什么执著于一个外国人？」她的父亲理智地说。

「我爱他，我相信他也爱我。但他不愿意娶我。我的心属于他，现在却被打碎了。我不明白，」阿玛含泪解释。

「这很简单。我可以给他钱，让他娶您，」她的父亲建议道。

「不，他对钱不感兴趣，」阿玛回答。

「我可以给他一个贵族头衔，」她的父亲提出。

「不，那也不会让他感兴趣，」阿玛说。

「啊，我有个主意。回家去，休息一下。等待明天的好消息，」她的父亲安慰她，拍拍她的肩膀。

第二天早上，阿玛的父亲带著激动的语气面对张骞。「您欺骗了我的女儿，」他宣称。

「不，我没有，」张骞平静地回应。

「您让她堕入爱河，却拒绝成婚。这是欺骗，是对她情感的利用。我不能允许这种事情发生。您必须娶她，」阿玛的父亲坚定地说。

张骞被震惊了，只能惊讶地说：「什么？」

「除非您同意娶她，否则我将处决您的部下，从现在开始每天一人，直到您答应娶她，」父亲威胁道，然后突然离开。

隔天，一位惊慌失措的汉使突然闯入张骞的帐篷。「王忠被捕了，带到了广场上！他们在谈论处决的事情，毫无正当理由。快来！您必须介入，救他一命。」

张骞到达广场时，目睹了一幕严峻的场景：阿玛的父亲站在跪地臣服的王忠身旁。张骞意识到这种紧迫的情况，心想：「我必须因为不决定是否娶阿玛而让我的同伴死去吗？我能以生命为代价来抗拒这种胁迫吗？毕竟，王忠有家庭。我怎能为了自己的犹豫而忽视他们的悲痛？」

张骞走向阿玛的父亲，宣布：「我会娶阿玛。请饶了他。」

令他惊讶的是，阿玛的父亲回应他时，竟然开怀大笑，热情地拥抱张骞。「您将是我出色的女婿，」他高兴地喊道。

在他们的婚礼之夜，张骞告诉阿玛：「我对被勒索感到厌恶。」

阿玛迅速试图减轻他的愤怒。「这不是我的主意。我对父亲的计划一无所知。他是个大胆、固执，且可能相当严厉的人。就像许多匈奴男人一样，一旦他下定决心，没有人能说服他，」她诚恳地解释，她的声音带著求理解的请求。她继续说道：「我非常在乎您的感受。我完全属于您。当我感受到您拒绝我时，我很失望和痛苦，以至于我想死。」

张骞的语气变得柔和。「请相信我，我也非常在乎您。看著您那天离开我的帐篷，知道我令您痛苦，我的心也碎了。今晚让我们不要谈论这些不吉利的事情，」他温柔地催促。

阿玛带著庄严的热烈回答：「我是认真的。我们不能同年同月同日生，只希望会同年同月同日死。」

在接下来的十年里，张骞和阿玛共同建立了一个家庭，迎来了三个儿子，每隔两年生一个。张骞是个尽职的丈夫和父亲，而阿玛则成为一位充满爱心和奉献精神的贤妻良母。

尽管家庭生活充满欢乐，张骞的初衷任务仍然挥之不去地盘据在他的心头。每天早晨，他都会面朝南方跪下，进行祈祷和冥想。随著时间的推移，失败感和自觉的懦弱不断侵蚀他的良心，尽管他有妻子的安慰和爱护。这种内心的矛盾日益加剧，让张骞变得越来越沉默和内省，他曾经自信的风采慢慢消失。夜晚，他经常躺醒，挣扎于一个深刻的两难：对家庭的深厚爱恋，与对汉朝和祖国的忠诚以及未完成使命感的冲突。

阿玛敏锐且富有同情心，她认识到丈夫心中的痛苦。她也面临自己的冲突：深爱著张骞，想支持他的抱负，但又害怕分离的念头。

因此，张骞最初的使命在他们家庭内成了一个禁忌话题，一个两人都希望无限期地推迟的未解决问题。然而，张骞内心挣扎的重担变得如此压倒性，以至于每天早晨，他都会庄严地取出他的权杖，跪在它面前冥想，并经常不禁流泪。这个仪式不仅加剧了他的痛苦，也深深地影响著阿玛。

某个晚上家庭晚饭后，张骞的儿子们请求听一个中国历史上的故事。张骞讲述了春秋时期，大约公元前 700 至 760 年间，晋文公和介子推的故事。

「大约六百年前，」张骞开始说：「晋国有一位名叫重耳的王子。他的邪恶继母篡夺了王位，让她的儿子晋惠公登基，迫使重耳逃亡，过著亡命之徒的生活。在逃往齐国的途中，重耳和他的同伴们粮食耗尽。他的一名忠心的追随者介子推切下自己大腿的一块肉，烹煮后奉给饥饿的王子。

重耳和他的团队最终到达了齐国，那里的齐桓公热情接待了他们，甚至为重耳安排了婚姻。在安逸的生活中度过五年后，重耳变得自满，忘记了夺回晋国正统王位的志向。他的妻子对他的不作为感到不满，责备他说：『您是晋国的王子，许多人为您牺牲。然而您却在这里沉溺于安逸，忘记了您的职责。我为您感到羞愧。』她随后强迫重耳离开了齐国。

重耳后来到达了秦国，那里的秦穆公帮助他推翻了晋国的政权。他被加冕为晋文公，成为春秋五霸之一。晋文公豪华地奖赏了那些在他十九年流亡期间支持他的人。

然而，在他的成功后，他忽略了介子推，介子推失望之下，带著他年迈的母亲退隐到了森林。后来有位臣子提醒晋文公，他遗忘了介子推。于是，晋文公下命随从到森林找寻介子推。但找了很久还找不到他。晋文公听从另外一位大臣提议放火烧山，逼迫介之推出来。悲剧的是，介子推和他的母亲在大火中丧生。在一棵树旁发现他们的尸体时，晋文公内心充满了巨大的罪恶感。他在树洞中发现了介之推留下的最后消息：『我为了您，我的主君，忠心地献出了自己的肉。愿您始终保持勤奋和智慧。如果我还在您心中，请坚守这些美德。』」

阿玛从张骞讲述的故事中领会到微妙的寓意。她内心反思：「真正的爱意味著渴望幸福，支持所爱之人的抱负。它不是永远紧紧拥抱爱人。过去，我想要永远将他拥入怀中，但爱不是占有；它是为了更大的善事而放手。」

几天后，阿玛勇敢地提起了长期避免的话题。她诚恳地对张骞说：「我已经深思熟虑了。您必须去追求您未完成的使命。不用担心我们；我可以照顾好孩子们。」

张骞语塞。

「我已经悄悄为您的离开做了准备，」阿玛继续说：「我秘密收集了您的旧文件和印章，并将它们打包在这个袋子里。这是另一个袋子，里面装满了食物、保暖衣物和金元宝。我还放了两大瓶水。您应该在明晚离开。为了帮助您的旅程，我画了一张通往月氏国家的地图。此外，我还秘密联系了您的五位随从。他们将同时离开家园。您要在沙漠中的一个绿洲与他们会合，绿洲距离这里一百里，如地图上的座标。」

张骞被伤感淹没了，紧紧拥抱她，而阿玛则不停地哭泣。

隔天黄昏降临时，张骞骑上他的马，阿玛站在蒙古包的入口处，眼里充满泪水。当马匹开始疾驰时，阿玛激动地大喊：「快回来！我会在这里等您！」

她四岁的儿子被她的喊声吵醒，从床上起来，站在母亲身后，注视著张骞离去。

「爸爸去哪儿了？他什么时候回来？」小男孩问道。

「他去市集买糖果给您。他明天就会回来。现在，回去睡觉吧，」阿玛回答，努力抑制住眼泪，保持镇定的神态。

张骞坚定地面向前方，不敢回头。他的泪水默默地流下，随著马儿稳定地疾驰而去。

张骞和他的五名随从开始了向西的旅程，前往位于今日塔吉克斯坦和乌兹别克斯坦的月氏国家。他们的行程穿越了雄伟的天山山脉和帕米尔高原，最终抵达了一个名为大宛国家，位于今日的费尔干纳盆地。这一地区横跨东乌兹别克斯坦，延伸至南吉尔吉斯斯坦和北塔吉克斯坦。抵达后，大宛王曾从商人那里听说过汉朝广阔而肥沃的土地，对张骞一行表示热烈欢迎。张骞透露他是汉朝的使节，原本被派往月氏国家，却被匈奴扣留了十多年。大宛王被他的故事感动，提供了翻译和护卫，以确保张骞一行安全抵达月氏国家。

经过一段艰难的旅程，包括穿越崎岖的帕米尔山脉，张骞终于抵达月氏国家。他的任务是说服他们的王与汉朝联手，共同对抗匈奴。然而，这一努力的结果并非如他所愿。

当张骞抵达月氏国时，它已经遭受了巨大变动。它被乌孙国打败，所以月氏人民被迫迁离故土。在迁徙途中，他们攻占了位于巴克特里亚 (即现在的阿富汗北部和塔吉克斯坦) 的大厦国，而在那里定居下来。月氏的统治者是一位女王。当张骞见到她时，她表达了对新环境的满意，说道：「这里的气候宜人，土地肥沃，我们的人民生活在和平之中。我们远离匈奴和乌孙，我不再觉得有必要报复匈奴。此外，汉朝距离我们数千里。如果匈奴攻击我们，汉朝的军事支援将因距离遥远而无法及时到达，效果有限。因此，我谦卑地拒绝与汉朝建立联盟的提议。」

张骞在月氏国逗留了一年多，未能取得任何进展，不得不勉强承认任务失败，决定返回长安。然而，他面临著一个艰巨的挑战：直接回家的路径需要穿越匈奴领土，这无异于闯入狮子窝。因此，张骞选择了另一条路径。

塔里木盆地由天山、昆仑山和阿尔金山所环绕，位于汉朝的西北方。盆地的北部居住著匈奴。张骞最初考虑绕过盆地的北部路线。然而，他最终选择了南部路线，这条路线紧贴塔里木盆地的南边，穿过羌人的领土，然后通往汉朝。历史上对汉朝持中立态度的羌地似乎提供了一条更安全的通道。然而张骞不知道的是，匈奴已经控制了这片区域。他选择南部路线的决定无意中再次将他带入了匈奴的囚禁之中。

张骞被重新抓获后，被带到了单于军臣面前。一位匈奴大臣提议立即处决他，但军臣驳回了这个想法，说：「杀了他没有意义。他是一位具有广泛知识、能力和正直的人。他对我们的政府将是一个宝贵的资产。我打算通过慷慨来赢得他的心。」单于允许张骞与他先前留在匈奴的妻儿团聚，希望他愿意在匈奴度过余生。

张骞过了近两年的时间后，终于归来，令阿玛欣喜若狂。她激动地紧紧拥抱他，泪水湿润了他的肩膀。「过去的两年，我每天都在祈祷您能归来。我的祈祷终于得到了回应，」她激动地说。

孩子们正在后院那里玩耍，她转向后院喊道：「爸爸回来了！」孩子们欢呼雀跃，蹦蹦跳跳地跑了过来。

阿玛面露喜悦，建议道：「让我准备一顿丰盛的羊腿大餐吧。您一定又累又饿了。」张骞满怀爱意地拥抱著每一个儿子，他说：「你们长大了许多。有没有乖乖的？」

小儿子紧紧抓著他的父亲说：「爸，我好想您。您常常出现在我的梦里。」长子好奇而天真地问：「这次您会和我们待多久？」阿玛迅速介入：「不要问这么愚蠢的问题。」虽然问题单纯无邪，但不经意间触动了阿玛和张骞心中的弦。

张骞在家中与家人共度的这一年里，他的思绪经常飘回汉朝，默默地渴望著有机会返回。这个机会终于来临，军臣单于去世，引发了匈奴皇室内部的激烈继承斗争和动乱。在这混乱中，张骞的存在几乎被忽视了。

张骞告诉阿玛：「我该离开的时候到了。」

阿玛坚决地回应：「我会跟您一起去。过去两年里，我日日夜夜思念您，我无比痛苦。我是您的，无论您去哪里，我都必须跟随。」

张骞担心地问：「那孩子们怎么办？」

「我们可以带上他们。长子已经十二岁了，能骑马。我可以抱著小儿子，您照顾中间的孩子，」阿玛提议。

张骞依然担心，指出：「旅程将会非常危险，我们有被匈奴士兵捕获的风险。」

阿玛毫不退缩地说：「我们会尽可能安全地旅行。如果路途太险，我们可以回头。但我们至少得尝试一下。即使被匈奴士兵抓住，他们会考虑到我们与皇室的关系，不会伤害我或孩子们。」

张骞和阿玛精心策划了一条逃脱路线，大约六百里到达汉朝控制的敦煌郡。他们的计划只包括两名随从：经验丰富的向导甘父和一名护卫。

一家人骑著三匹马出行：张骞、阿玛和他们的长子各骑一匹，阿玛抱著小儿子，张骞带著中间的孩子。他们的两位助手各骑一匹马，携带著团队的水、食物和行李。

在午夜出发后，他们穿越了两百里的草原，到了第二天晚上抵达敦煌沙漠的北边界。阿玛依靠一张旧地图，希望能找到一个绿洲，但令人失望的是，他们发现绿洲已经干涸。他们已经消耗了所带的四分之三水源。没有补充水源的机会，穿越沙漠变得不可能，因为他们预计剩余的旅程还需要两到三天。

迅速下降的夜间温度带来了额外的困难，让孩子们冷到骨子里。当一个微弱的声音从远处打破了荒野的宁静时，他们的困境恶化了。阿玛本能地把耳朵贴在地上，迅速站起来恐慌地说：「从地面传来的声音判断，我估计有数十骑兵正在接近我们。」

「他们有多远？」张骞问。

「大约二十到三十里，」阿玛回答。

「所以，他们将在不到一个时辰内到达，」张骞说。

「是的，我们需要改变计划。我会留在这里和孩子们在一起，您和助手们继续旅程。您带上剩下的补给，这些可能足够您剩下的旅程，」阿玛建议。

「如果您留在这里，他们会抓到您，」张骞说。

「他们不会伤害我和孩子们，因为我们是贵族，」阿玛回答。

「但我讨厌再次离开您！」张骞惊呼。

「您必须去。由于军臣单于已经去世，这次他们会杀了您。我想要对抗命运，但我们的命运就是需要分开，」阿玛无奈地叹息。她接著继续指示张骞：「快点走，趁他们还没到。您没有时间了。」

张骞勉强同意，情绪激动地拥抱了她和孩子们，打包行李，骑上马，急速前进。

他听到孩子们渐行渐远的呼喊：「回来吧，爸爸！快回来！」当他回头望去，阿玛和他们的孩子们的身影慢慢消失在地平线上，而张骞的脸上滑落著泪水。

张骞返回长安，这标志著他的旅程是白费的。十三年前，他带著一百人的代表团出发；现在，他只有两名助手相伴。他的使命失败了，因为月氏国拒绝了结盟的提议。带著一种失败和羞愧的沉重感，张骞走向刘彻皇帝，跪下并深深鞠躬，额头触地。

「陛下，我未能完成使命。我应受惩罚，」张骞沉重地承认。

令他惊讶的是，刘彻皇帝没有责备他，而是以温暖和欣赏回应。刘彻说：「我很高兴您回来了。您是一位英雄。关于月氏的情况我已不再关心，因为政治形势已经发生变化。匈奴在我们手中遭受了败绩，不再构成重大威胁。您的归来带来了关于西方世界的丰富知识。请分享更多您在那里的经历。」

张骞受到鼓励，详细地讲述了他的旅行。他详细描述了他所遇到的各个西方国家的地理特征和风俗。他向皇帝报告了他编制的详细地图和旅行路线，描绘出横跨数千里的广阔地带上散布著几十个小国家的生动画面。他重点地介绍了大夏国，提到了他们的竹棒和精致布料，并谈到了大宛人，他们像中原的农民一样耕种田地。此外，他还提到了在大宛发现的一种非凡的强壮的骏马，这种马以其不寻常的出血汗的特征而闻名。

张骞满怀从广泛旅行中获得的洞察力，向刘彻皇帝分享了他的愿景。「想象一下，如果如此广阔的土地能成为汉朝的藩属国，匈奴的威胁将大大减少，」他提议。

这个想法在刘彻心中点燃了野心的火花。他立即指派张骞建立与大夏的外交关系，指示他穿越云南（当时称云）和贵州（当时称贵）的西南地区复杂的小径。张骞的旅程带他到昆明，穿越了滇和夜郎的国度。然而，高山，湍急的瀑布及溪流，和险峻地形阻碍了他的进展。

张骞到了夜郎国，王热情地迎接张骞，奉上美酒，随意地询问:「汉朝与我们的国度相比如何？是不是更大？」

张骞被这个问题逗乐了，回答道:「夜郎国虽然迷人，但相对较小。你们被高山和茂密的森林所包围，与世隔绝。」夜郎王听了这番话后，被这一启示震惊，沉思著张骞的话。

在这次探险中，张骞无法继续向西进行，最终返回长安。

公元前 123 年春，刘彻皇帝命令卫青对匈奴发起进攻，任命张骞为此次远征的向导。张骞利用他对地形的深入了解，巧妙地引导主力军队避开没有草和水的贫瘠地区。这场冲突双方都遭受了沉重的伤亡，但汉朝最终获得了胜利，尽管代价巨大。为了表彰他的贡献，刘彻将张骞提升为侯爵。

两年后，公元前 121 年，张骞再次被召唤，这次是协助霍去病对匈奴发起战役。然而，命运并未如先前那般眷顾他。他被分配与李广合作，李广指挥著四千名先锋部队，而张骞则指挥著一万骑兵在后方。李广迅速前进，但张骞的部队却落后了。结果，李广的部队被匈奴包围并压倒。直到这次败战之后，张骞的骑兵才赶到支援李广。战后，张骞因物资支援的延迟受到批评，随后被降为平民。

公元前 121 年，张骞向刘彻皇帝提出了一个战略建议:「乌孙国曾是匈奴的附庸，现已变得强大，并开始抵抗匈奴的统治。如果我们以丰厚的礼物说服乌孙返回他们在河西走廊的祖先土地，并与我们结盟，就能显著削弱匈奴。与乌孙结盟也可能鼓励其他西方国家成为我们的附庸。」

刘彻看到了张骞提案的价值，指示他率领一个由三百人组成的庞大使团前往西方。使团带去了珍贵的礼物，包括六百匹马、数以万计的牛羊、金子、硬币和丝绸。

经过一段艰苦的旅程，张骞和他的使团到达了乌孙国。乌孙人和匈奴一样，是游牧民族，不断地随著牲畜移动。他们的王带著傲慢和高傲的气息接见了张骞。张骞提出皇帝的提议说：「如果乌孙同意重返祖先的土地，汉朝提出与王结成婚姻联盟，共同抵抗匈奴。」

乌孙王不屑地回答说：「我们在肥沃的土地上安家落户，对返回祖先的家园没有兴趣。」

张骞在乌孙国逗留了相当长的时间，未能取得有利的回应。因此，他派遣副使到各个地区，包括大宛（今科干）、月氏（今撒马尔罕）、大夏（今昆都士）、安息（今伊朗）、身毒（今印度）和其他邻国，以扩大外交接触。乌孙王为张骞的安全返回中国提供了翻译、向导和数十名保镖。张骞回到长安一年后，年仅四十八岁便去世了。

在这些努力之后，西方三十六个国家开始与中国建立外交关系，标志著丝绸之路的开端，促进了东西方的联系。

第九回： 苏武与李陵

本回人物介绍

李广	一位将军
李当户	李广的长子
李椒	李广的次子
李敢	李广的第三子
刘彻	汉朝第七任皇帝，本回主角
苏建	苏武的父亲
李陵	李当户的儿子，本回的主角
苏嘉	苏建的长子，苏武的哥哥

苏武	苏建的次子，本回的主角
苏贤	苏建的第三子，苏武的弟弟
单于栾提且鞮	新任匈奴王
张胜	使节，苏武的助手
常惠	使节团的书记
缑王	匈奴将军，策划叛乱
虞常	匈奴将军，策划叛乱
卫律	匈奴的权臣，单于的心腹
李广利	汉朝的将军
公孙敖	汉朝的将军
于靬王	单于栾提且鞮的弟弟

本回地点介绍

北海	贝尔加湖
雍宫	陕西省

李广将军有幸育有三名儿子，他们分别是李当户、李椒和李敢。其中长子李当户曾成为刘彻皇帝的随从。李当户的密友兼邻居，苏建，不仅身为将军，还是一位侯爵。然而不幸的是，李当户在年仅二十六岁时便离世了，留下了怀有身孕的妻子，后来她生下了儿子李陵。在童年时期，李陵常跟苏建的三个儿子——苏嘉、苏武和苏贤——一起玩耍。这四个孩子一起跟随一位儒家老师学习古文，并向一位闻名的武术大师学习武艺。

这四个孩子都来自军事世家，他们的武艺都颇为出色，尤其是李陵，在同辈中以武艺最为卓越。而在文学方面，则是苏武的表现最为出色。

在一次课堂上，古文老师对苏武和李陵提出了一个思考性的问题：「你们认为，对于我们的国家来说，最重要的个人美德是什么？」

年纪比苏武小六岁的李陵迅速回应：「在我看来，最重要的是勇敢。」

老师好奇地追问：「您为什么这么认为呢？」

李陵解释道：「我们的国家不断面临著匈奴的威胁。我们迫切需要勇敢的将军和士兵来抵御他们。」

随后，老师转向苏武，询问：「那么您呢？您怎么看这个问题？」

经常沉思熟虑的苏武回答说：「我认为，对皇帝和我们国家的忠心是最重要的美德。我听说朝廷中存在著许多奸诈和叛国之徒，他们正在蚕食我们的国家。若每位官员都能坚守忠诚，朝廷就不会有这样的腐败分子。」

老师对他们的回答表示认同，并指出：「你们两位的看法都有道理。然而，要全面理解勇敢与忠心的真正含义，并避免任何误解，这是非常重要的。让我们来深入探讨孟子所描述的勇敢概念，他提出了三种勇气。

首先是蛮勇。这种勇气的特点是，在面对肉体上的威胁，如皮肤被捏或眼睛受到攻击时，不会退缩，面对侮辱也必将反击。这样的人无畏于君王，也不畏平民，对任何权威都能勇敢地直面。这些都是蛮勇所体现的特质。

第二种是非理性勇气。这是指一个人表现出无畏，但对自己行为背后的正义缺乏深思。如果他们为了不正义的目的而战斗，那又该如何？这种勇气虽然大胆，但缺乏理性和责任感。

第三种，也是最值得赞扬的，是伟大的勇气。正如孔子所言，具备伟大勇气的人，在反思后认为自己错误时，不会欺压平民；当他认为自己正确时，即使面对万军之敌，也不会心生畏惧。当道路错误时，他宁可被视为懦夫，也不会选择那条路。当道路正确时，他则会不懈地、不顾一切风险地追求，哪怕是冒著生命危险或名誉毁损的风险。因此，陵，我希望您能拥有这种伟大的勇气。」

老师进一步阐述道：「谈到忠心，有两种截然不同的类型。第一种是我们所说的盲目忠心，这可能是有害的。例如，如果有人对一个邪恶的暴君表现出不渝的忠心，如商朝的纣王或夏朝的桀王，他们实际上成了邪恶行为的帮凶。另一方面，有一种是谨慎的忠心。这种忠心选择只与公正和正义的事而为。武，我希望您能体现这种谨慎的忠心。

你们两位强调勇气和忠心是对的，但重要的是要理解它们应该相辅相成。如果一个人只是在理论上致力于一个公正的目标，却没有勇气积极参与并坚持追求，他就只是在说空话。他甚至可能最终成为一个阿谀奉承者。」

老师对他们未来的抱负感到好奇，询问：「你们长大后有何抱负？在历史上，你们尊敬的偶像是谁？」

李陵坚定地回答：「我的抱负是成为像我祖父那样的无敌将军。我的英雄是传奇的霍去病和韩信。」

苏武同样坚定地分享了他的梦想：「我渴望成为一名丞相。我的偶像是受人尊敬的萧何和张良。」

他们的抱负在成长后确实实现了。李陵在十五岁时被任命为廷卫。他的职业生涯持续蓬勃发展，到了三十岁，他晋升为将军，指挥著一支来自昔日楚国的精锐部队，共有五千战士。刘彻皇帝还委托他负责保卫张掖和敦煌附近的北方边境。李陵以其卓越的箭术、骑术和武术技能而闻名。

苏武在三十岁时成为了皇帝的马厩经理，后来晋升为宫殿中所有杂务的首席管理员，包括马厩的管理。

在那个时期，汉朝与匈奴之间的关系充满了紧张，频繁发生冲突。公元前 100 年，新登基的单于栾提且鞮仍在巩固他的统治。他担心汉朝可能的攻击，他宣称：「汉与匈奴是同一家族的成员。汉帝是我在这个家族中的长辈。反对天子行事，于我而言是不可想象的。」他主动释放了之前在匈奴边境被扣留的汉朝使者，并向汉朝送去礼物，以表示善意。

刘彻皇帝十分欢迎这和平姿态，看到了解决两国长期争端的良机。他任命了苏武为副将军兼使节团团长。同行的还有宫廷卫队的副司令张胜作为副团长，以及常惠担任书记。他们的使命是护送被释放的匈奴使者返回他们的祖国，并向单于献上丰厚的礼物，象征汉朝的谢意和对和平的渴望。当时，苏武四十岁。

然而，当汉朝代表团抵达匈奴时，情况出现了意外的转折。与他们预期的不同，单于展现了一种傲慢的态度。此时，匈奴政府内部发生了重大的政变。两位匈奴将军，缑王和虞常，是这次政变的关键人物，他们密谋绑架单于的母亲，也就是王太后，然后投靠汉朝。

虞常曾在中国居住过，与张胜友好。他私下找到张胜，向他提出一个计划：「我很清楚汉朝憎恨叛徒卫律。我的计划是伏击并暗杀他，然后寻求中国的庇护。我希望能为我在中国居住的母亲和兄弟争取到奖赏。」张胜同意了这个计划。

虞常利用单于外出狩猎的机会，发动了突袭。但由于内部有人向单于告密，他们的计划遭到了挫败。单于和随行人员迅速进行了反击，抓获了虞常，并处决了缑王。事件发生后，单于任命了卫律来主持审判。

张胜担心虞常可能会泄露他们之前的谈话，于是他迅速向苏武汇报了情况。苏武惊慌地说：「这是个极其严重的事情，肯定会波及到我们。如果我被捕并被判有罪，那将会给汉朝带来耻辱，背叛了国家对我们的信任。」随后他拔出剑，试图自杀，但被张胜和常惠及时阻止了。

虞常果然承认了与张胜的阴谋。愤怒的单于考虑处死所有汉朝的使节。然而，一位匈奴的高官建议，杀死使节既不明智也无益，建议应迫使他们投降。因此，单于派出卫律去说服苏武、张胜和常惠投降。卫律面对张胜时宣称：「您密谋谋杀我，理应被处死。唯有投降，您才可能获得赦免。」张胜出于恐惧惩罚，选择了投降。

单于随后派使者通知苏武出席虞常的审判，意在利用这个机会迫使苏武投降。在虞常被斩首后，卫律宣布：「汉朝使者张胜密谋刺杀我这位单于的心腹，应当处以极刑。向单于投降的人将获赦免。」

卫律对苏武说：「既然副使有罪，您也应该受牵连。」苏武坚定地反驳：「我并未参与任何阴谋，也非他的亲属。我为何要承担连带责任？」卫律扬起剑指向苏武，但苏武依然泰然处之。卫律说：「我曾背叛汉朝投靠匈奴，幸得单于之恩，被封为王。我拥有无数奴隶、马匹和牲畜，积累了巨大财富。如果您现在投降，您也能拥有这一切。否则，您默默无闻地死去，谁又会记得您？」但苏武依旧毫不动摇。

卫律接著说：「如果您愿意跟随我投降，我会视您如兄弟。若您今天不接受我的建议，您将失去再见我面的机会，您要好好考虑。」

苏武愤怒地质问卫律：「你作为汉朝的臣民，作为你父母的孩子，你怎么能背叛忠义，背叛皇帝，抛弃家人，投敌呢？我为什么还要再见你呢？你手持生杀大权，却充满恶意，抛弃正义，想要挑起汉匈两国的冲突，造成两国灾难。南越国杀害汉使，被汉朝征服；大宛国也是如此；朝鲜亦是如此。只有匈奴因为不杀汉使而幸存下来。你明知我不会投降，你若杀了我，便是匈奴灭亡的开始。」

卫律意识到苏武的坚定不屈和拒绝投降的决心，便向单于报告了这一情况。单于急于让苏武屈服，于是将他关在地牢中，不给食物和水。下雪的时候，苏武只能吃雪和羊毛来填饱肚子，艰难地生存了许多天。匈奴觉得这是个奇迹，于是把他转移到北海（今天西伯利亚的贝尔加湖附近）的荒凉之地。他被迫放羊，只有等到公羊生小羊后才能回到汉朝。此时，包括常惠在内的其他部下和追随者也被囚禁在不同的地方。

苏武在北海附近独自生活，没有任何食物供应，只能靠野菜和田鼠维生。他整天拿著汉朝的节杖放羊。随著时间的流逝，节杖上的牛尾装饰慢慢磨损了。

第二年，匈奴以汉朝煽动前年的政变为由，对汉朝发起了攻击，局势变得更加紧张。刘彻得知汉使被囚和匈奴即将入侵的消息后，非常愤怒，决定坚决抵抗匈奴的侵略。

刘彻决定要反击匈奴，于是命令将军李广利带领部队进行反攻。同时，他召唤了李陵，希望他能从后方提供后勤支援。但是，李陵却热衷地提出要亲自参战。他坚定地表示：「我的士兵都是楚国的勇士，武艺高超。他们能徒手击杀老虎，箭术也是精准无比。我希望能亲自带领他们，从不同的方向攻击，分散匈奴的注意力。」

刘彻问道：「您是不想在其他指挥官手下服役吧？但我们动员了如此多的部队，可能没有足够的马匹供您使用。」

李陵回答：「不用马匹。仅凭我的步兵就能压平匈奴汗国。」汉武帝被李陵的勇气和自信所感动，于是同意了他的请求。

三十五岁的李陵将军带领著他的步兵部队从要塞出发，向北进发。经过三十天的行军，他们深入了匈奴的核心地带。单于亲自指挥了三万大军，将李陵的部队包围了。李李陵在营外布阵，挖好防御壕沟。前线士兵挥舞著盾牌和武器，而弓箭手则隐藏在后方。匈奴士兵低估了李陵的兵力，逼近了他的阵地。李陵指挥他的前线部队进行了一段短暂的近身战，随后撤退到壕沟后面。当匈奴士兵追赶过来时，李陵的弓箭手发动了一轮箭雨，对匈奴造成了重大伤亡，迫使他们急忙撤退。在这场小规模的冲突中，李陵的部队杀死了数千名匈奴士兵，之后成功撤退。

初战失败，单于大为震惊，他迅速调集了八万大军，发起了新一轮的进攻。面对这股强大的攻势，李陵难以抵挡，只得苦战而退。但现实是残酷的，即便最强的步兵也无法击败连续冲锋的骑兵。最终，李陵被敌军包围。

即便处于包围之中，李陵几天后仍发起了反击，激烈交战。然而，巨大的伤亡迫使他改变战术，向南转移。他的部队来到了一片郁郁葱葱的草原。匈奴军队用火焰攻击他们。李陵坚韧不拔，继续向南撤退，进入森林，并在那里与匈奴军队进行了激烈的战斗。在这些林间的战斗中，李陵的部队虽然损失惨重，但也击杀了数千名敌人。

李陵的军队陷入越来越危险的境地。面对数量远超自己的匈奴军队，他被迫持续作战，每天都进行多次小规模冲突，但每次都只能杀死少数匈奴士兵。不幸的是，形势进一步恶化，李陵的一名步兵投奔了匈奴，透露了李陵部队补给减少且箭矢耗尽。

单于利用这份情报，加强了他的攻势。一些匈奴部队绕到了李陵军队的后方，有效地切断了他们的撤退路线。李陵的部队被匈奴军队前后包围，发现自己被困在一个山谷中。更令人沮丧的是，匈奴部队占据了周围的山顶，从高处无情地向他们射下箭雨。

在一次勇敢却绝望的抵抗中，李陵和他残余的部队奋力战斗，仅仅一天之内就耗尽了五十万枚箭矢。随著箭矢用尽，匈奴军队进一步收紧了包围圈。更糟糕的是，其他匈奴士兵开始从山上推下巨石，对已经饱受折磨的李陵部队造成了重大伤亡。随著损失的增加和反击能力的减弱，李陵的军队处于崩溃的边缘。

李陵面对绝境和严峻现实，深深叹息，对他的士兵们说道：「我们已经没有武器和箭矢了。等到敌人黎明时分发起进攻，我们整支军队肯定会被彻底消灭。我们最好还是各自分散逃跑，希望能够避开危险，找到回到中国的路。」他指示士兵们各自携带一些食物和冰块作为饮用水，然后解散团队。

李陵试图独自骑马冲破包围圈，但最终不幸被俘。

当李陵被带到单于面前时，他坚决拒绝投降。单于对他的勇敢、忠心、战斗技能和智谋表示赞赏。为了说服李陵投降，单于选择了更为温和的方式，将他囚禁起来，但确保他不会遭受任何体罚。

此时，李陵战败被俘的消息传到了刘彻那里，引起了他的愤怒。当时的许多政府官员纷纷指责李陵。

李陵在匈奴的囚禁中度过了大约一年的时间。期间，刘彻皇帝派遣公孙敖将军发动对匈奴的新一轮战役。但公孙敖战败后，为了推脱责任，诬陷李陵向单于提供战略建议，导致汉军失败，报告称：「我们捕获的俘虏表示，李陵指导单于使用策略抵抗汉军，这是我们失败的原因。」这一指控令刘彻震怒，他下令处决了李陵的母亲、兄弟、妻子和孩子，从此李家昔日的光荣尽毁。

李陵被俘后的一年，单于召见了他，严肃地说：「请阅读我们奸细的报告。您的忠诚遭到了您的皇帝的背叛。继续对他保持忠心已毫无意义。」

李陵翻阅文件后，震惊和愤怒让他难以置信。文件详细记录了他的家人被处决的经过。激动和愤怒使他脸色潮红，牙齿紧咬，双拳紧握，举至空中，他像老虎般怒吼：「为什么他要杀我的全家？我不理解。我要报仇！」

第二天，李陵宣布向匈奴投降。单于对李陵极为重视，待他甚好。他不仅赐予李陵王的封号，还把自己的女儿嫁给了他。

当时，苏武已经在北海附近独居了超过两年。单于得知李陵是苏武的挚友后，派他前去劝降苏武。

在一场猛烈的暴风雪之中，李陵携带著美酒佳肴来到苏武的毡帐。他发现苏武蜷缩著身体，试图保持体温。苏武对于李陵的突然到访，感到惊喜，他热情地伸出手来拥抱李陵，但随即犹豫，意识到自己衣衫破旧、身上带有异味。尽管面色苍白、身体虚弱，苏武的精神却仍显得愉悦。他微笑著邀请李陵坐在肮脏的地板上，问道：「见到您来这里，我真是太高兴了。您怎么了？为什么会来这里？」

就在李陵准备回答之前，一只老鼠从苏武外套的口袋里溜出来。苏武灵巧地捉住它，然后又将它放回口袋里。他带著一丝尴尬的微笑对李陵坦白：「这通常是我的晚饭。不过说实话，它还挺好吃的！」

李陵随后讲述了过去两年的经历。在讲完他的悲惨故事后，李陵继续说：「单于听说了我们的友谊，所以派我来说服您，向您表示尊重和诚意。您最终不能回到汉朝，而且在这荒凉之地受苦受难，一切都是徒劳。在这种情况下，您对汉朝的忠心如何能被认可？以前，您的哥哥苏嘉曾任车骑将军，陪同皇帝去雍宫。在帮助皇帝下车时，不小心撞到了柱子，折断了车轴，被控不敬皇帝。他用剑自杀，但政府只给了两百文钱的葬礼。您的弟弟苏贤随皇帝去东河祭拜地方神灵。一名骑马的太监和皇帝的女婿为了一条船争吵，导致女婿被推入河中溺死。太监骑马逃走。皇帝命令苏贤抓捕他。苏贤没找到太监，担心惩罚，用毒药自尽。我离开长安时，您母亲已过世，我参加了她的葬礼。我听说您的小妻子已再嫁。您的两个姐妹、两个女儿和一个儿子的命运尚不明朗。他们可能已经死了。人生如朝露，何必折磨自己这么久？我最初投降时，每天都迷茫，感到内疚，深深后悔背叛了汉朝。而且，我的整个家族被处决。您犹豫投降的痛苦，又怎能比得上我当时的痛苦？此外，皇帝年老，他的诏令越来越反复无常。十几个无辜大臣的家族已被处决。其他大臣的安全无法预测。您还打算忠于谁呢？希望您听从我的建议！」

苏武同情地回应道：「得知你和的家人遭遇的灾难，我感到悲伤。我对你所遭受的不幸表示同情你的战斗勇气是值得称赞的，可悲的是，这并没有带来好运，反而招致灾难。您还记得老师教过我们的话吗？真正的勇敢不仅是战斗中展现的勇气，而是意志的坚强，是在逆境中抵御诱惑、吃苦耐压、坚持不懈的能力。」

苏武继续说道：「我和父亲本无非凡才华或显赫功勋。正是皇帝的恩典培养并提携了我们。我被晋升为将军，封为侯爵，我的所有兄弟也都深受皇帝的信任，成为高官。我们一家始终准备为国家献出一切。现在，我有机会证明我对国家不渝的忠心。即便面临斩首的严厉惩罚，我亦义无反顾。大臣对君主的忠心，犹如儿子对父亲的孝道。为父牺牲，并非悲哀之事。另外，我的忠心超越了对皇帝的忠心，它基于对国家的关怀、对正义的执著、以及我内心良知的呼唤。我们就此打住吧，虽然你我因境遇不同而持有不同观点，但我们依旧是朋友。让我们为这次重逢举杯庆祝。」

苏武和李陵度过了几天愉快的相聚时光。李陵再次劝说：「你必须听从我的建议。」苏武坚定地回答：「我已经接受了自己如同亡人般的命运！如果单于执意要求我投降，那就让今天成为我们愉快重逢的终章吧，让我在你眼前死去！」见到苏武如此坚决，李陵深深叹息道：「你真是位英雄！而我，不过是个罪人！」李陵感情激动，跪地鞠躬，泪水顺著脸颊滑落，湿透了他的衣衫。在这感人至深的时刻之后，他向苏武告别并离去。

尽管在匈奴政府的职位带来了物质上的安慰，但李陵却始终被深沉的罪耻感折磨著。每当想到面对苏武，他就充满了恐惧和懊悔。苏武的身影不断提醒著他自己的叛国罪行，和同胞们永远的仇恨。因此，在接下来的两年里，李陵刻意避免与苏武见面。然而，对于这位老友的健康，他仍心存关怀。出于友谊，他安排妻子定期拜访苏武，不仅带去食物，还有数十头牛羊。最初，苏武拒绝了这些礼物。但李陵的妻子说服他，他需要生存下去才能有朝一日重返家园，而接受这些礼物也表达了他对李陵的原谅。苏武明白这一点后，接受了李陵的慷慨饋赠。

随后的五六年里，苏武在艰苦的环境中继续求生。后来，单于的弟弟于靬王在北海附近打猎时偶然遇到了苏武。当时于靬王的弓已经变形，他正寻找能够修理它的工匠。苏武精于编织网和调整弓箭，很快就修好了于靬王的弓。除此之外，他拒绝向匈奴投降的坚定态度，给于靬王留下了深刻的印象，苏武赢得了他的尊重。因此，于靬王慷慨地送给苏武马匹、牲畜、装酒的器皿，以及制作精良的羊皮毡帐篷。

在接下来的三年里，苏武在北海的生活逐渐步入顺境。然而，不幸的是，这段相对舒适的日子在三年后因靬王去世而突然结束。苏武失去了他的支持者。那个冬天，他的牲畜被丁零人偷走，令他重陷之前的艰苦困和匮乏中。

随著时间的推移，李陵的心态发生了变化。内心的动荡让他迫切需要老朋友的陪伴和支持。他开始渴望得到苏武的安慰和精神支撑。因此，李陵开始频繁前往北海，与苏武共度时光。在那偏僻的角落，两个看似被世人遗忘的人，在彼此的陪伴中找到了慰藉，他们用美酒和歌声来取暖。一方是坚定不移的爱国者，另一方却身负叛国之名。不过，如此鲜明的对比并没有成为他们友谊的障碍。实际上，他们仍旧是亲密无间的朋友。他们的友谊依然纯真，他们不同的命运是由外部环境塑造，而不是他们性格的内在缺陷。每当他们相聚，他们会共饮美酒，唱歌，漫步荒野。秋天他们经常观看候鸟南飞。这一幕让他们怀念故乡，感叹时光的流逝。

几年后的公元前 87 年，消息传来刘彻皇帝驾崩。李陵听闻此讯，急忙赶往北海向苏武报告。他告诉苏武：「有一名汉军士兵在边境被俘，他透露，从州牧到普通官员乃至平民，人人身著丧服，参加了皇帝的守灵仪式。」

苏武闻讯后，冲出毡帐，向南方奔去，痛哭流涕。他从未有过如此深沉的哀伤。在苏武的心中，皇帝不仅是一位居高位的统治者，更象征著整个国家及其子民。因此，苏武的悲伤不仅因为皇帝个人的去世，更是源自于他对祖国的深刻的爱与牵挂。

而李陵却未流下一滴泪。他的内心在矛盾的情感中挣扎。一方面，他对于敌人的逝去感到了一丝的释怀；另一方面，他对于自己祖国未来的变迁，又感到无比的忧虑。

在浩瀚的白雪之中，阴郁的天空下，静谧的湖畔旁，两个孤独的身影矗立著。他们远眺著天边，凝视著候鸟飞回故乡的画面。其中一人忍受著身体上的疼痛，而另一人则在与心灵深处的痛苦斗争。

刘彻死后几年，他的小儿子继位，汉朝与匈奴达成了休战协约定。在约定达成后，汉朝要求匈奴释放苏武以及其他被扣押的使节。然而，匈奴虚报苏武已死。直到后来，另一位汉朝使者访问匈奴，真相才大白。使者见到常惠，常惠透露苏武确实还活著。

常惠向汉朝使者提议编造一个故事：「汉帝在御园狩猎时射下一只大天鹅，鹅脚上绑著写有『苏武在北海』字样的丝帛。」汉朝使者听后激动不已，便将这个虚构的故事转告给单于。单于面对这一故事，终于承认了真相，并表示：「确实，苏武还活著。我们将安排释放他。」

于是，李陵便设宴祝贺苏武，辞行。两个朋友喝得半醉。李陵赋诗一首，诗曰：

「陟彼南山隅，送子淇水阳，尔行西南游，我独东北翔，辕马顾悲鸣，五步一彷徨，双凫相背飞，相远日已长，远望云中路，想见来圭璋，万里遥相思，何益心独伤，随时爱景曜，原言莫相忘。」

苏武回应地写道：

「双凫俱北飞，一凫独南翔，子当留斯馆，我当归故乡，一别如秦胡，会见何讵央，怆恨切中怀，不觉泪沾裳，愿子长努力，言笑莫相忘。」

在一个充满真情流露的时刻，李陵终于开口，语气中带著一丝不舍：「今日，您将归家。您的声名已在匈奴与汉族间广为流传，您的英勇事迹甚至超越了古代史书与画作所歌颂的内容！我一直为家族被处决的事感到困扰，无法摆脱被祖国同胞鄙夷的痛苦。但我想向您吐露心声，我已成为一个异乡人。随著您的离去，我们的道别将是永远的。在这个世界上，只有您真正理解我。您一旦离开，我将不再有知己。」李陵感情激动，含泪歌唱：

「径万里兮度沙幕，为君将兮奋匈奴。路穷绝兮，矢刃摧，士众灭兮，名已隤，老母已死，虽欲报恩将安归？」

情感澎湃之际，李陵跪倒在地，向苏武深深一拜，泪水顺著脸颊流了下来。他快步离开了宴会厅，心中充满了凄凉的思绪：「苏武将作为一位爱国者和英雄，永远被铭记在历史的长河中。而我，将不公正地被打上叛徒和懦夫的烙印！」

公元前81年，苏武经过十九年漫长而艰辛的旅程，终于回到了汉朝。最初的一百多人中，有的死去，有的投降，最终仅剩九人归来。苏武回国时已五十九岁，容颜早已改变。他的白发、孱弱的身躯、磨损的权杖，让皇帝和众臣感动得落泪。从此，「苏武牧羊」的故事成为了一则凄美的传说，经常被人传诵，以颂扬其忠义。苏武最终在京城去世，享年八十一岁。而李陵则在匈奴土地上度过余生，终年六十岁。

第十回：司马迁

本回人物介绍	
李陵	向匈奴投降的汉朝将军
刘彻	汉朝第七任皇帝，本回主角
司马迁李陵	汉朝著名的史官

李陵被俘后，皇帝怒不可遏，朝官们一致指责李陵。刘彻问司马迁的看法。当时司马迁是天文台长，负责观星，同时也负责历史档案、日历和农民年鉴的出版、占卜等等。司马迁说：「李陵孝顺父母，对士兵仁慈可信。他忠诚爱国，有著与历史上名将相匹配的风范。不幸的是，他现在失败了，一些从未亲身经历战场、不懂战

争的艰难和恐怖的官员，在他倒下时指责他，诽谤和散布谣言。这令人心碎。李陵仅率领五千步兵深入匈奴的心脏地带，面对成千上万的敌军，仍然拼死抵抗。他没有骑兵和援军，继续战斗，直到箭尽兵穷，但仍旧坚持到最后一人。他的英勇和忠诚甚至超过了古代著名将领。在我看来，李陵被俘但并未真正投降。他在等待合适的机会再次为国效力。」

听完司马迁的意见后，刘彻惊讶并大发雷霆。他认为司马迁与李陵串通，因此为李陵辩护。于是，刘彻命令对司马迁施以腐刑(阉割之刑)。

司马迁受罚后，心怀怨恨却无端发泄。他暗中写了一篇文章留给后世。这篇文章描述了他因受刑所遭受的巨大身心创伤。他觉得仅仅因为他说了实话就受到了不公平的对待。文章要点如下:

「我与李陵并不熟识，但从李陵平时的行为和待人态度，我知道李陵是一位君子，孝顺父母，对朋友可信，清廉不贪，对国家忠诚。李陵为国家舍命的精神值得敬佩。然而，令我难过的是，他因为一件不幸的事件而成为众矢之的。

仅凭五千步兵，李陵就能深入敌境，杀敌数万。这样的英勇行为应受称赞。他后来被数万匈奴士兵包围，数量上处于绝对劣势。但他继续战斗到底，直到箭尽路绝，援军未至仍与敌人肉搏。什么样的将军才能表现出如此勇敢和英雄气概?

我仅说出了真相，却被指控为李陵辩护。我的忠诚被误解为「谤论皇帝」的重罪。我被判处腐刑。

根据法律，如果我能支付赎罪金，就可以获得赦免。但我是一名清廉的官员，我没有那么多钱，我的朋友也无人愿意帮助。所以，我不得不忍受这一惩罚。

我对死亡的看法是，有的死重如山，有的死轻如鸿毛。如果判我死刑，我的死无异于蝼蚁，没有人会认为我有节操。我因为害怕毫无意义的死去而接受了这种极其屈辱、耻辱的酷刑。这是人性。我忍辱负重，因为我的大志尚未完成。我要让后人知道，我正在撰写《史记》，一部警示后人的历史纪录。如果我现在死去，几十年的努力将付之东流。」

后来司马迁终于完成了一部不朽的杰作，一本流传了两千多年的史书，对后世的影响之重，重如泰山。

第十一回： 报应之轮

本回人物介绍

刘彻	汉朝第七任皇帝，本回主角
桑弘羊	刘彻的财政大臣
霍光	霍去病的弟弟，廷尉，刘彻的心腹
袁平	霍光的同党
程昆	袁平的好友 富有的矿场老板
孔昌	另一位富有的矿场老板
田欢	济南县的法官
杜弘	济南县的另一位法官
王阳	山东郡守
唐虎	行刺者

本回地点介绍

济南县	山东省
皖城	安徽省

在刘彻登基初年，他的统治因几次重大自然灾害和经济低迷而受到影响。百姓遭受严重饥荒，政府在提供灾害救助的同时，还与匈奴战争。因此，国家面临巨大的财政赤字，国库接近枯竭。这种情况使刘彻强烈希望纠正国家的经济困境。他向财政谋士桑弘羊寻求指导，桑弘羊以财经精明而闻名。

刘彻召见桑弘羊时，表达了他的担忧：「大司农(即财政大臣)揭示了我们严重的财政困境。此时，富有的商人和工业家通过采矿、炼铁和从海水蒸发中生产盐，积累了数百万两的黄金，却对缓解国家迫切需求毫无贡献。我们必须制定策略，以补充国库并抑制这些商人日益增长的影响力。」

桑弘羊回答说：「陛下，我们财政困境的核心在于税基过窄。几个朝代以来，我们的过分依赖农民的土地和收入税，而商人和工匠大多被忽视，但他们在经济中发挥了重要作用，标志著我们经济结构的重大转变。单纯依靠农业来强国已经行不通了。虽然农业是我们的基础，但真正产生财富的却是工商业。我们目前的农业税不足以应对不断增长的政府开支，特别是在战争时期。与商人相比，农民的税负过重，使得他们的努力收益减少。因此，许多农民发现从事商业比农业更有利可图，导致他们放弃农业。这种转变导致农业生产明显下降。农民转向工商业，加上富有的商人和地主的出现，加剧了土地的集中。这反过来加剧了社会两极分化，加深了富人和穷人之间的鸿沟。阶级之间的紧张日益增长，引发农民起义。

为了解决这个问题，我们必须全面改革我们的税收制度，以更好地规范商人和制造商。」

刘彻聚精会神地回应道：「我同意您的分析。您建议采取哪些措施？」

桑弘羊说：「陛下，我建议立即采取三项行动来迅速增强我们的国库。首先，我们应该引入财富税。从事工业和商业的人必须自我评估并向政府申报他们的财产。任何拥有超过两百万钱的资产者应缴纳百分之十的税。长度超过五十英尺的小型马车或船只的所有者也缴纳税款。匿、漏报、少报财产者，被流放边境一年，并没收财产。如果有人举报，没收财产的一半将作为奖赏。

第二项措施可以立即为政府带来可观的收入。我们可以允许个人购买爵位。根据这个计划，我们将设立十一个爵位等级，每个等级的价格增加十七万钱，使最高等级的价格约为两百万钱。任何购买至第七等爵位的人可以在政府中获得低级官职。这些官员可以通过额外捐赠获得晋升。我们需要设立一个专门的官府来管理这个计划，我建议特别设立赏官，称之为「武功爵位」。

第三项措施涉及支付赎金以减轻处罚。所有刑事判决都可以通过支付赎金来减轻或改判，赎金的数额根据犯罪的严重性而异，可能达到数百万钱。

我相信这三项行动可以迅速为政府带来数十亿钱的收入，为我们的战争提供充足的资金。」

刘彻印象深刻且满意地说：「这些都是绝妙的策略。我将在明天的朝会上宣布这些法令。您还有其他建议吗？」

桑弘羊回答：「陛下，我确实还有一些建议供您考虑。另一个建议涉及对关键行业的国有化。某些商品和产品对日常生活至关重要。以盐为例，它是必需品，但它的生产却被少数寡头垄断，他们通过控制和操纵价格获取暴利，损害穷人的利益。对于农业和日常活动至关重要的采矿和铁矿石开采、精炼以及铁工具的生产也是如此。工具也是不可或缺的。这些关键产业由少数大户商家垄断，他们的财富甚至已远超过国库。然而，他们对国家收入的贡献却微乎其微。因此，我们必须控制这些产业。

朝廷必须介入并接管这些产业。朝廷应该监督盐的采购和分配，并完全拥有和经营铁矿、铁矿石和铁制品的行业。这样做将大大增加政府的财政收入，结束大户商家对基本材料的垄断。它还有助于稳定价格，防止地方势力和商人的增强。并且，生产规模愈大，成本愈少，价格必然会下降。

除了这些建议外，我还提议钱币体系改革。目前，有些大户商家拥有铸币的权力，而且受欢迎的邓币和吴币与政府发行的钱币竞争。此外，政府发行的钱币广泛被盗铸。因此，我们的钱币制度陷入混乱。政府失去了对货币政策的控制，不知道在市面上流通的钱币总量。我们已经看到了一个现象：货币供应的增加导致通胀，而缩减则导致经济衰退。两年前我们就见证了这一现象。

我们必须使所有非政府发行的钱币非法化。所有以前铸造的钱币也将被废除。取而代之，我们应推出一种新的钱币，重五铢（一铢为一两的二十分之一），作为全国唯一合法钱币。为此，我们将设立三个官，负责管理新钱币的原材料、铸造和发行。」

刘彻评论道：「您的建议确实合理。然而，它们需要全面和根本性的经济改革。目前，我对它们持保留态度。我打算明天朝会上提出讨论，以收集其他命官的观点。」

因此，在第二天的会议上，刘彻宣布了桑弘羊提出的征收财富税、支付赎金和购买贵族头衔的法令。这些法令遇到很小阻力。

当刘彻提出货币制度改革的话题时，同样不遭遇到各命官反对。

然而，国有化的提案却引起了部分命官的强烈反对。已故霍去病的弟弟、皇家卫队的指挥官，也是刘彻的亲信霍光坚决反对国有化的想法。袁平最近被任命为特别设立「武功爵位」的赏官，也是霍光的亲密盟友，他也表示了保留意见。他们的论点围绕四个主要观点：（1）国有化阻碍企创业进步，（2）政府运作的组织效率普遍低于私部门，（3）国有化违背了自由市场和公平竞争的原则，（4）政府与私部门竞争是不道德的。 这些观点深植于道家哲学原理。

相比之下，桑弘羊向异议者提出了三个切实的疑问：（1）政府如何弥补其财政赤字，（2）国家如何在空虚的国库下应付战争和天灾，（3）朝廷如何阻止富裕封王作反？

当两派未能达成约定时，刘彻决定休会。他要求桑弘羊和袁平在后续会议中找到共同点。然而， 在私下里，刘彻承认他倾向于桑弘羊的立场，因为对抗匈奴威胁迫切需要一个庞大的战争基金。他的信念坚定：不惜一切代价击败匈奴。因此，几个月后，他支持了国有化计划。

此后几天，袁平无法提出更强有力的反驳论点，不情愿地接受了桑弘羊的立场。结果，刘彻颁布了实施桑弘羊提案的法令。他严肃地告诫所有命官，在政府完成所有国有化必要安排之前，必须保密。他强调，任何过早的泄露都可能导致市场上不必要的混乱。

袁平是程昆的好友，程昆是铁矿开采和精炼行业中最有影响力的人物之一。程昆的财富高达数亿钱币，使他成为全国最富有的人之一。在有关国有化问题的会议结束后不久，袁平前往山东郡的济南县，参加程昆奢华的寿宴。宴会结束，客人离去后，袁平请求在的程昆的书房私人会面他。

程昆见到袁平，热情地问候：「这么多年后再见到您真好。您近来怎么样？」

袁平带著感激回答：「我过得很好，多亏了您的支持。十多年前您帮我在政府内找到了一个官位，我非常感激。我特地长途跋涉来这里，是为了回报您当初的恩情。」

程昆感到好奇，询问：「有事吗？您有重要的事要告诉我？」

袁平小心地四处张望，确保没有人在偷听他们的谈话。他靠近些，轻声说：「朝廷计划开采铁矿、炼铁及铁器工业国有化。他们将接管全国所有此类企业，实际上等同于没收。虽然计划中包含补偿现有业主，但只是象征性的。」

程昆听到这消息后失去了镇定，焦虑地说：「这要什么时候发生？他们提供什么样的补偿？」

袁平保持沉稳的语调回答：「主要企业的接管预计将在三个月左右开始。像您这样的业主将得到的补偿仅为您资产估值的十分之一。」

程昆惊呼：「这是一场灾难！简直就是抢劫！」他的痛苦显而易见。

袁平实在建议：「的确，这是一个极其严峻的情况。但您有何办法反抗他们呢？我建议您立即卖掉您的生意和所有相关资产，趁还来得及。您大概有三个月的时间。任何拖延都可能导致更大的损失。」

感激又困扰的程昆承认道：「谢谢您的重要消息。否则，我就会破产的。」

袁平严肃地说，同时靠近程昆一些：「我透露这些消息冒了很大的风险。我相信您重视我们的友谊。」

程昆是一个精明的商人，理解了袁平话中的隐含意义。他回答说：「您的帮助对我来说非常宝贵。我该如何报答您提供的这个关键消息？」

袁平带著一丝朋友间的友谊，提议说：「既然我们是亲密的朋友，我就不会要求太多。出售资产所得的十分之一怎么样？」

程昆毫不犹豫地答应了：「就当是君子协定，交易完成后，我就付钱给你。我一言九鼎，你可以信任我。」

临别前，袁平强调：「为了我们的荣誉，让我们把这次对话仅限于我们之间。」

「绝对如此，我保证，」程昆向他保证。

他们的对话结束后，袁平离开了。

第二天，程昆的妻子与他分享了她那天在镇上不安的经历。「我今天去了镇上，求了一个占卜。神谕令人深感不安，警告我们要极度谨慎，以避免即将到来的灾难。」

程昆轻蔑地笑道：「您一定是在开玩笑。我是全国最富有的人之一，人脉网络延伸到各个角落，其中包括有影响力的官员和王亲国戚。谁能伤害我？无法想像灾难会降临在我身上。」

隔天，程昆急忙出发前往皖城（今安徽省），去见另一位著名的矿商孔昌，并提议将自己全部的业务和资产出售给他。

孔昌困惑地询问：「您的生意显然比我的大得多，应该也更赚钱。是什么驱使您想卖给我？」

程昆保持镇定的态度来隐藏他真正的动机，回答说：「我年纪大了，还患有不治之症。我的儿子们还年轻，没有能力管理如此庞大的企业。因此，我决定给他们留下钱财而不是一个复杂的生意。」

孔昌问道：「您要价多少？」

程昆回应：「我愿意有所弹性。我的生意和资产市值打九折怎么样?

「那大概是多少？」孔昌进一步询问。

程昆回答：「大约六亿钱。但如果您能在一个月内安排付款，我准备以五亿成交。」

孔昌考虑道：「那是一笔巨款。我确实有兴趣收购您的企业，但那个数字超出了我的当前财务能力。」

程昆感受到他的犹豫，提议说：「如果我把价格降到四亿五千万呢？」

孔昌意识到这是一个极有利的交易机会，同意了：「好吧，我们成交了。但我需要更多时间来筹集资金。」

程昆让步：「这很公道。我会给您再多半个月的时间。」

于是，约定成立。孔昌从他的生意中筹集了两亿五千万，并且又贷款了两亿。交易在两个月内完成，使双方都感到满意。孔昌认为他获得了一生中的大交易，而程昆则因避免了潜在的灾难而感到松了一口气。

卖出后一个月，朝廷接管了孔昌新获得的经营权和资产，仅提供五千万钱的补偿。这使孔昌陷入财政困境，背负著两亿钱的债务，而资产仅略高于五千万。他怒气冲冲，感觉自己被狡猾的程昆彻底欺骗了。

孔昌感到迷茫绝望时，他的谋士给安慰他道：「不要完全失去希望。你仍然拥有五千万钱现金。可以暂时推迟偿还债务。此外，您可以用一千万钱通过新的「武功爵位」计划买个政府官位。有五千万，您可能买到重要县令的官职，比如繁荣地区的县令。成为县令，你的债主可能会考虑放弃追债。要知道，县令真正的财富并不是来自他的俸禄，而是来自于向县民榨取财富的机会吧？你明白我的建议吧？」

孔昌的精神振奋起来，露出了发自内心的微笑

谋士感受到他重新获得的乐观，又补充道：「我有信心，在一年之内，您将能够收回所有的损失。」

孔昌好奇地问：「但作为一个仅仅的县令，怎么可能积累起这么多的财富呢？」

谋士狡黠地笑著，启发他：「事实是，一个初级官员往往比京城的朝廷命官有更多机会积累财富。朝廷命官总是受到政府的严格监督，但初级官员则不然。想像一下，距离京城千里远。御史大夫怎么可能密切关注您？朝廷根本没有足够的资源和时间去细查每一个数不清的县令，而且匈奴战争分散了他们的注意力。」

当晚，怀著这个启示，孔昌安心地睡了一个好觉。

数百里之外，程昆对他在出售生意和资产后财富的减少感到不满。尽管他成功地避开了政府强制收购他的业务，但由于新政府的法令，他损失了超过五亿钱。他在巨大的库房中堆积著一座钱山，却不知道该怎么处理。这些钱币中可能有邓钱，吴钱，甚至可能是盗铸的。

皇帝宣布废除所有旧钱，只使用新铸的钱，使他的处境更加恶化。虽然政府提供一对一的兑换，但这只适用于政府之前发行的合法钱币。伪造的钱币将被直接拒绝，而非政府之前发行的钱币将以

较低的比率兑换。这项政策对目前财富不明朗的程昆来说是一个重大挑战。

程昆对这项诏令深感困扰，担心它会大幅降低他的净资产，并给他带来另一次严重打击。在困惑和烦扰中，他向谋士求助。

「您不必担心，」谋士安慰他。「邓钱和吴钱比新政府发行的钱币重。将您所有的库存融化，不管是不是盗铸的，用它们来盗铸钱币。我向您保证，您最终会拥有比以前更多的钱币。」

感到沮丧和焦虑的程昆反驳道：「您疯了吗？新法律规定，盗铸钱币是死刑！」

谋士不为所动地回答：「全国各地无数人每天都在盗铸伪币。政府怎么可能查出您的行动？此外，您隐藏在偏远森林深处的秘密工场几乎无法被发现。」

「但工人们？」程昆抗议道：「他们最终会揭露我的罪行。」

谋士冷静地解释：「您知道古代皇帝是如何建造他们的陵墓的吗？他们在工作完成后封闭了陵墓的入口，并杀死了所有工人。」

程昆恍然大悟。「我明白了，」他低声说，沉思著谋士的建议。

程昆在他绝望中试图伪铸官方钱币，征召了一百名奴隶在他隐蔽的工场进行盗铸操作。他采取了极端的措施来确保他们的关押，用铁链紧锁工场的门。事实上，这些奴工被囚禁在工场内。当他们迅速意识到自己的绝境时，他们策划了一场大胆的反叛，试图逃命。

一个命中注定的夜晚，在黑暗中，奴隶们放火烧毁了工场，强行打开了大门，逃入夜色中。高耸的火焰和滚滚的烟雾很快引起了绣衣使 (即公安) 和附近居民的注意。当他们抵达时，火灾已经揭露了非法操作：铸币的工具、融化的铜液和散落在金库中的大量钱币。

证据确凿。程昆立即被逮捕，在他被捕后，他的所有资产被政府没收。

程昆被带到了济南县公堂上，面临伪造数亿万钱币的严重指控。这个罪行不仅带来死刑，还可能导致他整个家族被处决。审判将由三名法官裁定，命运又带来了残酷的转折。主审法官竟然是孔昌，正是程昆过去欺骗过的那个人。另外两位法官是田欢和杜弘。

孔昌向国库捐献四百万文钱后，获得了县令的职位。当程昆被带到他面前时，他已经管治济南近一年了。看著现在跪倒在地、瑟瑟发抖的程昆，孔昌不禁露出了一丝讽刺的微笑。他用充满轻蔑的语气对著颤抖的程昆说：「你认得我吗——那个被你欺骗、差点毁了的人？我还没死，而现在，我掌握著决定你命运的权力。哈，哈！」

程昆拼命求饶，孔昌冷冷地打断他：「你知道吗，你的罪行应诛九族吗？不过，你还有一线希望。如今朝廷急需银两，如果你能捐赠五千万币给政府，根据法律，我有权减轻你的刑罚。」

程昆绝望地回应：「我怎么可能筹集到这么多钱？我所有的资产已经被没收了。」

孔昌无动于衷地反驳：「那是您的事，不是我的。记住，即使您设法筹集到捐款，我也不能完全赦免您的罪行。您还将面临较轻的处罚——打两百大板。」为了筹集所需的巨款，程昆被临时保释出来。

在一连串极端且令人心碎的牺牲中，他不但卖掉了妻子珍贵珠宝，还被迫将妻子、两个儿子和一个女儿卖为奴隶。即便如此募集到的金额仍然不够，逼不得已他向高利贷借款一千万。

在经历了支付赎金的折磨之后，程昆被释放。但后果严重：他被鞭打两百下后背痛不已。他曾经宏伟的家园现在被绣衣使(即公安)封闭，只留下后院的一间小屋供他遮蔽。他只找到了屋内一张孤独的床。仅几日前，他还是个身价亿万的富翁；现在，他沦为一个堕落、一贫如洗的人，既心碎又身体虚弱。

孔昌收到赎金后，开始腐败。他狡猾地篡改了程昆的犯罪记录，以减轻指控。这种操纵使赎金看起来只是实际支付的一小部分。孔昌私吞差额，贪污四千万钱。但他并非单独行动，也没有把一切都据为己有。为了不暴露腐败之举，他将侵吞的资金一半分给了他的同谋，山东郡太守王阳。

在一个宁静的夜晚，程昆审判中的第二名法官田欢，拜访了孔昌。

田欢面对孔昌宣称：「我知道您篡改了程昆的犯罪记录，并且收取了他赎金的大部分。您似乎忽视了杜弘和我。我们可以轻易地揭露您的罪行，除非你愿意收买我们。」

孔昌惊讶地询问：「你要多少？」

田欢坚定地回答：「你应该给我们每人分侵吞金额的三分之一。」

孔昌忧心忡忡地回应：「我没有那么多现款可用。我可以给您更少一些。」

不屈不挠的田欢反驳道：「这个金额不可谈判。您要付钱，否则准备面对后果。」说完这些严厉的话，田欢便迅速离去，使留下孔昌感到不安。

孔昌惊慌失措，向郡太守王阳求教，王阳深思熟虑后建议说：「我们被这两个贪婪的傻瓜逼入绝境。这次付钱只会让我们成为他们永久的勒索目标。最有效的解决办法是消除他们。」

第二天早上，一件震惊的事件发生了：杜弘在街上被一匹失控的马踢死。

听到杜弘不幸去世的消息后，田欢意识到自己可能是下一个目标。他迅速行动，带走了程昆案件所有罪证和和孔昌贪污的证据。他到京城将事情的经过呈报给御史大夫，御史大夫又将此事上报皇帝。刘彻对此愤怒万分，下令彻查严惩，铲除政府内部的腐败行为。

调查结束后，孔昌和王阳被判有罪，导致他们全家被处决。然而，田欢因为其揭发者的角色而获得了恕罪。

在济南，放高利贷的人不断地骚扰程昆，要求他还清所欠的债务。为了寻找解决办法，程昆想到了两年前他支付了五千万钱给袁平。为了缓解自己的财务困境，程昆写了一封信给袁平，详细描述了他的困境，并恳求归还一千万钱。

袁平收到信后，担心程昆未来会继续勒索他,意识到程昆有可能会坦白他泄露机密消息和接受贿赂的事情，可能导致他全家的处决。袁平决心要永远封住程昆的口。

在一个漆黑的夜晚，一名刺客潜入了程昆简陋的小屋。在拼命自卫的过程中，程昆与入侵者进行了激烈的搏斗。混战中，他设法抓住了袭击者腰带上的坠子。当刺客推把他推开并试图从背后刺他时，连接坠子和腰带的绳子断了。程昆在倒下之际，牢牢地抓著坠子。混乱中，凶手匆忙逃离现场，将坠子遗留在现场。

当绣衣使(即公安)开始调查程昆的死亡案件时，他们偶然发现了一个关键线索：在死者身上发现的一个铜制老虎形状的坠子。这个独特的老虎坠子肚上刻有「虎」字，成为了一个不寻常且重要的线索。

调查人员决心解开谜团，设法追踪到了制作并雕刻那个虎形小坠子的雕刻匠。他们询问他：「您还记得是谁买了这件作品吗？」

雕刻匠回答说：「虽然我不记得他的名字或他住在哪里，但我记得他的脸。他大约三年前来过我的工作坊。我特别记得他要求我在老虎的肚子上刻上他的名字。因此，我推断他的名字是虎。」

由于没有进一步的线索或证据可供追踪，绣衣使不得不遗憾地结束了这起案件的调查，让这个谜团依然未解。

程昆神秘死亡数月后，在邻县发生了一个有趣的事件。一名叫唐虎的男子走进一家雕刻匠的店铺，提出了一个特定的要求：他想要一个雕成老虎形状的坠子。唐虎提供了一张在丝绸上绘制的老虎详细图样，并描述了他想要的坠子尺寸。雕刻匠在接到请求后回答说：「我必须请您耐心等待，因为这项任务超出了我的当前技能水平。我需要将您的图纸转交给我的师傅，他更加熟练。他大概需要两个月的时间来完成这项工作。」

于是，这张图样被送到了济南的雕刻匠那里。雕刻匠收到后，立刻注意到图样上的老虎与程昆身上发现的那个非常相似。意识到可能的联系，他迅速通知了绣衣使。

绣衣使根据这个新线索行动，逮捕了唐虎。在审讯中，唐虎坦承他是被袁平雇来执行暗杀的。袁平的名字让新任县令和郡太守心生恐惧，因为袁平是朝廷命官。对于直接对抗如此有权势的人物，郡太守犹豫不决，于是悄悄地将证据交给了他的朋友桑弘羊。

桑弘羊审阅了证据后，看到了一个绝佳的机会。袁平是他的政敌，也是他政策的绊脚石。这是他排除一个强大敌人的机会。经过慎重考虑，桑弘羊将这个案件提交给了刘彻皇帝。皇帝对这些揭露的事实感到愤怒，下令对此进行彻底调查。

在调查袁平的事务过程中，搜查他的住所揭露了大量的罪证。调查人员如预期发现了程昆与袁平之间的通信，这为袁平泄露敏感圣旨的行为提供了确凿的证据。然而，更加令人震惊的发现在等著他们：数百封信件和文件揭露了那些向袁平支付「介绍」费用以参与武功爵位计划的官员身份。这些贿赂的总额高达数千万，暴露了一个腐败的系统，许多平庸的官员通过伪造的资历获得了提拔。

调查人员进一步发掘这个丑闻，在袁平家中发现了一个金库，里面藏有数以亿计的钱。袁平一直在朝廷中保持著高尚君子形象，这些事实揭露了他精心构造的假正义面具。

曾经深信袁平的刘彻皇帝，对他的信任转化为彻底的不信任。在桑弘羊的影响下，皇帝命令处决袁平全家。悲剧的是，这个命令包括了袁平的一位媳妇，也是霍光的女儿。她的处决深深创伤了霍光。他对桑弘羊怀有怨恨，因为桑弘羊发起了这次调查，导致了他的女儿被处决。从那一刻起，霍光与桑弘羊的竞争超越了政治范畴，变成了个人的仇恨。

袁平案件的后果波及广泛，许多官员被牵连，导致数百人被处决或免职。一直被桑弘羊荫遮的霍光，在刘彻皇帝去世后，命运逆转。令桑弘羊沮丧的是，霍光被任命为新任年轻皇帝的丞相。由于皇帝年轻，霍光实际上担任了摄政王的角色。霍光几年后抓住个报复的机会，便编造了借口将桑弘羊处决。

等十二回： 长生不老药

本回人物介绍

刘彻	汉朝第七任皇帝，本回主角
少翁	一位巫师术士
王夫人	刘彻的爱妃

太乙	古代传说中的神仙
栾大	一位巫师术士
公孙卿	一位巫师术士

本回地点介绍

甘泉宫	陕西省
上郡	陕西省
泰山	山东省
缑氏城	陕西省
东莱山	山东省
蓬莱	东海的神仙岛

因为刘彻生活在持续不断压力中，他在三十九岁时得了一个怪病。它起初的症症是皮肤刺痛，然后迅速变成疼痛的红疹，不久之后红疹变成透明的水泡，而这些水泡蔓延到他的腿，手臂，背部和脸部。伴随而来的症状有发烧，头痛，以及持续数周的疲累。

这些水泡无情地刺痛他的皮肤，每一个都像火焰般折磨他。疼痛缘著他的神经线而走，而且越来越剧烈。所以他很难入睡。他偶尔睡著时，发烧便引发恶梦。

在其中一个恶梦中，刘彻看见自己是一只草蜢，他紧紧抓住巨大旋转轮的边缘。他试图爬到轮子的顶点，但轮子的旋转速度超过他疯狂攀升的速度。就在他被压碎的那一刻，他看见已故的父亲从天堂呼唤他，「放手吧。跳到另一边去。您抓得越紧，死得越快。」

在另一个恶梦中，刘彻发现自己变成了一条巨龙，野心勃勃地试图吞噬天下。尽管他努力，对他的嘴来说天下太大，所以他不断地张大嘴巴，试图用嘴巴一口气吞下整个天下，但都徒劳无功。在这场奋斗中，地上有一个猎人将他射下。就在醒来之前，他听到祖父从天堂严肃地警告他，「因为你的执著，邪恶势力就会抓住你的弱点来伤害你。」

第三个恶梦同样令人不安。很多带著长矛的木偶围攻刘彻。它们从四面八方而来，向他攻击。他奋勇地跟它们战斗，一个接一个地击倒和粉碎每一个木偶，直到他最终从这场恶梦中醒来。

刘彻对这些恶梦的含意无动于中，没意识到这些是从他心底发出的消息，通常会在人面临生命威胁和创伤时浮现，而且只在人们平静和休息的时刻出现。然而，每当这个良知试图发声时，它会迅速地被刘彻的根深蒂固自大狂个性掩没。

刘彻是一位处于统治顶峰的皇帝，对自己的自大狂视而不见，这种性格源自潜在的不安全感和脆弱的自我。他怀抱著无限成功和权力的幻想，和深深渴望被赞赏和认可。现在，当他发现自己饱受疾病的折磨并，被死亡的幽灵所困扰时，他对无法实现宏伟抱负的恐惧演变成沮丧、焦虑，最终变成了对长生不老的渴望。这种执著是出于想永远保持权力的愿望，不受任何挑战和威胁。

随著时光流逝和健康衰退，他无止境的野心渐渐失落，在他的心中，他恐惧失去优越性和控制力。这种深刻的不安全感逐渐演变成偏执狂 (即恐惧症)，他恐惧别人不断地暗中害他，篡夺他台和夺走他的权力。

刘彻并不意识到他的精神病态将打开被恶人利用和攻击的大门，最终导致他垮台。随后发生的一系列事件将明显地展示这点:

一群巫师和御医被召集去治愈刘彻皇帝的神秘疾病，但他们的努力是徒劳的。一些巫师声称刘彻被恶魔附体，需要驱魔，而另一些人则认为他受到了诅咒，只有消除施咒者才能解咒。最终，一位来自上郡的巫婆师被带到甘泉宫。这位巫师进行了一个怪诞仪式后，她代表神仙说:「天子不必怕，病马上就痊愈，他应该来甘泉宫与我见面。」

令人惊讶的是，刘彻此后不久就康复了，于是前往甘泉宫，供俸感恩酒筵。人们并看不到神灵，只聽见袛经巫师口中说话，与人类的声音无异。刘彻派人记录神灵所吩咐的话，结果发现这些话都是普通且众所周知的，没有什么特别。尽管如此，刘彻仍然感到一种神秘的喜悦，仿佛他获得了某种伟大的智慧。他指示朝中人士保密此事，确保外界不知内情。

有趣的是，根据现代医学知识，刘彻的病症只是带状疱疹，这是一种通常在几周内自行痊愈的病。

在这件事之后，刘彻皇帝对巫师产生了深厚的敬意，越来越执著请他们的帮助来获得长生不老药的想法。

来自齐国的一名男巫师，名为少翁，以召唤鬼神的能力闻名，受到刘彻皇帝的重视。刘彻心爱的妃子王夫人不幸地刚刚去世了。少翁抓住机会，施展法术，先请刘彻坐在帷帐里，然后王夫人的鬼魂出现了，看起来像往常一样活著。刘彻欣喜若狂。他不知道的是，这是一个幻觉：一个与王夫人相似的女人被秘密带进帐篷，而刘彻在催眠状态下与这个冒牌货交谈。

少翁随后说服刘彻建造甘泉宫。他的计划包括在宫殿内建造一个高平台，上面建有一座房子。这座房子将装饰有鬼神的图像，如太乙真人，并配备各种仪式用具，为召唤神仙做准备。

经过一年多的时间，少翁的法术未能产生结果，承诺的神仙降临也未曾发生。绝望的少翁诉诸欺骗。他在一块丝绸上写下字符，然后偷偷混入牛饲料中。一头牛吃下这饲料后，少翁装出惊讶的样子，对刘彻说：「这头牛的肚子里似乎有些不寻常的东西。」

当他们宰杀这头牛并取出丝绸后，发现上面写著奇怪的字符。然而，刘彻立刻认出这是少翁的笔迹，严厉地斥责了他。少翁无路可逃，承认了欺骗行为。结果，刘彻处决了少翁，并指示下属保守这件事的秘密，希望避免外界嘲笑。

又一位巫师栾大出现了自称与少翁师从同一名师父。这关系使他在刘彻眼中获得了相当的尊重。栾大既能言善辩又大胆无畏，不怕发表惊人之语。他对刘彻说：「我曾东渡，见过古仙，但因我身分卑微，他们不理我。我师父曾言：『金可以炼丹，黄河口可堵，长生不老丹药可获，人可成仙。』但巫师们怕步少翁后尘，所以都不敢再谈长生不老秘方。」

刘彻回应说：「如果您能获得长生不老药，我将不惜一切代价。」对此，栾大说：「我的师傅从不主动寻找他人，只有其他人寻找他。如果陛下想要见他，您必须对他的使者表示极大的敬意，将他纳入您的家族。这将使他能够向神仙传达陛下的愿望。」刘彻诚意请求栾大展示他的法术，栾大于是在庭院中摆放了几面旗帜。突然间，一阵风起，使旗帜互相撞击，使在场的人相信栾大拥有所谓的神仙能力。

刘彻将栾大提拔至高位，赐他「天士将军」和「大通将军」等封号，賜他采邑二千户、一座宏伟的豪宅、一千名仆人随从，以及黄金十万斤，又把亲生女儿嫁给他。皇帝经常造访栾大家中作客，从他的姑母刘瓢到各位大臣和将军，都寻求栾大的青睐，不断地巴结他。栾大常自称为神仙，暗示他不仅是刘彻的臣子，而是地位平等的宾客。短短几个月内，栾大的名声和财富成为家喻户晓的热论，被认为是神仙的使者。

栾大向东行去，声称要在东海见到师父。然而，他从未敢真正进 入大海，只是到泰山进行仪式。刘彻派奸细暗中跟踪他的行动，但栾大却向刘彻虚报称他在海上遇到了他的师傅。经过调查，刘彻看穿了栾大欺骗，意识到他是一个大骗子。于是，下令处死栾大。

另一位巫师公孙卿向刘彻报告说：「在缑氏城的墙上发现了神仙的足迹。」刘彻因过去的经历而警惕，他质问公孙卿：「您打算走少翁和栾大的老路吗？」公孙卿回答：「神仙不会寻找凡人；是凡人渴望找神仙。神仙不可能在短时间内降临。耐心等待他们的降临是关键。」刘彻被公孙卿的话说服，于是在各地兴建庙宇，等待神仙降临。

随后，刘彻前往缑氏献祭。途中，有人声称远山传来「万岁」的欢呼声，这让刘彻很兴奋。他接著前往东海，祭祀八仙，甚至派船到东海，载著数千名声称见过仙的人，去请蓬莱仙人。公孙卿手持节，并报告看到数十丈高的巨人。然而，当人们靠近时，巨人就会消失，只留下巨大的脚印。一些官员还报告遇到了一个带狗的巨大老人，声称要求与皇帝会面。虽然刘彻亲自检查过这些巨大的脚印，但他仍然心存疑虑。一时之间，有超过一千人在全国各地寻找神仙的踪迹。最终，一位巫师发誓，他很快就能成功召唤蓬莱诸神。刘彻非常高兴，热切期待这次会面，前往东海海岸，站在那里凝视大海，沿著海岸徘徊。他甚至准备亲自出海寻找神仙。幸运的是，一位大臣说服了他东海很危险。后来，得知数千出海寻神的人失踪了，可能已经淹死了，刘彻只好放弃了这个想法。

次年，公孙卿再次声称在东莱山遇到了神仙，并宣布他们打算与皇帝会面。刘彻回应公孙卿，重访缑氏城，热切寻找那难以捉摸的神仙踪迹，耐心等待他们的到来。他在那里逗留了几天，但所见的只有那些神秘的巨大足迹。随后，刘彻派出一千多名巫师去探索偏远的山脉和海域。后来，公孙卿向刘彻提议，神仙偏好居住在高耸的塔楼中，促使刘彻建造了高塔和楼阁，庄严地期待著神仙的降临。

随著时间的流逝，各地庙宇等候神仙，以及到海上寻求蓬莱神仙的巫师们，都没有结果。只有公孙卿坚持相信那些巨大的足迹是神仙存在的确切证据。然而，刘彻开始厌倦巫师的一套，他对他们不再怎么信任。尽管他持怀疑态度，他仍抱有一丝希望，思考著他们的神秘能力是否有一丝真实之处。

刘彻对于长生不老药的热切追求逐渐减弱。一位谏臣引用儒家思想，提醒皇帝：「孔子曾劝告他的弟子，对待鬼神要敬而远之。」刘彻牢记这个建议，不再追求虚拟的长生不老药。

第十三回：太子谋反

本回人物介绍

刘彻	汉朝第七任皇帝，本回主角
卫子夫	刘彻的皇后
刘据	刘彻和衞夫人的儿子，太子
王夫人	刘彻的爱妃
李夫人	刘彻的爱妃
卫青	卫子夫的同母异父的弟弟，大元帅
江充	邪悪和弄权的大臣，刘彻的心腹
石德	刘据的老师
汉文帝	刘恒，汉朝第五任皇帝
赵高	邪悪和弄权的秦朝太监

田千秋	一位老臣子，负责管理祖庙

本回地点介绍

长安	陕西省
甘泉宫	陕西省
湖县	河南省

上回描述了刘彻有执著和恐惧症，所以被很多神棍利用他的弱点而欺骗他，使他做出一连串追仙和寻求长生不老药的荒唐事情。本节将描述刘彻随著年纪渐老，感到操控天下的能力越薄弱，于是，他的偏执病态(即恐惧症)越厉害。他终日疑神疑鬼，恐怕别人谋害他，于是做出一连串残酷的事情以保障自身的安全，他的行为不但带给周边亲信和爱人大灾难，还创伤自己的政权而种下祸根。下面介绍的几个蛊毒案件就说明了这一点。

刘彻二十九岁时，皇后卫子夫生下刘据，因为当时刘彻十分寵爱卫子夫，所以在七年后封刘据为太子。刘据为人善良、真诚、温和、谨慎，但刘彻却认为他不够敏锐、果断。刘彻六十五岁时，刘据已三十六岁，做了二十九年太子。随著时间流逝，刘彻对衞夫人的感情逐渐冷淡，开始寵爱其他的妃子，如王夫人，李夫人等。

刘彻每次出游时，政务由太子刘据代管。等到刘彻回京后，刘据只将重要事务禀报给刘彻。刘据为人宽厚，对很多诉讼判决，都减免罪刑，因此深得民心。刘彻为人刻薄，处理事情方针跟刘据相反。而且刘彻重用寡情薄义的官员，认为他们够忠诚和廉洁。所以很多当权派的官员不满刘据，而那些不当权但仁厚的官员都依附太子刘据。于是朝廷中分为两派，一方当权派依附皇帝，另一方支持太子刘据。那些残忍酷吏结成一党，经常毁誉刘据，而且密谋陷害太子。

后来，卫夫子的弟弟卫青去世，于是刘据便失去重要的支持，因为舅父是当时朝中最有影响力的权臣。于是，那些酷吏派便毫无忌惮在刘彻面前抵毁刘据。

当时，京城长安聚集了许多巫师、巫婆。他们都是邪门妖道的人。而巫婆也常出入宫廷。教皇帝的妃子和宫女如何解难、祈福，甚至以巫术伤害他人。后宫几乎每个房间都埋有木偶供奉。一旦妒忌或吵架诟骂后，就会将对方的名字写在木偶身上，然后用针刺，或用刀割木偶肢体，诅咒木偶。如果诅咒生效，对方必会受伤害。巫师还会使用神秘蛊毒伤害被诅咒的人。

在中国古代，有一种巫术叫做巫蛊义式，驱使恶鬼带著一种神秘的毒虫进入人体内，破坏所有机能，令人痛楚而死。传说这种毒蛊是看不见，摸不著，聽不到，和闻不到的。但现在无法考证是否属实。这些蛊毒事件可能只是用来恐吓，或政治斗争，行使暴力的借口。更狠毒的手段，就是告发指控对方诅咒皇帝。这种指控能使刘彻疯狂，大开杀戒。刘彻有恐惧症，心理不平衡，常常在白昼小睡，梦见很多个木偶，手拿武器，向他攻击，醒来后精神恍惚。他时常提心吊胆，疑神疑鬼别人陷害他，所以，每当他聽到别人诅咒他时，他必失去理智而大肆屠杀。

当刘彻年约六十三岁时，有一个二千石的大夫，叫名江充。他本来是负责水利的总监。他是一位外貌出众的男子——健壮英俊，举止庄重，衣著典雅，能谈论政治、天文和地理等广泛的话题。这些特质使他深受刘彻的青睐，再任命他当绣衣使总监（即现今的国家的秘密警察和特务局长）。派他监察皇亲国戚和士大夫的不法行为。

江充是个非常弄权、酷严、残忍、冷酷无情的人。他检举弹劾时，心狠手辣。因为年老的刘彻有恐惧症病态，他缺乏安全感，要用铁腕手段控制全国，所以特别喜欢酷吏。各郡守，各国丞相，以及各区都尉，大多数都是残暴无情的。刘彻反而欣赏他们，认为这就是他们忠心的表现。而且，刘彻经常恐怕权臣和王亲国戚谋反，所以很倚重和鼓励江充这类官员，严格监察权贵的举动。确保他的统治铁壁稳固。

有一次，江充陪同刘彻前往甘泉宫，遇到了刘据派出的一名快递。这名快递正在皇家大道上奔驰，这条路是专为皇帝使用的，出于安全原因，禁止低级官员通行。江充抓住机会，以这种违规行为逮捕了快递。刘据得知后，连忙派使者向江充赔罪，恳求道：「请勿向陛下报告，免得陛下认为我未能妥善指导我的部下。」尽管如此，江充还是拒绝了，并将此事报告给皇帝。听到江充的陈述后，刘彻大讚江充处事公正。由此，刘据跟江充互有介心

江充了解太子对他不友好，已结下怨恨。而且刘彻年老，一旦刘彻驾崩，刘据登基后，江充恐怕会被刘据诛杀。于是，江充决心利用「巫蛊」阴谋陷害刘据。

江充对刘彻说：「陛下的病，可能是巫蛊所作祟。」于是刘彻派江充当钦差大臣，负责调查巫蛊。

于是，江充策划了一场广泛的猎巫行动，带著一大队巫婆，到处挖掘土地，搜寻木偶，逮捕涉嫌放蛊的人。如果巫婆想嫁祸某人，巫婆便预先把木偶埋在他家园里的地下，然后带著队友到他的家中，挖掘起木偶，作为伪证便逮捕他。于是江充用这手法谋害成千上万的人。

刘彻一直怀疑自己的亲信使用巫术诅咒他。江充看出了这一点，教巫婆声称：「宫中有毒煞，若不铲除，皇上就难保。」于是刘彻批准江充带人入宫到处搜查，挖掘土地。于是宫内人心惶惶。江充首先对宫女下手，然后再到皇后卫子夫的宫，再到太子宫，寸土不留。最后，江充假称在太子宫内掘到一大堆木偶，而且木偶上写著诅咒皇帝的文字。

刘据惊慌失措，向老师石德求助。石德担心被牵连，谨慎地劝告说：「前任丞相，两位公主都因巫蛊事件而死。如今在您宫中掘出木偶，证据确凿。谁能证明是他们栽赃于您？您无法解辩。我建议您假传圣旨，逮捕江充后再揭露奸谋。现在皇上正在远离京城的甘泉宫养病，生死不得而知。现在奸臣当道，您要先下手为强。」刘据说：「我怎敢假传圣旨，和擅自诛杀朝臣？我想前往甘泉宫晋见老爹，希望他能明确判断。」刘据想出发时，江充的人员已经快马到了甘泉宫奏报皇帝。刘据无奈，遂采纳石德建议。

刘据派人伪装皇帝使节，抓江充等人。刘据亲自动手，处决了江充。斩了江充后，把所有巫婆拖到御花园，活活烧死。随后，刘据派人通知他的母亲，即皇后，然后征召皇家马队，宫廷警衛部

队，打开军械库，分发兵器，准备迎战。霎时，京城一片混乱，「太子谋反」的谣言像野火一样迅速蔓延。

江充的一个同党逃过大难，在混乱中离开京城，赶往甘泉宫向刘彻禀告。刘彻起初并不想与太子作对，说道：「太子对江充又惧又怒，所以激动起来。」于是派人召唤刘据。但使者到了长安，却不敢进去，回来向刘彻禀告：「太子已经开始作反行动，想要杀我，所以我逃了回来。」刘彻大怒，指令当时正留在长安的丞相：「对抗叛逆，格杀勿论。」

刘彻匆匆回到长安下诏长安内一些部队，交由丞相统领，对抗刘据的叛军。刘据假传圣旨，解放京城所有囚犯，令石德率领跟刘彻的军队对抗。刘据原想召唤京城外的军团军队加盟，但他们被丞相率领的部队截下。刘据在没有支援下，只有号召京城市民，集结数万人，组成一支临时军队，与丞相率领的军队对抗，展开血战，歷时五天，血流成河。后来刘据军队兵力不足，群众纷纷离开刘据军队，于是，他的军队瓦解。他带著几个随从慌忙而逃。同时丞相下令全国追缉刘据。

刘彻平定叛乱后，派人到皇后宫取回皇后信印，卫夫子懼罪自杀。她与刘彻在二十年前还是恩爱夫妻，想不到，如今会反目成仇。

有一位在勇敢的下级官员上书皇帝说：「父如天，母如地，子如天地间万物。天地仁，万物方兴。故父仁母慈，儿方孝。而今，太子是皇位的合法继承人，将承受祖宗托付的重任，而又是陛下的亲生长子。但江充不过一介平民，以前更是个街头无赖，可幸得到陛下的恩宠而显贵。但他竟迫害太子，栽赃诈骗，带领一群恶棍，到处作恶，狐假虎威。太子发现他与父亲的沟通途径被这些恶棍阻隔。他被困住了：无法前进与您会面，也无法退却而逃避这些坏人，含寃栖惨。一怒之下，诛杀江充，当然恐惧逃亡。太子动用陛下的军队纯粹是出于自卫，并无叛乱的意图，根本没有邪心想作反。陛下偶尔疏忽，过度责备太子，调动大军追捕。各个明眼的人都不敢张口说个公道，这真令人痛心。盼望陛下息怒，不要懷恨太子的错失。他始终也是您的爱子。我一片忠心。我献出生命，讲些公道话，我现在宫门外待罪。」

刘彻看完奏章后恍然大悟，后悔不已。但他们的心中却有两股力量在斗争。一方面，他不能因为愤怒失控而失去威严和面子，承认自己暴怒和失控理智之错，另一面，他还是爱太子，一个自己栽培了二十九年的承继人。他踌躇几天，最后，良知终于呼唤他，让他伸出慈爱和宽容之手，停止追杀爱子。于是，他立即下旨停止缉捕刘据，并派遣钦差大臣到名地传旨。

刘据逃到湖县（在现时的河南省）住在一个贫穷的家庭，户主人只靠手作，收入低微，无法养活刘据一帮人。刘据想起他以前的一个下属住在湖县而且甚为富有。刘据便派人向他借钱。不幸地，风声走漏，被当地巡捕发现刘据踪迹。于是，县令派官兵包围刘据。他自知无法逃脱，于是自缢而死。

刘据自谥的次日，朝廷钦差才抵达湖县，当县令接旨后，回答钦差：「很不幸，您来迟了一天。太子已经在昨天自缢了。」

正是这一日之差，影响了整汉朝整个国运和中国历史。如果刘据不死，汉朝可能会有一位像汉文帝这样英明的皇帝，国家或许还能再平安几十年。但是，现在刘据死去了，汉朝没有合适的承继人，于是朝廷将被权臣摄政。汉朝可能重演秦朝时赵高弄权而导致亡国，或吕后乱政的局面。

歷史是无情的，人们不能问「如果」，只能接受现实。它好像一个巨轮，向前迈进，没有人可以阻挡。它没有善与恶或仁与不仁之分。老子曾说：「天地不仁，以万物为刍狗」。

后来，有位负责打理祖庙的勇敢官员，名叫田千秋，冒死呈上奏章给刘彻：「儿子暗中动用父亲军队，罪不过是鞭打一顿。皇太子消除一恶棍奸人，有何罪？难道要太子抵命吗？我在梦中，看到一位白髮老人，教我奏上这两句。」刘彻甚为感动，怀念刘据冤枉无辜。遂在湖县建立「思归台」。

刘彻栽培太子二十九年，原来希望他能继位，把整个江山交给他。现在，后继无人，自己行将入木。没有好的承继人，江山将会岌岌可危。他恐怕汉朝就在他手中弄翻了。想到这里，他懊悔万分。

第十四回： 忏悔

本回人物介绍

李夫人	刘彻的爱妃
刘髆	昌邑王，李夫人的儿子
刘旦	燕王，刘彻的儿子
刘胥	广陵王，刘彻的儿子
刘弗陵	刘彻的爱子
钩弋夫人	刘弗陵的母亲
李广利	汉朝的大将军
商丘成	汉朝的将军
马通	汉朝的将军
刘屈牦	汉朝的丞相
郭穰	汉朝的低级官员
匈奴单于	匈奴王
田千秋	年老的大臣，刘彻的心腹
李陵	向匈奴投降的汉朝将军

本回地点介绍

酒泉郡	甘肃省
巨定县	山东省
轮台	新疆省
张掖郡	甘肃省

刘据冤死事件发生后，刘彻心中挂著另一个大石，就是继位问题，他有几个儿子，但全不成才。他寵幸的李夫人生有昌邑王刘髆，另外燕王刘旦，广陵王刘胥都是行为不良，放纵不羈，经常违反国家法纪。刘彻全不考虑让他们当继承人。还有一个几岁大幼子，名叫刘弗陵，是刘彻的一位爱妃钩弋夫人所生。刘弗陵身体长得壮健，聰明伶俐，很得刘彻疼爱。刘彻考虑到他年纪太轻，而且

娘亲年纪也太轻，所以，当刘据还是太子时，刘彻从来没有考虑刘弗陵会成为继承人。但现在刘据已经去世，刘弗陵成为最佳人选。可惜年纪太小，刘彻一直犹豫不决，十分烦恼。

但事情却急转直下。第二年发生了一件大事，问题有了转机。匈奴再次袭击酒泉，斩杀官民。于是，刘彻下命贰师将军李广利，率领七万人，商丘成率领二万人，和马通率领一万人从不同路出发迎战匈奴，希望一次大举歼灭匈奴。在出发前，所有签卜师都说汉军将会大胜。

李广利是李夫人的兄长。他的女儿是丞相刘屈牦的媳妇。所以，李广利是朝廷内一个显贵的官。李广利率军出发时，丞相向他饯行。李广利对刘屈牦说：「希望你早一点求刘彻封刘髆当太子。如果刘髆能继任皇帝，你我以后便高枕无忧了。」

后来，李广利和马通跟匈奴兵交战，初时多次报捷。匈奴节节撤退。所以汉军一时占上风。

可惜：「巫蛊」恐怖在京城继续发酵。有一个宫廷的杂务官郭穰密告：「丞相夫人诅咒皇帝，又跟李广利一起祈祷，望神灵拥立刘髆登上皇位。」刘彻聽后下令追查，果然证据确凿。于是刘屈牦被定罪「大逆不道」，他和妻子被逮捕后，游街示众，随即被斩首。其他家人都被羈押监狱，聽候处决。

李广利惊慌失措，不知是否会受到牵连。他的秘书向他建议：「您的家人都在狱里，显然您不能回去了。」李广原本不为所动，仍然希望打胜仗后，将功赎罪。于是继续跟匈奴军战斗。但是他有些部下怀疑李广利的动机，把他们的生命来博取李广利赎罪的本钱。于是策划兵变，押解李广利回京受罪。李广利得到消息后，处死了叛将。但军队士气动摇，无法继续作战。于是，李广利率军班师。可惜，匈奴单于发现汉军疲惫，无心恋战，于是亲领精兵五万拦击。汉军伤亡惨重，兵败瓦解。李广利走投无路，向匈奴投降。

刘彻聽到汉军大败，死伤无数，而且李广利投降匈奴，于是大怒，下令屠杀李广利全族。这件事牵连到刘彻妃子李夫人。她可幸免死，但被打入冷宫，而她的儿子刘髆便失去继位的希望。

汉军惨败后，刘彻更加精神恍惚。田千秋变成了他的心理医生。因为丞相刘屈牦被诛杀，相位空置，于是刘彻升田千秋为丞相。他是一个通情达理的人，很明白刘彻的心魔，而经常能够开解他。有一次，刘彻问他：「我经常梦见可怕的木偶，他们手持武器攻击我，我总是挥之不去这个梦。您知道有何解救。」田千秋说：「陛下，如果您要我说真心话，请免我罪说出令您逆耳的话。」刘彻说：「请直言。」田千秋说：「陛下，您的病是心病。众所周知，心病还须心药医。」刘彻问：「什么是心药？」田千秋说：「巫师不能给您心药。御医所用的草药也不是心药。它就在您心中。」刘彻茫然问：「我不明白，请详解。」田千秋说：「陛下，在您脑海中，您活在一个虚幻的世界，它不同现实世界。这世界是您的心灵创造的。在这世界里，您是至高无上的，您可以为所欲为，您有无穷无尽的权力，所有人和物都属于您。他们的命运都握在您的手上。如果有任何人和物逆您的意思，您会毁灭他。但现实世并不是这样的，在现实世界里，您没有这些权力和自由。当现实世界的事情跟您幻想中的世界相左，您便使用蛮力去干预这些事情，您不想接受现实，您要用幻想中的力量去阻止现实世界发生的事情。当您察觉到事与愿违时，您会很苦恼。这种苦恼不停地打击您的精神。」刘彻再问：「说得真漂亮。能给我举些例子吗？」田千秋说：「好的。拿您梦中所见的木偶为例。它们每一个都代表您心目中的一个敌人。而您中心已经隐藏了千千万万个敌人的概念。在每日中，如果有任何人和事情，不吻合您心中虚幻世界的规则时，他和它们就成为了您中心的敌人，久而久之，您心中有数之不尽的敌人。当您入睡后，那些意念便浮现为梦中的木偶了。」刘彻说：「我明了。那么，有何解救方法？」田千秋说：「有。只要您能跳出您心中的虚幻世界。」刘彻问：「用什么方法？」田千秋答：「只要您改变您的幻想，回到真实世界。在过往当您年轻时，您也经常微服出巡，体验外界生活。但当您登基后，您每日被数百名臣子包围著，每当您出巡时，您被成千上万个士卫，随从，妃嫔，和臣子包围著。您脱离现实生活，您不明白人民生活状况和民间疾苦。您对现实情况的知认，只是从奏章和臣子轉告而知，您所聽和阅读到的，只是数字和描述文字，并非真人真物，所以当臣子告诉您某郡饿死一万人，在您脑海中就是一万，并非一万个有血有肉的人。当您的将军告诉您在战场上杀敌一万而自损五千，在您心中，只是这些数字而已。您不会体会到每个士兵的痛苦，他们家离子散的伤感，不下于您对刘据离世的感受。当您处决叛臣整个家族时，您只關心他不再生存在您中心的虚幻世界里。这些数字，文字和意念是虚幻世界事物，不是真实的。」刘彻说：「我明白了。我可以做什么？」田千秋答：「第一步是多些走进民间，微服私访，体验他们的生活。」

于是，刘彻带病和田千秋微服私访，来到京城附近的小镇。他很久没有近距离地接触城镇人民的生活了。看见满街门户都卦著蓝色的灯笼，他十分惊讶。在中国古代，当家裡有喜事时，人们会张灯结彩，在门口挂起红灯笼。家中办丧事，则必卦蓝灯笼。刘彻看到一望无际的蓝灯笼时，吓了一跳，立即体验到连年战争，死伤无数的可怕。每一个蓝灯笼都代表著一个悲惨的故事。

隔年春天，刘彻在山东郡巨定县田间，亲自推犁三日，表示与民一齐生活，重视农业生产。他在途中接见地方官员。他说：「我自从登基以来，所作所为，很多事情都荒谬疯狂，使全国人民陷于痛苦，我后悔已来不及。从今天起，凡是伤民伤国的事情、法令和工程，一律停止。」

接著，田千秋说：「巫师谈论神仙的很多，却没有明显的结果，而且他们的蛊毒害人不浅。请一齐罢黜。」

刘彻说：「田大夫说对。」

于是，所有巫师，术士等全被遣散。后来，刘彻经常向臣僚说：「从前我是个大傻瓜，被巫师和术士欺骗。天下哪有神仙，都是胡扯。」

后来，农部侍郎桑弘羊跟丞相和御史大夫奏报：「轮台之东（即现今新疆轮台县）可以灌溉农田，有五千顷以上。朝廷应派军队前往屯田开垦。由酒泉和张掖两郡派出官员，负责这项工作。然后，招募人民前往耕重种同时，他们建造城堡以防御外族入侵。」

刘彻不批准，而下诏，写了著名的「轮台罪己诏」，表示他对过往的悔意。这篇诏文很长，它的内容主要有三部份：第一部解释他不批准轮台屯田计划的理由，认为这计划劳民伤财，现在国家需要休养生息。第二部份解释李广利兵败的原因，自己也有疏失的罪过。第三部份只有几句，但已经代表了他对国家和平的渴望，政府不再扰民，国家需要休养生息。这段诏文意思如下：「当今最重要的任务，是严禁各级官员各地官吏对百姓苛刻暴虐，癈止擅自征收赋税，鼓励人民致力农业生产。恢复法令，免除为国家养马者的赋税和徭役，用来填补战马损失的缺额，不使边塞缺乏战争戒备。各郡和各封国高级官员（俸禄在二千石以上）要开始研究如何繁育马匹，和补充边塞物资的计划。在年终工作报告时，一并提出方案。」

刘彻在正式宣布继任者之前，先去祖庙祈福。他独自一人进入寺庙中央，面对祖先的牌位，跪在地上，诚心祷告：「我蒙受祖先鸿恩能够继承祖先的基业。我的初心是大展鸿图，扩大汉朝的版图，抵抗外敌，以确保汉室长存千秋万载。可惜我不俏，狂妄自大。所以我在任内犯了很多错，做了很多荒唐的事。我自问对汉室贡献不多，但已尽心尽力，为祖先和后代建业。希望祖辈原谅我的过失，继续保佑我和我的后代。我将立刘弗陵为太子，祈望祖辈确保他平安继承祖业。」

后来,刘彻回到宫中一病不起。弥留之际，他想：「回想往生，我须然有很大的成就，包括大幅扩张汉朝版图，但也有数不尽的懊悔。如果我能够再做，我必定不会穷兵黩武，不会让几十万以上的人无辜而死，不会让无数的人民受苦受难，不会无情地诛杀臣子和亲戚，也不会重用苛严官吏，至使失信于民；也我不会误信巫术之辈。卫夫子曾经是我的爱妃，刘据是我的爱子，因为我一时鲁莽，一时冲动，使他们含寃而死，这真是我的罪过，但愿他们在九泉下，能原谅我。李陵、李广利等原是我的爱将，也因我误信奸人，而使他们投降敌方。我这一生做了太多荒谬和疯狂的事，现在已经悔之已晚。我以为我居高临下就能扭转局面，其实，天大地大，我只是沧海一粟而已。历史的巨轮不断转动、前进，我只是一只螳螂，我没有能力抵挡它，却妄想去操控和改造它，我真是自大。现在我快要离世，我真恐怕，我去世后遗留下无数后患给子孙。我希望汉朝不像秦朝，在我死后几年便灭亡。如果是真，我便无颜面对列宗列祖。但托他们的鸿福，汉朝得以延续数千年。」

刘彻在公元前 81 年的二月中旬驾崩，享年七十一，在位五十五年。临死前一天，他急忙下诏封刘弗陵当太子，当时他年仅八岁。次日，刘彻诏见霍光，金日磾，上官桀，桑弘羊到床前。刘彻任命霍光为军队最高司令（大司马）及大将军，金日磾当车骑将军（即战车和骑兵将军），上官桀当左将军，三人共同辅佐幼主，又命桑弘羊当御史大夫（即最高监察和法院长）。四人均在床前宣誓就职。

刘彻死后，群臣给他谥号为汉武帝（即以武功为荣的汉朝皇帝。）

人名索引

以下列表中每项所关联的每对数字，第一个数字指的是章节，第二个数字指的是该项目所在的回节。

地點索引

www.ingramcontent.com/pod-product-compliance
Lightning Source LLC
Chambersburg PA
CBHW060937030726
47503CB00003B/633
* 9 7 9 8 9 8 7 4 5 0 3 9 0 *